Walter Tevis

L'oiseau d'Amérique

Traduit de l'américain par Michel Lederer
Préface d'André-François Ruaud

Gallimard

Titre original :

MOCKINGBIRD

Professeur de littérature à l'université d'Ohio, Walter Tevis, né en 1928, fait ses débuts d'écrivain dans la revue *Galaxy*, en 1957. Il publie *L'homme tombé du ciel*, son premier roman, en 1963. Puis Tevis cesse d'écrire pour faire un retour en 1980 avec *L'oiseau d'Amérique*, qui sera comparé, à sa publication, au *Meilleur des Mondes* d'Aldous Huxley et à *Fahrenheit 451* de Ray Bradbury.

Walter Tevis est également l'auteur de romans policiers et de littérature générale. *L'arnaqueur* et *La couleur de l'argent* ont tous deux été adaptés au cinéma.

PRÉFACE

LE MARCHEUR FRAGILE

Littérature dont les racines pénètrent dans la production populaire (*pulps* nord-américains, littérature anglaise à sensation et romans feuilletons français), la science-fiction se trouve encore aujourd'hui tiraillée entre la nécessité à la fois historique et commerciale de livrer des récits d'aventure, d'une part, et d'autre part l'envie plus récente et plus typiquement littéraire de préférer le style et les sentiments, ainsi que la pertinence socio-politique. Nombre d'auteurs et de commentateurs, dans les années 1970, avaient d'ailleurs tenté de distinguer ces deux tendances en forgeant, sans grand succès, le terme « speculative fiction », afin d'en séparer le bon grain intellectuel de l'ivraie populaire. Et l'on peut toujours être tenté, comme Margaret Atwood, d'affirmer qu'« il est dommage que cet unique terme — "science-fiction" — ait servi pour de si nombreuses variantes, et regrettable également que ce même terme ait acquis une réputation assez douteuse, quand ce n'est pas carrément désastreuse[1]. »

1. « La Reine des deux royaumes », in *Fiction*, tome 1, Les moutons électriques, 2005.

Car si cette tension constante n'est pas sans offrir une dialectique de genre aussi riche que passionnante, elle présente notamment comme effets collatéraux nocifs de condamner nombre d'auteurs à une prolixité alimentaire, et de réduire la visibilité et la reconnaissance de certains écrivains passionnants mais peu prolifiques.

La pression commerciale exercée dans les pays anglo-saxons sur la littérature de science-fiction (comme sur celle de *fantasy*, bien entendu) est telle qu'un observateur extérieur peut souvent avoir l'impression qu'une production abondante est la marque obligée de ce genre, et qu'un auteur ne saurait maintenir sa visibilité que par un flot régulier de nouveautés. C'est ainsi que lorsqu'un écrivain tel que Robert Silverberg, pourtant d'une importance indéniable, vit paraître *Roma Eterna* en Grande-Bretagne, en 2003, seulement cinq de ses autres titres se trouvaient disponibles dans les catalogues britanniques. Le modèle de développement économique de l'édition est passablement différent en France (bien que soit en chemin le processus d'appauvrissement par concentration et rentabilisation outrancière à cours terme qu'exige le diktat néo-libéral) et, par conséquent, le lectorat français ne réalise peut-être pas pleinement la chance qu'il a d'avoir constamment à sa disposition un large éventail historique des ouvrages de science-fiction. Rééditions aux traductions améliorées, remises en vente, réunions sous la forme d'omnibus ventrus, nouvelles entreprises patrimoniales : le champ éditorial français s'efforce depuis des années de maintenir l'ensemble de la culture science-fictive au catalogue des livres disponibles.

Et c'est ainsi que nous pouvons, aujourd'hui, nous réjouir d'avoir toujours la possibilité d'apprécier l'œuvre rare et précieuse d'un écrivain de l'ambition de Walter Tevis.

Car Walter Tevis ne fut pas un auteur très prolifique : trois romans de science-fiction, un recueil de nouvelles, deux romans policiers... et le tour est fait. À la quantité il préférait visiblement la qualité, et chacune de ses œuvres s'impose comme exemplaire. Une preuve en est, la renommée acquise par ses polars (*L'arnaqueur* et *La couleur de l'argent*) ainsi que par son premier roman de science-fiction (*L'homme tombé du ciel*), tous les trois adaptés avec succès au grand écran[1].

C'est en 1957 que Walter S. Tevis (1928-1984), né à San Francisco, professeur de littérature à l'université de l'Ohio, commence à publier de la science-fiction — avec la nouvelle « The Ifth of Oofth », dans *Galaxy*. Il publie encore deux autres nouvelles dans la même revue (elles furent toutes réunies plus tard au sein du recueil *Loin du pays natal)*, puis place son premier roman, *The Hustler* (1959, étrangement traduit à la « Série Noire » sous le titre *In ze Pocket*). Filmé en 1961 sous le titre *L'arnaqueur*, ce roman noir rencontre immédiatement un grand succès.

Walter Tevis ne revient ensuite à la science-fiction qu'en 1963, avec un autre roman appelé

1. Respectivement : *L'arnaqueur* (*The Hustler*) de Robert Rossen, 1961 ; *La couleur de l'argent* (*The color of money*) de Martin Scorsese, 1987 ; *L'homme qui venait d'ailleurs* (*The Man Who Fell to Earth*) de Nicholas Roeg, 1976.

au succès, *L'homme tombé du ciel (The Man Who Fell to Earth*).

Œuvre délicate et poignante, nourrie des difficultés de l'auteur qui débute alors sa propre immersion dans l'alcool, *L'homme tombé du ciel* se situe assez loin du type de science-fiction traditionnelle et populaire. Le seul rapprochement possible serait avec un Simak particulièrement mélancolique. Au *sense of wonder*, Walter Tevis préfère les touches pastel d'une littérature intimiste. Au grand spectacle, il préfère le regard intérieur. Au héros archétypal, il substitue un double de lui-même : « trouble autoportrait. J'écrivais, d'une certaine manière, sans distanciation, sans séparer l'homme de l'écrivain, animé par la peur grandissante de ne plus supporter la vie autrement qu'en restant soûl[1]. » Son roman n'en est que plus magistral. Mais parce qu'il ne s'agit pas du tout d'un polar, ni vraiment de littérature psychologique ordinaire, et seulement d'une forme très personnelle de science-fiction, il rencontre des difficultés pour être publié. Finalement paru directement en poche, *L'homme tombé du ciel* parvient à se forger un lectorat spécifique, empruntant à tous les domaines. Il est publié en France en 1973 (dans la collection « Présence du futur » aux Éditions Denoël). Le cinéaste Nicolas Roeg le porte à l'écran en 1976 — dans un film trop esthétisant et un peu mou, qui ne parvient pas vraiment à capter la magie du roman mais se trouve superbement servi par un

1. Entretien avec Andrew Weiner, *The Globe and Mail*, samedi 11 avril 1981.

David Bowie ambiguë à souhait, dans le rôle principal.

Walter Tevis se tait ensuite durant près de vingt ans. Il vit d'ateliers d'écriture, boit beaucoup. Son second roman de science-fiction ne paraît qu'en 1980 : *L'oiseau d'Amérique* (*Mockingbird*)[1]. Il s'agit pour l'auteur de célébrer le retour à « une vie sobre et alerte » par le retour au texte. Ainsi que nous l'explique l'écrivain Andrew Weiner, qui est sans doute le seul véritable héritier littéraire de Tevis, « Il usa de l'écriture comme une thérapie, mais aussi comme une forme d'auto-expression, un moyen de reconnaissance, une façon de payer l'addition. Plus que chez tout autre écrivain, son œuvre s'articulait autour des raisons qui le poussaient à écrire et celles pour lesquelles il s'était arrêté de le faire pendant une aussi longue période[2]. » *L'oiseau d'Amérique* est traduit la même année en France, puis réédité successivement en format de poche en 1981 puis en 1992.

Walter Tevis parvient dans ce roman à véritablement insuffler la vie à ses trois personnages, à leur faire connaître les peines et les joies de l'existence, à pénétrer leur psychologie, à brosser d'eux un vibrant tableau, sans jamais perdre de

1. Trop souvent, les éditeurs français se croient obligés de trahir les œuvres, en changeant les titres originaux par des platitudes peu enthousiasmantes. Ce fut hélas encore une fois passablement le cas avec cet *Oiseau d'Amérique*, dont le titre d'origine, signifiant « L'oiseau-moqueur », relayait un puissant symbole qui revient en leitmotiv tout au long du roman.

2. « Retour sur un homme tombé du ciel », *in* Les aliens de la science-fiction, *Yellow Submarine*, n° 131, Éditions du Bélial', 2002.

vue l'enjeu plus vaste qui justifie ce roman : le destin de l'humanité, se jouant... sur quelques détails ! D'outils narratifs plus traditionnellement typiques de la « littérature psychologique » que des « littératures de l'imaginaire », Tevis arrive à faire le moteur d'une œuvre purement science-fictive, envoûtante et enthousiasmante. On y retrouve le plaisir bien particulier d'un style, d'une approche qui eut son heure de gloire dans les années 1970 et que nous évoquions en ouverture de cette préface : la science-fiction que l'on nomme « spéculative », celle où la chaleur humaine fait vibrer une littérature visionnaire, celle aussi que maîtrisent alors à merveille des écrivains tels que Michael Bishop, John Brunner, Samuel Delany, Thomas Disch ou Robert Silverberg. Celle enfin qui cherche par-dessus tout à creuser le réel avec les outils de la prospective : « L'oiseau d'Amérique parle en fait du présent. Je me fiche bien du futur au-delà de jeudi prochain. Si je pouvais prédire le futur, je ferai des paris sur les courses de chevaux. La plupart des romans dystopiques nous parlent de maintenant. J'écris sur la séduction des moyens qu'offre notre société pour éviter de vivre notre vie, les drogues, la télévision et toutes ces incitations à banaliser notre existence[1]. »

S'étant installé à New York et écrivant à temps complet, Tevis complète quelques nouvelles qui, avec les anciennes, sont publiées sous le titre

1. Entretien avec Andrew Weiner, *The Globe and Mail*, samedi 11 avril 1981.

global *Loin du pays natal (Far from Home,* 1981). Traduit l'année suivante dans la collection « Présence du futur », ce recueil s'avère un peu trop hétéroclite pour convenablement fonctionner en tant qu'ensemble, mais il s'en dégage malgré tout un fort agréable mélange d'acidité et de mélancolie. Passant d'un humour déjanté à une horreur glaciale, Tevis s'y révèle certainement même supérieur à un Philip José Farmer, et sur un thème longtemps cher à ce dernier : l'inceste.

Tevis donne en 1983 son troisième (et dernier) roman de science-fiction, *Le soleil pas à pas (The Steps of the Sun).* Et de fait s'agit-il bien là d'un véritable roman, ou d'une sorte d'autobiographie ? Mariant avec autant d'originalité que de dextérité ces deux genres littéraires, *Le soleil pas à pas* relève *visiblement* du roman de science-fiction, mais sous la forme d'un journal intime — auquel l'auteur apporte une part importante de lui-même. Le mélange peut sembler risqué, mais fidèle à sa politique d'hybridation des préoccupations de la littérature psychologique avec les thématiques de la science-fiction, Tevis le tente avec brio. L'auteur n'a-t-il pas toujours affirmé qu'il ne se considérait pas comme un écrivain *de* science-fiction, mais comme quelqu'un utilisant les *outils* de la science-fiction ? Pour citer James Sallis, « Tevis écrivait de la science-fiction… comme s'il l'inventait, comme si personne n'en avait écrit auparavant[1]. » Le résultat est une fascinante autobiographie fictive, peut-être l'un des meilleurs moyens de parvenir à une union équilibrée entre

1. « Books », in *Fantasy & Science Fiction*, juillet 2000.

la tentation de l'aventure et le théâtre des sentiments : *Le soleil pas à pas* incorpore au cœur même de sa structure la tension inhérente à la science-fiction contemporaine.

Qui dit autobiographie ne dit pas pour autant linéarité : tout le roman est complètement éclaté. L'auteur joue avec un talent consommé des *flashback* et des *flash-forward,* des récits interrompus et des bribes de souvenirs. Pourtant fluide, toujours accrocheuse, cette narration sait être tour à tour caustique et lyrique, désenchantée et exaltée. En cela, le ton du *Soleil pas à pas* épouse la psychologie de son personnage central : celle d'un vieux bonhomme assez mégalo, pourri par le fric, macho au cœur tendre, trahi par son sexe, souffrant d'instabilité — mais génial.

Souvent hostiles à la psychologie en littérature, certains chroniqueurs spécialisés en science-fiction accusent à l'époque *Le soleil pas à pas* de trop se teinter de sentimentalisme, de donner dans le psychodrame. Autant de reproches qui ne semblent révéler rien d'autre que les problèmes de réception critique habituelle de la « speculative fiction », alors que cette œuvre mériterait une reconnaissance de sa puissance d'évocation.

En 1984, Walter Tevis revient à ses premières amours, en livrant une suite à *L'arnaqueur : La couleur de l'argent,* qui — immédiatement adapté pour le grand écran — remporte un gros succès. Ce devait être hélas sa dernière œuvre, une crise cardiaque l'emportant à l'âge de 56 ans. Il ne reste au lecteur qu'à spéculer sur les grands romans que cet auteur aurait peut-être encore pu nous livrer — et à relire son œuvre, parcimonieuse mais profondément attachante. En dépit de tout le vacarme des partisans du pur *entertainement* et du *sense of wonder* pyrotechnique, il demeure toujours une place au cœur de la science-fiction pour la petite musique de Walter Tevis, mélopée qui n'est pas du genre à s'estomper facilement.

ANDRÉ-FRANÇOIS RUAUD

Pour Eleanora Walker

« La vie intérieure de l'homme est un vaste royaume qui ne se contente pas de stimulations provoquées par des arrangements de couleurs et de formes. »

EDWARD HOPPER

SPOFFORTH

Spofforth remonte la Cinquième Avenue. Il est minuit. Spofforth se met à siffler. Un air dont il ignore le nom, mais de cela, il ne se soucie guère. C'est un air compliqué, un air qu'il siffle souvent lorsqu'il est seul.

Spofforth est torse nu, avec pour unique vêtement un pantalon kaki. Comme il marche, il sent sous ses pieds nus la surface lisse et usée de l'ancienne chaussée. Il avance au milieu de l'avenue. De chaque côté, de hautes herbes ont poussé aux endroits où les trottoirs, depuis longtemps fissurés et défoncés, attendent des réparations qui ne se feront jamais plus. Là, s'élève un bourdonnement incessant d'insectes. Comme toujours à cette époque de l'année — le printemps —, ce genre de bruit met Spofforth mal à l'aise. Il enfonce ses larges mains dans les poches de son pantalon. Puis, embarrassé, il les retire et se met à courir à petites foulées, immense, aérien, athlétique, en direction de la silhouette massive de l'Empire State Building.

La porte d'accès au bâtiment avait des yeux et une voix; son cerveau était celui d'un primaire, limité et insensible.

— Fermé pour réparations, dit la voix à Spofforth qui approchait.

— Ta gueule et ouvre, répliqua Spofforth. (Puis il ajouta :) Je suis Robert Spofforth. Classe 9.

— Pardonnez-moi, monsieur, fit la porte. Je n'avais pas vu…

— Bon, bon. Ouvre et demande à l'ascenseur express de descendre me prendre.

La porte resta un instant silencieuse, puis elle déclara :

— L'ascenseur ne fonctionne pas, monsieur.

— Merde, jura Spofforth. Je vais monter à pied.

La porte s'ouvrit. Spofforth entra et traversa le hall obscur en direction des escaliers. Il coupa les circuits de douleur de ses jambes et de ses poumons et commença à monter. Il ne sifflait plus. À présent, son cerveau n'était occupé que par l'idée de sa tentative annuelle.

Lorsqu'il arriva au bord de la plate-forme, dominant la ville d'une hauteur de près de quatre cents mètres, Spofforth reprit possession des nerfs de ses jambes et aussitôt la douleur afflua. La souffrance un instant le fit vaciller, seul dans la nuit noire, au-dessus d'un ciel sans lune dans lequel ne brillaient que les froides étoiles. Sous lui, le sol du parapet sur lequel il se tenait était plat, absolument lisse. Un jour, des années plus tôt, Spofforth avait failli glisser. *Si seulement ça pouvait arriver près du bord*, avait-il pensé avec amertume. Mais cela n'arriva pas.

Il s'avança à quelques centimètres de l'extrémité de la plate-forme, puis, sans l'intervention du moindre signal mental, sans désir que cela fût, ses jambes cessèrent de se mouvoir et, comme toujours, il se retrouva immobilisé au-dessus de la

Cinquième Avenue, à un pas de ce choc définitif qu'il appelait de tous ses vœux. Avec désespoir, pitoyable et inquiétant, il s'efforça de contraindre ses muscles à bouger, concentrant toute sa volonté sur le simple désir de faire basculer dans le vide, très loin d'ici, très loin de la vie, ce corps lourd, ce corps mécanique et fabriqué. Il hurla intérieurement, exigeant le mouvement, se voyant tomber au ralenti, avec grâce, avec certitude.

Mais son corps, il le savait, ne lui appartenait pas. Il avait été conçu par des êtres humains et seul un être humain pouvait le faire mourir. Alors, il hurla à pleins poumons, les bras écartés, criant sa rage sur la ville silencieuse. Il ne parvint pas à s'arracher au sol.

Spofforth resta là, seul au sommet du plus haut bâtiment du monde, immobile, figé, durant le reste de cette nuit de juin. Il aperçut de temps à autre, en dessous de lui, à peine plus grands que des étoiles, les phares de quelques rares *psi-bus* qui parcouraient les avenues de la ville déserte. Aucune lumière ne brillait dans les immeubles.

Puis, tandis que le soleil commençait à illuminer le ciel de l'East River et de Brooklyn où ne menait plus aucun pont, sa frustration l'abandonna petit à petit. S'il avait eu des conduits lacrymaux, il aurait trouvé un certain soulagement dans les larmes ; mais il ne pouvait pleurer. Le jour se levait ; il distingua les silhouettes des *psi-bus* vides, puis celle d'un petit véhicule de Détection qui remontait la Troisième Avenue. Le soleil, pâle dans le ciel de juin, apparut au-dessus de Brooklyn désert et fit scintiller les eaux du fleuve, aussi fraîches et pures qu'à l'aube des temps. Spofforth se recula d'un pas, s'éloignant de la mort qu'il appelait et qu'il avait appelée tout au long de sa vie. La colère qui l'avait saisi se dissipa avec le soleil levant. Il allait continuer à vivre et il acceptait pleinement la chose.

Spofforth descendit les escaliers rouillés, lentement d'abord, puis lorsqu'il atteignit le hall, son pas s'était fait alerte, plein d'assurance. Plein de vie artificielle.

En quittant l'édifice, il dit :

— Ne fais pas réparer l'ascenseur. Je préfère monter à pied.

— Bien, monsieur, acquiesça la porte.

Dehors, le soleil brillait et il y avait quelques humains dans la rue. Une vieille Noire vêtue d'une robe d'un bleu délavé effleura par inadvertance le coude de Spofforth et leva sur lui un regard rêveur. Quand elle vit la marque caractéristique du robot Classe 9, elle détourna aussitôt les yeux et marmonna :

— Excusez-moi. Excusez-moi, monsieur.

Elle resta à côté de lui, embarrassée, ne sachant que faire. Elle n'avait probablement encore jamais vu de Classe 9 et avait dû seulement en entendre parler au cours de sa formation.

— Je vous en prie, fit-il gentiment. Ce n'est rien.

— Merci, monsieur.

Elle fouilla dans la poche de sa robe et en tira un *sopor* qu'elle avala. Puis elle fit demi-tour et s'éloigna d'une démarche traînante.

Spofforth poursuivit son chemin dans le soleil, se dirigeant à pas vifs vers Washington Square et l'université de New York où il travaillait. Son corps ne se fatiguait jamais ; seul son esprit, son esprit complexe, labyrinthien, lucide, saisissait le concept de fatigue. Et son esprit, lui, était fatigué. Toujours fatigué.

Le cerveau métallique de Spofforth avait été fabriqué tandis que son corps s'était développé à partir de tissus vivants, et cela à une époque, très lointaine, où l'engineering était en déclin mais où la construction de robots était devenue un art des plus sophistiqués, un art qui, à son tour, n'allait pas tarder à péricliter; Spofforth en avait été la plus belle réalisation. Il était le dernier d'une série de cent robots nommés Classe 9, les créatures les plus puissantes et les plus intelligentes jamais conçues par l'homme. Spofforth était également le seul de la série à avoir été programmé pour rester en vie en dépit de sa volonté.

Il existait une technique permettant de faire l'enregistrement de chaque influx neural, de chaque schéma de connaissance d'un cerveau humain et de le transférer dans le cerveau métallique d'un robot. Cette technique n'avait été utilisée que pour les Classe 9 ; tous les robots de la série avaient été équipés avec les copies remaniées du cerveau vivant d'un même individu. C'était un ingénieur brillant, un être mélancolique du nom de Paisley, ce que d'ailleurs Spofforth ignorait. Le réseau d'informations et d'inter-connections dont était composé le cerveau de Paisley avait été enregistré sur des bandes magnétiques qui furent stockées dans une chambre forte à Cleveland. Personne ne sut jamais ce qu'il advint ensuite de Paisley. Sa personnalité, son imagination et ses connaissances avaient été enregistrées sur bandes alors qu'il avait quarante-trois ans ; on l'oublia.

Les bandes furent coupées. On supprima autant de personnalité qu'il était possible de le faire sans endommager les fonctions « utiles ». Et ce qui était « utile » dans un esprit avait été déterminé par des ingénieurs moins imaginatifs que ne l'était Paisley lui-même. On effaça le souvenir de toute vie antérieure et avec lui une bonne partie du savoir, encore qu'on eût laissé la syntaxe et le vocabulaire de la langue anglaise. Et même ainsi amputées, ces bandes représentaient encore une copie presque parfaite de ce miracle de l'évolution qu'est le cerveau humain. Il resta néanmoins de Paisley quelques aspects qu'on n'avait pas désirés. La faculté de jouer du piano, par exemple ; mais pour qu'elle pût s'exprimer, il aurait fallu un corps muni de bras et de jambes. Et lorsque le corps fut fabriqué, il n'existait plus de piano.

Les ingénieurs qui avaient pratiqué les enregistrements n'avaient pas souhaité non plus la présence, pourtant inévitable, de fragments d'anciens rêves, d'anciens désirs, d'anciennes peurs. Mais il n'y avait aucun moyen d'en débarrasser les bandes sans mettre d'autres fonctions en danger.

L'enregistrement fut transféré électroniquement dans une sphère argentée de 23 centimètres de diamètre composée de milliers de couches successives de nickel-vanadium façonnées à l'aide d'un équipement entièrement automatisé. La sphère fut ensuite placée dans la boîte crânienne d'un clone conçu spécialement pour elle.

Le corps avait grandi à Cleveland, entouré d'une surveillance attentive, dans une matrice d'acier installée dans ce qui avait été jadis une usine d'automobiles. Le résultat était parfait : grand, puissant, athlétique, beau. C'était un Noir dans la fleur de l'âge avec des muscles longs, des poumons et un cœur robustes, des cheveux noirs et crépus, un regard pénétrant, une belle bouche aux lèvres épaisses et enfin des mains larges et fortes.

Un certain nombre de caractères humains avaient été modifiés ; le processus de vieillissement avait été programmé pour s'arrêter à l'âge physiologique de trente ans, l'âge exact auquel le corps était parvenu après quatre années passées dans la matrice d'acier. Il était équipé pour contrôler ses propres réponses à la souffrance physique, et il était dans une certaine mesure autorégénérateur. Il pouvait, par exemple, se faire pousser à volonté de nouvelles dents, de nouveaux doigts ou de nouveaux orteils. Il ne serait jamais chauve. Il ne connaîtrait ni vue défectueuse, ni cataracte, ni artériosclérose, ni arthrite. C'était, ainsi que les ingénieurs généticiens se plaisaient à le dire, une amélioration de la création de Dieu. Et comme aucun de ces ingénieurs ne croyait en l'existence d'un Dieu quelconque, leur autosatisfaction n'était guère justifiée.

Le corps de Spofforth n'avait pas d'organes de reproduction. « Pour éviter toute distraction », avait dit l'un des ingénieurs. Les lobes des deux oreilles qui encadraient cette tête superbe étaient d'un noir de jais, signifiant ainsi à tout être humain qui pourrait concevoir quelque effroi devant cette imitation d'homme que ce n'était, après tout, qu'un robot.

Et, tel le monstre de Frankenstein, il reçut la vie dans une décharge électrique ; il émergea de sa matrice adulte, doué de langage, un langage au début un peu épais. Dans cet immense atelier d'usine encombré où il vint à la conscience, ses yeux vifs se posèrent sur tout ce qui l'entourait, pleins de vie et de fièvre. Il était allongé sur une civière lorsqu'il ressentit pour la première fois le pouvoir de conscience qui enveloppait son être naissant, qui devenait son être. Sa gorge étranglée émit un gargouillis, puis un cri en jaillit, exprimant toute la force, la force d'être au monde.

Il fut baptisé Spofforth, un nom pris au hasard dans un ancien annuaire téléphonique de Cleveland. Robert Spofforth. C'était un robot Classe 9, l'instrument le plus sophistiqué que devait jamais produire l'ingéniosité de l'homme.

Sa première année de formation se passa en partie à surveiller les couloirs et à accomplir des tâches mineures dans un internat pour humains. C'était une école où les jeunes apprenaient les règles de leur monde : Introversion, Solitude, Individualisme, Plaisir. Ce fut là qu'il vit la fille au manteau rouge et qu'il tomba amoureux.

Durant tout l'hiver et le début du printemps, la fille porta un manteau rouge avec un col de velours noir, noir comme l'ébène, noir comme ses cheveux qui contrastaient avec sa peau blanche. Son rouge à lèvres était assorti à la couleur de son manteau. À cette époque, pratiquement personne ne mettait plus de rouge à lèvres et il était même très étonnant qu'elle en possédât. Ça lui allait merveilleusement bien. Lorsque Spofforth la vit pour la première fois, au cours de son troisième jour dans l'enceinte de l'internat, elle avait presque dix-sept ans. Son esprit la photographia instantanément ; pour toujours. Cette image devait devenir un élément majeur de la mélancolie qui, en ce printemps, habita pour la première fois l'être puissant et artificiel qu'il était.

Quand il eut atteint l'âge de un an, Spofforth savait tout de la mécanique des quanta, de la robotique et de l'histoire des sociétés étatisées d'Amérique du Nord, matières qui lui furent enseignées par des moyens audiovisuels et par des robots précepteurs. Mais il ne savait rien de la sexualité humaine, du moins sur le plan conscient ; il ressentait pourtant de vagues désirs au fond de ce qui, jadis, aurait pu être appelé son cœur. Parfois, lorsqu'il était seul, dans l'obscurité, il arrivait qu'un trouble diffus vînt l'envahir. Il commençait à se rendre compte que quelque part en lui existait une vie enfouie, des sentiments. Au cours des belles soirées de son premier mois de juin, son malaise s'accrut. Passant d'un dortoir à l'autre, dans la nuit, il entendait le bruit des sauterelles dans les arbres, et, dans la douceur de l'air nocturne de l'Ohio, il sentait sa poitrine se serrer. Il travaillait dur dans les dortoirs, accomplissant de nombreuses tâches domestiques pour parfaire ce qu'on appelait sa « formation », mais le travail occupait rarement toute son attention et la mélancolie se glissait dans son esprit.

Les ouvriers Classe 9 se détraquaient parfois et il semblait toujours manquer du matériel pour réparer les pannes mineures. Pour les remplacer, on gardait quelques vieux humains à portée de la main. L'un d'eux était une véritable épave du nom d'Arthur qui sentait le plus souvent le gin synthétique et ne portait jamais de chaussettes. Il s'adressait toujours à Spofforth d'un ton mi-moqueur, mi-amical lorsqu'ils se croisaient dans les couloirs d'un dortoir ou sur l'un des chemins de gravier à l'extérieur des bâtiments. Un jour que Spofforth vidait les cendriers de la cafétéria et qu'Arthur balayait, celui-ci s'arrêta de travailler, s'appuya sur son balai et appela :

— Bob.

Spofforth leva les yeux.

— Bob, fit Arthur. T'es morose. Je savais pas qu'on faisait des robots moroses.

Spofforth ne savait pas trop si Arthur se moquait de lui ou non. Il continua à se diriger avec sa pile de cendriers en plastique pleins de mégots de cigarettes de marijuana vers la boîte à ordures située dans un coin de la grande salle. Les étudiants étaient partis peu de temps auparavant pour assister à un cours de yoga télévisé.

— J'avais encore jamais vu de robot triste, poursuivit Arthur. C'est à cause de tes oreilles noires ?

— Je suis un robot Classe 9, répliqua Spofforth sur la défensive.

Il était encore très jeune et les conversations avec les humains le mettaient parfois mal à l'aise.

— 9 ! s'exclama Arthur. C'est plutôt élevé, non ? Même l'andro qui dirige cette école n'est qu'un 7.

— L'andro ? s'étonna Spofforth qui n'avait pas lâché sa pile de cendriers.

— Ouais, l'androïde. Quand j'étais gosse, on appelait andros toutes les mach..., tous les types comme toi. Vous n'étiez pas aussi nombreux à cette époque. Vous n'étiez pas aussi intelligents, non plus.

— Et ça vous pose un problème que je sois intelligent ?

— Non, répondit Arthur. Bordel, non ! Les gens aujourd'hui sont tellement cons que ça file envie de chialer. (Il détourna les yeux et donna un petit coup de balai.) Ce qui compte, c'est d'être intelligent. Et je suis content qu'y ait encore des types intelligents.

Il s'arrêta de balayer, fit un geste englobant la cafétéria vide comme si les étudiants s'y trouvaient encore, puis il reprit :

— Je voudrais pour rien au monde que ce soit l'un de ces imbéciles d'illettrés qui nous dirige quand ils sortiront d'ici. (Son visage tout ridé était tordu par une grimace de mépris.) Des spectres. Des minables. Des abrutis. On devrait tous les foutre dans le coma et les nourrir à coup de pilules.

Spofforth ne dit rien. Quelque chose en lui était attiré par le vieil homme, un vague sentiment de parenté. Par contre, il ne ressentait rien pour les jeunes humains auxquels on dispensait ici formation et acculturation.

Il ne ressentait rien pour eux qui, en groupes silencieux, les yeux vides, lentement, allaient tranquillement d'une classe à l'autre ou bien restaient assis, seuls, dans les pièces de Solitude à fumer de l'herbe, à contempler des motifs abstraits sur leurs murs-écrans de télévision et à écouter la musique hypnotique que diffusaient les haut-parleurs. Mais l'image de l'un d'entre eux, de l'une d'entre elles, occupait son esprit en permanence : celle de la fille au manteau rouge. Elle avait porté ce vieux vêtement tout l'hiver et le portait encore pour les nuits de printemps. Il n'y avait pas que ça qui la rendait différente. Son visage, en effet, avait parfois une expression aguicheuse, narcissique, futile, qui n'existait pas chez les autres. On leur disait de se développer « individuellement » mais ils se ressemblaient tous et se comportaient tous de la même façon, voix unies, visages inexpressifs. Mais elle, elle ondulait des hanches en marchant, et parfois, elle riait, très fort, absorbée dans ses réflexions, alors que tous étaient silencieux. Sa peau avait la blancheur du lait et ses cheveux étaient du noir de l'ébène.

Spofforth pensait souvent à elle. Parfois, quand il la rencontrait qui se rendait en classe, entourée par d'autres mais seule, il aurait voulu s'approcher d'elle et la toucher, doucement, simplement poser sa large main sur son épaule et la laisser là un instant pour en sentir la chaleur. Et parfois, il lui semblait qu'elle l'observait par en dessous, amusée, se moquant de lui. Mais ils ne se parlaient jamais.

— Tu verras, disait Arthur. D'ici trente ans, ce sera vous, les robots, qui ferez tout marcher. Les gens sont même plus foutus de chier tout seuls.

— On me forme pour diriger des sociétés, dit Spofforth.

Arthur lui lança un regard aigu puis il se mit à rire.

— En vidant les cendriers ? fit-il. Ben, merde alors !

Il recommença à balayer, poussant vigoureusement son balai devant lui sur le sol de Permoplastique.

— Je savais pas qu'on pouvait se foutre aussi facilement de la gueule d'un robot. Et d'un Classe 9, par-dessus le marché !

Spofforth, sa pile de cendriers à la main, le dévisagea un instant. *Personne ne se fout de ma gueule*, pensa-t-il. *Il faut que je vive ma vie.*

Une nuit de juin, environ une semaine après la conversation qu'il avait eue avec Arthur, Spofforth longeait au clair de lune le Bâtiment d'Audio-Visuel lorsqu'il entendit un bruissement venant des épais buissons qui poussaient à l'abandon tout autour. Il perçut ensuite un grognement, puis de nouveaux bruissements.

Il s'arrêta et tendit l'oreille. Quelque chose bougeait, un bruit plus régulier à présent. Il se retourna et fit quelques pas en direction d'un taillis. Il l'écarta doucement puis, soudain, quand il vit ce qui se passait derrière, il se figea, les yeux écarquillés.

Allongée sur le dos, sa robe retroussée jusqu'à la taille, se tenait la fille. Un jeune humain, nu, rose et potelé, la chevauchait. Spofforth apercevait des grains de beauté entre les omoplates du garçon et, sous sa cuisse, la toison pubienne de la fille, bouclée, des poils noirs tranchant sur le blanc immaculé de ses jambes et de ses fesses, aussi noirs que ses cheveux, aussi noirs que le petit col du manteau rouge sur lequel elle reposait.

Elle le vit et eut une grimace de dégoût. Et, pour la première et la dernière fois, elle lui parla :

—Fous le camp, robot, dit-elle. Saloperie de robot. Laisse-nous tranquilles.

Et Spofforth, la main crispée sur son cœur cloné, fit demi-tour et s'éloigna. Il venait de prendre conscience d'une réalité qui n'allait pas le quitter pour le reste de sa très longue existence : il ne désirait pas vraiment vivre. On l'avait trompé, horriblement trompé, en le privant d'une véritable existence humaine. Quelque chose en lui se rebellait contre l'obligation de vivre une vie qu'il n'avait pas voulue.

Il revit la fille en quelques rares occasions. Elle évitait son regard et il savait que ce n'était pas parce qu'elle avait honte. Pour eux, le sexe n'avait rien de honteux. « Sexe vite fait, sexe bien fait », leur enseignait-on. Ils croyaient à ce précepte et ils le mettaient en pratique.

Il accueillit avec soulagement son transfert à un poste plus élevé : responsable de la distribution des produits laitiers synthétiques pour la ville d'Akron. Ensuite, il fut muté dans une usine d'automobiles où il présida à la fabrication des quelques derniers milliers de voitures particulières destinées à des hommes jadis fous du volant. Lorsque les machines s'arrêtèrent, il devint directeur de la société qui construisait les *psi-bus*, ces robustes véhicules à huit passagers, conçus pour une population humaine qui ne cessait de décroître. Après, il occupa le poste de directeur du Contrôle Démographique et vint s'installer à New York dans un bureau situé en haut d'un immeuble de trente-deux étages pour surveiller les ordinateurs vieillissants qui étaient chargés d'effectuer un recensement quotidien et d'ajuster les taux de fertilité humaine en conséquence. C'était une tâche ennuyeuse ; il lui fallait superviser un équipement qui tombait toujours en panne et essayer de réparer des computers, ce qu'aucun humain ne savait plus faire et ce qu'aucun robot n'avait été programmé à faire. On lui donna finalement un autre travail : doyen de l'université de New York. L'ordinateur qui dirigeait cette institution avait cessé de fonctionner et ce fut à Spofforth, en tant que Classe 9, de le remplacer et de prendre les décisions, la plupart sans importance, qu'exigeait la bonne marche d'une université.

Il y avait eu, devait-il découvrir, une centaine de Classe 9 nés d'un clonage et dotés de copies du même cerveau humain original. Il était le dernier et des ajustements spéciaux avaient été pratiqués aux synapses de son cerveau métallique pour éviter ce qui était arrivé aux autres robots de la série : tous s'étaient suicidés. Certains avaient court-circuité leur cerveau à l'aide d'appareils électriques à haute tension, d'autres avaient avalé des acides et quelques-uns étaient devenus complètement fous avant d'être détruits par les humains, se défoulant comme des bêtes, cassant tout, saccageant les rues des villes à minuit en proférant des obscénités. Cette tentative d'utilisation d'un cerveau humain pour servir de modèle à un robot ultrasophistiqué n'avait été qu'une expérience ; elle fut considérée comme un échec et on ne fabriqua plus de robots de ce type. Les usines continuaient à produire des robots primaires ainsi que quelques Classe 7 et Classe 8 qui, de plus en plus, remplaçaient les humains en matière de gouvernement, d'éducation, de médecine, de législation, de prévision et de fabrication.

Tous étaient équipés de cerveaux synthétiques, non humains, dépourvus de la moindre trace d'émotion, de spiritualité ou de timidité. Ce n'étaient que des machines, des machines certes intelligentes, utiles, humaines d'aspect, mais elles ne faisaient rien d'autre que ce qu'elles étaient censées faire.

Spofforth avait été conçu pour vivre éternellement et ne rien oublier. Et les hommes à l'origine de ce projet ne s'étaient même pas interrogés sur le drame qu'une telle existence pouvait représenter.

La fille au manteau rouge devint grosse et vieille, eut des rapports sexuels avec des dizaines d'hommes, accoucha de quelques enfants, but trop de bière, mena une existence insignifiante et sans but et perdit toute sa beauté. Puis elle mourut, fut enterrée et oubliée. Et Spofforth, lui, continua à vivre, jeune, beau, sain, la revoyant toujours à dix-sept ans longtemps après que, devenue femme mûre, elle eut oublié la jeune fille attirante, provocante, qu'elle avait été. Il la revoyait et il l'aimait. Et il voulait mourir.

Le président de l'université et le doyen du collège l'attendaient lorsqu'il rentra après cette nuit de juin qu'il avait passée seul.

Le plus stupide des deux était sans conteste le président. Il s'appelait Carpenter et portait un costume de Synlon marron et des sandales usées jusqu'à la semelle. Quand il marchait, son ventre et sa taille tremblotaient sous son costume trop serré. Il se tenait près du grand bureau en teck de Spofforth, fumant un joint, quand ce dernier entra et se dirigea vers lui, d'un pas vif. Carpenter s'écarta et resta debout, fébrile, tandis que Spofforth s'asseyait.

Après quelques instants, Spofforth le regarda, non pas en coin comme l'exigeait l'Obligation de Politesse, mais droit dans les yeux.

— Bonjour, fit-il de sa voix forte dont il contrôlait toutes les intonations. Quelque chose qui ne va pas ?

— Eh bien… hésita Carpenter. Je… je ne sais pas vraiment. (Il semblait embarrassé par la question de Spofforth.) Qu'en pensez-vous, Perry ?

Perry, le doyen du collège, se frotta le nez avec son index.

— Quelqu'un a téléphoné, doyen Spofforth. Sur la ligne de l'université. Il a appelé deux fois.

— Ah ! fit Spofforth. Et que voulait-il ?

— Il souhaitait vous parler, répondit Perry. Au sujet d'un cours. Pour l'université d'été...

Spofforth le dévisagea :

— Oui ?

Perry continua nerveusement, ses yeux évitant ceux de Spofforth :

— Il veut faire quelque chose que je n'ai pas très bien compris au téléphone. Il s'agit d'une matière nouvelle, quelque chose qu'il a découvert il y a un *jaune* ou deux. (Il regarda autour de lui jusqu'à ce que son regard trouvât celui du gros homme au costume marron.) Quel est donc le mot qu'il a utilisé, Carpenter ?

— Lecture, non ?

— Oui, acquiesça Perry. La lecture. Il a dit qu'il pouvait donner des cours de lecture. Quelque chose qui se rapporte aux mots. Il souhaiterait l'enseigner.

Spofforth se redressa sur son fauteuil.

— Quelqu'un aurait donc appris à lire ?

Les deux hommes détournèrent les yeux, gênés par la surprise qui perçait dans le ton de Spofforth.

— Avez-vous enregistré la conversation ? demanda Spofforth.

Ils se consultèrent du regard, puis Perry finit par répondre :

— Nous avons oublié.

Spofforth maîtrisa son mécontentement.

— Il a dit qu'il rappellerait ? demanda-t-il.

Perry eut l'air soulagé.

— Oui, doyen Spofforth. Il a dit qu'il essayerait de vous joindre personnellement.

— Très bien, fit Spofforth. Rien d'autre ?

— Si, répondit Perry en se frottant à nouveau le nez. Le lot habituel de BB. Trois suicides parmi les étudiants. Et il existe quelque part un projet enregistré pour la fermeture de l'aile ouest du Département d'Hygiène Mentale, mais aucun des robots n'a pu le retrouver. (Il avait l'air ravi de pouvoir signaler une faille parmi le personnel robot.) Pas un des Classe 6 ne semble au courant, monsieur.

— C'est parce que c'est moi qui l'ai, doyen Perry, fit Spofforth.

Il ouvrit le tiroir de son bureau qui était rempli de petites billes d'acier appelées des BB ; elles servaient à faire des enregistrements de voix. Spofforth en prit une et la tendit à Perry.

— Branchez ça sur un Classe 7. Il saura quoi faire pour l'Hygiène Mentale.

Perry, tout penaud, prit l'enregistrement et quitta la pièce suivi par Carpenter. Après leur départ, Spofforth resta quelques instants à son bureau, songeant à cet homme qui affirmait savoir lire. Il avait souvent entendu parler de la lecture quand il était jeune et il n'ignorait pas que cette science avait disparu depuis longtemps. Il avait déjà vu des livres, des objets effectivement très anciens. Il en restait encore quelques-uns qui n'avaient pas été détruits à la bibliothèque de l'université.

Le bureau de Spofforth était grand et très agréable. Il l'avait décoré lui-même avec des gravures d'oiseaux de mer et meublé avec un buffet en chêne sculpté qu'il avait trouvé dans un musée en ruine. Une rangée de modèles réduits était disposée sur le buffet, représentant schématiquement l'historique des formes anthropoïdes utilisées au cours du développement de l'art de la robotique. Le plus ancien, à l'extrême gauche de la rangée, était une créature à roues dotée d'un corps cylindrique et de quatre bras, très primitive, qui se situait quelque part entre un servomécanisme et un être mécanique autonome. Le modèle était en Permoplastique et il mesurait environ quinze centimètres de hauteur. Ces robots, durant la brève période où ils furent exploités, avaient été surnommés des « Cyclos ». Il y avait des siècles qu'on n'en fabriquait plus.

À la droite du Cycle, il y avait un modèle rappelant un peu plus la forme humaine, assez proche d'un robot primaire contemporain. Les statuettes se faisaient de plus en plus précises, de plus en plus humaines tandis qu'on progressait de la gauche vers la droite, et la rangée se terminait par une miniature de Spofforth lui-même, infiniment délicate, très humaine en apparence, dressée sur la pointe des pieds et dont les yeux semblaient vivants.

Une lumière rouge se mit à clignoter sur le bureau de Spofforth. Il appuya sur un bouton et déclara :

— Ici, Spofforth.

— Je m'appelle Bentley, doyen Spofforth, fit la voix à l'autre bout. Paul Bentley. Je vous téléphone de l'Ohio.

— Vous êtes celui qui sait lire ? demanda Spofforth.

— Oui, répondit la voix. J'ai appris tout seul. Je sais lire.

Le grand singe, l'air épuisé, était assis sur le flanc d'un autobus retourné. La ville était déserte.

Au centre de l'écran, apparut une tache blanche qui commença à s'agrandir en tourbillonnant. Lorsqu'elle s'arrêta, elle remplissait plus de la moitié de l'écran ; et il était devenu évident qu'il s'agissait de la première page d'un journal barrée d'un titre énorme.

Spofforth stoppa la projection sur le titre.

— Lisez ça, demanda-t-il.

Bentley se racla nerveusement la gorge.

— Le Singe Monstrueux Terrifie la Ville, lut-il.

— Bien, approuva Spofforth en remettant le projecteur en marche.

Le reste du film ne comportait plus de mots écrits. Ils le regardèrent en silence, assistant à la folie meurtrière du singe, à ses pathétiques tentatives pour exprimer son amour et enfin à sa mort tandis qu'il tombait, flottant dans les airs, du haut d'un édifice incroyablement élevé vers l'avenue déserte située plusieurs centaines de mètres en contrebas.

Spofforth, d'un geste vif, abaissa l'interrupteur qui ramenait la lumière dans son bureau et fit retrouver sa transparence à la baie vitrée. La pièce, à nouveau claire, n'avait plus rien d'une salle de projection. Dehors, au milieu des fleurs éclatantes de Washington Square, des étudiants en aubes de jean étaient assis en cercle sur la pelouse laissée à l'abandon. Leurs visages étaient vides de toute expression. Le soleil était haut et lointain dans le ciel de juin. Spofforth tourna son regard vers Bentley.

— Doyen Spofforth, demanda Bentley, est-ce que je pourrais assurer ce cours ?

Spofforth l'étudia pensivement quelques instants, puis il répondit :

— Non. Je suis désolé ; nous ne devons pas apprendre à lire dans cette université.

Bentley se leva avec gaucherie.

— Excusez-moi, fit-il, mais je croyais…

— Asseyez-vous, professeur Bentley, le coupa Spofforth. Je pense que nous pourrons néanmoins utiliser vos talents.

Bentley se rassit. Il était visiblement nerveux. Spofforth n'ignorait pas combien les humains se sentaient gênés en sa présence.

Il se radossa dans son fauteuil, s'étira et sourit aimablement à Bentley.

— Racontez-moi donc comment vous avez appris à lire ? demanda-t-il.

L'homme le regarda un instant en clignant des yeux, puis il répondit :

— Avec des fiches. En lisant des fiches. Et avec quatre petits livres : *Premières Lectures, Roberto, Consuela et leur chien Biff*, et...

— Comment avez-vous découvert tout ça ?

— De façon plutôt étrange, répondit Bentley. L'université possède une collection de vieux films porno. J'essayais de réunir des matériaux pour un cours quand je suis tombé sur une boîte scellée renfermant un vieux film. Il y avait aussi les quatre petits livres et le jeu de fiches à l'intérieur. J'ai passé le film et je me suis aperçu qu'il n'avait rien de porno. Il montrait une femme qui parlait avec des enfants dans une salle de classe ; il y avait un grand panneau noir derrière elle et elle dessinait dessus des marques blanches. Par exemple, elle traçait ce qui était, je devais l'apprendre plus tard, le mot « femme », et les enfants répétaient « femme » tous ensemble. Elle faisait la même chose pour « professeur », pour « arbre », pour « eau », pour « ciel ». J'avais déjà feuilleté les fiches et je me suis souvenu du dessin d'une femme où figuraient exactement les mêmes marques blanches sur le panneau noir et d'autres mots prononcés par la maîtresse et par les enfants. (Bentley plissa les yeux.) L'institutrice portait une robe bleue et elle avait des cheveux blancs. Elle semblait sourire tout le temps...

— Et ensuite, qu'avez-vous fait ? l'interrompit Spofforth.

— Oui, ensuite... fit Bentley en secouant la tête comme pour chasser ce souvenir. Ensuite, j'ai repassé la bobine une fois, puis une deuxième fois. J'étais fasciné par ce film, par quelque chose qui s'y déroulait et qui, je le sentais, était... était... (Il s'arrêta, ne trouvant pas le mot exact.)

— Important ? proposa Spofforth.

— Oui. *Important.*

Bentley, une fraction de seconde, regarda Spofforth droit dans les yeux, à l'encontre de la règle d'Obligation de Politesse, puis il détourna le regard, le reportant sur la fenêtre. Dehors, les étudiants, défoncés, étaient toujours assis, silencieux, hochant de temps à autre la tête.

— Et après ? demanda Spofforth.

— J'ai repassé le film. Un nombre incalculable de fois. Et j'ai commencé lentement à comprendre, comme si je l'avais toujours su mais sans savoir que je le savais, que l'institutrice et sa classe étaient en train de regarder les marques et de prononcer les mots qu'elles représentaient. Ces marques étaient comme des images. Les images des mots. On pouvait les regarder et dire le mot correspondant à voix haute. Je devais apprendre plus tard qu'on pouvait aussi regarder les marques et entendre les mots en silence au lieu de les dire. Il y avait les mêmes mots et des mots comparables dans les livres que j'avais trouvés.

— Et vous avez appris à déchiffrer d'autres mots ? demanda Spofforth d'une voix neutre.

— Oui. Ça m'a pris beaucoup de temps. Il a fallu que je comprenne que les mots étaient faits de lettres. Les lettres correspondaient à des sons qui étaient toujours les mêmes. J'ai passé des jours et des jours là-dessus et je ne voulais plus m'arrêter. J'éprouvais un certain plaisir à découvrir les choses que les livres pouvaient dire à mon esprit... (Il baissa les yeux)... Je ne me suis arrêté qu'après avoir appris tous les mots des quatre livres. Plus tard, j'ai mis la main sur trois nouveaux livres, et c'est alors que j'ai vraiment su que l'activité à laquelle je me livrais s'appelait « lire ».

Il se tut, puis, quelques secondes après, il leva timidement les yeux sur Spofforth.

Ce dernier l'étudia un long moment, puis il hocha la tête.

— Je vois, fit-il. Dites-moi, Bentley, avez-vous déjà entendu parler de films muets ?

— Des films muets ? s'étonna Bentley. Non.

Spofforth eut un petit sourire.

— Je ne pense pas qu'il existe beaucoup de gens qui en aient entendu parler. Ce sont de très vieux films et on en a récemment découvert un grand nombre au cours d'une démolition.

— Ah bon, fit avec politesse Bentley qui ne saisissait pas.

— Le propre des films muets, professeur Bentley, expliqua lentement Spofforth, c'est que les paroles prononcées par les acteurs ne sont pas dites mais écrites (il sourit à nouveau, avec douceur). Et pour les comprendre, il faut être capable de les lire.

BENTLEY

Premier jour

C'est Spofforth qui a suggéré que je fasse cela. Que la nuit, après le travail, je parle dans l'enregistreur pour raconter ce que j'ai fait pendant la journée. Il m'a donné à cet effet des BB supplémentaires.

Le travail est parfois monotone, mais il a peut-être ses récompenses. J'ai commencé il y a cinq jours et c'est la première fois que je me sens suffisamment à l'aise pour parler de moi. Et que pourrais-je bien dire en ce qui me concerne ? Je ne suis pas une personne bien intéressante.

Les films sont fragiles et doivent être maniés avec le plus grand soin. Quand ils cassent, et ils cassent souvent, je passe beaucoup de temps à les recoller en prenant d'infinies précautions. J'ai demandé au doyen Spofforth de m'adjoindre un robot technicien, peut-être un primaire formé aux travaux délicats, mais Spofforth s'est contenté de répondre : « Ça coûterait trop cher. » Et je suis sûr qu'il a raison. Je mets donc les films dans d'étranges machines, très anciennes, appelées « projecteurs », je m'assure que tout est correctement réglé et je projette les films sur un petit écran installé sur mon lit-bureau. Le projecteur fait toujours beaucoup de bruit mais mes pas eux-mêmes semblent résonner terriblement fort ici, au sous-sol de la vieille bibliothèque. Personne n'y vient jamais et les murs en acier inoxydable sont couverts de mousse.

Puis, quand les mots apparaissent sur l'écran, j'arrête le projecteur et je lis à haute voix dans un enregistreur. Il ne me faut parfois qu'un court instant, par exemple avec des lignes comme « Non ! » ou « Fin » pour lesquelles je ne marque qu'une toute petite hésitation avant de les prononcer. Mais il arrive qu'il y ait des phrases ou des mots beaucoup plus difficiles et je dois alors les étudier longtemps avant d'être certain de leur formulation. J'ai eu, entre autres, beaucoup de mal avec cette phrase qui est venue s'inscrire sur l'écran après une scène d'intense émotion dans laquelle une femme avait exprimé son inquiétude : « Si le Dr Carrothers n'arrive pas bientôt, Mère va certainement perdre la tête. » Vous pouvez imaginer les problèmes que j'ai eus avec cette phrase ! Et avec celle-ci : « Seul l'oiseau moqueur chante à l'orée du bois » qu'un vieil homme disait à une jeune fille.

Les films en tant que tels sont parfois fascinants. J'en ai déjà vu plus que je ne sais compter et plus qu'il n'en reste à voir. Ce sont tous des films en noir et blanc, et ils se déroulent avec des mouvements saccadés, comme ceux du grand singe dans *Le retour de King Kong*. Tout en eux est étrange, et pas seulement la façon dont les personnages bougent et réagissent. Il y a en eux le... comment pourrais-je l'exprimer ?... le sens d'un engagement, ainsi que de grands débordements de sentiments et d'émotions. Pourtant, ils sont souvent pour moi aussi impénétrables, aussi indéchiffrables que la surface polie d'une pierre. Bien entendu je ne sais pas ce qu'est un « oiseau moqueur » ni ce que « Dr » signifie, mais ce qui me gêne, c'est quelque chose qui va au-delà même du bizarre et de l'impression d'antiquité dégagée par ces images : ce sont ces touches d'émotions, des émotions inconnues, étrangères, ressenties jadis par chaque spectateur d'un public d'un autre âge et aujourd'hui perdues à jamais. J'éprouve le plus souvent de la tristesse. « Seul l'oiseau moqueur chante à l'orée du bois. » Tristesse.

Je déjeune la plupart du temps à mon lit-bureau. Une tasse de soupe aux lentilles avec une tranche de bacon de singe. Ou une barre de soja. Le servo-gardien a été programmé pour m'apporter tout ce que je lui demande de la cafétéria de l'université. Il m'arrive de rester assis à repasser sans cesse un bout de film, mangeant distraitement en essayant de percer un peu les brumes du passé. Il y a des choses que je vois et que je ne parviens pas à oublier. Une petite fille qui pleure sur une tombe dans un champ. Ou un cheval dans une rue avec un vieux chapeau de paille troué pour laisser passer les oreilles ; ou encore des vieillards qui boivent dans de grands gobelets en verre et qui rient en silence sur l'écran. À ce spectacle, les larmes me viennent parfois aux yeux.

Et ensuite, pendant plusieurs jours d'affilée, tout sentiment disparaît et je me contente de travailler laborieusement sur un film de deux bobines que je regarde du début à la fin d'une façon quelque peu mécanique : « Biograph Pictures présente : *Margaret's Lament*. Réalisé par John W. Kiley. Avec

Mary Pickford… » et ainsi de suite jusqu'au mot « Fin ». J'arrête alors l'enregistreur, j'enlève la petite sphère d'acier et la mets dans le compartiment prévu à cet effet dans la boîte noire hermétique où se trouve le film. Puis je passe au suivant.

C'est le côté pénible de ce travail, et quand j'en arrive au point où je ne peux plus le supporter, je me remonte à coups de marijuana et de petites siestes.

Troisième jour

Aujourd'hui, pour la première fois de ma vie, j'ai assisté à une immolation de groupe. Deux hommes et une femme étaient assis devant un bâtiment de la Cinquième Avenue qui fabrique et distribue des chaussures. Ils s'étaient apparemment aspergés d'un liquide inflammable quelconque car ils étaient tout mouillés. Je les ai aperçus au moment précis où la femme approchait un briquet de l'ourlet de sa jupe en jean et où des flammes pâles se refermaient autour d'eux comme les pétales d'une immense fleur jaune. Ils avaient dû prendre les drogues appropriées car leurs visages ne trahissaient pas le moindre signe de douleur, ébauchant même un sourire tandis que les flammes, claires dans le soleil, faisaient rougir leurs corps qui, ensuite, progressivement ont viré au noir. Plusieurs passants se sont arrêtés pour regarder. Une odeur infecte s'est élevée et je me suis éloigné.

Je savais que de telles immolations, qui se déroulaient toujours par groupes de trois, existaient, mais je n'en avais encore jamais été le témoin. On dit qu'elles sont très fréquentes à New York.

J'ai trouvé un livre. Un vrai livre ! Pas l'un de ces petits livres de lecture avec lesquels j'ai appris à lire dans l'Ohio et qui ne parlent que de Roberto, de Consuela et de leur chien Biff. Non. Un vrai livre. Épais. Palpable.

C'est arrivé le plus simplement du monde. Je me suis contenté d'ouvrir l'une des centaines de portes qui donnent sur l'immense couloir en acier inoxydable où se trouve mon bureau, et là, au centre d'une petite pièce nue, dans une vitrine, il y avait ce gros livre. J'ai soulevé le couvercle de la vitrine qui était recouvert d'une épaisse couche de poussière et j'ai pris le livre. Il était lourd et ses pages étaient jaunes, craquantes au toucher. Le livre s'appelle *Dictionnaire.* Il contient plein de mots.

Cinquième jour

Maintenant que j'ai commencé à tenir ce journal, je m'aperçois que je prête beaucoup plus attention qu'auparavant aux choses étranges que je rencontre durant le jour, afin, je suppose, de pouvoir les enregistrer ici, la nuit, dans le sous-sol des archives. Regarder sans cesse autour de soi et réfléchir exige parfois un tel effort, devient parfois si déconcertant que je me demande si les Concepteurs n'en avaient pas conscience quand ils ont pratiquement interdit au citoyen ordinaire d'utiliser un enregistreur ou bien quand ils ont décidé qu'on nous inculque à tous, dès notre plus jeune âge, ce principe de sagesse : « Dans le doute, n'y pense plus. »

Par exemple, j'ai remarqué une chose bizarre au zoo du Bronx, plusieurs choses bizarres, en fait. Il y a plus d'un mois que je prends chaque mercredi le *psi-bus* pour aller au zoo, et je me suis rendu compte que je n'y voyais toujours que cinq enfants qui en outre sont, je crois, toujours les mêmes. Ils portent tous les cinq des chemises blanches, sont invariablement en train de manger des cornets de glace, et, peut-être le plus étrange de tout, ils paraissent à chaque fois terriblement excités et heureux d'être au zoo. Les autres visiteurs, des gens de mon âge ou plus vieux, les contemplent souvent d'un air rêveur et les enfants, quand ils se savent observés, ne manquent jamais de désigner un animal, un éléphant par exemple, et de s'écrier : « Vous avez vu le gros éléphant ! » et les gens plus âgés de se sourire comme s'ils se sentaient rassurés. J'ai l'impression qu'il y a quelque chose d'inquiétant dans ce spectacle. Je me demande si ces enfants ne sont pas des robots.

Et plus inquiétant encore, à supposer que ce soient des robots, où sont donc les *vrais* enfants ?

Chaque fois que j'entre dans le Pavillon des Reptiles, j'y rencontre une femme en robe rouge. Elle est parfois allongée, endormie, sur un banc à côté des iguanes, ou bien elle se promène. Aujourd'hui, un sandwich à la main, elle regardait le python qui, derrière le verre de sa cage, glissait le long des branches d'un arbre synthétique. Et maintenant que j'enregistre cela, je m'interroge sur ce python. Il n'arrête pas de glisser le long de ces branches. Pourtant je crois me rappeler qu'à l'époque lointaine où j'étais encore un enfant (je n'ai naturellement aucun moyen de savoir combien de temps s'est écoulé depuis), les grands serpents dans les zoos étaient presque toujours endormis ou lovés dans un coin de leur cage, l'air pratiquement morts. Mais le python du zoo du Bronx ne cesse d'onduler, de darder sa langue et de faire frémir les gens qui viennent dans le Pavillon des Reptiles pour le voir. Serait-il lui aussi un robot ?

Onzième jour

Je commence à être dépassé par les événements. Je suis bouleversé. Bouleversé à l'idée de rapporter ce qui m'est venu aujourd'hui à l'esprit. Pourtant, une fois que j'en ai pris conscience, c'est devenu si évident, si limpide. Pourquoi n'y ai-je pas pensé plus tôt ?

Ça s'est passé pendant un film. Une vieille femme était assise sous la « véranda » (je crois que c'est bien le mot exact), la véranda d'une petite maison. Elle était installée dans ce qu'on appelait un « rocking-chair » et elle tenait un bébé sur ses genoux. Puis, l'air soucieux, elle avait levé le bébé à bout de bras et l'image, comme c'est souvent le cas, s'était interrompue un instant pour laisser apparaître les mots suivants sur l'écran : « Le bébé d'Ellen a le croup ! » Et quand le mot bébé s'était inscrit, j'avais soudain réalisé que je n'avais pas vu de vrais bébés depuis longtemps, si longtemps. Des *jaunes*, des *bleus*, des *rouges*, un nombre incalculable d'années s'étaient écoulées et je n'avais jamais vu le moindre bébé.

Où sont les bébés ? Quelqu'un d'autre que moi s'est-il posé la question ?

« Pas de questions, relax », me souffle mon subconscient nourri des préceptes de mon enfance.

Mais je ne parviens pas à me relaxer.

Je vais oublier et prendre quelques *sopors*.

Dix-neuvième jour

Dix-neuf. C'est le chiffre le plus élevé que j'aie jamais utilisé. Rien dans ma vie n'a jamais valu de compter jusque-là.

Et pourtant, je suppose qu'il serait possible de compter les *bleus* et les *jaunes* qui composent une existence. Naturellement, ce serait inutile, mais je crois qu'on pourrait le faire.

Je vois souvent des gros chiffres dans les films et ils sont fréquemment associés à la guerre. Le chiffre 1918 surtout. Je ne vois vraiment pas à quoi il pourrait correspondre. Y aurait-il eu une guerre qui aurait duré 1918 jours ? Mais rien ne dure aussi longtemps. L'esprit vacille à l'idée de penser à quoi que ce soit d'aussi long, d'aussi grand où d'aussi étendu.

« Pas de questions, relax. » Oui, il faut que je me relaxe.

Il faut aussi que je pense à manger quelques barres de soja et un peu de gelée avant de prendre mon *sopor*. Ça fait deux soirs de suite que j'oublie de manger.

La nuit, j'étudie assez souvent *Dictionnaire* pour apprendre de nouveaux mots et, de temps en temps, ça m'aide à m'endormir, mais parfois je découvre des mots qui me passionnent. Et ces mots-là sont souvent ceux dont la définition m'échappe, comme « maladie » ou « algèbre ». Je les retourne dans ma tête et je lis et relis leurs définitions, mais elles renferment presque toujours d'autres mots obscurs qui ne font qu'accroître mon excitation. Et je suis finalement obligé de prendre un *sopor*.

Je ne connais pas d'autre moyen pour me détendre.

Le zoo m'y aidait un peu mais je n'y suis plus retourné depuis quelque temps à cause de ces enfants. Je n'ai rien contre les robots, naturellement. Mais ces enfants...

Vingt et unième jour

Aujourd'hui, je suis allé au zoo et j'ai parlé à la femme en rouge. Elle était assise sur le banc près des iguanes. Je me suis installé à côté d'elle et je lui ai demandé :

— Est-ce que le python est un robot ?

Elle a tourné la tête et m'a regardé. Il y avait quelque chose d'étrange, de mystique, dans ses yeux qui ressemblaient à ceux de quelqu'un sous hypnose. Je voyais pourtant bien qu'elle était en train de réfléchir et qu'elle n'était pas droguée. Elle n'a rien dit pendant un long moment et j'ai cru qu'elle n'allait pas me répondre et qu'elle allait se retirer dans son « soi » comme on nous enseigne à tous de le faire lorsque nous sommes importunés par des étrangers. Mais au moment où je haussais les épaules et m'apprêtais à me lever, elle a dit :

— Je pense que ce sont *tous* des robots.

Je l'ai dévisagée, abasourdi. Personne ne parlait tout à fait comme ça. Et pourtant c'était comme ça que, depuis des jours, moi-même je pensais. C'était si troublant que je me suis levé et que je suis parti sans la remercier.

En quittant le Pavillon des Reptiles, j'ai vu les cinq enfants. Ils étaient tous les cinq ensemble, tenant tous les cinq leur cornet de glace, les yeux agrandis par l'excitation. Ils m'ont regardé tous les cinq en souriant. J'ai détourné les yeux…

Vingt-deuxième jour

Il y a quelque chose de stupéfiant qui revient sans cesse dans les films : un rassemblement d'êtres humains appelé « famille ». Apparemment, dans les temps anciens, ce type d'organisation devait être fort répandu. Une « famille » est un groupe de gens qui paraissent vivre ensemble. Elle se compose d'abord d'un homme et d'une femme, et si par hasard l'un d'eux disparaît, on continue à parler de lui et son image (ce qu'on appelle des photographies) se retrouve un peu partout dans la maison. Puis viennent les jeunes, des enfants d'âges différents. Et le plus surprenant, ce qui semble caractériser toutes ces « familles », c'est que l'homme et la femme sont toujours *le père et la mère de tous les enfants*. Parfois, il y a aussi des gens plus vieux, les parents de l'homme ou de la femme. Je ne sais vraiment pas quoi en penser. En fait, *ils semblent tous être parents les uns des autres* !

Et dans les films, tous ces débordements sentimentaux paraissent liés à cette structure de « famille » qui, en outre, est présentée comme à la fois normale et décente.

J'ai appris, bien entendu, à éviter de juger mon prochain, et surtout des gens d'une autre époque. Je sais que cette notion de « famille » est contraire au dicton « Être seul, c'est être bien », mais ce n'est pas ça qui me gêne. Après tout, j'ai déjà passé plusieurs jours de suite avec d'autres personnes et j'ai été jusqu'à rencontrer les mêmes étudiants pendant plusieurs semaines. Ce n'est pas tant la Faute de Promiscuité qui me dérange dans ces « familles » ; je ressens plutôt une espèce de choc en imaginant tous les risques que ces gens ont pu courir. Ils donnent l'impression d'éprouver tellement de sentiments les uns pour les autres.

Cela me scandalise et m'attriste.

Et ils se parlent tellement entre eux. Leurs lèvres, même s'il n'en sort aucun son, ne cessent de remuer.

Vingt-troisième jour

Je me suis couché la nuit dernière en pensant aux risques que ces gens, il y a si longtemps, prenaient dans leurs « familles », et dès le matin je passai un film qui prouvait justement combien ces risques pouvaient être graves.

Sur l'écran, un vieil homme était en train de mourir. Il était allongé sur un étrange lit d'autrefois, dans sa maison (et non dans un hôpital-mouroir) et il était entouré de sa famille. Une pendule avec un balancier était accrochée au mur. Il y avait des filles, des garçons, des hommes, des femmes, des personnes âgées, bref plus de monde que je ne pouvais en compter. Tous étaient malheureux et tous pleuraient. Puis, quand il est mort, deux des filles les plus jeunes se sont jetées sur son corps, la poitrine soulevée de sanglots silencieux. Il y avait un chien au pied du lit, et à la mort du vieillard, il a posé sa tête entre ses pattes comme s'il éprouvait du chagrin. Et l'horloge s'est arrêtée.

Ce spectacle de souffrances inutiles me bouleversa au point que j'abandonnai le film à cet endroit pour me rendre au zoo.

J'allai directement au Pavillon des Reptiles ; la femme était là. Elle était seule dans le bâtiment à l'exception de deux vieillards en pull-over gris et en sandales qui fumaient des joints et hochaient lentement la tête au-dessus des crocodiles évoluant dans le bassin du milieu de la salle. Elle se promenait, un sandwich à la main, semblant ne rien voir, ne rien regarder.

J'étais encore bouleversé, bouleversé par le film, par tout ce qui était arrivé depuis que j'avais commencé à tenir ce journal, et, saisi d'une impulsion, je m'approchai d'elle et lui demandai :

— Pourquoi êtes-vous toujours ici ?

Elle se figea brusquement, se retourna et me regarda de ses yeux pénétrants et mystiques. L'idée qu'elle était peut-être folle m'effleura un instant. Mais c'était impossible, car dans ce cas les Détecteurs l'auraient repérée et elle serait dans une Réserve, abrutie de Valium Efface-Temps et de gin. Non, elle devait être saine d'esprit. Il fallait qu'elle le soit. Quiconque marchait librement au milieu de ses semblables était sain d'esprit.

— Je vis ici, répondit-elle.

Personne ne vivait dans les zoos. Du moins pas à ma connaissance. Et l'entretien du zoo était probablement assuré, comme dans toutes les Institutions Publiques, par des robots d'un type ou d'un autre.

— Pourquoi ? demandai-je.

C'était une Intrusion dans la Vie Privée, mais je n'y attachai pas trop d'importance. Peut-être à cause de la présence de tous ces reptiles qui glissaient et ondulaient dans les cages de verre qui nous entouraient et des feuillages synthétiques, lourds, verts, luisants, qui faisaient ployer les arbres artificiels.

— Et pourquoi pas ? répondit-elle. (Puis elle ajouta :) Vous aussi, vous êtes souvent dans le coin.

Je me sentis devenir écarlate.

— C'est vrai. Je viens ici quand je me sens... contrarié.

Elle me dévisagea.

— Vous ne prenez pas de pilules ?

— Si, bien sûr, m'empressai-je de répondre. (Puis j'ajoutai :) Mais je viens quand même au zoo.

— Ah bon, fit-elle. Moi, je ne prends pas de pilules.

Ce fut à mon tour de la dévisager. C'était probablement impensable.

— Vous ne prenez jamais de pilules ?

— J'en prenais, mais maintenant elles me rendent malade. (Son expression s'adoucit un peu.) Je veux dire que quand je prends des pilules, ça me fait vomir.

— Mais il n'y a pas de pilules contre ça ? Un robot medic pourrait sans doute...

— Je suppose, oui, fit-elle. Mais est-ce que je ne vomirais pas une pilule anti-vomitive ?

Je ne savais pas si je devais ou non sourire. Finalement, je souris. Même si tout cela avait un caractère des plus choquants.

— Vous pourriez vous faire faire une piqûre... commençai-je.

— N'y pensez plus, me coupa-t-elle. Détendez-vous.

Elle pivota brusquement et regarda vers la cage des iguanes. Les sauriens, comme toujours, étaient très animés. Ils sautillaient dans leur cage comme des crapauds. Elle mordit dans son sandwich.

— Et vous vivez ici. Au zoo ? demandai-je.

— Oui, répondit-elle entre deux bouchées.

— Et ce n'est pas trop… trop ennuyeux ?

— Mon Dieu, si !

— Alors pourquoi restez-vous ?

Elle me contempla comme si elle n'allait pas me répondre. Bien entendu, il lui suffisait de hausser les épaules, de fermer les yeux et l'Obligation de Politesse me contraindrait à la laisser seule. On ne peut pas s'immiscer ainsi impunément dans la Vie Privée d'autrui.

Mais, apparemment, elle avait décidé de me répondre et, sans savoir pourquoi, lorsque je vis qu'elle était sur le point de parler, j'éprouvai un sentiment de reconnaissance à son égard.

— J'habite au zoo, dit-elle, parce que je n'ai pas de travail et que je n'ai pas d'autre endroit où aller.

J'ai bien dû la dévisager une minute avant de demander :

— Mais alors pourquoi ne décrochez-vous pas ?

— C'est ce que j'ai fait. J'ai vécu dans une Réserve de Marginaux pendant au moins deux *jaunes*. Jusqu'à ce que je commence à vomir en fumant des joints et en avalant des pilules.

J'avais naturellement entendu parler de la qualité de l'herbe dans les Réserves de Marginaux ; elle était cultivée dans d'immenses champs à l'aide de matériel entièrement automatique et elle avait la réputation d'être d'une puissance presque incroyable. Mais je n'avais jamais entendu dire qu'elle eût rendu qui que ce soit malade.

— Mais quand vous avez raccroché… est-ce qu'on n'aurait pas dû vous donner un travail ?

— Je n'ai pas raccroché.

— Vous n'avez pas…

— Non.

Elle termina son sandwich, détournant à nouveau la tête pour observer la cage des iguanes. Pendant quelques instants, je ne ressentis rien d'autre que de la colère. Ces espèces de gros reptiles avec leurs bonds de grenouilles !

Puis je pensais : *je devrais la dénoncer*. Mais je savais que je ne le ferais pas. J'aurais dû également signaler, comme tout citoyen responsable était censé le faire, cette immolation de groupe. Mais je ne l'avais pas fait. Personne ne l'avait fait, probablement. Et plus personne ne semble jamais signalé ou dénoncé par qui que ce soit.

Quand elle eut avalé sa dernière bouchée, elle se tourna vers moi et dit :

— J'ai simplement quitté le dortoir et j'ai marché jusqu'ici. Personne n'a fait attention à moi.

— Mais comment faites-vous pour vivre ? demandai-je.

— Oh, c'est très facile. (Son regard avait perdu un peu de son intensité.) Par exemple, devant ce bâtiment, il y a une machine à sandwiches. Le genre de machine qui fonctionne avec une carte de crédit. Tous les matins, un servo-robot vient la remplir de sandwiches frais. J'ai découvert en arrivant ici, il y a environ un *demi-jaune*, que le robot apportait toujours cinq sandwiches de plus que le distributeur n'en pouvait contenir. Et comme c'est un robot primaire, il reste planté là, avec ses cinq sandwiches en trop dont il ne sait pas quoi faire.

Alors je les lui prends, c'est tout. Je me nourris avec ça et je bois de l'eau aux fontaines.

— Et vous ne travaillez pas ?

Elle me regarda fixement :

— Vous savez comment c'est le travail aujourd'hui. Il faut désactiver des robots pour nous trouver quelque chose à faire et nous payer en échange.

Je savais que c'était la vérité. Tout le monde le savait, je suppose. Mais personne ne le disait jamais.

— Vous pourriez jardiner... fis-je.

— Je n'aime pas le jardinage, répliqua-t-elle.

Je m'écartai un peu et allai m'asseoir sur le banc près de la cage du python. Les deux vieillards étaient partis et nous étions seuls. Je ne la regardai pas.

— Et que faites-vous quand vous vous ennuyez ? demandai-je. Il n'y a pas de Télé ici. Et on ne peut pas utiliser les Installations de Jeux de New York sans crédit. Et comme il n'y a aucun moyen d'avoir du crédit sans un travail...

Elle ne répondit pas, et l'espace d'un instant je crus qu'elle ne m'avait pas entendu, puis je perçus le bruit de ses pas et quelques secondes plus tard elle s'asseyait à côté de moi.

— Ces derniers temps, dit-elle, j'ai essayé de mémoriser ma vie.

« Mémoriser ma vie. » C'était une phrase si étrange que je ne trouvai rien à dire. Je me contentai d'observer le python qui glissait le long des branches, animal et végétal aussi artificiels l'un que l'autre.

— Vous devriez essayer un jour, fit-elle. Vous commencez par vous souvenir d'une chose qui est arrivée, puis vous y pensez et y repensez sans cesse. Ça s'appelle la « mémorisation ». Quand je le fais assez longtemps, je garde tout à l'esprit et je finis par le savoir comme je sais une histoire ou une chanson.

Mon Dieu, pensai-je. *Ce n'est pas possible qu'elle soit saine d'esprit!* Et pourtant, elle était là et les Détecteurs la laissaient tranquille. Puis je songeai : *C'est parce qu'elle ne prend pas de drogues*. Qu'est-ce qui pouvait bien être arrivé à son cerveau... ?

Je me levai et partis.

Vingt-quatrième jour

« Mémoriser ma vie. » Je ne parvenais pas à me sortir cette phrase de l'esprit. Tout au long du chemin depuis le Bronx jusqu'à Manhattan en direction de la bibliothèque, j'étudiai le visage des gens assis dans le bus, des gens agréables, timides, inoffensifs, soigneusement espacés les uns des autres sur les sièges ou bien arpentant les avenues, qui tous veillaient soigneusement à éviter les regards de ceux qu'ils croisaient. Et je ne cessais de penser à cette phrase. *Mémoriser ma vie*. Je n'arrivais pas à m'en débarrasser même si je ne la comprenais qu'à peine.

Puis, comme le bus approchait de la bibliothèque et que je lui signalais que je souhaitais descendre devant l'escalator, je constatai qu'il y avait beaucoup de monde dans les rues et aussitôt, une autre phrase vint remplacer celle qui occupait tant mon esprit. *Où sont donc les jeunes ?*

Car il n'y avait plus de jeunes. Tous étaient au moins aussi âgés que moi. Et je suis moi-même plus vieux que nombre des pères dans les films. Je suis plus vieux que Douglas Fairbanks dans *Capitaine Blood*. Bien plus vieux.

Pourquoi n'y a-t-il personne de plus jeune que moi ? Les films sont remplis de jeunes. En fait, ils sont même en majorité.

Y aurait-il quelque chose d'anormal ?

Vingt-cinquième jour

Quand j'étais au dortoir, en compagnie des autres garçons et filles de ma classe, il n'y avait pas de groupes d'enfants en dessous de nous. Nous étions les plus jeunes. Je ne sais pas combien nous étions dans cet ensemble de vieux bâtiments de Permoplastique près de Toledo dans l'Ohio car on ne nous a jamais comptés et nous-mêmes ne savions pas compter.

Je me souviens d'un ancien bâtiment très calme appelé Chapelle des Enfants où nous passions environ une heure par jour pour l'Exercice de Solitude et la Préparation à la Sérénité. Nous devions nous asseoir dans une salle pleine d'enfants du même âge et apprendre à oublier leur présence en contemplant des lumières et des couleurs changeantes sur un immense écran de télévision qui occupait tout le mur du fond. De faibles *sopors* étaient distribués par un robot primaire, un Classe 2, au début de chaque séance. Je me souviens de m'être épanoui au point d'entrer dans la Chapelle après le petit déjeuner, d'y rester une heure après avoir laissé fondre dans ma bouche le *sopor* parfumé et de me rendre à mon cours suivant sans jamais avoir eu conscience de la présence de quiconque alors qu'il avait dû y avoir une centaine d'autres enfants autour de moi.

Ce bâtiment fut démoli par de grosses machines et une équipe de robots Classe 3 lorsque nous obtînmes nos diplômes et passâmes à la Formation pour Adolescents. Et quand j'entrai1 au Centre de Sommeil pour Adultes, environ un *bleu* plus tard, notre vieux Centre de Sommeil pour Enfants fut également démoli.

Notre génération d'enfants a dû être la dernière.

Vingt-sixième jour

J'ai assisté à une nouvelle immolation de groupe aujourd'hui. À midi.

Ça s'est passé au Burger Chef de la Cinquième Avenue. J'y vais souvent déjeuner car ma carte de crédit de l'université de New York me permet de dépenser plus que je n'en ai réellement besoin. Je venais de finir mon algueburger et me servais un second verre de thé au samovar lorsque j'ai senti une espèce de courant d'air derrière moi et entendu quelqu'un dire : « Oh, mon Dieu ! » Je me suis retourné, mon verre de thé à la main, et là, au fond du restaurant, j'ai vu trois personnes qui brûlaient, installées dans un box. Les flammes semblaient très brillantes dans cette salle sombre et, au premier abord, il était difficile d'apercevoir les corps embrasés. J'ai cependant fini par les distinguer au moment où leurs visages commençaient à se tordre et à noircir. C'étaient trois personnes âgées, des femmes, m'a-t-il semblé. Et, bien entendu, elles ne manifestaient aucun signe de douleur. Elles auraient pu tout aussi bien être en train de jouer au rami, si ce n'était qu'elles étaient là, à brûler vives.

J'aurais voulu hurler. Mais naturellement, je ne l'ai pas fait. Puis j'ai envisagé de jeter le contenu de mon verre sur leurs pauvres corps martyrisés, mais le respect de leur Vie Privée, bien entendu, l'interdisait. Je me suis donc contenté de rester où j'étais et de regarder.

Deux servo ont débouché des cuisines et se sont approchés pour veiller, je suppose, à ce que le feu ne s'étende pas. Personne ne bougeait. Personne ne parlait.

Finalement, lorsque l'odeur est devenue insupportable, je suis sorti du Burger Chef; je me suis arrêté en voyant un homme qui regardait les trois corps se calciner à travers la vitre. Je me suis tenu quelques instants à ses côtés, puis j'ai dit : « Je n'arrive pas à comprendre ça. »

L'homme m'a d'abord fixé avec un regard vide, puis il a froncé les sourcils d'un air de dégoût, a haussé les épaules et a fermé les yeux.

Et moi, je me suis mis à rougir de confusion en m'apercevant que je pleurais. Pleurer. Et en public!

Vingt-neuvième jour

J'ai commencé à écrire ce récit. C'est l'un de mes jours de congé et aujourd'hui, je n'ai pas regardé de films. J'ai été chercher des feuilles de papier à dessin et un stylo au Département d'Expression Libre, puis j'ai entrepris de mettre par écrit les mots de mon journal enregistré en me basant sur les grandes lettres figurant à la première page de *Dictionnaire*. Au début, cela fut si difficile que je crus que je n'y arriverais jamais; je faisais repasser quelques mots sur mon enregistreur puis je les transcrivais sur le papier. Cela devint très vite une véritable épreuve. Il est terriblement ardu d'orthographier les mots très longs. J'en ai appris quelques-uns dans les films et d'autres, les plus longs, dans *Dictionnaire* où j'arrive d'habitude à les retrouver, encore que cela nécessite parfois bien des recherches.

Je pense qu'il existe un principe de classement des mots dans *Dictionnaire*, qui permet sans doute de les repérer facilement, mais je ne parviens pas à le comprendre. Pendant plusieurs pages de suite, tous les mots commencent par la même lettre et soudain, d'un seul coup, on passe à une autre lettre, totalement différente.

Après avoir écrit pendant quelques heures, ma main s'est mise à me faire mal et je devins incapable de tenir mon stylo. Il a fallu que je prenne des pilules contre la douleur, mais après, je me suis aperçu qu'elles m'empêchaient de me concentrer et qu'il m'arrivait de sauter des mots et des phrases entières.

J'avais bien soupçonné que les drogues produisaient ce genre d'effets, cependant je n'en avais encore jamais eu de preuve aussi convaincante.

Trente et unième jour

Je ne suis pas allé au zoo aujourd'hui.

J'ai écrit des mots sur le papier pendant toute la journée. Depuis l'heure du déjeuner jusqu'à maintenant, alors que dehors il commence à faire nuit. La douleur dans ma main est devenue très aiguë mais je n'ai pas pris de pilules et après quelque temps il m'a semblé ne plus y penser. En vérité, il y avait, comment pourrais-je l'exprimer ? quelque chose de... de gratifiant à rester ainsi à mon bureau, la main et le poignet tenaillés par la souffrance, à coucher des mots sur une feuille de papier. J'ai fini mon journal jusqu'au vingt-neuvième jour et bien que je sois à présent en train de parler dans l'enregistreur de voix, j'ai hâte de reprendre demain une feuille de papier et de recommencer à y inscrire des mots.

Il y a une phrase dans mon esprit qui ne cesse de se rappeler à moi avec insistance. C'est la phrase : « Mémoriser ma vie », cette phrase que la femme a prononcée l'autre jour devant le Pavillon des Reptiles. Lorsque je l'ai écrite, il y a environ une heure, j'ai vu quelque chose dans ces mots, quelque chose qu'il m'a fallu un moment pour comprendre. *Ce que j'étais moi-même en train de faire, c'était justement de mémoriser ma vie.* Mettre tous ces mots sur du papier, au lieu de se contenter de les lire dans un enregistreur, constituait un véritable processus mental que la femme appelait « mémorisation ». J'ai arrêté mon travail après avoir noté les mots « Mémoriser ma vie » et j'ai décidé de me livrer à une petite expérience. J'ai pris *Dictionnaire* et j'ai tourné les pages jusqu'à ce que j'arrive aux mots qui commencent tous par la lettre « M », puis je me suis mis à les étudier. Après quelque temps, je me suis rendu compte qu'il existait une espèce de structure parce que tous les mots qui commençaient par un « M » suivi d'un « É » étaient regroupés ensemble. Je consultai ce groupe de mots jusqu'à découvrir finalement, après quelques recherches, le mot « mémoriser ». Et je lus à côté la définition suivante : « Fixer dans la mémoire.

Apprendre par cœur. » Comme c'était étrange. Cœur. Apprendre par cœur. Je ne comprenais pas tout à fait. Pourtant, le mot « cœur » me semblait convenir sans que je sache très bien pourquoi ; je savais par contre que mon cœur n'avait jamais cessé de battre. Jamais.

Et jamais auparavant je n'avais eu l'impression de voir, d'entendre et de penser aussi clairement. Serait-ce parce que je n'ai pas pris la moindre drogue aujourd'hui ? Ou bien le fait d'écrire ? Ces deux choses sont si nouvelles pour moi et elles sont si étroitement liées que j'ignore laquelle des deux provoque cette réaction. C'est vraiment très étrange de se sentir ainsi. J'en éprouve une certaine ivresse, et cependant l'impression de risque qui s'y attache est, elle, presque terrifiante.

Trente-troisième jour

La nuit dernière, je n'ai pu dormir. Je suis resté allongé sur mon lit à contempler le plafond en acier inoxydable de ma chambre installée dans le département des archives. J'ai failli à plusieurs reprises appeler le servo robot pour lui demander des *sopors*, mais j'ai tenu bon dans ma résolution de ne pas le faire. En un sens, cette impression d'insomnie me plaisait. Je me suis levé et je me suis promené dans ma chambre. C'est une pièce lumineuse avec une épaisse moquette couleur lavande. Il y a un bureau, qui est combiné avec mon lit, et sur le bureau il y a *Dictionnaire*. Je l'ai feuilleté pendant environ une heure. J'ai regardé les mots. Tous ces sens qu'ils renferment, ce passé qu'ils évoquent !

Je décidai ensuite de sortir. Il était très tard. Il n'y avait personne dans les rues et bien que New York fût indiscutablement une ville sûre, je ne m'en sentis pas moins tendu, et un peu effrayé. J'avais quelque chose à l'esprit dont je n'arrivais pas à me débarrasser et j'étais décidé à ne pas prendre de *sopor*. J'appelai un *psi-bus* et lui demandai de me conduire au zoo du Bronx.

J'étais seul dans le bus. Je regardais par les vitres tandis que le véhicule roulait entre les bungalows et les terrains vagues de Manhattan. Je regardais les lumières qui brillaient aux fenêtres des bâtiments où quelques personnes étaient encore devant la télévision. New York est très calme, surtout la nuit, mais je pensais à ces gens, à la vie qu'ils menaient, avec leur télévision, et je ne cessais de me poser des questions. *Ils ne savent rien du passé, ni de leur propre passé, ni du passé des autres.* C'était la vérité, bien entendu, et cette vérité, j'en avais conscience depuis toujours. Mais ici, en pleine nuit, seul dans ce bus qui traversait New York en direction du zoo, je sentais tout cela beaucoup plus profondément, et le caractère étrange de cette impression commençait à m'effrayer.

Le Pavillon des Reptiles était plongé dans l'obscurité mais il n'était pas fermé à clef. Je fis du bruit en entrant et j'entendis la fille demander d'une voix surprise :

— Qui est là ?

— Ce n'est que moi, répondis-je.

— Mon Dieu ! La nuit aussi, maintenant, soufflat-elle.

— Eh oui, fis-je.

Je vis alors apparaître la flamme vacillante d'un briquet, puis la lueur d'une bougie que la fille avait dû sortir de sa poche. Elle la posa sur le banc.

— Je suis content que vous ayez de la lumière, dis-je.

Elle dormait probablement sur ce banc car elle s'étira, puis elle dit :

— Venez. Maintenant que vous êtes là, vous feriez aussi bien de vous asseoir.

Je m'approchai donc et pris place à côté d'elle. Je m'aperçus que mes mains tremblaient et j'espérai qu'elle n'allait pas le remarquer. Nous restâmes silencieux. Je ne voyais pas les reptiles dans leurs cages de verre et ils ne faisaient aucun bruit. Tout était absolument calme. Les ombres jouaient sur son visage. Elle finit par rompre le silence.

— Vous ne devriez pas être au zoo en pleine nuit, dit-elle.

Je tournai la tête vers elle.

— Vous non plus, fis-je.

Elle baissa les yeux sur ses mains qu'elle avait croisées sur ses genoux. Il y avait quelque chose de gracieux dans ce geste que j'avais souvent vu faire dans les vieux films. Mary Pickford. Elle releva la tête et me scruta. L'intensité de son regard était un peu adoucie par la lueur de la bougie.

— Pourquoi êtes-vous venu ici ? demanda-t-elle.

Je la dévisageai un bon moment avant de répondre, puis je déclarai :

— C'est à cause de ces mots que vous avez prononcés l'autre jour. Je n'ai pas réussi à me les ôter de l'esprit. Vous aviez dit que vous alliez mémoriser votre vie.

Elle acquiesça.

— Je n'ai d'abord pas compris ce que ça signifiait, poursuivis-je, mais après j'ai réfléchi. En fait, je crois que je suis en train d'essayer de faire la même chose, ou du moins quelque chose de comparable. Je ne veux pas parler de mon enfance, de ma jeunesse et de ma vie dans les dortoirs ou au collège, mais de la vie que je mène à présent, et de celle que j'ai menée ces derniers temps. C'est ça que je m'efforce de mémoriser.

Je m'interrompis. Je ne savais pas exactement comment continuer. Elle m'étudiait de très près.

— Ainsi, je ne suis pas la seule, dit-elle. J'ai peut-être déclenché un mouvement quelconque.

— Oui, dis-je. Peut-être. Mais j'ai quelque chose qui pourrait vous être utile. Vous savez ce qu'est un enregistreur ?

— Oui, je crois, répondit-elle. Il me semble que c'est un appareil dans lequel on dit des choses qu'il vous répète ensuite. Comme lorsqu'on appelle une bibliothèque pour demander des informations : la voix n'est pas celle d'une personne qui parle à ce moment-là, mais qui a parlé il y a déjà quelque temps.

— Oui, approuvai-je. C'est ça. Eh bien, j'ai un enregistreur et j'ai pensé que vous aimeriez peut-être l'essayer.

— Vous l'avez apporté avec vous ? demanda-t-elle.

— Oui, répondis-je.

— Parfait, fit-elle. Ça devrait être intéressant. Je vais allumer.

Elle se leva et traversa la salle, s'éloignant du halo projeté par la bougie. Je l'entendis ouvrir quelque chose, puis il y eut un déclic et un flot de lumière inonda la salle. L'éclat du verre des cages m'éblouit un instant. Et dans chacune d'elles les reptiles, les iguanes, le python, les lézards géants verts, les énormes crocodiles bruns, tous se tenaient immobiles, figés au milieu de cette végétation synthétique. Elle revint vers le banc et se rassit à côté de moi. Je constatai que ses cheveux étaient ébouriffés et que son visage, d'avoir reposé sur le banc, était tout fripé. Et pourtant, même ainsi, elle avait l'air fraîche et vive.

— Faites voir cet enregistreur, fit-elle.

Je le tirai de ma poche.

— Voilà, dis-je. Je vais vous montrer comment ça marche.

Nous avons dû y passer plus d'une heure. Elle était fascinée par l'enregistreur ; elle me demanda si elle pouvait le garder quelque temps mais je lui répondis que c'était impossible parce que j'en avais besoin pour mon travail et qu'il était très difficile de s'en procurer d'autres. À un moment, je faillis lui dire que je savais lire et écrire, mais quelque chose m'en empêcha. Je le lui dirais peut-être une autre fois. Lorsque je lui déclarai qu'il fallait que je rentre chez moi, elle me demanda :

— Et où habitez-vous ? Là où vous travaillez ?

— Oui. À l'université de New York, répondis-je. Je n'y suis que pour cet été, sinon je vis dans l'Ohio.

— Qu'est-ce que vous faites à l'université ? demanda-t-elle.

— J'étudie des vieux films, lui répondis-je. Vous savez ce que c'est des films ?

— Des films ? Non.

— Eh bien, les films sont un peu comme des enregistrements vidéo. Une méthode pour enregistrer les images qui bougent. On s'en servait avant l'invention de la télévision.

Ses yeux s'agrandirent de surprise.

— Avant l'invention de la télévision ?

— Oui, fis-je. Il y a eu une époque où la télévision n'avait pas encore été inventée.

— Mon Dieu, fit-elle. Et comment le savez-vous ?

En réalité, je ne le savais pas, naturellement, mais j'avais déduit des films que j'avais vus qu'ils avaient été tournés avant la télévision car dans ces maisons des « familles » il n'y avait jamais de postes de Télé. L'idée de succession d'événements, l'idée que les choses n'avaient pas toujours été ce qu'elles sont, cette notion étrange, ahurissante, me frappa brutalement tandis que je prenais conscience de ce que je connais seulement sous le nom de passé.

— C'est vraiment bizarre, fit la fille, de penser qu'il ait pu y avoir une époque où la télévision n'existait pas. Mais je sens que je peux le comprendre. Je sens d'ailleurs que je peux comprendre beaucoup de choses depuis que j'ai commencé à mémoriser ma vie. On finit par avoir le sentiment qu'une chose arrive après une autre et que le changement existe.

Je la regardai.

— Grand Dieu, oui, fis-je, je vois ce que vous voulez dire.

Je repris mon enregistreur et je sortis. Le *psi-bus* attendait. Il allait bientôt faire jour. Quelques oiseaux chantaient et je pensai *Seul l'oiseau moqueur chante à l'orée du bois*, mais cette fois, je n'éprouvais aucune tristesse.

Je me dirigeai vers le bus. Je me sentais embarrassé. J'avais l'impression qu'elle m'avait rendu un grand service. Cette nervosité qui m'avait poussé à venir au zoo en plein milieu de la nuit m'avait maintenant quitté aussi sûrement que si j'avais pris deux tablettes de Nembucaïne... Je ne savais pas comment la remercier, aussi me contentai-je de retourner dans le bâtiment, de dire « Bonne nuit » et je m'apprêtai à repartir.

— Attendez, fit-elle.

Je pivotai pour lui faire face.

— Vous voulez bien m'emmener avec vous ?

J'en fus ébahi.

— Pourquoi ? demandai-je. Pour le sexe ?

— Peut-être, répondit-elle. Pas forcément. Je voudrais... j'aimerais utiliser votre enregistreur.

— Je ne sais pas quoi vous répondre, fis-je. J'ai un accord avec l'université. Je ne suis pas sûr...

Son expression, soudain, se modifia. Son visage se fit effrayant. Ses traits se tordirent de colère, d'une colère aussi violente que celle que j'avais parfois lue sur les visages de certains acteurs dans les films.

— Je croyais que vous étiez différent. (Sa voix tremblait de fureur contenue.) Je croyais que vous vous moquiez des Fautes et des Règles.

Cette colère m'inquiétait beaucoup. Manifester de la colère en public, et dans un sens, c'était bien en public qu'elle le faisait, constituait l'une des pires Fautes. Une Faute presque aussi grave que les larmes que j'avais versées devant le Burger Chef. Puis je me mis à penser à moi et à mes pleurs. Et je ne sus plus quoi dire.

Elle avait dû interpréter mon silence comme une désapprobation, ou comme le début d'une Retraite en Soi, car elle dit soudain :

— Attendez.

Elle sortit précipitamment du Pavillon des Reptiles tandis que je restais là, hésitant. Elle revint peu de temps après, une grosse pierre à la main. Elle l'avait sans doute prise dehors dans l'une des plates-bandes de fleurs. Je ne la quittai pas des yeux, fasciné.

— Je vais vous montrer ce que sont les Fautes et les Règles de Conduite, dit-elle.

Elle se recula de quelques pas et lança la pierre en plein sur la cage du python. Ce fut étonnant. Il y eut d'abord un bruit très fort et le devant de la cage céda. Un grand triangle de verre s'écrasa à mes pieds et se brisa en morceaux. Et tandis que j'étais figé sur place, stupéfié, elle s'avança vers la cage, glissa les deux mains à l'intérieur et se saisit du python. Je frémis : son assurance était terrifiante. Et si le serpent n'était pas un robot ?

Elle sortit la créature par la tête, lui desserra les mâchoires et se pencha pour l'examiner. Puis elle me tendit le python dont la grande gueule répugnante béait largement. Nous ne nous étions pas trompés. Au fond de la gueule, se trouvait le jeu de piles nucléaires caractéristiques d'un robot Catégorie D.

J'étais trop épouvanté par ce qu'elle venait de faire pour prononcer le moindre mot.

Et tandis que nous nous tenions là, ressemblant à l'un de ces « tableaux vivants » des vieux films, elle, brandissant triomphalement le serpent, et moi, contemplant avec horreur l'ampleur des dégâts qu'elle avait commis, j'entendis un bruit derrière moi et je me retournai pour voir une porte s'ouvrir dans le mur, entre deux cages de reptiles, sur un imposant robot de la Sécurité. Il s'avança vers nous à grandes enjambées et sa voix tonna dans le silence :

— Vous êtes en état d'arrestation. Vous avez le droit de ne pas répondre aux questions et vous...

La femme leva un visage impassible sur le robot qui la dominait de toute sa taille et elle l'interrompit brutalement :

— Ta gueule, robot, dit-elle. Ta gueule et casse-toi.

Le robot se tut. Il ne bougeait plus.

— Robot, fit-elle. Prends cette saloperie de serpent et va le faire réparer.

Et le robot tendit le bras, lui prit le python des mains et sortit tranquillement de la salle pour aller se perdre dans la nuit.

Je ne savais plus ce que je ressentais après avoir assisté à tous ces événements. C'était un peu comme ces scènes de violence dans certains films, dans *Intolérance* par exemple, lorsque les grands bâtiments de pierre s'effondrent. On se contente de les regarder sans rien ressentir.

Puis je commençai à réfléchir et dis :

— Les Détecteurs...

Elle tourna la tête vers moi. Son expression était d'un calme surprenant :

— C'est comme ça qu'il faut traiter les robots. Ils ont été construits pour servir les hommes et plus personne ne semble le savoir.

Pour servir les hommes ? Après tout, c'était peut-être vrai.

— Mais les Détecteurs ? demandai-je.

— Les Détecteurs ne détectent plus rien, répondit-elle. Regardez-moi. Est-ce qu'ils m'ont détectée pour avoir volé des sandwiches ? Pour avoir dormi dans un Lieu Public ? Pour avoir quitté la Réserve de Marginaux sans carte de Réintégration ?

Je ne dis rien, mais la stupeur devait se lire sur mon visage.

— Les Détecteurs ne détectent absolument plus rien, reprit-elle. Et peut-être ne l'ont-ils jamais fait. Ils n'ont pas besoin de le faire. Les gens sont tellement conditionnés depuis leur enfance que plus personne ne fait jamais plus rien.

— Les gens se font brûler vifs, dis-je. Et ça arrive souvent.

— Et est-ce que les Détecteurs s'y opposent ? demanda-t-elle. Pourquoi les Détecteurs ne s'aperçoivent-ils pas que certaines personnes ont des pensées anormales, suicidaires, et ne les empêchent-ils pas de s'immoler ?

Je ne pus qu'approuver d'un petit signe de tête. Elle devait avoir raison. Bien sûr.

Je regardai les morceaux de verre sur le sol, puis la cage brisée avec son arbre en plastique où plus rien ne bougeait. Ensuite je la regardai, elle qui se tenait là, dans le Pavillon des Reptiles, sous le brillant éclairage artificiel, calme, pas droguée, et, je le craignais, complètement folle.

Elle contemplait la cage du python. À l'une des branches les plus hautes de l'arbre pendait une espèce de fruit. Elle glissa soudain son bras à l'intérieur avec l'intention manifeste de le cueillir.

Je ne la quittai pas des yeux. La branche était très haute et elle dut se dresser sur la pointe des pieds, le corps tendu, pour parvenir à effleurer de ses doigts la base du fruit. La violente lumière projetée par l'intérieur de la cage laissait voir son corps en transparence sous la robe. C'était un corps superbe.

Elle cueillit le fruit, et, un instant, elle resta ainsi sur la pointe des pieds telle une danseuse, puis, lentement, elle l'amena à la hauteur de ses seins et, le tournant et le retournant entre ses mains, elle l'examina. Il était difficile de savoir de quel fruit il s'agissait ; il ressemblait vaguement à une mangue. Je crus un instant qu'elle allait le goûter alors que, j'en étais certain, il était en plastique ; mais elle avança le bras et me tendit le fruit.

— Il ne se mange sûrement pas, fit-elle.

Sa voix était étonnamment douce et résignée. Je lui pris le fruit des mains.

— Pourquoi l'avoir cueilli, alors ? demandai-je.

— Je ne sais pas. Je pensais qu'il fallait que je le fasse.

Je la dévisageai un long moment sans rien dire. Malgré ses rides, malgré ses yeux bouffis de sommeil, malgré ses cheveux ébouriffés, elle était très belle. Pourtant, je ne ressentais aucun désir, seulement un peu d'effroi. Un peu d'effroi et un peu de panique.

Je fourrai le fruit de plastique dans ma poche et dis :

— Je vais rentrer à la bibliothèque et prendre quelques *sopors*.

Elle tourna la tête et reporta son regard vers la cage vide.

— Très bien, fit-elle. Bonne nuit.

En rentrant, je mis le fruit sur *Dictionnaire* qui était posé sur mon lit-bureau. Puis je pris trois *sopors*. J'ai dormi jusqu'à aujourd'hui midi.

Le fruit est toujours à l'endroit où je l'ai laissé. Je voudrais qu'il ait un sens, mais il n'en a pas.

Trente-septième jour

Quatre jours sans pilules. Et seulement deux joints par jour, un après dîner, l'autre avant d'aller au lit. C'est très étrange. Je me sens tendu et quelque peu excité.

Je ne tiens pas en place et j'ai pris l'habitude de parcourir les couloirs du sous-sol de la bibliothèque. Ce sont d'immenses couloirs sans fin, labyrinthiens, couverts de mousse et légèrement humides. Je passe devant de nombreuses portes et, de temps à autre, j'en ouvre une, regarde ce qu'il y a derrière, me souvenant du jour où j'ai trouvé *Dictionnaire*, craignant, presque de découvrir quelque chose. Je ne suis pas certain de désirer trouver quoi que ce soit. J'ai déjà mon lot de choses nouvelles depuis que je suis ici.

Mais il n'y a jamais rien dans les pièces. Certaines comportent des étagères qui s'élèvent du sol jusqu'au plafond, mais elles sont vides. Je jette un coup d'œil circulaire, puis je referme la porte et je continue. Les couloirs sentent toujours le moisi. Les portes des pièces sont de différentes couleurs, ce qui permet de les distinguer. Ma chambre a une porte lavande assortie à la moquette.

Lors de mon arrivée ici, j'éprouvais une certaine angoisse à errer dans cet immense bâtiment désert. Mais j'y trouve à présent une espèce de bien-être. Je ne fais plus de siestes.

Quarantième jour

Quarante jours. Tout est écrit maintenant sur les soixante-douze pages de papier à dessin qui reposent devant moi sur mon bureau. Tout est tracé de ma main.

C'est la plus grande réussite de ma vie. Oui, c'est bien ce mot que j'ai utilisé : *réussite*. Lorsque j'ai appris à lire, ce fut également une réussite. Personne ne le sait à part moi. Spofforth ne le sait pas. Et pourtant Spofforth est un robot et un robot devrait peut-être tout savoir. Mais les robots ne peuvent pas réussir quoi que ce soit ; ils ont été construits pour faire ce qu'ils font et ils ne peuvent rien faire de plus.

J'ai vu sept films aujourd'hui, et je ne me rappelle pratiquement plus aucun des mots que j'ai lus.

La fille du zoo me hante. Je la revois qui me tend le fruit de plastique avec, derrière elle, les arbres et les fougères dans les cages de verre.

Quarante et unième jour

La plupart des Burger Chef sont de petits bâtiments de Permoplastique, mais celui de la Cinquième Avenue est beaucoup plus grand et il est en inox. Des lampes rouges en forme de tulipes sont posées sur les tables et la Muzak qui se déverse par les murs haut-parleurs est de la balalaïka. Il y a d'énormes samovars de cuivre à chaque extrémité du comptoir rouge, et les serveuses, des robots Classe 4 issus d'un clone femelle, portent des foulards rouges sur la tête.

J'y étais ce matin pour prendre mon petit déjeuner composé d'œufs brouillés synthétiques et de thé chaud. Tandis que je faisais la queue pour me faire servir, l'homme qui me précédait, un homme assez petit en combinaison marron, au visage serein et vide, a voulu commander des Super Frites pour son petit déjeuner. Il tenait sa carte de crédit à la main et j'ai vu qu'elle était orange ; il s'agissait donc de quelqu'un d'important.

La serveuse robot derrière le comptoir lui a répondu qu'on ne servait pas de Super Frites avec le petit déjeuner. L'expression de sérénité de l'homme s'est aussitôt évanouie et il a dit :

— Qu'est-ce que vous me racontez ! Je ne prends pas mon petit déjeuner.

La serveuse a baissé stupidement les yeux et a déclaré :

— Les Super Frites ne sont servies qu'avec le Super Chef.

Puis elle s'est tournée vers le robot aux traits identiques qui se tenait à côté d'elle. Toutes deux avaient des sourcils qui se rejoignaient juste au-dessus du nez.

— Seulement avec le Super Chef. N'est-ce pas, Marge ?

J'ai regardé derrière le comptoir et j'ai aperçu des piles de frites dans des petits sachets en plastique.

Marge a répondu :

— Les Super Frites ne sont servies qu'avec le Super Chef.

La première serveuse a jeté un bref regard en direction de l'homme, puis elle a baissé à nouveau les yeux.

— Les Super Frites ne sont servies qu'avec le Super Chef, a-t-elle, dit.

L'homme avait l'air furieux.

— Très bien, a-t-il fait, alors donnez-moi un Super Chef avec.

— Avec des Super Frites ?

— Oui.

— Je suis désolée, monsieur, mais la machine à Super Chef ne fonctionne pas très bien aujourd'hui. Nous avons des Syn-Œufs, du bacon de singe et des Super Toasts.

L'homme a semblé un instant sur le point de pousser un hurlement, mais il s'est contenté de mettre la main dans sa poche, d'en tirer une petite boîte à pilules en argent et d'avaler trois *sopors* verts. Son visage, quelques secondes plus tard, avait retrouvé sa sérénité et il a commandé des Super Toasts.

Quarante-deuxième jour

Elle est ici, dans la bibliothèque ! En ce moment, elle dort sur l'épaisse moquette d'une pièce vide donnant sur le couloir.

Je vais d'abord raconter comment c'est arrivé.

J'avais décidé de ne plus jamais retourner au zoo. Hier, toutefois, je n'ai cessé de penser à elle. Ce n'était pas pour le sexe, ni pour cette notion bizarre appelée « amour » qui constitue le sujet principal de tant de films. Tout ce que j'arrive à m'expliquer, c'est qu'elle est la personne la plus intéressante que j'aie jamais rencontrée.

Je crois que si je n'avais pas appris à lire, elle ne m'aurait jamais intéressé. Seulement effrayé.

Hier, après déjeuner, j'ai donc pris le bus jusqu'au zoo. C'était un jeudi et par conséquent il pleuvait. Il n'y avait personne dans les rues si ce n'était quelques robots primaires qui déchargeaient les ordures, taillaient les haies et travaillaient dans les parcs et les jardins publics.

Elle n'était pas dans le Pavillon des Reptiles. J'étais accablé, effrayé par l'idée qu'elle ait pu partir et que je ne la reverrais jamais. Je voulais m'asseoir pour l'attendre, mais j'étais si nerveux que j'éprouvai le besoin de marcher. Je commençai par aller voir les reptiles. La cage du python avait été réparée, mais le python n'était plus dedans ; à sa place, il y avait quatre ou cinq crotales au dos couvert d'écailles luisantes qui agitaient les sonnettes de leur queue avec beaucoup d'enthousiasme, le même genre de zèle qu'affichait l'enfant au cornet de glace que j'avais vu dehors.

Après quelque temps, je me lassai de regarder toutes ces créatures débordantes d'activité et, constatant qu'il avait cessé de pleuvoir, je sortis.

L'enfant, ou l'un de ses semblables, était là, dans une allée. Et comme il n'y avait pratiquement personne au zoo en ce jour de pluie, il avait dû décider de jouer la grande scène à mon seul profit. Il s'approcha de moi et dit :

— Bonjour, monsieur. C'est chouette, hein, tous ces animaux !

Je continuai mon chemin sans répondre. Je l'entendis trottiner derrière moi tandis que je me dirigeais vers une île entourée d'un fossé sur laquelle évoluaient des zèbres.

— Ouawww ! fit l'enfant. Les zèbres ont l'air en super forme aujourd'hui !

Je ressentis alors quelque chose que je ne m'étais plus jamais laissé aller à ressentir depuis ma tendre enfance : de la colère. Je pivotai brusquement et, furieux, je baissai les yeux sur la petite créature au visage joufflu parsemé de taches de rousseur.

— Ta gueule et casse-toi, robot, dis-je.

Il ne me regarda pas.

— Les zèbres... commença-t-il.

— Casse-toi !

Il fit demi-tour et s'éloigna aussitôt en sautillant.

Je me sentis mieux. Même si je n'étais pas tout à fait sûr qu'il s'agissait vraiment d'un robot. On est censé reconnaître les robots à la couleur des lobes de leurs oreilles mais, comme tout le monde, j'avais entendu dire que ça ne se vérifiait pas toujours.

J'essayai de prêter attention aux zèbres, mais je ne parvenais pas à me concentrer sur eux à cause des différentes émotions qui se mêlaient en moi : une sorte d'exultation pour avoir fait taire cet enfant, ou ce robot, et des sentiments divers concernant la femme, dont la peur qu'elle soit partie. Ou se pourrait-il, après tout, qu'elle ait été détectée ?

Les zèbres n'étaient pas tellement animés ; ce qui voulait peut-être dire que c'étaient de vrais zèbres.

Je repartis peu après, et devant moi, près d'une petite fontaine grise, je la vis dans sa robe rouge qui venait vers moi, un bouquet de jonquilles à la main. Je m'arrêtai et, un instant, j'eus l'impression que mon cœur allait cesser de battre.

Elle s'approcha de moi avec ses fleurs, un sourire aux lèvres.

— Bonjour, fit-elle.

— Bonjour, fis-je. (Puis j'ajoutai :) Je m'appelle Paul.

— Moi, c'est Mary, dit-elle. Mary Lou Borne.

— Où étiez-vous ? Je vous ai cherchée au Pavillon des Reptiles.

— Je me suis promenée. J'ai marché un peu avant de déjeuner et j'ai été prise sous l'averse.

Je vis alors que sa robe rouge et ses cheveux étaient trempés.

— Oh, fis-je. Je craignais que vous ayez été… que vous soyez… partie.

— Vous vouliez dire détectée ? fit-elle en riant. Venez, retournons chez les serpents et allons manger un sandwich.

— J'ai déjà déjeuné, dis-je. Vous devriez mettre des vêtements secs.

— Je n'en ai pas. Cette robe est tout ce que je possède.

J'hésitai un moment avant de parler, puis je me décidai. Je ne sais pas d'où ça venait, mais je dis :

— Venez avec moi à Manhattan et je vous achèterai une robe.

Elle ne sembla même pas surprise.

— Je vais juste prendre un sandwich…

Je lui achetai une robe à une machine de la Cinquième Avenue, une robe jaune dans un beau tissu brut appelé Synlon. Ses cheveux avaient séché pendant le trajet en bus et elle était éblouissante. Elle avait toujours son bouquet à la main et les fleurs étaient assorties à la robe.

Ce mot, « éblouissante », je l'ai trouvé dans un film avec Theda Bara. Un gentilhomme et un domestique regardaient Mlle Bara qui, en robe noire, un bouquet de fleurs blanches à la main, descendait un large escalier. Le domestique disait, ainsi qu'il était écrit sur l'écran : « Elle est très jolie », et le gentilhomme avec un petit signe de tête répliquait : « Elle est *éblouissante.* »

Nous ne nous sommes pas beaucoup parlé dans le bus. Quand je la fis entrer dans ma chambre-bureau, elle alla s'asseoir sur le sofa en plastique noir et regarda autour d'elle. C'est une pièce vaste, gaie et bien meublée, avec une moquette lavande, d'éclatants motifs floraux sur les murs en acier, un éclairage tamisé, et j'en suis vraiment très fier. J'aurais bien voulu avoir une fenêtre, mais je suis au sous-sol, au cinquième sous-sol, en fait, et il est donc impossible d'en bénéficier.

Elle se leva et redressa un dessin représentant des fleurs.

— Ça ressemble à un bordel de Chicago, mais j'aime bien.

Je ne comprenais pas.

— Qu'est-ce que c'est qu'un bordel de Chicago ? demandai-je.

Elle me regarda et sourit.

— Je ne sais pas. C'est quelque chose que mon père disait souvent.

— Votre *père* ? Vous aviez un père ?

— Une sorte de père, oui. Quand je me suis enfuie du dortoir, j'ai été recueillie par un très vieil homme. Dans le désert. Il s'appelait Simon et chaque fois qu'il voyait quelque chose de très brillant, un coucher de soleil par exemple, il disait : « Tout à fait comme un bordel de Chicago. »

Tout en parlant, elle n'avait pas quitté des yeux la gravure qu'elle avait redressée puis, quand elle se tut, elle lui tourna le dos et alla se rasseoir sur le sofa.

— Je boirais volontiers un verre, fit-elle.

— L'alcool ne vous rend pas malade ?

— Pas le Syn-gin, répondit-elle. Du moins si je n'en bois pas trop.

— Bien, fis-je. On devrait pouvoir en trouver. J'appuyai sur le bouton de mon bureau et le servo robot arriva presque aussitôt. Je lui demandai de nous apporter deux verres de Syn-gin et de la glace.

Au moment où il s'apprêtait à partir, elle dit :

— Attends une seconde, robot, (Puis, me consultant du regard, elle me demanda :) Je peux lui commander quelque chose à manger ? J'en ai vraiment marre des sandwiches du zoo.

— Bien sûr, répondis-je. Excusez-moi, j'aurais dû y penser.

J'étais un peu déconcerté par la façon dont elle semblait prendre les choses en main, mais d'un autre côté j'étais ravi de la recevoir chez moi, d'autant plus qu'il me restait beaucoup de crédit inutilisé sur ma carte de l'université de New York.

— Les machines de la cafétéria font un excellent bacon de singe et aussi de très bons sandwiches à la tomate.

— Je ne pourrais jamais manger de bacon de singe, fit-elle avec une grimace de dégoût. Mon père disait que le singe était infect. Il n'y a pas de rosbif ? Mais pas en sandwich, surtout.

Je me tournai vers le robot :

— Tu peux apporter quelques tranches de rosbif ?

— Ouais, répondit le robot. Pas de problèmes.

— Bien, fis-je, et amène-nous aussi quelques radis et de la laitue.

Le robot sortit, et, pendant quelques instants, un silence embarrassé régna dans la pièce. J'en fus surpris et aussi, d'une certaine façon, assez content. Mary Lou semble parfois totalement dépourvue de sensibilité.

Je me décidai à briser le silence :

— Vous vous êtes donc enfuie du dortoir ?

— À peu près à l'époque de la puberté, oui. D'ailleurs je me suis enfuie d'un tas d'endroits.

Je n'avais jamais imaginé que quelqu'un puisse seulement penser à s'enfuir d'un dortoir. Non, ce n'était pas tout à fait vrai. Je me souvenais, lorsque j'étais enfant, d'avoir entendu des garçons prétendre qu'ils allaient « s'enfuir » parce qu'ils avaient été injustement traités par un robot-professeur ou autre. Mais personne ne l'avait jamais fait. Sauf Mary Lou, semblait-il.

— Et vous n'avez pas été détectée ?

— Au début, j'étais sûre que j'allais être reprise. (Elle s'installait confortablement sur le divan.) J'avais terriblement peur. J'ai marché toute une demi-journée le long d'une ancienne route et je suis arrivée dans une vieille ville abandonnée, en plein désert. Mais les Détecteurs ne sont jamais venus. (Elle secoua lentement la tête.) C'est alors que j'ai commencé à comprendre qu'en réalité les Détecteurs ne fonctionnaient pas et qu'on n'était pas obligé d'obéir aux robots.

Je tressaillis au souvenir de la sévère punition qu'un robot m'avait un jour infligée au dortoir.

— Vous savez, reprit-elle, on nous apprend que les robots sont faits pour servir les hommes, mais de la façon dont on dit « servir », ça ressemble plutôt à « contrôler ». Mon père, Simon, appelait ça des « discours de politiciens ».

— Des discours de politiciens ?

— Une manière particulière de mentir, expliqua-t-elle. Simon était très vieux quand je l'ai rencontré. Il est mort seulement quelques *jaunes* après que je me fus installée chez lui. Il n'avait plus une seule dent et il était à moitié sourd. Il racontait un tas de choses qu'il avait apprises de son père à lui, ou de je ne sais qui, et tout ça remontait à très loin.

— Il avait été formé dans un Dortoir ?

— Je ne sais pas. Je n'ai jamais pensé à le lui demander.

Le robot revint avec les plats et les boissons. Mary Lou prit son assiette de rosbif dans une main, son verre de Syn-gin dans l'autre et elle s'adossa confortablement sur le sofa. Elle avala une bonne gorgée de gin avec un petit frisson, puis elle saisit une tranche de viande avec ses doigts et se mit à la manger ainsi, d'une façon qui était toute nouvelle pour moi. Je n'avais encore jamais vu personne manger avec les mains.

— Vous savez, fit-elle, je crois que c'est Simon qui m'a donné l'habitude de manger du bœuf. Il piquait du bétail dans les grands ranches automatiques et parfois, il chassait les bêtes solitaires.

Je n'avais jamais entendu parler d'une chose pareille.

— Piquer, ça veut dire voler ? demandai-je.

— Oui, je suppose, fit-elle en hochant la tête. Elle prit une autre tranche dans l'assiette qu'elle posa ensuite à côté d'elle sur le sofa, puis elle but une nouvelle gorgée.

— Et ne pensez plus aux Détecteurs, fit-elle, parce qu'ils n'ont jamais existé.

Elle vida son verre d'un trait et continua :

— Simon disait que de toute sa vie il n'avait jamais vu un Détecteur ni entendu parler de quelqu'un qui ait été détecté.

C'était extrêmement choquant, mais c'était plausible. Je n'étais plus très jeune et moi non plus, je n'avais jamais vu de Détecteur ni connu quelqu'un qui ait été détecté. Mais, d'un autre côté, je n'avais encore jamais connu personne, jusqu'à présent, qui ait couru le risque de l'être.

Nous cessâmes quelques instants de parler et elle termina sa viande, tandis que moi, je me contentais de la regarder manger, toujours aussi étonné de la voir, de constater combien elle était intéressante, combien elle était physiquement attirante, et toujours aussi surpris par la façon dont je l'avais amenée à venir ici avec moi.

Je m'interrogeais naturellement sur la possibilité de rapports sexuels, mais je sentais que cela n'arriverait pas avant un certain temps. Et j'espérais bien qu'il en serait ainsi car je suis sur ce point plus timide que la plupart des gens, et, bien qu'elle fût terriblement séduisante, un fait qui me paraissait de plus en plus évident maintenant que j'avais fini mon verre de gin, j'étais bien trop anxieux pour penser à ce genre de choses.

Après ce qui sembla un très long moment, elle finit par demander :

— Montrez-moi encore votre enregistreur.

Et je dis :

— Avec plaisir.

Puis j'allai le prendre sur mon bureau. À côté de l'enregistreur se trouvait le fruit factice qu'elle avait cueilli dans la cage du python ; je ne pense pas qu'elle l'eût remarqué depuis qu'elle était entrée dans la chambre.

Je ne touchai pas au fruit et je saisis l'enregistreur pour le lui tendre.

Elle se souvenait très bien de la façon dont il fonctionnait.

— Est-ce que je pourrais enregistrer quelque chose ? demanda-t-elle.

Je lui répondis que ça ne posait pas de problème puis je nous fis apporter deux autres Syn-gin et de la glace par le robot avant de m'allonger sur mon lit et de l'écouter parler dans l'enregistreur.

Il m'a fallu un moment pour comprendre ce qu'elle faisait. Elle s'exprimait avec lenteur, comme en état d'hypnose, et elle prononçait les mots sans aucun sentiment apparent. Je finis par réaliser qu'elle était en train de raconter sa « vie » telle qu'elle l'avait « mémorisée », répétant les mots qu'elle s'était entraînée à répéter :

— Je me rappelle une chaise près de mon lit. Je me rappelle une robe verte que je portais en classe. On essayait toutes de s'habiller différemment les unes des autres pour prouver notre Individualité, mais je crois qu'en fait nous nous ressemblions tous.

» Je me rappelle une fille du nom de Sarah avec plein d'affreux boutons sur la figure. C'est elle la première qui m'a parlé de sexe. Elle avait eu des rapports sexuels pendant que d'autres enfants regardaient. Il me semblait que… que c'était… mal.

» Le désert s'étendait tout autour de l'endroit où nous vivions et des hélodermes horribles venaient parfois la nuit dans les dortoirs. Les robots les ramassaient et les transportaient dehors. J'étais désolée pour ces gros lézards stupides. Dans le Pavillon des Reptiles, il n'y a pas d'hélodermes et je crois que c'est une erreur…

Et elle continua ainsi. Au début, j'étais intéressé, mais après quelque temps je sentis que le sommeil me gagnait. La journée avait été très longue, et je n'étais pas habitué à boire autant.

Je m'endormis au milieu du récit qu'elle confiait à l'enregistreur.

Quand je me suis réveillé ce matin, elle n'était plus là. J'ai d'abord eu peur en pensant qu'elle était peut-être partie. Je suis allé voir dans les pièces qui donnaient sur le couloir, et je l'ai trouvée après avoir ouvert quelques portes. Elle était couchée en boule au milieu de la pièce, sur l'épaisse moquette orange, et elle dormait comme un petit enfant. J'ai eu chaud au cœur en la regardant. Je me sentais comme… comme un père pour elle. Et comme un « amant », aussi.

J'ai regagné ensuite mon bureau, j'ai pris mon petit déjeuner et j'ai commencé à écrire tout cela.

Quand j'aurai fini, j'irai la réveiller et je l'emmènerai déjeuner au restaurant.

Quarante-troisième jour

Je la réveillai ; nous montâmes sur la Cinquième Avenue par le tapis roulant, puis nous allâmes dans un restaurant végétarien. Nous mangeâmes des épinards et des haricots.

Ni l'un ni l'autre n'avions pris la moindre pilule ni fumé le moindre joint et il était surprenant de constater combien tout le monde autour de nous avait l'air drogué et hébété. Sauf, bien sûr, les robots qui nous servaient. Un vieux couple installé à une table voisine entretenait une parodie de conversation ; ils ne cessaient de se répéter. Il disait par exemple : « La Floride, il n'y a que ça » et elle disait : « Je n'ai pas très bien compris votre nom » et il disait : « J'aime beaucoup la Floride » et elle disait : « C'est bien Arthur, non ? » Et cela continua ainsi pendant tout le repas. Ils avaient dû avoir des rapports sexuels, mais ils étaient incapables de communiquer autrement. De tels échanges étaient loin d'être rares, mais ici avec Mary Lou, alors que nous avions tous deux des choses à nous dire et que nous avions l'esprit clair, lucide, c'était particulièrement frappant. Et attristant.

Quarante-sixième jour

Mary Lou est maintenant ici depuis trois jours. Les deux premiers, après m'avoir demandé de ne pas la déranger, elle a dormi jusqu'à midi. J'ai passé ces matinées à travailler sur un film qui montrait des hommes torse nu vivant sur des espèces de bateaux à voiles qui pouvaient traverser un océan. La plupart du temps, ils se battaient les uns contre les autres avec des couteaux et des sabres. Ils disaient des choses comme « Morbleu ! » ou « Je suis le maître des mers ». C'était intéressant, mais Mary Lou était trop présente dans mes pensées pour que j'y prête une très grande attention.

Pendant ces deux jours, je n'ai donc travaillé que le matin car je ne tenais pas à ce qu'elle me surprenne en train d'étudier les films. Je ne sais pourquoi, mais je ne voulais pas qu'elle sache, pour la lecture.

Au matin du troisième jour elle entra dans ma chambre, tenant un livre à la main. Elle était saisissante ; elle avait passé un pyjama que je lui avais donné ; le haut était déboutonné, ce qui me permettait d'apercevoir la naissance de ses seins. Elle portait une croix autour du cou. Je voyais même son nombril.

— Hé, regardez ! fit-elle. Regardez ce que j'ai trouvé !

Elle me tendit le livre.

La veste du pyjama suivit son mouvement, laissant un court instant entrevoir un bout de sein. J'étais très gêné, et je devais avoir l'air ridicule à essayer ainsi de ne pas regarder. Je remarquai qu'elle était pieds nus.

— Prenez-le, dit-elle en me fourrant pratiquement le livre entre les mains.

Après quelques secondes de confusion, je m'en emparai. C'était un petit livre qui n'avait pas cette couverture rigide que, me semblait-il, tous les livres devaient avoir.

J'examinai la couverture. Le dessin, jaune et bleu passés, n'avait aucun sens pour moi. C'était un motif de carrés clairs et foncés avec des formes étranges représentées sur certains d'entre eux. Le livre s'intitulait : *Fins de parties classiques aux Échecs* et le nom de l'auteur était Reuben Fine.

Je l'ouvris. Le papier était jaune et il y avait de petits diagrammes de carrés noirs et blancs avec un texte qui paraissait incompréhensible.

Ayant un peu retrouvé mon calme, je levai les yeux sur Mary Lou. Elle avait dû remarquer quelque chose dans mon comportement car elle avait boutonné la veste du pyjama. Elle se passait la main dans les cheveux, s'efforçant de les coiffer.

— Où avez-vous trouvé ça ? fis-je.

Elle m'étudia pensivement, puis elle demanda :

— C'est… c'est un livre ?

— Oui, répondis-je. Mais où l'avez-vous trouvé ?

Elle avait les yeux rivés sur le livre que je tenais toujours entre mes mains. Puis elle dit :

— Par le Christ !

— Pardon ?

— C'est juste une expression, fit-elle. (Puis elle me prit le bras et ajouta :) Venez. Je vais vous montrer où je l'ai trouvé.

Je la suivis en la tenant par la main, comme un enfant. J'étais embarrassé par ce contact et j'aurais voulu m'en libérer, mais je ne savais pas comment faire. Elle semblait déterminée, forte ; j'étais déconcerté, désorienté.

Elle me conduisit le long du couloir, plus loin que je n'avais jamais été, puis, après avoir tourné un coin, elle me fit franchir une double porte donnant sur un autre couloir. Il y avait des portes de chaque côté ; certaines étaient ouvertes et les pièces paraissaient vides.

Elle sembla deviner ce que j'étais en train de penser.

— Vous n'êtes jamais venu ici ? demanda-t-elle.

Je me sentais vaguement honteux de ne pas l'avoir fait. Je n'avais jamais envisagé d'examiner toutes ces pièces. Cela ne me semblait pas convenable. Je ne répondis pas et elle dit :

— Je fermerai ces portes plus tard. (Puis elle ajouta :) Je n'arrivais pas à dormir la nuit dernière et j'ai fini par me lever pour explorer un peu. (Elle rit.) Simon me disait toujours : « N'oublie jamais d'explorer ton environnement, mon petit. » Je me suis donc promenée dans les couloirs comme Lady Macbeth ouvrant les portes. La plupart des pièces étaient vides.

— Qu'est-ce que c'est, Lady Macbeth ? demandai-je pour essayer de faire la conversation.

— Une personne qui se balade en pyjama, répondit-elle.

Au bout de ce couloir qui m'était inconnu se trouvait une grande porte rouge, ouverte. Elle m'y conduisit, et comme nous entrions dans la pièce, je dégageai enfin ma main.

Je regardai autour de moi. Les murs en inox étaient couverts d'étagères apparemment conçues pour des livres. J'avais vu une salle à peu près semblables dans un film, sauf qu'il y avait en plus de grands tableaux sur les murs ainsi que des tables et des lampes. Dans la salle où nous nous trouvions, il n'y avait rien d'autre que les étagères. Elles étaient presque toutes vides et recouvertes d'une épaisse couche de poussière. Il y avait une moquette rouge sur le sol, avec de grandes taches de moisi. Mais dans un coin, au fond de la pièce, il y avait des livres, une centaine de livres.

— Regardez ! fit Mary Lou en se précipitant vers l'étagère.

Elle passa la main, avec beaucoup de douceur, sur la rangée de livres.

— Simon m'avait bien dit qu'il existait des livres, mais je n'imaginais pas qu'il puisse y en avoir autant.

Comme je m'y connaissais déjà en livres, je me sentis plus à l'aise, plus à même de prendre la situation en main ; il me fut donc assez facile de m'approcher lentement pour les examiner ; j'en tirai un d'une étagère. Le titre était : *Paul Morphy et l'Âge d'Or des échecs.* À l'intérieur, il y avait des diagrammes identiques à ceux du premier livre, mais par contre, il y avait beaucoup plus d'écriture de type normal.

Je tenais le livre ouvert, essayant de deviner ce que le mot « échecs » pouvait bien signifier dans ce contexte, lorsque la voix de Mary Lou s'éleva :

— Qu'est-ce qu'on fait exactement avec un livre ?

— On le lit.

— Ah, fit-elle, puis un instant plus tard : Qu'est-ce que ça veut dire, lire ?

Je hochai la tête, puis je me mis à tourner les pages en disant :

— Certains de ces signes représentent des sons. Et les sons forment des mots. On regarde les signes et les sons vous viennent à l'esprit ; ensuite, quand on s'est suffisamment exercé, ça commence à ressembler à une personne qui parle, mais qui parle silencieusement.

Elle me dévisagea un long moment. Puis elle prit un livre sur l'étagère, un peu gauchement, et l'ouvrit. Elle devait le trouver étrange et difficile à manier, tout comme moi un *jaune* plus tôt. Elle examina les pages, les palpa entre ses doigts, puis elle me tendit le livre, déroutée.

— Je ne comprends pas, dit-elle.

Je renouvelai mon explication, puis j'ajoutai :

— Je peux dire tout haut ce que je lis. Voilà ce que je fais pour mon travail : lire et le dire tout haut.

Elle fronça les sourcils.

— Je ne comprends toujours pas.

Son regard se posa sur moi, puis sur les livres alignés sur l'étagère en inox, et enfin sur la moquette.

— Votre travail c'est… c'est de lire ? Des livres ?

— Non. Je lis autre chose. Quelque chose qu'on appelle des films muets. (Je lui pris le livre des mains.) Je vais essayer de dire à voix haute ce que je lis. Ça vous aidera peut-être à comprendre.

Elle accepta d'un petit signe de tête ; j'ouvris le livre au milieu et commençai :

« B quatre B cinq suivi de la variation Lasker est nettement préférable car les Blancs, en faisant l'échange de pions, ne se trouveraient pas en bonne position d'attaque. On verra plus loin, après le neuvième coup des Blancs, qu'on arrive à une position bien connue que la plupart des autorités s'accordent à considérer comme favorable aux Blancs. »

J'eus l'impression d'avoir très bien lu ce passage, trébuchant à peine sur les mots qui ne m'étaient pas familiers. Je n'avais pas la moindre idée de ce qu'il pouvait signifier.

Mary Lou s'était approchée de moi pendant que je lisais, pressant son corps contre le mien. Elle avait les yeux rivés sur la page. Puis, elle leva la tête et me regarda.

— Vous disiez des choses que vous entendiez dans votre esprit simplement en regardant ce livre ? C'est bien ça ?

— Oui, répondis-je.

Son visage était tout près du mien. Beaucoup trop près. Elle semblait avoir oublié toutes les règles du respect de la Vie Privée, si toutefois elle les avait jamais connues.

— Et combien de temps faudrait-il pour dire à voix haute…

Elle me serra le bras et je dus me dominer pour ne pas faire un bond en arrière et m'arracher à elle. Son regard, phénomène inquiétant, s'était fait terriblement pénétrant comme cela lui arrivait parfois. Elle reprit :

— … Pour dire à voix haute tout ce que vous entendez dans votre esprit en regardant toutes les feuilles de papier qu'il y a dans ce livre ?

Je déglutis péniblement et me reculai d'un pas.

— Au moins une journée entière, je suppose. Quand le livre est facile et qu'on ne le dit pas tout haut, ça peut aller plus vite.

Elle me prit le livre des mains et le leva devant son visage, le fixant avec une telle intensité que je m'attendais presque à ce qu'elle dise les mots grâce à sa seule puissance de concentration. Mais elle se contenta de dire :

— Mon Dieu ! Il y a donc tant… tant d'enregistrements BB silencieux là-dedans ? Tant… tant d'informations ?

— Oui, fis-je.

— Dieu tout-puissant ! dit-elle. Il faudrait les… le faire avec tous. Quel est le mot exact, déjà ?

— Lire.

— C'est ça. Il faudrait les lire tous.

Elle ramassa une pile de livres et, docile, je fis de même. Nous les transportâmes jusqu'à ma chambre.

Quarante-huitième jour

J'ai passé le reste de cette matinée à lui lire des passages pris dans différents livres, mais il m'était difficile de continuer à me concentrer car je n'avais pratiquement pas la moindre idée de ce qu'ils disaient. Nous avons changé plusieurs fois de livre, mais il était toujours question d'échecs.

Quelques heures plus tard, elle m'interrompit pour demander :

— Pourquoi tous les livres parlent-ils d'échecs ?

Et je répondis :

— Chez moi, dans l'Ohio, j'ai des livres qui parlent d'autres choses. Qui parlent de gens, de chiens, d'arbres et d'objets divers. Quelques-uns racontent aussi des histoires.

Puis brusquement, je pensai à quelque chose à quoi j'aurais dû penser plus tôt et je dis :

— Je peux regarder le mot « échecs » dans *Dictionnaire*. Il a peut-être un sens que nous ignorons.

J'ouvris le petit meuble de rangement de mon bureau, pris *Dictionnaire* et le feuilletai jusqu'à ce que j'arrive aux mots commençant par E. Je le trouvai presque aussitôt. « Échecs : Jeu qui se joue sur un échiquier de soixante-quatre cases au moyen de trente-deux pièces. » Il y avait à côté un dessin représentant deux hommes assis à une table, et cette table comportait l'un de ces diagrammes de carrés noirs et blancs sur lesquels étaient posées des « pièces », ainsi qu'on les nommait dans les livres.

— C'est une sorte de jeu, expliquai-je. Les échecs sont un jeu.

Mary Lou étudia le dessin.

— Il y a des dessins de gens dans les livres ? demanda-t-elle. Comme sur les murs chez Simon ?

— Certains livres sont remplis de dessins de gens et d'objets. Les livres faciles, comme ceux avec lesquels j'ai appris à lire, ont de grands dessins sur chaque page.

Elle baissa la tête, puis elle la releva pour me regarder droit dans les yeux :

— Vous voulez bien m'apprendre à lire ? me demanda-t-elle. Avec ces livres pleins de grands dessins ?

— Je ne les ai pas ici, répondis-je. Ils sont dans l'Ohio.

Son visage s'assombrit.

— Vous n'avez que des livres sur… sur les échecs ?

— Il devrait y en avoir d'autres. Quelque part dans la bibliothèque.

— Des livres sur les gens ?

— Oui.

Son visage alors s'éclaira.

— Allons voir.

— Je suis fatigué.

J'étais vraiment fatigué, fatigué d'avoir tant lu et tant marché.

— Allez, venez, fit-elle. C'est très important.

J'acceptai donc de partir explorer d'autres pièces avec elle.

Nous avons bien passé plus d'une heure à arpenter des couloirs, ouvrant porte après porte. Nous n'avons vu que des pièces vides même si, dans certaines d'entre elles, il y avait des étagères sur les murs. À un moment, Mary Lou me demanda :

— À quoi peuvent bien servir toutes ces pièces vides ?

Je répondis :

— Le doyen Spofforth m'a dit qu'il avait été prévu de démolir la bibliothèque. C'est probablement pour ça qu'on a débarrassé les pièces.

Mary Lou n'ignorait sans doute pas qu'il avait été en fait prévu de démolir des immeubles dans tout New York déjà bien avant notre naissance, mais que rien n'avait même commencé.

— Oui, fit-elle. La moitié des bâtiments du zoo sont aussi comme ça. Mais je voudrais quand même bien savoir à quoi les pièces pouvaient servir.

— Je ne sais pas, fis-je. Pour des livres, peut-être ?

— De telles quantités de livres ?

— Je ne sais pas.

Enfin, au bout d'un long corridor particulièrement moussu où certaines des lumières du plafond étaient très faibles, nous arrivâmes devant une porte grise marquée : RÉSERVE. Nous eûmes quelques difficultés à l'ouvrir ; elle était beaucoup plus lourde que les autres et elle était comme scellée tout autour. Nous parvînmes cependant à la forcer en poussant tous les deux ensemble et je fus aussitôt surpris par l'odeur qui régnait à l'intérieur — ça sentait le *vieux* — et aussi par la présence de marches qui s'enfonçaient dans le sol. Je croyais en effet que nous étions déjà au niveau le plus bas de la bibliothèque. Nous commençâmes à descendre et je faillis glisser et tomber. Les marches étaient recouvertes d'une épaisse couche de poussière jaunâtre et gluante. Je me rattrapai juste à temps.

Tandis que nous descendions, l'odeur de vieux se faisait encore plus forte.

Au bas de l'escalier, il y avait un couloir avec des lampes au plafond, mais elles étaient très pâles. Le couloir était assez court et il se terminait par deux portes. L'une était marquée MATÉRIEL et l'autre RECYCLAGE. Nous ouvrîmes cette dernière. Nous fûmes accueillis par les ténèbres et une bouffée d'air chargé d'un doux parfum. Puis, soudain, les lumières jaillirent et Mary Lou poussa un petit cri.

— Ça alors ! fit-elle.

La pièce était immense et il y avait des livres partout.

On ne voyait même pas les murs tant les étagères étaient bourrées de livres. Il y avait des piles de livres au milieu de la pièce, le long des murs, devant les rayonnages. Il y en avait de toutes les couleurs et de toutes les tailles.

Je restai figé, ne sachant quoi faire ni quoi dire. Je ressentais quelque chose de comparable à ce que j'avais déjà ressenti devant certains films : l'impression de me trouver face à de grandes vagues de sentiments éprouvés jadis par des gens aujourd'hui disparus et qui comprenaient des choses que je ne comprenais pas.

Je savais, bien entendu, qu'il avait existé des livres dans l'ancien monde, et que la plupart d'entre eux dataient probablement d'avant la télévision, mais jamais je n'avais imaginé qu'il pût y en avoir autant.

Et tandis que je me tenais là, connaissant quelque chose que j'étais incapable de nommer, Mary Lou s'avança vers une pile de grands livres assez minces, un peu moins haute que les autres.

Elle tendit le bras comme elle l'avait fait pour cueillir ce fruit artificiel dans la cage du python, au Pavillon des Reptiles, et elle saisit avec délicatesse le livre qui se trouvait au sommet de la pile. Elle le tint maladroitement entre ses mains et examina la couverture. Puis, avec d'infinies précautions, elle l'ouvrit. Je vis qu'il y avait des dessins à l'intérieur. Elle étudia un long moment plusieurs pages, puis elle dit :

— Des fleurs ! (Elle me tendit le livre.) Est-ce que vous pourriez… dire ce que vous lisez dessus ?

Je lui pris le livre des mains et lus la couverture : *Fleurs sauvages d'Amérique du Nord*. Je levai les yeux sur Mary Lou.

— Paul, dit-elle doucement. Je veux que tu m'apprennes à lire.

SPOFFORTH

Chaque après-midi vers 2 heures, Spofforth faisait une promenade d'environ une heure. De même que l'air qu'il sifflait, seule manifestation de ses talents ignorés de pianiste, cette habitude d'aller se promener était implantée depuis le début dans son cerveau métallique. Ce n'était toutefois rien d'irrésistible et il parvenait à s'en passer chaque fois qu'il le voulait ; mais, généralement, il s'y abandonnait. Son travail à l'université était si banal, lui était si facile, qu'il trouvait toujours le temps nécessaire. En outre, il n'existait personne qui eût autorité pour le lui interdire.

Il parcourait New York, les bras le long du corps, la démarche légère, la tête haute, ne regardant en principe ni sur sa droite, ni sur sa gauche. Parfois, il examinait la vitrine des petites boutiques automatiques qui distribuaient de la nourriture et des vêtements à ceux qui disposaient d'une carte de crédit, ou bien il s'arrêtait pour observer une équipe de Classe 2 en train de vider les ordures ou de réparer d'antiques égouts. Ces problèmes le concernaient directement ; Spofforth savait mieux que tout être humain combien il était important que la nourriture et l'habillement fussent assurés et les ordures enlevées. Les inepties et déficiences de fonctionnement qui perturbaient tout le reste de cette ville moribonde ne devaient en aucun cas toucher ces services. Spofforth traversait donc chaque jour une partie différente de Manhattan, vérifiant l'équipement de distribution de nourriture et de vêtements, et surveillant l'enlèvement des ordures. Spofforth n'était pas un technicien mais il était suffisamment adroit pour réparer les pannes courantes.

En général, il ne prêtait pas attention aux gens qu'il croisait dans la rue. Nombreux étaient ceux qui le suivaient des yeux, étonnés par sa grande taille, sa force physique, le noir des lobes de ses oreilles, mais lui, il les ignorait.

Sa promenade, en ce jour d'août, le conduisit au cœur de Manhattan, près du West Side. Il parcourut des rues bordées de petites maisons de Permoplastique, vieilles d'un siècle, dont certaines étaient entourées de jardins mal entretenus. Le jardinage, pour une raison quelconque, était enseigné dans les dortoirs. Peut-être, quelques siècles plus tôt, un Ingénieur-Planificateur amoureux des fleurs avait-il décrété que l'horticulture devait faire partie de l'expérience normale de l'homme, et c'était probablement en raison de cette marotte que des générations d'êtres humains avaient planté des soucis, des zinnias, des phlox et des roses jaunes sans jamais vraiment savoir pourquoi.

Spofforth s'arrêtait parfois pour examiner minutieusement l'équipement d'une boutique, s'assurant que les ordinateurs fonctionnaient bien, que les stocks étaient maintenus à un niveau convenable, que les manutentionnaires Classe 1 étaient disponibles et aptes à décharger les camions du matin, et vérifiant enfin que les machines vendeuses étaient, elles aussi, en bon état de marche. Il lui arrivait d'entrer dans un magasin de vêtements, de glisser sa carte spéciale de crédit illimité dans la fente et de parler dans le commandophone pour dire, par exemple : « Je voudrais un pantalon gris bien ajusté. » Puis il pénétrait dans l'une des étroites cabanes, presque trop petite pour lui, où on prenait ses mensurations par ondes sonores, et il ressortait pour regarder les machines sélectionner le tissu parmi d'énormes rouleaux, le couper et enfin coudre le pantalon avant de lui restituer sa carte de crédit. Lorsque quelque chose n'allait pas, et c'était souvent le cas, avec la fermeture Éclair, les poches, ou quoi que ce soit d'autre, il pouvait soit essayer de réparer la machine lui-même, soit demander par téléphone un robot technicien. Quand le téléphone marchait.

Il pouvait aussi descendre dans le collecteur d'égouts pour voir ce qui était cassé, bloqué ou rouillé et faire de son mieux pour que la réparation soit effectuée. Sans lui, New York aurait très bien pu ne plus fonctionner du tout. Il se demandait parfois comment les autres villes faisaient pour survivre sans Classe 9 et sans humains efficaces. Il se souvenait des monceaux d'ordures dans les rues de Cleveland, et des gens si mal habillés de Saint Louis à l'époque où il avait servi, très brièvement, en tant que maire de la ville. Et encore, cela se passait-il plus d'un siècle auparavant. Personne à Saint Louis n'avait de poches depuis des années et toutes les chemises étaient deux fois trop grandes jusqu'à ce que Spofforth eût lui-même réparé l'équipement de mensurations sonique et enlevé le cadavre d'un chat qui coinçait la machine à poches du seul magasin de vêtements de la ville. Ils n'en étaient probablement pas encore réduits à se promener tout nus ni à mourir de faim à Saint Louis, mais qu'en serait-il dans une vingtaine de *bleus* quand tout le monde serait vieux et faible et qu'il n'y aurait plus d'hommes jeunes et suffisamment intelligents pour se mettre, en cas d'urgence, à la recherche d'un Classe 7 ? S'il l'avait pu, il aurait fabriqué des répliques de lui-même pour mettre en service une centaine de Classe 9 qui auraient pris les choses en main à Baltimore, à Los Angeles, à Philadelphie, à La Nouvelle-Orléans. Ce n'était pas qu'il se souciât particulièrement de l'humanité, mais il avait horreur de voir des machines en mauvais état. Il pensait parfois à lui-même comme à une machine et il se sentait responsable des autres.

Mais eût-il été capable de produire d'autres Classe 9 qu'il se serait assuré qu'ils vinssent au monde sans la faculté d'éprouver des sentiments. Et avec la faculté de mourir. Avec le don de mourir.

Par ce chaud après-midi du mois d'août, il ne s'arrêta pas avant d'avoir atteint un vieil immeuble trapu de Central Park West. Il avait une idée bien précise en tête.

C'était l'un des rares immeubles en béton de la ville, avec des colonnades, de grandes fenêtres à carreaux et une vieille porte de bois sombre. Spofforth poussa le battant, pénétra dans un hall poussiéreux avec un lustre de verre qui pendait du plafond blanchâtre et il s'avança vers un comptoir de bois recouvert de plastique gris éraillé.

Derrière le comptoir, un petit homme dormait, avachi dans un fauteuil.

Spofforth l'interpella avec brusquerie :

— Vous êtes le maire de New York ?

L'homme ouvrit des yeux ensommeillés.

— Hmm, hmm, dit-il. Je suis bien le maire.

— Je voudrais parler aux Registres Nationaux, dit Spofforth, en laissant percer une pointe d'irritation. Il me faut la population de l'Amérique occidentale.

L'homme émergea de sa stupeur.

— J'ai encore jamais vu ça, dit-il. Vous croyez qu'on peut entrer ici et parler comme ça aux Registres ?

Il se leva, s'étira, plein de morgue. Puis il étudia Spofforth de plus près.

— Vous êtes bien un robot ? demanda-t-il.

— C'est exact, répondit Spofforth. Classe 9.

L'homme le regarda fixement pendant quelques instants, puis, clignant des yeux, il dit :

— Classe 9 ?

— Demandez donc à votre Contrôle ce qu'il faut faire. Je veux parler aux Registres du Gouvernement.

L'homme, à présent, le dévisageait avec un certain intérêt.

— Vous êtes Spofforth, n'est-ce pas ? fit-il. Celui qui indique au Conseil municipal le niveau de la pression de l'eau et quand il faut changer les pneus des *psi-bus* ? Des trucs comme ça ?

— C'est bien moi et je pourrais aussi vous faire virer sur-le-champ. Appelez votre Contrôle Ordinateur.

— Bien, fit l'homme. Bien, monsieur.

Il pressa un bouton sur une table à côté de son fauteuil.

Une voix féminine, synthétique, s'éleva d'un haut-parleur et dit :

— Ici le Gouvernement.

— J'ai là un robot Classe 9. Du nom de Spofforth, et il veut parler aux Registres du Gouvernement...

— Je vois, fit la voix avec un rien de douceur. Et en quoi puis-je vous être utile ?

— Est-ce qu'il a accès à ces Registres ?

Le haut-parleur bourdonna un instant, puis la voix artificielle répondit :

— Bien sûr qu'il y a accès. Qui d'autre sinon lui ?

L'homme coupa le circuit puis il leva les yeux vers Spofforth.

— Et maintenant, monsieur ? fit-il, s'efforçant d'avoir l'air serviable.

— Eh bien, fit Spofforth, où est le Registre ?

— Le Registre de la Population est... euh...

Il jeta un coup d'œil circulaire dans la salle. Il n'y avait rien à l'exception du lustre, et, quelques instants, son regard resta fixé sur le mur du fond. Puis il haussa les épaules, se pencha, appuya sur le bouton, et la voix féminine dit à nouveau :

— Ici le Gouvernement.

— Ici le maire. Où est le Registre de la Population Nationale ?

— À New York, répondit la voix. À l'Hôtel du Gouvernement, Central Park West.

— C'est de là que je vous appelle, dit le maire. Mais c'est à quel endroit dans le bâtiment ?

— Quatrième étage. Deuxième porte à gauche, répondit le Gouvernement des États-Unis.

Tandis que le maire coupait à nouveau le circuit, Spofforth lui demanda où était l'ascenseur.

— Il ne marche pas, monsieur. Et je ne me rappelle pas l'avoir jamais vu marcher.

Spofforth le considéra un instant, se demandant, jusqu'où pouvaient remonter les souvenirs d'un homme comme lui. Probablement pas au-delà d'un *bleu*.

— Où sont les escaliers ? demanda-t-il.

— Tout au fond à droite, répondit le maire. (Puis il fouilla dans la poche de sa chemise et en tira un joint qu'il glissa d'un air méditatif entre ses doigts boudinés.) J'ai essayé plusieurs fois de faire réparer cet ascenseur. Mais vous savez comment sont les robots…

— Oui, fit Spofforth en se dirigeant vers les escaliers. Je sais comment sont les robots.

La console des Registres était une boîte métallique ternie à peu près de la taille d'une tête humaine ; elle était munie d'un bouton et d'un haut-parleur. En face d'elle se trouvait une chaise de métal. Il n'y avait rien d'autre dans la pièce. Spofforth tourna le bouton sur le vert, la position « marche », et une voix mâle, sèche, aux intonations suffisantes annonça :

— Ici le Registre de la Population Mondiale.

Spofforth, face à cette dernière contrariété, devint soudain furieux.

— Vous êtes censés être là pour l'Amérique du Nord ! Je n'ai pas besoin de la population de la putain de terre entière.

Aussitôt, la voix, d'un ton gai et enjoué, se mit à réciter :

— La population de la putain de terre entière est de dix-neuf millions quatre cent trente mille sept cent soixante-neuf, ceci aujourd'hui à midi, heure de Greenwich. Par continent et par ordre alphabétique : Afrique, environ trois millions, quatre-vingt-treize pour cent formés dans les dortoirs, quatre pour cent de parasites et le reste dans des institutions. Asie, environ quatre millions et demi d'habitants, quatre-vingt-dix-sept pour cent formés dans les dortoirs et presque tous les autres dans des institutions. L'Australie a été évacuée et a une population de zéro. L'Europe est à peu près dans le même cas...

— La ferme ! dit Spofforth. Je n'ai pas besoin de savoir tout ça. Je veux simplement le dossier d'une personne d'Amérique du Nord. Une seule personne...

— Okay, l'interrompit la voix. Okay. La putain de population d'Amérique du Nord est de deux millions cent soixante-treize mille douze, quatre-vingt-douze pour cent formés dans les dortoirs...

— Je m'en fous complètement, dit Spofforth.

Il avait déjà rencontré de tels ordinateurs, mais c'était il y avait longtemps. Ils dataient d'une époque, bien antérieure à sa propre création, où il avait été de bon ton de doter les machines de « personnalité » et où les techniques de programmation à mémoires sélectives venaient juste d'être mises au point. Il y avait pourtant une chose qu'il ne comprenait pas dans la façon dont l'ordinateur avait été programmé. Il se décida à le demander :

— Pourquoi dites-vous toujours « putain » ?

— Parce que c'est un mot que vous avez prononcé, répondit la voix d'un ton affable. Je suis programmé pour me mettre à votre niveau. Je suis une Intelligence D 773, programmée pour avoir de la personnalité.

Spofforth faillit éclater de rire.

— Quel âge avez-vous ? demanda-t-il.

— J'ai été programmé il y a quatre cent quatre-vingt-dix putains de *jaunes*. Soit, en années, deux cent quarante-cinq.

— Arrêtez donc de dire « putain », fit Spofforth. Vous avez un nom ?

— Non.

— Vous avez des sentiments ?

— Répétez la question, je vous prie.

— Vous avez dit que vous aviez de la personnalité. Est-ce que vous avez aussi des émotions ?

— Non. Dieu merci, non, répondit l'ordinateur.

Spofforth eut un sourire las.

— Est-ce qu'il vous arrive de vous ennuyer ?

— Non.

— Très bien, fit Spofforth. Et cette fois-ci tâchez de bien enregistrer ma question. Et ne jouez pas au plus fin. (Il regarda autour de lui, remarquant pour la première fois les murs de plâtre écaillés et le plafond affaissé de la pièce vide. Puis il dit :) Je veux toutes les statistiques disponibles concernant une humaine du nom de Mary Lou Borne du Dortoir du Nouveau-Mexique Est. Elle a aujourd'hui environ trente ans. Soixante *jaunes*.

L'ordinateur répondit aussitôt d'une voix plus mécanique et moins dynamique qu'auparavant.

— Mary Lou Borne. Poids à la naissance : sept livres et quatre onces. Type sanguin : sept. Code ADN : alpha delta neuf, zéro, zéro, six, trois, sept, quatre, huit. Indéterminisme génétique très élevé. Candidate à l'Extinction à la naissance. Extinction non effectuée. Raison inconnue. Gauchère. Intelligence : trente-quatre. Acuité visuelle...

— Répétez les chiffres pour l'intelligence, demanda Spofforth.

— Trente-quatre, monsieur.

— Sur l'échelle de Charles ?

— Oui, monsieur. Trente-quatre Charles.

C'était étonnant. Il n'avait encore jamais entendu parler d'un humain aussi intelligent. Pourquoi n'avait-elle pas été détruite avant la puberté ? Probablement pour la même raison que les pantalons de Saint Louis n'avaient pas de fermetures Éclair. Mauvais fonctionnement.

— Indiquez-moi, fit Spofforth, quand elle a été stérilisée et quand elle est sortie diplômée du dortoir ?

Il y eut cette fois une longue attente, comme si l'ordinateur était embarrassé par la question. La voix finit par dire :

— Je n'ai aucune fiche de stérilisation, ni de suppléments de contraceptifs par *sopors*. Et je n'ai pas de fiche de diplôme de dortoir.

— C'est bien ce que je pensais, fit Spofforth d'un air mécontent. Fouillez vos mémoires et voyez si vous avez des fiches concernant toute autre femme d'Amérique du Nord non stérilisée, sans diplôme de dortoir et ne prenant pas de contraceptifs. Et cherchez aussi bien dans les dortoirs de Travailleurs que de ceux de Penseurs.

La voix resta silencieuse pendant plus d'une minute, le temps d'effectuer les recherches, puis elle dit :

— Non. Rien.

— Et dans le reste du monde ? demanda Spofforth. Dans les dortoirs de Chine…

— Je vais appeler Pékin, fit la voix.

— Laissez tomber, dit Spofforth. Je préfère ne pas y penser.

Il remit le bouton sur le rouge, renvoyant le Registre de la Population Mondiale dans les limbes où vivait son intelligence personnalisée et bavarde, sans émotions et sans ennui, entre chacune de ses rares apparitions langagières.

En bas, le maire de New York était écroulé dans son fauteuil de plastique, un sourire béat aux lèvres. Spofforth ne le dérangea pas.

Dehors, le soleil brillait. Sur le chemin de son bureau de l'université, Spofforth traversa un petit parc entretenu par des robots et il cueillit une rose jaune.

BENTLEY

Cinquante-septième jour

Il y a neuf jours que je n'ai rien écrit dans ce journal; neuf jours. J'ai appris à additionner et à soustraire les chiffres. Dans l'un des livres. Mais c'était tellement ennuyeux d'apprendre ce qu'on appelle *L'arithmétique pour les petits* que nous nous sommes arrêtés après les additions et les soustractions. Vous avez sept pêches, on vous en prend trois, il vous en reste donc quatre. Mais une pêche, qu'est-ce que c'est ?

Mary Lou apprend très vite, tellement plus vite que moi que c'en est stupéfiant. Bien sûr je l'ai aidée au départ, alors que moi je n'ai eu personne.

J'ai trouvé quelques livres faciles avec de grands caractères et des images, et je les ai lus à haute voix à Mary Lou en lui faisant répéter les mots après moi. Le troisième jour nous avons fait une découverte. C'était dans *L'arithmétique pour les petits*. L'un des problèmes commençait ainsi : « Il y a vingt-six lettres dans l'alphabet… » Mary Lou demanda : « Qu'est-ce que c'est l'alphabet ? » Je décidai de chercher dans *Dictionnaire*. Et je lus : « Alphabet : liste de toutes les lettres d'une langue donnée, rangées dans un ordre traditionnel. Voir page ci-contre. » Je me demandai un instant ce que pouvait signifier une langue « donnée » et une page « ci-contre », puis je regardai l'autre page de *Dictionnaire* et je vis un tableau comportant la lettre A tout en haut et la lettre Z tout en bas. Les lettres m'étaient familières et elles semblaient rangées dans un ordre qui, lui aussi, m'était familier. Je les comptai. Il y en avait bien vingt-six. « Rangées dans un ordre traditionnel » devait vouloir dire que c'était la façon dont les gens les disposaient, d'un commun accord. Mais quels gens ? Mary Lou et moi étions, à ma connaissance, les seuls à savoir ce qu'était une lettre. Bien entendu, il y avait eu jadis des gens, peut-être même des populations entières, qui savaient ce qu'étaient des lettres et qui les avaient classées selon un schéma que l'on appelait un alphabet.

Je les examinai, puis je dis à haute voix : « A, B, C, D,E, F,G, H,I, J... » Et la vérité éclata en moi. C'était comme ça que les mots étaient rangés dans *Dictionnaire* ! D'abord les mots commençant par un A, puis par un B, un C, et ainsi de suite !

Je l'expliquai à Mary Lou et elle sembla comprendre instantanément. Elle prit *Dictionnaire* et le feuilleta. Je remarquai qu'elle était devenue très adroite dans le maniement des livres ; la gaucherie dont elle avait fait preuve au début avait complètement disparu. Après quelques secondes de silence, elle dit :

— Nous devrions mémoriser l'alphabet.

Mémoriser. Apprendre par cœur.

— Pourquoi ? demandai-je.

Elle leva les yeux pour me dévisager. Elle était assise par terre, jambes croisées, dans la robe de

Synlon jaune que je lui avais achetée, et moi, j'étais à mon lit-bureau, avec des piles de livres devant moi.

— Je ne sais pas, fit-elle. (Elle baissa le regard sur *Dictionnaire* qu'elle tenait sur ses genoux.) Si nous savions dire l'alphabet, ça nous aiderait peut-être à utiliser cet ouvrage.

Je réfléchis un instant.

— Allons-y, fis-je.

Nous le mémorisâmes donc. Et je me sentis très gêné car elle parvint à le dire bien avant moi. Mais elle m'aida et je finis par y arriver. C'était difficile, surtout la dernière partie avec les W, X,Y, Z ; mais j'y réussis enfin et je pus dire deux fois de suite les vingt-six lettres sans me tromper. Quand j'eus terminé, Mary Lou éclata de rire et déclara :

— Maintenant, nous savons quelque chose tous les deux ensemble.

Et je ris à mon tour. Je ne savais pas pourquoi. Ce n'était pas particulièrement drôle.

Elle étudia un long moment mon visage. Elle souriait. Puis elle dit :

— Viens t'asseoir à côté de moi.

Et je me retrouvai sur la moquette, tout près d'elle.

Elle dit alors :

— Essayons de le réciter l'un après l'autre.

Elle me serra le bras et dit : « A. »

Ce contact, cette fois, ne m'embarrassa pas, ni ne m'intimida. Pas du tout. Je dis : « B. » Elle dit : « C. »

Je prononçai : « D », et je regardai sa bouche, attendant qu'elle dise la lettre suivante. Elle se passa la langue sur les lèvres et la dit très doucement. « E ». On aurait cru un soupir.

Je dis « F », très vite. Mon cœur battait à tout rompre.

Elle avança son visage et plaça sa bouche à côté de mon oreille, puis elle dit « G » et se mit à glousser. Je sentis quelque chose qui faillit me faire bondir. C'était dans mon oreille, chaud et humide. Sa langue. Mon cœur s'arrêta.

Je ne savais pas quoi faire, aussi je dis : « H. »

Sa langue, cette fois, s'enfonça dans mon oreille. Un frisson, un doux frisson, parcourut mon corps et quelque chose sembla se relâcher au niveau de mon estomac. Au niveau de mon esprit, aussi. Et, sa langue toujours dans mon oreille, elle souffla : « I », l'étirant sans fin « IIIIIIIII. »

Pour être franc, il y avait des *bleus* et des *jaunes* que je n'avais pas eu de relations sexuelles, et je ressentais à présent quelque chose d'entièrement nouveau, de si excitant, de si bouleversant et de si choquant tant pour mon corps que pour mon imagination, que je me retrouvai assis par terre, son visage contre le mien, et que je me mis à pleurer. Mes joues étaient baignées de larmes.

Elle murmura :

— Mon Dieu, Paul. Tu pleures. Et devant moi !

— Oui, dis-je. Je suis désolé, je ne devrais pas…

— Tu te sens mal ?

J'essuyai mes larmes avec ma main qui vint effleurer sa joue. Je restai, ainsi immobile, mes doigts contre sa peau puis je sentis sa main s'emparer de la mienne, la tourner, tout doucement, jusqu'à ce que ma paume vînt reposer sur son visage. Alors déferla en moi une sensation neuve, une sensation douce, suave, et fraîche comme celle d'une drogue puissante. Je la regardai, son visage, ses yeux larges et étranges, vaguement triste à présent.

— Non, dis-je. Non. Je ne me sens pas mal du tout… Je sens… quelque chose. Je ne sais pas. (Je n'avais pas cessé de pleurer.) Je me sens, au contraire, bien… très bien.

Son visage était tout proche du mien. Elle parut comprendre ce que je voulais exprimer et elle hocha la tête.

— On finit de dire les lettres ? fit-elle.

Je souris. Puis je dis : « J » et j'ôtai ma main de sa joue pour la poser sur sa taille. « Nous en étions à J. »

Elle sourit.

Nous n'allâmes pas jusqu'à la partie la plus difficile de l'alphabet, les W, X,Y, et Z.

Cinquante-neuvième jour

Mary Lou s'est installée ici avec moi ! Depuis deux nuits nous dormons ensemble dans mon lit. En démontant la partie bureau et en la posant contre le mur, elle a réussi à se faire une place.

J'avais du mal à dormir avec une autre personne dans le même lit que moi. J'avais bien entendu parler d'hommes et de femmes qui partageaient le même lit, mais jamais pour y dormir. Cependant, comme elle le voulait ainsi, je me suis incliné.

Je suis très réservé au sujet de son corps ; j'ai peur de la toucher ou de me presser contre elle. Mais, ce matin, je me suis aperçu en m'éveillant que je la tenais entre mes bras. Elle ronflait légèrement. J'ai respiré l'odeur de ses cheveux et je l'ai embrassée doucement sur la nuque, puis je suis resté ainsi, son corps endormi entre mes bras, très longtemps, jusqu'à ce qu'elle s'éveille.

Elle a éclaté de rire en ouvrant les yeux de me voir la serrer ainsi et elle s'est blottie, toute chaude, contre moi. La timidité m'a repris. Mais nous avons aussitôt commencé à bavarder et j'ai oublié bien vite. Elle a parlé d'apprendre à lire. Elle m'a dit qu'elle avait rêvé qu'elle lisait, qu'elle avait déjà lu des milliers et des milliers de livres et qu'elle savait à présent tout ce qu'il y avait à savoir de la vie.

— Et qu'y a-t-il à savoir de la vie ? ai-je demandé.

— Tout, a-t-elle répondu. Ils nous tiennent dans l'ignorance.

Je n'étais pas certain d'avoir compris, ni de savoir qui étaient ces « ils », aussi n'ai-je rien dit.

— Allons prendre le petit déjeuner, a-t-elle fait.

J'ai appelé le servo et nous avons mangé des barres de soja et du bacon de porc. Je me sentais bien, même si j'avais très peu dormi.

Pendant le petit déjeuner, elle s'est penchée au-dessus du bureau et m'a embrassé. Tout simplement ! Ça m'a beaucoup plu.

Ensuite, j'ai décidé de travailler sur un film et Mary Lou l'a regardé avec moi. C'était *The Stock Broker* avec Buster Keaton pour vedette. Buster Keaton est un homme très agité auquel il arrive dans tous ses films de nombreuses aventures assez extraordinaires qui pourraient être drôles si elles n'étaient pas si tristes.

Mary Lou était fascinée. Elle n'avait encore jamais vu de film et elle ne connaissait que la télé holographique qu'elle n'aimait d'ailleurs pas.

Vers le début de la première bobine, quand Buster Keaton est en train de peindre une maison et qu'il peint en même temps le visage d'un homme qui a mis la tête à la fenêtre, Mary Lou a dit :

— Paul, Buster Keaton est exactement comme toi. Il est si... *si sérieux* !

Et elle avait raison.

Après le film, nous avons passé le reste de la journée à apprendre à lire. Elle apprend avec une facilité déconcertante et pose toujours des questions pertinentes. J'avais déjà eu de nombreux étudiants à l'université où j'enseigne, mais personne comme elle. Et moi-même, je me perfectionne.

Tout en elle est charmant.

C'est le soir à présent et Mary Lou me regarde écrire à mon bureau, adossée au mur. Je lui ai expliqué ce qu'était l'écriture ; elle était tout excitée : il fallait qu'elle apprenne aussi pour pouvoir écrire le souvenir de sa vie. « Et également d'autres choses auxquelles je pense afin de pouvoir les lire », a-t-elle ajouté.

C'est très intéressant car c'est peut-être la véritable raison pour laquelle j'écris ; j'écris en effet beaucoup plus que ce que Spofforth s'attendait à me voir enregistrer. Ce que j'écris, c'est pour le lire. Et quand je le lis, des idées étranges et passionnantes me viennent parfois à l'esprit.

Si Mary Lou est plus audacieuse que moi, c'est peut-être dû au fait qu'elle a vécu dans un Dortoir de Travailleurs avant de s'en enfuir, tandis que moi, naturellement, je suis sorti diplômé d'un Dortoir de Penseurs. Pourtant, elle est si farouchement intelligente ! Pourquoi a-t-elle été formée pour être Travailleur et non Penseur ? Peut-être les choix sont-ils faits selon d'autres critères que l'intelligence.

Il ne faut pas que j'oublie de me procurer du papier supplémentaire pour que Mary Lou puisse apprendre à écrire et à rédiger le souvenir de sa vie.

Soixante-cinquième jour

Il y a maintenant neuf jours qu'elle vit avec moi, à l'encontre de tous les principes d'Individualisme et de Solitude. Je me sens parfois coupable de compromettre mon Développement Intérieur en subissant les caprices d'une autre personne, mais je ne pense pas très souvent au caractère immoral que présente cette cohabitation. Et, en vérité, ces neuf jours ont été les plus heureux de ma vie.

Et, déjà, elle lit presque aussi bien que moi ! Stupéfiant ! Et elle a commencé à écrire le souvenir de sa vie.

Nous sommes constamment ensemble. On dirait parfois Douglas Fairbanks et Mary Pickford, sauf qu'ils étaient, eux, trop bien élevés pour avoir des rapports sexuels.

Il n'y a pas du tout de sexe dans les vieux films, même si beaucoup de gens vivent ensemble de façon immorale. Le Porno, du genre de celui qui est normalement enseigné dans les cours Classiques, n'avait, semble-t-il, pas encore été découvert, ainsi que la Télé, à l'époque où ces films muets avaient été tournés.

Nous faisons l'amour aussi souvent que j'en suis capable. Parfois, ça arrive simplement pendant que nous lisons et qu'elle répète les phrases après moi.

Un jour, il nous a fallu presque un après-midi entier pour finir un petit livre intitulé *Comment fabriquer des cerfs-volants en papier*.

Ni l'un ni l'autre ne fumons de l'herbe ni ne prenons de pilules. Je suis souvent très nerveux, très excité et je sens que je ne tiens pas en place. Lorsque cela se produit, nous allons faire de courtes promenades. Et bien qu'une partie de mon être semble s'élever contre l'intensité de la manière dont je vis, dont je travaille et dont je fais l'amour, je sais au fond de moi que c'est bien mieux que tout ce que j'ai connu jusqu'alors.

Un jour, au cours d'une promenade, nous nous sommes sentis très excités et j'ai suggéré que nous allions dans un bar sexe-minute de Times Square. J'ai utilisé ma carte de crédit de l'université de New York pour obtenir la meilleure alcôve. Dans le hall, il y avait les habituels holographes pornos et deux entraîneuses robots se sont proposées pour une orgie, mais Mary Lou, Dieu merci, leur a dit de foutre le camp. Quant à moi, j'ai repoussé l'offre de pilules aphrodisiaques que m'a faite le barman. Nous sommes donc entrés seuls dans l'alcôve, avons éteint la lumière et avons fait l'amour sur le sol matelassé. Ce n'était pas vraiment bien.

Mes rapports sexuels s'étaient pourtant toujours déroulés ainsi, et c'était bien ainsi qu'ils étaient censés se dérouler. « Sexe vite fait protège », comme disait mon professeur de Relations Interhumaines. Mais je voulais être chez moi avec Mary Lou, faire l'amour dans mon lit, et après, lui parler. À part le sexe, je voulais que nous soyons comme le Père et la Mère de ces vieux films. Je voulais lui acheter des fleurs et je voulais danser avec elle.

Lorsque nous avons eu fini, Mary Lou a dit :

— Sortons en vitesse de cette usine à sexe. (Puis en partant, elle a ajouté :) Je crois que c'est à ce genre d'endroit que Simon faisait allusion avec son « bordel de Chicago ».

Je lui ai acheté des fleurs, à un distributeur automatique. Des œillets blancs comme ceux que portait Gloria Swanson dans *Queen of Them All.*

Et, avant de nous coucher, cette nuit-là, je lui ai demandé de danser avec moi. J'ai épingle une fleur à sa robe de Synlon et mis la musique de fond d'un programme Télé, puis nous avons dansé ensemble. Elle n'avait jamais entendu dire que deux personnes pouvaient danser ensemble, mais il suffit d'étudier sérieusement ce qui se passe dans les films pour avoir quelque notion à ce sujet. Nous étions très maladroits, nous nous marchions souvent sur les pieds, mais c'était amusant.

Pourtant, plus tard, quand nous nous sommes mis au lit, quelque chose, je ne sais quoi, m'a effrayé. Je l'ai serrée contre moi tandis qu'elle s'endormait, puis je suis resté longtemps éveillé, à réfléchir. Quelque chose dans ce bar sexe-minute m'avait troublé.

Je suis sorti du lit et j'ai terminé ce récit. Je suis fatigué maintenant, mais je me sens encore effrayé. Ai-je peur qu'elle parte ? Ai-je peur de la perdre ?

Soixante-seizième jour

Il y a maintenant dix-huit jours qu'elle est là et je n'ai rien écrit depuis les neuf derniers.

Mon bonheur s'est encore accru ! Je ne pense pas à l'immoralité de notre cohabitation, ni au fait qu'elle est probablement illégale. Je ne pense qu'à Mary Lou, à ce que je vois dans les films, à ce que je lis et à ce qu'elle lit.

Toute la journée d'hier, elle a lu un nouveau type d'écriture appelé poèmes. Elle en a lu certains à voix haute. Parfois, ils étaient comme les échecs, incompréhensibles, et parfois ils parlaient de choses étranges, intéressantes. Elle m'a dit celui-ci deux fois :

Ô vent d'Ouest, quand souffleras-tu,
Que la grésille pût tomber ?
Dieu ! Que mon amour n'est-il dans mes bras
Et moi, de retour dans mon lit !

J'ai dû regarder le mot « grésille » dans *Dictionnaire*. Lorsqu'elle m'a relu ces quelques phrases, j'ai ressenti ce que j'avais déjà ressenti en regardant certaines scènes dans les films. Quelque chose qui s'enflait, douloureux et joyeux, dans ma poitrine.

Après, pour une raison étrange qui m'échappait, j'ai dit :

« Seul l'oiseau moqueur chante à l'orée du bois. »

Elle a levé les yeux de son livre et a fait : « Quoi ? » et j'ai répété :

— Seul l'oiseau moqueur chante à l'orée du bois.

— Qu'est-ce que ça veut dire ? a-t-elle demandé.

— Je ne sais pas. Ça vient d'un film.

Elle s'est pincé les lèvres :

— Ça ressemble aux mots que je viens de lire, non ? On éprouve quelque chose et on ne sait pas ce que c'est.

— Oui, ai-je fait, étonné, presque rempli d'effroi à l'idée qu'elle venait d'exprimer ce que j'avais justement l'intention de dire. Oui, exactement.

Elle a lu ensuite d'autres poèmes, mais aucun d'eux ne m'a fait cette même impression. J'aimais de toute façon l'écouter lire. Je la regardais qui, jambes croisées sur le sol, ne quittait pas le livre des yeux, et j'écoutais sa voix sérieuse et claire tandis qu'elle nous faisait à tous deux la lecture. Elle tient le livre beaucoup plus près que moi de son visage et il y a en elle quelque chose de très émouvant quand elle lit.

Nous nous promenons ensemble tous les jours et allons à chaque fois déjeuner dans un endroit différent.

Soixante-dix-septième jour

Mary Lou est sortie ce matin, comme elle le fait souvent, pour nous acheter un peu de nourriture-minute. Elle utilise à cette fin ma carte de crédit. Après son départ, j'allumai le projecteur et commençai à regarder un film avec Lillian Gish en lisant les dialogues dans l'enregistreur quand la porte s'ouvrit soudain. Je levai les yeux. Spofforth se tenait sur le seuil. Il était si grand, dégageant une telle impression de puissance qu'il semblait remplir tout l'espace par sa seule présence. Cette fois, pourtant, il ne m'effraya pas. Spofforth, après tout, n'est qu'un robot. J'éteignis le projecteur et l'invitai à entrer. Il s'avança dans ma chambre et s'assit sur la chaise en plastique blanc contre le mur du fond, face à moi. Il portait un pantalon kaki, des sandales et un T-shirt blanc. Il ne souriait pas mais son expression n'était pas sévère.

Après quelques instants de silence, je demandai :

— Est-ce que vous avez écouté mon journal ?

Je n'avais pas vu Spofforth depuis longtemps et il n'était encore jamais venu dans ma chambre.

Il hocha la tête :

— Chaque fois que j'ai trouvé le temps de le faire.

Quelque chose me tracassait à ce sujet, et je me sentais plein d'audace :

— Pourquoi voulez-vous tout savoir de moi ? demandai-je. Pourquoi voulez-vous que je tienne le journal de ma vie ?

Il ne répondit pas. Un instant plus tard, il déclara :

— Enseigner la lecture est un crime qui pourrait vous conduire en prison.

Je n'en conçus aucune frayeur. Je pensais à ce que Mary Lou avait dit sur la Détection, sur le fait que personne n'avait jamais été détecté.

— Pourquoi ? demandai-je.

Je venais de violer une Règle du Comportement : « Pas de questions, relax. » Mais je m'en moquais. Je voulais savoir pourquoi apprendre à lire à quelqu'un constituait un crime. Et pourquoi Spofforth ne me l'avait pas dit plus tôt, lorsque je lui avais pour la première fois proposé de donner des leçons de lecture à l'Université de New York.

— Et pourquoi ne pourrais-je pas apprendre à lire à Mary Lou ?

Spofforth se pencha en avant, posant ses larges mains sur ses genoux, pour me dévisager. Son regard était un peu effrayant, mais je ne détournai pas les yeux.

— La lecture est trop intime, dit Spofforth. Elle conduirait les humains à s'intéresser de trop près aux sentiments et aux idées des autres. Elle ne pourrait que vous troubler et vous embrouiller l'esprit.

Je commençais à me sentir malgré tout un peu effrayé. Ce n'était pas facile de se trouver si près de Spofforth, d'entendre sa voix grave et autoritaire tout en ne désirant pas obéir ni s'abstenir de poser des questions. Mais je me rappelai quelque chose que j'avais lu dans un livre : « Vous savez, les autres aussi peuvent se tromper. »

— Et pourquoi serait-ce un crime d'avoir l'esprit troublé et embrouillé ? Et de savoir ce que d'autres ont pensé ou ressenti ?

Spofforth me regarda fixement :

— Vous ne voulez donc pas être heureux ? demanda-t-il.

J'avais déjà entendu poser cette question de nombreuses fois par mes robots-professeurs au dortoir, et il m'avait toujours paru impossible d'y répondre. Mais en ce moment, ici, dans ma chambre, avec les objets de Mary Lou qui m'entouraient, avec mon projecteur et mes boîtes de films, et avec mon esprit lucide, n'ayant absorbé aucune drogue, la colère me saisit :

— Les gens qui ne lisent pas se détruisent eux-mêmes, ils se font brûler vifs. Est-ce qu'ils sont heureux ?

Spofforth me dévisagea, puis, soudain, il détourna les yeux et porta son regard vers une chaise où était posée la robe rouge de Mary Lou, toute chiffonnée, à côté d'une paire de sandales.

— Et c'cst également un crime, dit-il, mais d'une voix plus douce, de vivre plus d'une semaine avec une autre personne.

— Qu'est-ce que c'est une semaine ? demandai-je.

— Sept jours, répondit Spofforth.

— Et pourquoi plus de sept jours, dis-je. Pourquoi pas plus de sept cents ? Je suis heureux avec Mary Lou. Plus heureux que je ne l'ai jamais été avec la drogue et le sexe-minute.

— Vous êtes effrayé, dit Spofforth. Je vois très bien qu'en cet instant vous êtes effrayé.

Je me dressai soudain.

— Et alors ? m'écriai-je. Et alors ? Il vaut encore mieux être vivant que d'être… que d'être un robot.

J'ai eu vraiment peur cette fois. Peur de Spofforth. Peur de l'avenir. Peur de ma propre colère. Pendant un instant, debout dans cette chambre, silencieux, j'éprouvai le violent désir de prendre un *sopor*, d'en prendre une pleine poignée pour me retrouver calme, serein, insensible. Mais j'aimais être en colère, et je n'avais pas l'intention de me calmer.

— Et qu'est-ce que ça peut vous faire, si je suis ou non heureux ? En quoi ce que je fais vous regarde-t-il ? Vous n'êtes de toute façon qu'une espèce de machine.

Alors, Spofforth fit une chose étonnante. Il rejeta sa tête en arrière et lâcha un rire, un rire énorme et profond qui dura très longtemps. Et moi, comme si j'étais devenu fou, je sentis ma colère s'évanouir et je me mis à rire avec lui. Il s'arrêta enfin et dit :

— Okay, Bentley. Okay. (Il se leva.) Vous êtes mieux que je ne le pensais. Vous pouvez continuer à vivre avec elle.

Il se dirigea vers la porte, puis il se retourna et ajouta :

— Pendant quelque temps, du moins.

Je me contentai de le regarder sans rien dire. Il sortit et referma la porte derrière lui.

Après son départ je me rassis sur mon lit-bureau et je m'aperçus que mes mains tremblaient de façon incontrôlable et que mon cœur battait à tout rompre. Je n'avais jamais parlé ainsi à quiconque, et en aucun cas à un robot. J'avais terriblement peur de moi. Mais, tout au fond, quelque part, j'exultais. C'était étrange. Je ne m'étais jamais senti ainsi.

Lorsque Mary Lou rentra, je ne lui parlai pas de la visite que j'avais reçue. Mais quand elle voulut reprendre la lecture, je lui fis l'amour à la place. Elle protesta d'abord un peu, mais le désir que j'avais d'elle était si violent et nous fîmes l'amour avec tant d'impétuosité, sur la moquette, moi la serrant de toutes mes forces et la pénétrant sauvagement, que, quelques instants plus tard, elle m'embrassait partout sur le visage en riant.

Et ensuite, je me sentis si bien, si détendu que je lui dis :

— Allons lire un peu.

Et nous commençâmes à lire. Et rien n'arriva. Spofforth ne revint pas.

Mary Lou rédige le récit de sa propre vie pendant que je suis en train d'écrire ceci. Je suis à mon bureau et elle est assise sur l'autre fauteuil, utilisant un grand livre posé sur ses genoux comme écritoire. Elle écrit merveilleusement bien, avec méthode, en petits caractères très nets. Je me sens un peu gêné de constater qu'après si peu de temps elle écrit mieux que moi, mais d'un autre côté, comme j'ai été son professeur, j'en suis également fier. Je pense maintenant que durant les années que j'ai passées à l'université, je n'ai jamais enseigné quoi que ce soit qui ait mérité d'être su ; je tire plus de plaisir de ce que j'ai appris à Mary Lou que de tout mon travail dans l'Ohio.

Soixante-dix-huitième jour

Nous avons vu une immolation de groupe aujourd'hui.

Nous avions décidé d'innover et de prendre notre petit déjeuner au Burger Chef. Il y a sept blocs à marcher et je l'avais dit à Mary Lou, lui expliquant comment j'avais pris l'habitude de compter. Dans les dortoirs tout le monde apprenait à compter jusqu'à dix, mais c'était afin de pouvoir distinguer les huit prix différents des objets qu'on achète. Un pantalon coûte deux unités, un algue-burger une unité et ainsi de suite. Et quand on a épuisé toutes les unités allouées pour une journée, la carte de crédit devient rose et ne fonctionne plus. La plupart des choses, bien entendu, sont gratuites, comme les *psi-bus*, les chaussures et les postes de Télé.

Mary Lou compta les blocs et tomba d'accord sur le chiffre de sept.

— Je comptais toujours mes cinq sandwiches au zoo, dit-elle.

Je pensais à *L'arithmétique pour les petits*, et je demandai :

— Quand tu as mangé trois sandwiches, il t'en reste combien ?

Elle éclata de rire :

— Deux.

Puis elle s'immobilisa au milieu de la rue et se mit à imiter le robot primaire du zoo. Elle tendit la main gauche avec raideur comme si elle tenait les cinq sandwiches, puis elle vida son regard de toute expression, inclina légèrement la tête et entrouvrit les lèvres, image parfaite du robot primaire, et elle se contenta de rester là, immobile, à me dévisager stupidement.

D'abord, je fus choqué. Je ne comprenais pas ce qu'elle faisait. Puis j'éclatai de rire.

Quelques étudiants qui passaient, vêtus de leurs aubes de jean, la regardèrent, puis détournèrent les yeux. J'étais un peu embarrassé par son comportement. Se donner ainsi en spectacle ! Mais je ne pouvais pas m'empêcher de rire.

Nous entrâmes dans le Burger Chef. Une immolation s'y déroulait.

Ça se passait dans le même box que la première fois. Ce devait être pratiquement terminé car l'odeur de chair brûlée était très âcre et on sentait déjà le souffle puissant des ventilateurs qui s'efforçaient de purifier l'air.

C'était à nouveau un groupe de trois personnes, trois femmes. Leurs corps étaient noirs et ratatinés et de petites flammèches, sous les courants d'air, jaillissaient de ce qui restait de leurs vêtements et de leurs cheveux. Leurs visages étaient souriants.

Je pensais qu'elles étaient déjà mortes lorsque l'une d'elles se mit à parler, ou plutôt à crier :

« Voici l'Introversion Ultime, loué soit Jésus-Christ Notre Seigneur ! » L'intérieur de sa bouche était noir. Ses dents elles-mêmes étaient noires.

Elle se tut. Je supposai qu'elle venait de mourir.

— Mon Dieu ! fit Mary Lou. Mon Dieu !

Je la pris par le bras, sans même m'inquiéter des regards qu'on aurait pu nous jeter, et je la conduisis dehors. Elle s'avança sur le trottoir et s'assit au bord.

Elle ne prononça pas un mot. Deux *psi-bus* et une voiture de Détection passèrent sur la chaussée ; des gens marchaient sur le trottoir, tous ignorant Mary Lou comme elle les ignorait. J'étais debout à côté d'elle, ne sachant quoi dire ni quoi faire.

Regardant toujours devant elle, elle finit par demander :

— Est-ce qu'ils se font ça volontairement ?

— Oui, répondis-je. Et je crois que ça arrive souvent.

— Mon Dieu, fit-elle. Mais pourquoi ? Pourquoi les gens font-ils ça ?

— Je ne sais pas, répondis-je. Et je ne sais pas non plus pourquoi ils ne le font pas individuellement. Ou en privé.

— Oui, fit-elle, ce sont peut-être les drogues.

Je restai quelques instants silencieux, puis je dis :

— C'est peut-être la vie qu'ils mènent.

Elle se leva et me considéra d'un air surpris avant de tendre la main et de la poser sur mon bras.

— Oui, fit-elle. Tu dois avoir raison.

Quatre-vingt-troisième jour

Je suis en prison. Je suis en prison depuis cinq jours. Écrire le mot « prison » sur ce papier grossier m'est déjà en soi très pénible. Je ne me suis jamais senti aussi seul de mon existence. Je ne sais pas comment vivre sans Mary Lou.

Il y a une petite fenêtre dans ma cellule et j'aperçois au travers, sous le soleil de fin d'après-midi, les longs bâtiments vert sale du pénitencier avec leurs toits métalliques rouillés ainsi que d'autres fenêtres munies d'épais barreaux. Je viens juste de rentrer d'un après-midi de travail dans les champs et les ampoules qui couvrent mes mains se sont ouvertes et suintent tandis que les bracelets de métal qui encerclent mes poignets accroissent encore l'irritation de ma peau. J'ai un gros bleu sur le flanc, à l'endroit où un robot primaire m'a frappé avec une matraque parce que j'ai trébuché au cours de ma première journée dans les champs ; et mes pieds me font mal à cause des lourdes chaussures noires qui m'ont été remises à mon arrivée. J'arrive à peine à tenir le stylo avec lequel j'écris car j'ai des crampes dans les doigts.

Je ne sais pas ce qu'est devenue Mary Lou. La douleur, je la tolère car je n'ignore pas qu'elle pourrait être pire et qu'elle finira probablement par s'atténuer ; mais ne pas savoir si je reverrai un jour Mary Lou et ne pas savoir ce qu'on lui a fait, c'est plus que je n'en peux supporter. Il faut que je trouve un moyen de mourir.

Au début, privé de Mary Lou et encore sous le choc de ce qui m'était arrivé, je ne voulais plus écrire. Plus jamais. J'avais été autorisé à garder mon stylo ainsi que les pages de mon journal que j'avais fourrées sans réfléchir dans la poche de ma veste pendant qu'on m'emmenait, mais je n'avais plus de papier pour écrire et je ne fis aucun effort pour m'en procurer. Je sais que j'ai commencé mon journal sans penser à un lecteur éventuel, car j'étais alors la seule personne vivante à savoir lire. Mais j'ai fini plus tard par comprendre que Mary Lou était devenue mon public. C'est pour elle que je tenais mon journal. Il me semblait inutile de continuer à écrire en prison, dans cet endroit horrible, alors qu'elle n'était pas là.

Je sais que je ne serais pas en train d'écrire s'il ne s'était passé quelque chose d'étrange ce midi, lorsque, de retour de mon travail du matin à l'usine de chaussures, j'ai été me laver les mains et la figure avant d'aller prendre ce maigre repas composé de pain et de soupe de protéines que nous devons manger en silence. C'est arrivé dans les minuscules toilettes en inox avec leurs trois lavabos crasseux. Je venais de laver du mieux possible mes mains raides et endolories, et je tendais le bras pour tirer maladroitement une serviette en papier du distributeur quand le panneau entier s'ouvrit et une pile de serviettes s'en échappa. Je m'en saisis instinctivement et je tressaillis de douleur. Je réussis toutefois à les empêcher de tomber et, baissant les yeux, je compris que j'avais entre mes mains une centaine de feuilles de papier, solide, assez grossier certes, mais du papier sur lequel il était possible d'écrire.

Tant de choses importantes dans ma vie semblent toujours arriver par hasard. J'ai trouvé le film sur la classe de lecture et les livres par hasard. J'ai rencontré Mary Lou par hasard. J'ai découvert

Dictionnaire par hasard. Et c'est encore par hasard que le papier sur lequel je suis en train d'écrire est entré en ma possession. Je ne sais pas quoi en penser ; mais je suis heureux d'avoir recommencé à écrire, même si personne ne doit me lire et même si demain je trouve un moyen de mourir.

Je vais m'arrêter, à présent. J'ai trop souvent laissé échapper mon stylo. Ma main ne parvient plus à le tenir.

Mary Lou. Mary Lou. Je n'en peux plus.

Quatre-vingt-huitième jour

Il y a cinq jours que je n'avais pas écrit. Mes mains vont mieux à présent, elles sont plus souples et j'arrive, assez bien à tenir mon stylo. Par contre, j'ai toujours aussi mal au dos et au côté.

Mes pieds aussi vont mieux. Après plusieurs jours, j'ai remarqué que de nombreux prisonniers étaient pieds nus, et le lendemain, je me suis présenté au travail sans chaussures. Je souffre encore un peu, mais ça s'améliore. Mes muscles commencent à être plus forts, plus durs.

Je ne suis pas heureux. Je suis même très malheureux, mais je ne suis plus aussi certain de vouloir mourir. La noyade reste une solution possible. Je vais toutefois attendre encore un peu avant de prendre une décision.

Les robots gardiens sont infâmes. L'un d'eux m'a déjà frappé et j'en vois souvent qui frappent d'autres prisonniers. Je sais que c'est très mal de ma part, mais avant de mourir, j'aimerais tuer celui qui m'a tabassé. Je suis moi-même extrêmement choqué de ce désir que j'éprouve, mais c'est l'une des raisons pour lesquelles je souhaite continuer à vivre. Il a de petits yeux rouges qui ressemblent à ceux d'un animal haineux et cruel, et de gros muscles qui gonflent son uniforme marron. J'aimerais lui écraser le visage à coups de briques.

Et avant de mourir, je veux mettre mon journal à jour. Dehors il ne fait pas encore noir et en écrivant sans m'arrêter je pense pouvoir raconter comment j'ai été envoyé ici avant d'être contraint à dormir.

Plusieurs jours de suite, Mary Lou et moi étions revenus sans cesse sur les poèmes. Nous nous les lisions à haute voix, ne les comprenant qu'à peine. Il y en avait un sur lequel nous nous penchions encore plus souvent que sur les autres. Il s'appelait *Les hommes creux*[1]. Un jour, en début d'après-midi, je le lisais tout haut, assis par terre à côté de Mary Lou. Je crois que je peux encore en recopier les mots :

Nous sommes les hommes creux
Nous sommes les hommes empaillés
Penchés ensemble
La tête pleine de paille. Hélas.
Nos voix sèches, quand
Ensemble nous murmurons,
Sont silencieuses et vaines
Comme le vent dans l'herbe sèche...

Je n'allai pas plus loin. La porte s'ouvrit et le doyen Spofforth entra. Il se tint au-dessus de nous, colossal, les bras croisés, nous contemplant de toute sa hauteur. C'était choquant de le voir ainsi dans ma chambre. Mary Lou ne l'avait encore jamais rencontré et elle leva sur lui des yeux écarquillés.

1. Il s'agit du célèbre poème de T.S. Eliot *(N.d.T.)*.

Il y avait quelque chose d'étrange dans son apparence et il me fallut un moment pour m'apercevoir de quoi il s'agissait. Puis je compris : Spofforth portait un large brassard noir avec le profil de Solitude ; je le reconnus, souvenir d'une lointaine leçon de dortoir ; c'était le brassard de Détecteur.

Mary Lou fut la première à prendre la parole :

— Qu'est-ce que vous voulez ? demanda-t-elle.

Elle ne semblait pas effrayée.

— Vous êtes tous deux en état d'arrestation, dit Spofforth. (Puis il ajouta :) Levez-vous, tous les deux.

Nous nous levâmes. Je tenais toujours le livre entre mes mains.

— Et maintenant ? fit Mary Lou.

Spofforth la dévisagea un instant.

— Je suis un Détecteur et vous avez été détectés.

Je savais qu'elle était bouleversée et qu'elle s'efforçait de n'en rien laisser paraître. J'aurais voulu glisser mon bras autour de ses épaules pour essayer de la protéger. Mais je restai figé.

Spofforth était beaucoup plus grand que nous et il nous écrasait de sa puissance et de sa dignité. J'avais toujours eu peur de lui et son entrée en tant que Détecteur m'avait laissé muet de saisissement.

— Détectés à faire quoi ? demanda Mary Lou d'une voix qui tremblait légèrement.

Spofforth la regardait fixement, sans ciller.

— Détectés à cohabiter. Détectés à enseigner la lecture et détectés à pratiquer l'acte de lire.

— Mais doyen Spofforth, le coupai-je, vous saviez déjà que je...

— Oui, fit-il. Et je vous ai clairement dit que la lecture, en aucun cas, ne serait enseignée à cette université. Enseigner la lecture est un crime.

Quelque chose, en moi, s'effondra. Je sentis s'évanouir toute la force et toute l'excitation qui avaient constitué l'essentiel de ma vie au cours de ces derniers jours et je me retrouvais comme un enfant effrayé devant cet imposant robot.

— Un crime ? fis-je.

— Oui, Bentley, dit-il. Vous comparaîtrez demain. Vous resterez dans votre chambre jusqu'à ce que je vienne vous chercher au matin. (Il prit ensuite Mary Lou par le bras et déclara :) Vous, vous allez me suivre.

Elle essaya de se dégager puis constatant qu'elle ne pouvait se libérer de son étreinte, elle s'écria :

— Casse-toi, robot ! Casse-toi, je te dis !

Il baissa les yeux sur elle et parut sur le point d'éclater de rire.

— Ça ne marche pas avec moi, fit-il. (Mais sa voix s'adoucit et il ajouta :) Il ne vous sera fait aucun mal.

Et, tandis qu'il franchissait le pas de la porte, il se retourna et me regarda :

— Ne soyez pas trop malheureux, Bentley. Tout cela est peut-être pour le mieux.

Elle sortit avec lui sans se débattre et la porte se referma derrière eux.

Aucun mal ? Que pourrait-il y avoir de pire que cette séparation ? Où est-elle ? Où est Mary Lou ?

Je pleure en écrivant ces mots. Je n'arriverai pas à finir. Je vais prendre des *sopors* et dormir.

Quatre-vingt-neuvième jour

J'ai plus de choses à raconter que je ne pourrai le faire dans le temps qui me reste. Je vais cependant essayer d'aller le plus loin possible.

C'est Spofforth en personne qui m'a emmené au tribunal. J'avais des menottes et il m'a fait monter dans un *psi-bus* noir qui nous a conduits à un endroit de Central Park appelé Palais de Justice. C'était un immeuble de plastique à deux étages aux fenêtres sales.

La salle du tribunal était très vaste. Il y avait aux murs de nombreux portraits d'hommes assez bizarres. Certains portaient des costumes et des cravates comme j'en avais vu dans les vieux films. L'un d'eux, debout devant une bibliothèque, ressemblait à Douglas Fairbanks, et sous son portrait, il était écrit : *Sydney Fairfax, Premier Juge,* et en dessous, en caractères plus petits, les chiffres : 1997-2014. Je crois que c'est ça qu'on appelle des « dates ».

Un juge-robot en robe noire était assis dans un fauteuil tout au fond de la salle, face à l'entrée. Je sursautai en le découvrant ; j'avais déjà vu ce visage ; c'était celui du Classe 7 directeur du Dortoir de l'Ohio où j'avais été formé. Un robot Cadre Supérieur. Je me souvenais d'avoir un jour entendu dire que tous les Classe 7 se ressemblaient, et moi, qui n'étais alors qu'un enfant, j'avais demandé « Pourquoi ? » et le garçon avec lequel je parlais m'avait répondu : « Pas de questions, relax. »

Le juge dormait lorsque nous entrâmes. En réalité, il était désactivé. Près de lui, dans un fauteuil plus bas, plus modeste, un robot greffier, dormait lui aussi.

Quand nous approchâmes, je m'aperçus que tous deux étaient recouverts d'une espèce de poussière jaunâtre identique à celle qu'on trouvait dans la partie scellée de la bibliothèque. Les rides qui donnaient un air intelligent et sage au visage du juge étaient remplies de cette poussière jaune. Il avait les mains croisées sur son ventre et, entre son avant-bras droit et son menton, une araignée, longtemps auparavant, avait tissé sa toile. La toile était pleine de trous et couverte de poussière. Quelques minuscules cadavres d'insectes, telles des miettes desséchées, pendaient encore aux fils. Il n'y avait nulle araignée en vue.

Derrière le juge se dressait le Grand Sceau d'Amérique du Nord, exactement semblable à celui qui se trouvait dans la Maison de Piété au Dortoir des Penseurs. Il était lui aussi recouvert d'une couche jaunâtre qui s'était profondément incrustée dans les reliefs de la colombe et du cœur; quant aux Saintes Déesses Jumelles de l'Individualisme et de la Solitude en plastique moulé qui encadraient le Grand Sceau, elles disparaissaient presque sous la poussière.

Spofforth me fit asseoir dans le fauteuil de l'accusé qui était fait d'une matière très dure, très inconfortable, qu'on appelle du bois. Il m'enleva alors les menottes avec un geste d'une étonnante douceur, puis il plaça ma main droite dans le Trou de Vérité situé juste devant moi et il me dit calmement:

— Pour chaque mensonge que vous prononcerez, on vous coupera un doigt. Vous devrez donc répondre au juge avec le plus grand soin.

Je connaissais naturellement l'existence des Trous de Vérité et des tribunaux par les cours d'Instruction Civique Minimale que j'avais suivis, mais je n'en avais encore jamais vu dans la réalité et je me mis à trembler de peur. Et peut-être cette peur était-elle encore accrue par mes souvenirs du Dortoir et de l'époque où, enfant, j'avais été puni pour Manquement à la Solitude. Je me tortillai sur ma chaise, essayant de trouver une position plus confortable, et j'attendis.

Spofforth parcourut la salle du regard comme s'il examinait les murs effrités, les portraits des anciens ou encore les bancs de bois déserts. Il s'avança ensuite vers le juge, fit glisser son index le long de la joue de ce dernier, puis il baissa les yeux sur la trace de poussière qui tachait le bout de son doigt.

— Inexcusable, fit-il.

Il se tourna vers le greffier et dit, d'un ton autoritaire :

— Activez-vous, greffier du tribunal.

Le greffier ne fit que remuer les lèvres pour demander :

— Qui convoque le tribunal ?

— Je suis un Robot Rationnel. Classe 9. Je vous ordonne de vous activer.

Aussitôt le greffier bondit sur ses pieds. Des débris divers tombèrent sur son ventre.

— Oui, Votre Honneur. Je suis éveillé et actif.

— Je veux que vous fassiez venir une équipe d'entretien et que vous fassiez nettoyer le juge. Et immédiatement.

Puis Spofforth examina la poussière qui maculait encore les vêtements du greffier, et il ajouta :

— Et faites-vous également nettoyer.

Le robot s'adressa à Spofforth avec beaucoup de respect :

— Les servos du tribunal et les équipes de nettoyage ne sont plus opérationnels, Votre Honneur.

— Et pourquoi ?

— Piles à plat et mauvais fonctionnement généralisé, Votre Honneur.

— Pourquoi ne les a-t-on pas fait réparer ?

— Il n'est pas venu d'équipes de réparation à Central Park depuis soixante *jaunes*, Votre Honneur.

— Très bien, fit Spofforth. Dans ce cas, allez chercher le matériel et vous vous nettoierez vous-même ainsi que le président.

— Bien, Votre Honneur.

Le greffier se retourna et sortit lentement de la salle du tribunal. Il traînait la jambe.

Il revint quelques minutes plus tard muni d'un seau d'eau et d'une éponge. Il s'avança vers le juge et, plongeant l'éponge dans l'eau, il commença à lui essuyer le visage. La poussière jaune laissa encore quelques traînées, mais la plus grande partie s'en alla. Puis il lava maladroitement les mains du juge.

Spofforth semblait s'impatienter. Je ne savais pas que ça pouvait exister, un robot impatient, mais Spofforth était bel et bien en train de taper du pied. Puis brusquement, il s'avança à grands pas vers le juge toujours assis, se pencha vers lui, saisit le bord de sa robe et la secoua vigoureusement. Un nuage de poussière s'éleva. Lorsqu'il se fut dissipé, je constatai que la toile d'araignée avait disparu.

Ensuite Spofforth se recula et fit face au juge. Il dit au greffier d'arrêter et celui-ci s'exécuta sur-le-champ. La main gauche du juge qui reposait sur son ventre portait encore une trace verdâtre.

— Vos services ne seront pas nécessaires pour cette audience, dit Spofforth au greffier. J'enregistrerai moi-même les débats. Et pendant ce temps-là, vous pourriez téléphoner à l'Entretien Général et leur demander d'envoyer immédiatement un Robot Nettoyeur et un Robot Réparateur.

Le greffier contempla stupidement Spofforth. Je crois que c'était un Classe 3, lobes verts ; ils sont tout juste au-dessus des robots primaires.

— Le téléphone ne fonctionne pas, dit-il.

— Vous n'avez qu'à marcher jusqu'à l'Entretien Général. C'est à environ cinq blocs d'ici.

— Marcher ? fit le robot.

— Oui, marcher. Vous savez comment il faut faire, non ? Et vous savez où c'est ?

— Oui, monsieur.

Le greffier fit demi-tour et se dirigea en boitant vers la porte.

— Un instant, fit Spofforth. Venez ici.

Le greffier revint sur ses pas et s'arrêta en face de Spofforth. Celui-ci se pencha, saisit la jambe gauche du robot entre ses mains, la palpa un instant, puis lui imprima une violente torsion. Quelque chose à l'intérieur grinça, craqua. Spofforth se redressa.

— Allez-y, maintenant, fit-il.

Et le greffier sortit du tribunal d'un pas parfaitement normal.

Spofforth se retourna pour examiner le juge. Celui-ci, bien que plus propre, n'en restait pas moins légèrement taché et fripé.

— J'appelle le tribunal à siéger, dit Spofforth comme chaque citoyen avait le droit de le faire, ainsi qu'on nous l'avait enseigné dans nos cours d'Instruction Civique.

Encore qu'on ne nous eût jamais dit que ce droit était également reconnu aux robots.

On nous avait appris combien les tribunaux étaient importants pour la protection de nos droits sacrés à la Solitude et à l'Individualisme, combien un juge pouvait nous être utile, mais on finissait toujours par penser que, l'un dans l'autre, il était malgré tout préférable de se tenir éloigné de la justice.

La tête du juge tressauta, mais le reste de son corps resta immobile.

— Qui convoque le tribunal ? demanda-t-il d'une voix sérieuse et grave.

— Je suis un robot Classe 9, fit Spofforth avec calme, programmé pour la Détection et de ce fait habilité par le Gouvernement d'Amérique du Nord.

Le juge tout entier s'éveilla à ces paroles. Il ajusta sa robe, passa ses doigts dans ses cheveux grisonnants, puis il plaça son menton dans sa main en coupe et déclara :

— L'audience est ouverte. Quelle est la requête du citoyen robot ?

Citoyen robot ? Je n'avais encore jamais entendu ce terme.

— Une affaire criminelle, monsieur le juge, dit Spofforth. L'accusé va énoncer son nom. (Il se tourna vers moi :) Dites vos nom, titre et lieu d'habitation. (Puis, désignant d'un signe de tête le Trou de Vérité, il ajouta :) Et faites bien attention à vos réponses.

J'avais presque oublié l'existence du Trou de Vérité. J'évitai de le regarder et je dis lentement, prudemment :

— Je m'appelle Paul Bentley. Je suis professeur d'Arts Mentaux à l'université du Sud-Ouest de l'Ohio et ma résidence officielle se trouve à la Maison des Professeurs. Actuellement je vis à la bibliothèque des Arts de l'université de New York où je suis temporairement employé par le doyen de la Faculté.

Je ne savais pas si je devais ajouter que Spofforth était précisément le doyen pour lequel je travaillais. Je décidai de m'en abstenir.

— Très bien, mon garçon, fit le juge. (Il consulta Spofforth du regard :) Et quel est le chef d'accusation ?

— Il y en a trois, dit Spofforth. Cohabitation, Lecture et Enseignement de la Lecture.

Le juge lui lança un regard vide.

— Qu'est-ce que c'est, la Lecture ? demanda-t-il.

Spofforth ne répondit pas tout de suite, puis il finit par déclarer :

— Vous êtes un Classe 7, conçu au Quatrième Âge. Votre Programme Légal ne contient donc pas cette accusation. Consultez vos archives.

— Bien, fit le juge.

Il pressa un bouton sur le bras de son fauteuil et une voix, quelque part, déclara :

— Ici les Archives des Lois pour l'Amérique du Nord.

Et le juge demanda :

— Existe-t-il un crime civil appelé Lecture ? Et est-ce qu'enseigner la Lecture constitue également un crime ?

La voix des archives mit très longtemps à répondre. Je n'avais jamais vu un ordinateur aussi lent. Ou peut-être était-ce simplement une impression. La voix, finalement, se manifesta à nouveau et dit :

— La Lecture est le partage profond et subtil d'idées et de sentiments par des moyens sournois. C'est une grossière invasion de la Vie Privée et une violation directe des constitutions des Troisième, Quatrième et Cinquième Âges. L'Enseignement de la Lecture est également un crime contre la Vie Privée et la Personnalité. De un à cinq ans pour chacun de ces deux délits.

Le juge éteignit l'ordinateur, puis il lança :

— C'est une affaire très grave, jeune homme. Et vous êtes par ailleurs accusé de Cohabitation. (Puis, s'adressant à Spofforth, il demanda :) Avec quoi a-t-il cohabité ? Un homme, une femme, un robot, ou un animal ?

— Avec une femme. Ils ont vécu ensemble pendant sept semaines.

Le juge hocha la tête et se tourna vers moi :

— Ce n'est pas aussi grave que vos autres crimes, mon garçon. Mais c'est néanmoins un risque sérieux porté à l'Individualisme et à la Personnalité et qui, parfois, conduit à des comportements beaucoup plus dangereux.

— Oui, monsieur le juge, fis-je.

Je voulus dire que je regrettais, mais je me rendis compte juste à temps qu'en réalité je ne regrettais absolument rien, et que j'avais simplement peur. J'aurais pu y laisser un doigt.

— Y a-t-il quelque chose d'autre ? demanda le juge à Spofforth.

— Non.

Le juge me regarda :

— Ôtez votre main du Régulateur d'Honnêteté et levez-vous pour faire face à la cour.

Je m'exécutai.

— Plaidez-vous coupable ou non coupable ? demanda le juge.

N'ayant plus la main dans le trou, j'aurais pu mentir. Mais je supposai que si je répondais « non coupable » ma main y serait remise et qu'il y aurait alors un vrai procès. Et, en vérité, j'ai appris ici par un autre prisonnier que c'est effectivement ce qui se passe. Pratiquement tout le monde plaide coupable.

Je levai les yeux sur le juge et déclarai :

— Coupable.

— Le tribunal tiendra compte de votre coopération, fit le juge. Vous êtes condamné à six ans de prison dans le pénitencier d'Amérique du Nord, dont les deux premières années aux travaux forcés. (Le juge pencha légèrement la tête et me regarda d'un air sévère.) Approchez-vous, fit-il.

Je montai jusqu'à son fauteuil. Il se leva, lentement, puis il tendit les bras. Ses larges mains, dont l'une portait toujours la tache verdâtre, me saisirent aux épaules. Je sentis quelque chose piquer ma peau, comme une injection de drogue, puis je sombrai dans l'inconscient.

Je me réveillai en prison.

Je ne peux pas en écrire plus aujourd'hui. Ma main et mon bras me font mal après toutes ces pages que j'ai déjà remplies. En outre, il est tard et demain un dur travail physique m'attend.

Quatre-vingt-dixième jour

Ma chambre, ma « cellule » plutôt, n'est guère plus grande qu'un *psi-bus*, mais elle est confortable et indépendante. J'ai un lit, une chaise, une lampe et un mur TV avec une petite collection d'enregistrements. Le seul que j'ai jusqu'à présent passé est un programme de danse et d'exercice, mais je n'ai pas envie de danser ; j'ai enlevé le BB avant la fin.

Il y a environ une cinquantaine d'autres prisonniers répartis dans des cellules identiques à l'intérieur du même bâtiment ; nous partons tous ensemble au travail après le petit déjeuner. Le matin, je vais à l'usine de chaussures de la prison. Je suis l'un des quatorze inspecteurs détenus. Les chaussures, naturellement, sont fabriquées par du matériel automatique et ma tâche consiste à examiner une chaussure sur quatorze pour vérifier qu'elle n'a pas de défauts. Un robot primaire nous surveille et on m'a prévenu que si je manquais de prendre une chaussure après que l'homme sur ma gauche eut pris la sienne, je serais puni. J'ai découvert qu'il n'était pas vraiment nécessaire de regarder la chaussure et je m'abstiens donc de le faire. Je me contente de soulever une chaussure sur quatorze.

Étant donné que j'ai été formé aux Arts Mentaux, il m'est facile de passer beaucoup de mon temps d'inspection de chaussures en douces hallucinations, mais je suis consterné de m'apercevoir qu'il y a un aspect de ces hallucinations que je n'arrive plus à contrôler : des images de Mary Lou apparaissent dans mon esprit avec une réalité choquante. Je suis en train de me distraire avec des abstraction hallucinatoires, des couleurs ou des formes libres, et soudain, sans le moindre avertissement, je vois le visage de Mary Lou, avec son regard intense et énigmatique. Ou encore Mary Lou lisant, assise jambes croisées, un livre sur les genoux.

À l'époque où j'enseignais, j'avais l'habitude de lâcher une petite plaisanterie pendant mon cours d'hallucinations orgastiques. Je disais à mes élèves : « C'est une technique que je vous conseille vivement d'apprendre pour le cas où vous seriez jetés en prison. » Je ne déclenchais pas beaucoup de rires car je suppose qu'il faut avoir une solide formation Classique, les films de James Cagney, par exemple, pour comprendre les références à la prison. Toujours est-il que c'était une plaisanterie que je faisais souvent. Mais ici, je ne provoque pas mes orgasmes par hallucination, bien que je sois expert en cette technique. La nuit dans ma cellule, je me masturbe simplement comme le font, je présume, les autres prisonniers. Je veux préserver mes pensées les plus intimes, le souvenir de Mary Lou, pour les moments où je me retrouve seul, la nuit.

On nous distribue deux joints et deux *sopors* avec le repas du soir, mais je mets les miens de côté. Après dîner, je sens partout l'odeur douce de la marijuana, j'entends la musique de la Télé érotique qui s'élève des cellules et j'imagine les visages béats des autres prisonniers. Et, alors que je l'écris, cette idée me fait frémir. Je voudrais que Mary Lou soit ici avec moi. Je voudrais entendre sa voix. Je voudrais rire avec elle. Je voudrais qu'elle me réconforte.

Une année auparavant, je n'aurais pas compris ce que je ressentais. Mais après tous ces films que j'ai vus, je sais maintenant ce dont il s'agit : je suis amoureux de Mary Lou.

C'est affreux. C'est affreux d'être amoureux.

Je ne sais pas où se trouve cette prison. Quelque part au bord de l'océan. Je suis arrivé ici inconscient et je me suis réveillé pour me voir remettre un uniforme bleu par un robot. La première nuit, je n'ai pas pu dormir ; je la voulais à mes côtés.

Je la veux. Je la désire. Rien d'autre n'existe.

Quatre-vingt-onzième jour

Les après-midi, je travaille dans un champ au bord de l'océan. C'est un immense champ qui longe le rivage sur environ trois kilomètres. Il est rempli de grosses plantes synthétiques appelées Protéine 4 ; ce sont de grands machins horribles qui ont à peu près la taille et la forme d'une tête humaine, d'une teinte violacée, et qui dégagent une odeur rance. Et même dehors dans l'atmosphère ensoleillée, cette puanteur est presque insupportable. Ma tâche consiste à les nourrir une par une avec des produits chimiques prescrits chaque jour par un computer. Je suis équipé d'un petit pistolet-pulvérisateur chargé de pastilles par un terminal d'ordinateur situé au bout de chacune des longues rangées et je glisse le canon dans un minuscule orifice de plastique creusé dans la terre jaunâtre à la base de chaque plante pour y décharger une pastille.

C'est un boulot éreintant, car il nous faut, sous un chaud soleil, tenir la cadence imposée par la musique qui balaye le champ. Nous sommes quarante à peine ici, avec cinq minutes de repos par heure. Nous transpirons tous constamment.

Dix robots primaires pourraient facilement accomplir ce travail. Mais nous sommes ici pour être réhabilités.

C'est du moins ce que nous affirme la télévision que nous sommes contraints de regarder pendant l'heure sociale qui suit le déjeuner. Nous n'avons pas le droit de parler pendant l'heure sociale et je ne sais donc pas si les autres sont aussi mécontents et épuisés que moi.

Deux robots en uniformes marron nous surveillent pendant le travail. Ils sont petits, laids et trapus, et chaque fois que mon regard se pose sur celui qui m'a frappé, il semble toujours me contempler fixement, sans ciller, avec sa bouche d'androïde entrouverte, mâchoire pendante.

Ma main est encore si raide et douloureuse d'avoir pressé la détente de ce pulvérisateur que je ne peux plus écrire.

Mary Lou. J'espère seulement que tu n'es pas aussi malheureuse que moi. Et j'espère que tu penses à moi, de temps en temps.

MARY LOU

1

Lire est parfois fastidieux mais, de temps en temps, je découvre quelque chose que j'ai plaisir à apprendre. Je suis assise dans un fauteuil, près de la fenêtre, tandis que j'écris ceci, une planche posée sur les genoux. Avant de commencer, je suis restée un long moment immobile à regarder la neige tomber. De gros flocons, lourds, serrés, qui tombaient du ciel à la verticale. Bob m'a dit d'éviter de me fatiguer pour ne pas avoir mal au dos, à cause de ce ventre proéminent. J'ai donc regardé la neige très longtemps. Et je pense à quelque chose que j'ai lu il y a deux ou trois jours à propos du cycle de l'eau, l'explication de ce système très élaboré d'évaporation, de condensation, de vents et d'air. Je regarde la neige tomber et je sais que ces petits cristaux blancs proviennent de la surface de l'océan Atlantique qui s'est d'abord transformée en vapeur sous l'action du soleil, puis je parviens à visualiser les nuages qui filent très haut ainsi que l'eau qu'ils contiennent et que le froid transforme en flocons de neige, ces flocons que je vois passer devant ma fenêtre, ici à New York.

Le simple fait de savoir de telles choses me procure un véritable sentiment de bien-être.

Quand j'étais petite, Simon me parlait de sujets comme le cycle de l'eau ou bien la précession des équinoxes. Il avait un vieux tableau noir et un bout de craie ; je me rappelle le dessin qu'il m'a fait de la planète Saturne avec ses anneaux. Lorsque je lui ai demandé comment il avait appris toutes ces choses, il m'a répondu qu'il les tenait de son père dont le propre père, quand il était jeune, observait le ciel nocturne dans un télescope céleste, il y avait de cela très longtemps, peu après ce que Simon appelait « la mort de la curiosité intellectuelle ».

Simon, bien qu'il ne sût ni lire ni écrire et qu'il n'eût jamais été à l'école, avait quelques connaissances du passé. Pas seulement des bordels de Chicago, mais aussi de l'Empire romain, de la Chine, de la Grèce et de la Perse. Je me souviens de lui dans notre petite cabane de bois, une cigarette de marijuana qui pendait de sa bouche édentée tandis que, debout près du poêle, remuant un ragoût de lapin ou une soupe de pois, il disait : « Il y avait jadis de grands hommes dans le monde, des hommes d'esprit, des hommes de pouvoir et des hommes d'imagination. Il y avait saint Paul, Einstein et Shakespeare… » Il possédait ainsi plusieurs listes de noms qu'il débitait avec magnificence en de telles occasions et, à les entendre, j'éprouvais toujours un sentiment d'émerveillement. « Il y avait Jules César, Tolstoï et Emmanuel Kant. Mais maintenant il n'y a plus que des robots. Des robots et le principe du plaisir. Et dans la tête des gens, il n'y a plus que de minables romans-photos. »

Mon Dieu, Simon me manque presque autant que Paul. J'aimerais qu'il soit ici, à New York, et qu'il passe avec moi les matinées où Bob est à son travail, à l'université. Pendant que j'écrivais la première partie de ce journal, cette mémorisation de ma vie, quand Paul et moi vivions ensemble, j'aurais tant voulu que Simon puisse me parler de l'époque où je suis arrivée chez lui dans le désert, qu'il puisse me décrire mon apparence physique, me dire si j'étais jolie, intelligente et si j'apprenais vraiment aussi vite qu'il le prétendait. Et maintenant je voudrais qu'il soit là pour son sens de l'humour et son extravagance. C'était un vieil homme, un très vieil homme, mais il était tellement plus exalté, tellement plus drôle que les deux êtres avec lesquels j'ai vécu depuis.

Paul était pathétiquement sérieux. Je ris encore au souvenir de l'expression de son visage quand j'ai lancé cette pierre contre la cage du python, ou encore de la solennité avec laquelle il avait entrepris de m'apprendre à lire. Et la façon dont il relisait les premières pages de ce journal quand nous vivions dans la bibliothèque, lèvres pincées, sourcils froncés, même pour les passages qui me paraissaient amusants.

Bob ne vaut guère mieux. Il serait ridicule d'attendre d'un robot qu'il ait le sens de l'humour, mais il n'en est pas moins difficile de supporter sa gravité et sa sensibilité exacerbée. Surtout quand il me parle de ce rêve qui le hante depuis toujours. Au début, je trouvais ça intéressant, mais maintenant, ce sujet m'ennuie profondément.

Je suppose que c'est en partie à cause de ce rêve que j'habite avec Bob dans cet appartement de trois pièces. C'est en effet ce rêve qui le pousse à vivre et à se comporter comme l'aurait fait cet être humain depuis longtemps disparu, le détenteur original du rêve. Bob espère ainsi en retrouver les souvenirs.

Je suis donc la femme, ou la maîtresse que cet homme aurait eue. Et nous jouons une espèce de parodie de vie domestique.

Je crois que Bob est fou.

Comment peut-il savoir si son cerveau n'a pas été copié sur celui d'un célibataire ? ou sur celui d'une femme ?

Il n'écoute aucune de mes objections. Il se contente de me demander :

« Ça te gêne donc tant, Mary ? »

Je suppose que non. Paul me manque. Je crois que j'aimais Paul, d'une certaine façon. Mais quand j'y réfléchis, ça ne me dérange pas particulièrement d'être la compagne d'un robot à la peau noire. Et puis, par le Christ, avant, je vivais dans un zoo ! Je finirai bien par m'y habituer.

Il neige encore dehors. Je vais m'arrêter d'écrire, puis je resterai assise une heure ou deux à boire de la bière en regardant la neige tomber, à attendre le retour de Bob à la maison.

Bien sûr, ce serait bien que Paul revienne. Mais, comme disait Simon, on ne peut pas tout avoir. Je finirai bien par m'y habituer.

2

Bob m'a encore parlé de son rêve, et, comme à l'accoutumée, je ne peux que sourire poliment et m'efforcer de compatir. Il rêve d'une femme blanche, mais qui ne me ressemble absolument pas. J'ai des cheveux châtains et je suis physiquement plutôt forte, avec des hanches et des cuisses pleines. Elle, elle est blonde, grande et mince. « Gracieuse », dit-il. Et je ne le suis pas ; Paul, lui, est gracieux. La femme dans le songe de Bob se tient toujours au bord d'un étang d'eau noire et elle porte un long peignoir de bain. Je pense n'avoir jamais porté de peignoir de bain de ma vie et je n'ai pas pour habitude de me promener au bord des étangs.

Je crois que je suis en train d'essayer d'expliquer que Bob est amoureux d'elle et non de moi. Et c'est bien mieux ainsi.

Je n'aime pas Bob ; en fait, je l'ai détesté au moment où il a éloigné Paul de moi et l'a fait jeter en prison. J'ai crié, pleuré et je l'ai frappé de nombreuses fois, le choc initial passé. Et j'avais eu beaucoup de mal à admettre qu'il était Détecteur et que les Détecteurs existaient vraiment. Ça ne me gênait pas qu'il fût un robot, ou noir ; le plus terrible avait été de découvrir que je pouvais être détectée. C'était m'enlever quelque chose qui m'avait donné beaucoup de force et d'assurance durant toute ma vie : le sentiment de ne pas être dupe de cette société imbécile dans laquelle je vivais. J'avais perdu une partie de cette confiance que Simon m'avait inculquée, Simon, le seul être que j'aie jamais aimé et que, probablement, j'aimerai jamais.

Paul était un gentil garçon, adorable, et je me fais du souci pour lui. J'ai demandé à Bob de le faire libérer, mais il n'accepte même pas d'en discuter avec moi. Il se contente de dire : « Il ne lui sera fait aucun mal » et il refuse d'ajouter quoi que ce soit. Il y a eu des moments, au début, où j'avais envie de pleurer pour Paul ; sa tendresse et sa naïveté me manquaient, de même que cette façon enfantine qu'il avait de m'acheter des affaires. Mais je n'ai jamais vraiment versé de larmes en pensant à lui.

Bob, par contre, est un être d'une certaine dimension. Il est, je le sais, très vieux, plus vieux que ne le serait Simon s'il vivait encore ; ce n'est peut-être pas très important, mais ça lui confère un côté désabusé, très attendrissant. Et qu'il soit un robot ne signifie rien pour moi, si ce n'est une certaine simplicité dans nos rapports puisqu'il ne peut y avoir de sexe entre nous. Ce fut d'ailleurs une immense déception lorsque je le découvris ; mais je m'y suis maintenant résignée.

3

Six mois se sont écoulés depuis que Paul et moi avons été séparés, et je vis avec Bob une existence confortable à défaut d'être heureuse. Il serait absurde de reprocher à un robot son manque d'humanité, mais c'est pourtant bien là qu'est tout le problème. Je ne veux pas dire que Bob manque de sentiments, loin de là. Il faut toujours que je pense à lui dire de s'asseoir pendant que je suis en train de manger, sinon il se vexe. Quand je me mets en colère après lui, il a l'air sincèrement désolé. Un jour que je m'ennuyais, je le raillai en le traitant de « robot » ; il est entré dans une fureur effrayante et m'a crié : « Je n'ai pas choisi mon incarnation ! » Non. Il est comme Paul dans la mesure où il faut que je tienne sans cesse compte de sa sensibilité.

C'est toujours moi qui garde mon calme dans mes rapports avec les autres.

Mais Bob n'est pas humain, et cela, je ne peux l'oublier. Une fois cependant, au cours du deuxième mois de notre vie commune, alors que mon ressentiment à son égard pour m'avoir enlevé Paul commençait à diminuer, j'ai essayé de le séduire. Nous étions assis à la table de cuisine, silencieux, pendant que je finissais un plat d'œufs brouillés en vidant mon troisième verre de bière; Bob était installé tout près de moi, sa belle tête inclinée vers moi tandis qu'il me regardait manger. Il me semblait d'une émouvante timidité. J'étais déjà depuis longtemps habituée au fait qu'il ne mangeait pas et j'en avais oublié les plus élémentaires implications. C'était peut-être la bière, mais, pour la première fois, je me surprenais à penser combien il était attirant avec sa peau douce aux reflets fauves, ses cheveux noirs coupés court, frisés et brillants, et ses yeux marron. Et comme son visage était fort, expressif! J'éprouvai alors une bouffée de désir, peut-être plus maternel que sexuel, et je posai ma main sur son bras, juste au-dessus de son poignet. C'était chaud, comme n'importe quel bras.

Il baissa les yeux et ne dit rien. De toute façon, à cette époque, nous ne parlions pas beaucoup. Il avait une chemise beige en Synlon, à manches courtes, et son bras, d'un brun cuivré, était lisse, imberbe et vivant sous ma paume. Il portait un pantalon kaki. Je lâchai mon verre et, lentement, comme dans un rêve, j'avançai ma main vers sa cuisse. Et à cet instant précis, la scène prit un tour purement et exclusivement sexuel; j'étais très excitée et j'en eus un moment la tête qui tournait. Je posai ma main sur l'intérieur de sa cuisse.

Nous restâmes ainsi quelques secondes qui parurent durer des heures. Honnêtement, je ne savais pas quoi faire ensuite. Mon esprit était totalement sans calcul, sans appréciation logique de la situation, le mot « robot » ne m'effleura pas un instant. Et pourtant je n'allai pas plus loin comme j'aurais pu le faire avec d'autres… avec d'autres *hommes*.

Bob leva alors la tête et me regarda. Son visage était étrange et pourtant il semblait dénué de toute expression.

— Où veux-tu donc en venir ? demanda-t-il.

Je le contemplai stupidement. Il pencha sa tête vers moi.

— Mais, bon sang, où veux-tu en venir ?

Je ne dis rien.

Il écarta ma main de sa cuisse et je lâchai son bras. Il se leva et baissa son pantalon. Je le regardai fixement, l'esprit vide.

Je ne m'étais même pas attendue à cela. Et lorsque je vis, je fus profondément choquée. Il n'y avait rien entre ses jambes. Juste une fente dans sa peau douce et brune.

Durant tout ce temps, il ne m'avait pas quittée des yeux. Lorsqu'il constata que son absence d'organes génitaux avait bien pénétré jusqu'à mon esprit, il dit :

— J'ai été fabriqué dans une usine à Cleveland, dans l'Ohio. Je ne suis pas né d'une femme. Je ne suis pas un être humain.

Je détournai les yeux et, après un instant, je l'entendis remonter son pantalon.

Je pris un *psi-bus* jusqu'au zoo. Quelques jours plus tard, je découvris que j'étais enceinte.

4

La nuit dernière, Bob, au lieu de parler de son rêve, a évoqué les intelligences artificielles.

Bob dit que son cerveau ne ressemble en rien au cerveau télépathique d'un *psi-bus*. Ceux-ci reçoivent des instructions et se pilotent eux-mêmes par ce qu'il appelle « un récepteur de signal d'intention et un sélecteur de route ». Bob affirme que ni lui ni aucun des six ou sept autres Détecteurs qui restent encore en Amérique du Nord n'ont la moindre faculté télépathique. La télépathie serait un fardeau bien trop lourd pour leur intelligence calquée sur le modèle « humain ».

Bob est un robot Classe 9. Il dit que les Classe 9, dont il est probablement le dernier représentant, étaient d'un type très spécial en raison de leur « intelligence copiée » et qu'ils ont été la dernière série de robots jamais fabriqués. Ils avaient été conçus pour devenir des directeurs industriels et des cadres supérieurs : Bob lui-même a dirigé le monopole de l'automobile jusqu'à la disparition des voitures particulières. Il m'a raconté qu'il y avait même eu jadis des machines qui volaient dans les airs et transportaient des gens à l'intérieur. Ça paraît difficile à croire. J'ai pris l'habitude, après que Bob eut insisté pour que nous vivions ensemble, de lui poser des questions sur la façon dont les choses fonctionnaient. Il semble toujours prendre plaisir à y répondre.

Je lui ai donc demandé pourquoi les *psi-bus* n'étaient pas conduits par des robots.

— L'idée de base, a-t-il répondu, avait été de construire la machine suprême. C'est une démarche similaire à celle qui a abouti à moi et aux autres Classe 9.

— Et en quoi, les *psi-bus* représentent-ils la machine suprême ?

Ils me paraissent à moi des objets si ordinaires, toujours disponibles, avec leurs sièges confortables et jamais plus de trois ou quatre passagers à l'intérieur. Des véhicules gris en aluminium, à quatre roues, robustes, et parmi les rares machines qui marchent bien et dont l'utilisation ne nécessite pas de carte de crédit.

Bob était dans la cuisine de notre appartement, installé dans un fauteuil de Plexiglas poussiéreux, et moi, je faisais cuire des œufs synthétiques sur le fourneau nucléaire, utilisant le seul brûleur qui fonctionnait encore. Au-dessus de la cuisinière, tout un pan de mur s'était écroulé, il y avait sans doute déjà très longtemps, dévoilant une rangée de livres à la couverture verte, qui avaient dû être utilisés pour l'isolation thermique de l'appartement.

— Eh bien, d'abord, ils ne tombent jamais en panne, a répondu Bob d'un ton définitif. Ensuite, ils n'ont besoin d'aucune pièce détachée. Le cerveau d'un *psi-bus* repère si bien les points de tension dans les parties mécaniques et effectue les réglages nécessaires à éliminer toute usure avec une telle précision qu'il est devenu inutile d'intervenir. (Il regardait par la fenêtre la neige qui tombait.) Mon corps fonctionne exactement de la même façon, a-t-il ajouté. Moi non plus je n'ai pas besoin de pièces détachées.

Il se tut. Il semblait s'être perdu dans des pensées très éloignées de son sujet. Je l'avais déjà surpris à agir ainsi et je le lui avais fait remarquer. « Le début de la sénilité, avait-il répondu. Les cerveaux des robots se détériorent comme ceux de n'importe qui. »

Mais apparemment, les cerveaux des *psi-bus*, eux, ne se détériorent pas.

Je crois que Bob est beaucoup trop obsédé par son rêve et par son désir de retrouver « son ego perdu », ce désir qui l'a conduit à éloigner Paul et à me prendre pour « femme ». Bob veut découvrir à qui appartenait son cerveau et en retrouver les souvenirs. Je crois que c'est impossible. Et je crois qu'il le sait aussi. Son cerveau est une copie effacée de celui d'un être très intelligent. Une copie complètement effacée, à l'exception de quelques fragments d'anciens rêves.

Je lui ai dit qu'il devrait abandonner. « Dans le doute, n'y pense plus », comme dit Paul. Mais il me répond que c'est la seule chose qui puisse maintenir son équilibre mental, la seule chose qui l'intéresse. Au cours de leurs dix premiers *bleus*, les Classe 9 avaient fait griller leurs circuits, avaient écrasé leurs cervelles sous des pressions d'industrie lourde, ou étaient simplement devenus gâteux, bavotant comme des idiots, ou encore fantasques, irrécupérables, fous furieux, sans parler de ceux qui s'étaient jetés dans les fleuves et s'étaient enterrés vivants dans des champs. On ne fabriqua plus aucun robot après la série des Classe 9. Plus jamais.

Bob, quand il réfléchit, a la manie de se passer sans cesse la main dans ses cheveux noirs et crépus. C'est un geste très *humain*. Je n'ai jamais vu aucun autre robot le faire. Et parfois, *il siffle*.

Il m'a dit un jour qu'il se souvenait d'un bout de poème venu de la mémoire effacée de son cerveau. C'était : « Je crois que mon cœur reconnaît ces... » Mais il ne parvenait pas à retrouver le mot qui manquait. Un mot comme « vêtements », ou « rêves ». Et il lui arrivait de le dire ainsi : « Je crois que mon cœur reconnaît ces rêves. » Mais cela ne le satisfaisait pas.

Je lui demandai un jour pourquoi il se croyait différent des autres Classe 9 alors qu'il m'avait déjà affirmé qu'à sa connaissance aucun des autres n'avait partagé ces « souvenirs ». Il me répondit : « Je suis le seul Noir. » Et il n'ajouta rien.

Il se perdait souvent dans ses pensées, comme au cours de cet après-midi de neige dans notre cuisine, et je le ramenai à la réalité en lui demandant :

— Est-ce que l'auto-entretien est la seule qualité « suprême » des *psi-bus* ?

— Non, dit-il en se passant la main dans les cheveux. Non.

Mais au lieu de poursuivre, il me demanda :

— Apporte-moi une cigarette de marijuana, s'il te plaît, Mary.

Il m'appelle toujours « Mary » au lieu de « Mary Lou ».

— D'accord, dis-je. Mais comment l'herbe pourrait-elle avoir un effet sur un robot ?

— Apporte-la-moi, c'est tout.

J'allai prendre un joint dans un paquet que j'avais laissé dans ma chambre. C'était une marque douce, des Nevada Gold livrées avec le Prolait et des œufs synthétiques deux fois par semaine aux gens de notre complexe d'habitation. Des gens qui, comme la plupart d'entre nous, ont accès à la carte de crédit jaune. Je dis « des gens » parce que Bob est le seul robot à vivre ici. Il prend le *psi-bus* pour aller travailler et il est absent environ six heures par jour. Je passe la plus grande partie de ce temps à lire des livres ou bien de vieux magazines sur microfilms. Bob me rapporte des livres de son travail presque chaque jour. Il se les procure dans un bâtiment d'archives encore plus ancien que celui dans lequel j'ai vécu avec Paul. Lorsque je lui ai demandé s'il existait d'autres choses à lire en dehors des livres, il m'a apporté un projecteur à microfilms. Bob peut se montrer très serviable, encore que, en y réfléchissant, je crois que tous les robots avaient été à l'origine programmés ainsi : pour servir les hommes.

Je m'égare sans doute dans ce récit, dans cette mémorisation de ma vie. Peut-être suis-je gagnée par la sénilité, comme Bob.

Non, je ne suis pas sénile. Je suis simplement tout excitée d'avoir recommencé à mémoriser ma vie. Avant d'entreprendre cette tâche je m'ennuyais seulement, comme je m'étais ennuyée après la mort de Simon au Nouveau-Mexique, comme je m'ennuyais à en devenir folle dans le zoo du Bronx avant que Paul n'apparaisse, l'air enfantin, naïf, si attirant .

Je ferais mieux d'arrêter de penser à Paul.

J'apportai le joint à Bob. Il l'alluma et inspira profondément la fumée. Puis, faisant un effort pour se montrer amical, il demanda :

— Tu ne fumes donc jamais ? Et tu ne prends pas de pilules ?

—Non, répondis-je. Elles me rendent malade, physiquement. Et puis, je n'aime pas l'idée d'en prendre. J'aime rester pleinement consciente.

—Oui, je comprends, fit-il. Et je t'envie.

—Et pourquoi m'envierais-tu ? Je suis un être humain, sujet aux maladies, au vieillissement, aux fractures…

Il ignora ma remarque et poursuivit :

—J'ai été programmé pour être pleinement conscient et éveillé vingt-quatre heures sur vingt-quatre. C'est seulement au cours de ces dernières années, depuis que je me laisse aller à concentrer mes pensées sur mes rêves, mon ancienne personnalité, ses sentiments et ses souvenirs effacés, que j'ai appris à… à détendre mon esprit et à le laisser vagabonder. (Il tira une nouvelle bouffée du joint.) Je n'ai jamais aimé être pleinement conscient. Et maintenant moins que jamais.

Je réfléchis quelques instants à ces paroles.

—Je doute que la marijuana puisse affecter un cerveau métallique. Pourquoi n'essaierais-tu pas de te programmer pour un trip ? Tu ne pourrais pas modifier quelques circuits et te rendre euphorique, ou ivre ?

—J'ai déjà essayé dans le temps, à Dearborne. Et aussi plus tard, quand j'ai été nommé par le Gouvernement à ce poste ridicule de doyen d'université. Cette fois-là, j'ai même essayé avec beaucoup plus de conviction parce que j'étais furieux contre cette université et sa prétention à enseigner des valeurs totalement nulles à des étudiants qui viennent ici pour ne rien apprendre si ce n'est à parfaire leur stupide introversion. Mais je n'ai pas fait le moindre trip. Je n'ai récolté qu'une bonne gueule de bois.

Il se leva de son fauteuil, se dirigea vers la fenêtre et regarda quelque temps la neige tomber. Je sortis mes œufs de l'eau et commençai à les éplucher.

Il reprit :

— Peut-être était-ce le souvenir, profondément enfoui dans mon cerveau, d'une éducation classique qui m'avait rendu aussi furieux. Ou tout simplement parce que j'avais été trop bien formé pour ce travail. Je connais et je comprends parfaitement l'engineering. Aucun de mes étudiants ne peut énoncer la moindre loi de thermodynamique, d'analyse vectorielle, de géométrie solide ou d'analyse statistique. Je connais, moi, toutes ces disciplines et bien d'autres. Et elles ne figurent pas sur les mémoires magnétiques incrustées dans mon cerveau. Je les ai apprises tout seul en faisant repasser inlassablement des bandes dans les bibliothèques, et en étudiant avec les autres Classe 9 à Cleveland. Et j'ai également appris à devenir Détecteur... (Il secoua la tête et se détourna de la fenêtre pour me faire face.) Mais ça n'a plus d'importance. Ton père avait raison. Il n'y a plus guère de Détecteurs en état de fonctionnement. Mais ce n'est plus nécessaire. Quand les enfants ont cessé de naître...

— Les enfants ? fis-je.

— Oui, dit-il en se rasseyant. Laisse-moi finir pour les *psi-bus*.

— Mais les enfants ? insistai-je. Paul m'a dit un jour...

Il me regarda d'un air étrange.

— Mary, dit-il. Je ne sais pas pourquoi il n'y a plus d'enfants. Je crois que c'est en rapport avec l'équipement de contrôle démographique.

— S'il ne naît plus d'enfants, dis-je, il n'y aura bientôt plus personne sur la terre.

Il resta quelques instants silencieux puis il me dévisagea :

— Et ça te préoccupe ? demanda-t-il. Ça te préoccupe vraiment ?

Je lui rendis son regard. Je ne savais pas quoi répondre. Je ne savais pas si ça me préoccupait vraiment.

5

Nous avons emménagé dans cet appartement une semaine après la disparition de Paul et, au fil des mois, je me suis prise à aimer cet endroit. Bob a bien essayé de faire venir des robots pour retaper les murs qui s'effritaient, coller de nouveaux papiers peints, remettre en état les brûleurs de la cuisinière et recapitonner le divan, mais sans résultat. Il est probablement la plus haute autorité de New York, du moins je ne connais personne qui ait un pouvoir supérieur au sien, mais il n'arrive pas à obtenir grand-chose. Simon me disait souvent quand j'étais petite que tout foutait le camp et que c'était tant mieux. « L'âge de la technologie s'est rouillé », disait-il. Eh bien, c'est devenu pire au cours des quarante *jaunes* qui ont suivi la mort de Simon. Enfin, ici ça ne va pas encore trop mal. Je nettoie les fenêtres, balaye le sol moi-même et il y a de la nourriture en abondance.

Je me suis mise à aimer la bière depuis que je suis enceinte, et Bob connaît une brasserie automatique, source inépuisable d'approvisionnement.

Une boîte sur trois ou quatre est éventée et je la vide dans les toilettes. L'évier, lui, est bouché.

L'autre jour, Bob m'a rapporté des archives un vieux tableau peint à la main pour que je l'accroche à l'emplacement d'une horrible tache sur le mur du living. Il y a une petite plaque de cuivre sur le cadre où il est inscrit ceci : « Pieter Breughel, *Paysage à la Chute d'Icare.* » C'est très beau. Mes yeux se posent dessus chaque fois que je lève la tête de la table sur laquelle j'écris. Il y a une large étendue d'eau, un océan ou un grand lac, et, émergeant de l'eau, on distingue une jambe. Je ne comprends pas très bien ; j'apprécie cependant beaucoup le caractère paisible du reste de la scène. Mais je n'aime vraiment pas cette jambe qui fait des éclaboussures dans l'eau. Il faudrait peut-être que j'essaye de trouver de la peinture bleue pour la recouvrir.

Bob a une façon bizarre de reprendre une conversation plusieurs jours plus tard, alors que je croyais le sujet épuisé. Je soupçonne que c'est en rapport avec la manière dont son esprit stocke les informations. Il dit qu'il est incapable d'oublier quoi que ce soit. Mais dans ce cas, pourquoi s'est-il donné la peine d'apprendre tant de choses pendant ses premières années de formation ?

Ce matin, tandis que je prenais mon petit déjeuner et qu'il était assis à côté de moi, il a recommencé à parler des *psi-bus*. Je suppose qu'il y avait réfléchi pendant que je dormais. Parfois, quand je me lève le matin et que je le trouve assis dans le living, les mains croisées sous le menton, ou bien arpentant la cuisine, j'en ai comme des frissons dans le dos. Je lui ai proposé un jour de lui apprendre à lire pour qu'il ait quelque chose à faire pendant la nuit, mais il m'a simplement dit :

« Je sais déjà trop de choses, Mary. » Je n'ai pas insisté.

J'étais en train de manger un bol de flocons de protéines synthétiques dont je n'aime pas particulièrement le goût, lorsque Bob, à propos de rien, a déclaré :

— Un cerveau de *psi-bus* n'est pas vraiment tout le temps conscient. Il est simplement réceptif. Ça ne doit pas être trop désagréable d'avoir un tel cerveau. Simplement de la réceptivité et un but bien défini.

— J'ai rencontré un tas de gens comme ça, ai-je fait en mâchant les flocons caoutchouteux.

Je ne levai pas les yeux sur lui ; je continuai, d'un air endormi, à fixer le dessin aux couleurs vives sur le côté de la boîte de céréales. Il représentait le visage d'un homme, un visage censé inspirer la confiance. C'était un personnage dont presque personne ne connaissait le nom et qui souriait au-dessus d'un grand bol rempli de flocons de protéines synthétiques. La présence des céréales dans le dessin était, bien entendu, nécessaire pour que les gens puissent identifier le contenu de la boîte, mais je m'étais longtemps interrogée sur la signification de ce visage. Il faut bien admettre que Paul poussait toujours les gens à se poser des questions sur ce genre de sujet. Il faisait preuve de beaucoup plus de curiosité sur le sens des choses et leur retentissement que tous ceux que j'ai connus. J'ai dû hériter ça de lui.

Le visage sur la boîte était, m'avait appris Paul, celui de Jésus-Christ. On s'en servait pour promouvoir un tas de produits.

Paul avait lu quelque part que cette méthode de vente, datant d'une centaine de *bleus* ou même plus, était basée sur ce qu'on appelait « des vestiges de vénération passée ».

— Tout ce que fait un cerveau de *psi-bus*, disait Bob, c'est de lire l'esprit d'un passager qui pense à une destination et de trouver un chemin pour l'y conduire sans accident tout en accordant cette destination avec celles des autres passagers. Ce n'est probablement pas une vie trop désagréable.

Je levai alors les yeux sur lui.

— Si on aime se balader sur des roues, pourquoi pas ?

— Les premiers modèles de *psi-bus* fabriqués dans les ateliers Ford étaient télépathes dans les deux sens. Ils diffusaient de la musique et des images agréables dans les têtes de leurs passagers. Les services de nuit émettaient même parfois des pensées érotiques.

— Et pourquoi ne le font-ils plus ? L'équipement est tombé en panne ?

— Non, répondit-il. Comme je te l'ai expliqué, les *psi-bus* sont différents des autres tas de ferraille. Ils ne tombent jamais en panne. Le problème, c'est que personne ne voulait plus descendre des bus.

Je hochai la tête, puis j'affirmai :

— Moi, je crois que je serais descendue.

— Mais toi, tu n'es pas comme les autres. Tu es la seule femme non programmée de toute l'Amérique du Nord. Et certainement la seule à être enceinte.

— Et pourquoi donc suis-je la seule à être enceinte ?

— Parce que tu ne prends pas de pilules ni de marijuana. La plupart des pilules, depuis ces trente dernières années, contiennent un agent contraceptif. J'ai vérifié quelques bandes contrôle à la bibliothèque quand nous avons abordé ce sujet l'autre jour. Il y a eu un plan directeur conçu pour réduire la natalité pendant une durée d'un an. Une décision d'ordinateur. Mais quelque chose s'est détraqué et la natalité n'a jamais repris depuis.

C'était incroyable ! Je restai assise un moment à y réfléchir. Un équipement défectueux, ou un ordinateur qui grille, et plus de bébés. Jamais plus de bébés.

— Tu pourrais faire quelque chose ? Le réparer, je veux dire ?

— Peut-être, répondit-il. Mais je ne suis pas programmé pour effectuer des réparations.

— Allons, Bob, fis-je saisie d'une soudaine irritation. Je suis sûre que tu pourrais très bien repeindre les murs et arranger l'évier si tu le voulais vraiment.

Il ne dit rien.

Je me sentais toute drôle, soucieuse. Quelque chose dans cette conversation sur l'absence d'enfants dans le monde, une réalité dont je n'avais jamais eu conscience avant que Paul ne me l'eût fait remarquer, me tracassait.

Je dévisageai Bob de ce regard que Paul qualifie de mystique et pour lequel, dit-il, il m'aime.

— Est-ce que les robots peuvent mentir ? demandai-je.

Bob ne répondit pas.

6

Hier après-midi, Bob est rentré de bonne heure de l'université. Je suis maintenant enceinte de sept mois et je traîne beaucoup dans l'appartement, me contentant de laisser passer le temps et de regarder la neige tomber. Parfois je lis un peu, ou je reste assise à ne rien faire. Hier, quand Bob est rentré, je m'ennuyais et je ne tenais plus en place. Je lui ai dit :

— Si j'avais un manteau décent, j'irais bien me promener.

Il m'a considérée d'un air étrange, puis il a déclaré :

— Je vais aller te chercher un manteau.

Il a fait demi-tour et il est sorti.

Et lorsqu'il est enfin revenu au moins deux heures plus tard, je m'ennuyais de plus en plus et lui en voulais d'avoir mis si longtemps.

Il tenait un paquet à la main et hésita quelques instants, debout devant moi, avant de me le donner. Il y avait quelque chose de bizarre dans son expression. Il avait l'air à la fois très sérieux et, comment dirais-je ?, très vulnérable. Oui, aussi grand et aussi fort fût-il, il me parut à moi vulnérable, vulnérable comme un enfant, quand il me tendit cette boîte.

Je l'ouvris. À l'intérieur il y avait un manteau rouge vif avec un col de velours noir. Je le sortis de son emballage et le passai. Pour être rouge, il était rouge. Et je n'aimais pas beaucoup le col. Mais il était indiscutablement chaud.

— Où l'as-tu déniché ? demandai-je. Et qu'est-ce qui t'a pris si longtemps ?

— J'ai fouillé les stocks de cinq entrepôts, avant de le trouver, dit-il en me regardant fixement.

Je levai les sourcils, mais ne dis rien. Le manteau m'allait bien, tant que je n'essayais pas de le boutonner sur mon ventre proéminent.

— Il te plaît ? demandai-je à Bob en tournant autour de lui.

Il ne répondit pas et me contempla pensivement pendant un long moment, puis il finit par dire :

— Il te va très bien. Ce serait peut-être encore mieux si tu avais les cheveux noirs.

C'était étrange. Jusqu'à présent, il n'avait jamais semblé prêter attention à mon physique.

— Tu veux que je les teigne ? demandai-je.

Mes cheveux sont châtains. Simplement châtains, sans aucune personnalité. Ma personnalité, elle est dans ma silhouette. Et dans mes yeux. J'aime mes yeux.

— Non, répondit-il, je ne veux pas.

Il y avait une note de tristesse dans la façon dont il venait de dire ça. Puis il ajouta quelque chose qui me parut bizarre :

— Voudrais-tu venir te promener avec moi ?

Je levai les yeux sur lui, veillant à ne pas ciller, puis je répondis :

— Bien sûr.

Et lorsque nous fûmes dans la rue, il me prit la main. Ça m'a fichu un sacré coup. Il s'est mis à siffler. Nous avons marché ainsi pendant une heure environ par les rues presque désertes, dans la neige, puis nous avons atteint Washington Square où seules quelques vieilles femmes défoncées étaient assises, fumant leur joint en silence. Bob s'efforçait de marcher lentement pour que je puisse suivre son pas ; Bob est vraiment immense. Il ne dit rien pendant tout ce temps. Il s'arrêtait à l'occasion de siffler et baissait les yeux sur moi, comme pour étudier mon visage, mais il ne disait rien.

C'était étrange. Et pourtant, d'une certaine façon, ça me faisait plaisir. Je sentais que le manteau rouge représentait pour lui quelque chose d'essentiel, de même que cette promenade main dans la main, et je pensais qu'il n'était pas vraiment indispensable que j'en connaisse la raison. S'il avait voulu que je le sache, il me l'aurait dit. Je devinais que, d'une manière ou d'une autre, il avait besoin de moi, et que, pendant quelque temps, j'étais devenue pour lui très importante. C'était une sensation agréable. J'aurais voulu qu'il m'entoure de son bras.

Parfois la pensée que je vais bientôt être mère m'effraye et je me sens alors très seule. Je n'en ai jamais parlé à Bob, et je ne saurais pas comment m'y prendre ; il semble tellement préoccupé par ses propres problèmes.

J'ai lu un livre sur l'accouchement et sur la façon de s'occuper des nouveau-nés. Mais je n'ai pas la moindre idée de ce qu'on ressent à être mère. Je n'ai jamais vu de mères.

7

Ici à New York, tandis que je marche seule dans la neige, j'observe le visage des gens. Ils ne sont pas toujours inexpressifs, pas toujours vides, pas toujours idiots. Certains se concentrent et froncent les sourcils comme s'ils essayaient d'exprimer par la parole une pensée difficile. Je vois des hommes d'âge mûr, maigres, avec des cheveux gris, des vêtements aux couleurs vives, perdus dans leurs pensées, et dont les yeux brillent. Les suicides par immolation abondent dans cette ville. Les hommes pensent-ils à la mort ? Je ne leur demande jamais. Ça ne se fait pas.

Pourquoi ne nous parlons-nous pas ? Pourquoi ne nous blottissons-nous pas les uns contre les autres pour nous protéger du vent glacial qui balaye les rues désertes ? Autrefois, il y a très longtemps, il existait des téléphones privés à New York. Les gens se parlaient alors, peut-être à distance, de façon étrange, avec des voix rendues ténues et artificielles par l'électronique, mais ils se parlaient. Des prix des produits alimentaires, des élections présidentielles, du comportement sexuel de leurs enfants, de leur peur du temps et de leur peur de la mort. Et ils lisaient, écoutant les voix des vivants et des morts leur parler dans un silence plein d'éloquence, entendant cette rumeur du discours humain qui devait s'enfler dans leur esprit pour dire : *Je suis humain. Je parle. J'écoute. Et je lis.*

Pourquoi plus personne ne lit-il ? Que s'est-il passé ?

Je possède un exemplaire du dernier livre édité par Random House, une société dont le but, jadis, était de publier et de vendre des livres par millions. Ce livre s'intitule : *L'horrible viol*, et il a été publié en 2189. Sur la page de garde, il y a une note qui commence ainsi : « C'est avec ce roman, le cinquième de la série, que Random House met fin aux activités de son département édition. La suppression des programmes de lecture dans les écoles depuis ces vingt dernières années a largement contribué à cet état de choses. C'est avec beaucoup de regrets que… » Et ainsi de suite.

Bob semble savoir presque tout, mais il ne sait pas quand ni pourquoi les gens ont cessé de lire.

« La plupart des gens sont trop paresseux, dit-il. Ils ne cherchent qu'à s'amuser. »

Il a peut-être raison, mais je sens au fond de moi qu'il se trompe. Au sous-sol de l'immeuble dans lequel nous vivons, un très vieux bâtiment qui a été restauré de nombreuses fois, il y a une phrase gravée en lettres grossières sur le mur près du réacteur : *L'écriture, c'est de la merde.* Le mur est peint en vert pisseux et il est couvert de dessins vulgaires de pénis, de seins de femmes, de couples pratiquant la fellation ou la flagellation, mais les seuls mots qui s'y trouvent sont ceux-ci : *L'écriture, c'est de la merde.* Et il n'y a pas de paresse dans ce cri, ni dans l'impulsion qui a poussé quelqu'un à écrire ça en grattant la peinture avec la pointe d'une lime à ongles ou d'un couteau. Quand je lis cette phrase dure, définitive, je pense surtout à toute la haine qu'elle reflète.

La tristesse et la froideur que je vois partout sont peut-être dues à l'absence d'enfants. Il n'y a plus personne de jeune. De toute ma vie, je n'ai jamais rencontré quelqu'un de plus jeune que moi. Ma seule notion de l'enfance me vient de mes souvenirs et aussi de cette parodie obscène offerte par les enfants robots du zoo.

Je dois avoir au moins trente ans. Quand mon enfant naîtra, il n'aura pas de petits camarades. Il sera seul dans un monde de gens vieux et fatigués qui ont perdu le goût et le désir de vivre.

8

Il a dû y avoir une époque, dans les temps anciens, où il existait encore des scénaristes de télévision, même si aucun des acteurs ne pouvait lire ce qu'ils écrivaient. Et bien que quelques auteurs aient utilisé des enregistreurs, surtout pour les spectacles sadomasochistes qui étaient alors très populaires, beaucoup s'y refusaient par snobisme et continuaient à taper leurs scénarios à la machine. La fabrication des machines à écrire avait cessé depuis des années et il était devenu presque impossible de se procurer des pièces détachées et des rubans, et pourtant on trouvait encore des scripts dactylographiés. Chaque studio devait par conséquent avoir son *lecteur*, une personne dont le travail consistait à lire à haute voix dans un enregistreur les scénarios écrits à la machine afin que le réalisateur pût les comprendre et les acteurs apprendre leurs rôles. Alfred Fain, dont le livre servait à isoler les murs de notre appartement contre le froid qui régnait depuis la Mort du Pétrole, avait été à la fois scénariste et lecteur durant les derniers jours de la télévision-histoire, ou Vidéo-Littérale. Son livre s'appelait *La dernière autobiographie* et il commençait ainsi :

Lorsque j'étais jeune, la lecture était encore enseignée dans les écoles publiques en tant que matière à option. Je me souviens fort bien du groupe d'enfants de douze ans qui formait la classe de lecture de Mlle Warburton à l'école de Saint Louis. Nous étions dix-sept et nous nous prenions pour une élite intellectuelle. Les milliers d'autres enfants de l'établissement qui savaient seulement écrire des mots comme « enculer » ou « merde » pour les griffonner sur les murs des terrains de sport, des gymnases et des salles de Télé qui occupaient la majeure partie de l'école, nous traitaient avec un mélange de jalousie et de peur. Et même s'il leur arrivait de nous brutaliser, et je me rappelle encore avec effroi le joueur de hockey qui m'assenait systématiquement un coup de poing sur le nez après chaque classe d'Évasion par l'Esprit, ils semblaient secrètement nous envier. Et ils avaient encore une assez bonne idée de ce qu'était la lecture.

Mais les années ont passé et j'ai maintenant cinquante ans. Les jeunes avec lesquels je travaille, stars du porno, réalisateurs de variétés aux dents longues, experts en plaisir, manipulateurs d'émotions, publicistes, ne comprennent pas et ne se soucient pas de comprendre ce qu'est la lecture. Un jour, sur un plateau, nous répétions une scène d'un scénario écrit par un vieux professionnel dans laquelle une jeune fille devait lancer un livre à la tête d'une femme plus âgée. La scène était tirée d'une histoire de Religion Bien-Pensante, adaptée de quelque auteur ancien depuis longtemps oublié, et elle se déroulait dans la salle d'attente d'une clinique. Les décorateurs avaient monté une salle d'attente très convaincante avec des chaises en plastique et une moquette élimée, mais lorsque le réalisateur arriva, l'accessoiriste vint le trouver pour lui expliquer qu'il « n'avait pas tout à fait saisi le truc du livre ». Et le metteur en scène, ne sachant manifestement pas ce qu'était un livre, mais se refusant à l'admettre, me demanda des précisions. Je lui expliquai que le livre classait la fille qui le lisait comme une intellectuelle un peu antisociale. Il fit semblant de réfléchir, bien qu'il n'eût probablement pas compris non plus le mot « intellectuelle », puis il déclara : « Utilisons plutôt un cendrier en verre. Et un peu de sang quand les éclats la couperont. Et puis de toute façon cette scène est bien mièvre. »

J'étais trop abasourdi pour discuter. Jusqu'à présent, je n'avais pas encore compris que nous en étions arrivés à ce point-là.

Ce qui m'amène à la question suivante : pourquoi suis-je en train de raconter cela ? À l'école, quand nous apprenions à écrire, nous pensions tous que nous allions un jour publier des livres et que quelqu'un les lirait. Je sais maintenant que je m'y suis pris trop tard, mais je n'en continuerai pas moins.

Ce scénario, comble de l'ironie, valut un oscar au réalisateur. C'est l'histoire d'une femme mariée qui amène son époux, Claude, dans une clinique parce qu'il est impuissant. Et pendant qu'elle attend que les médecins règlent les problèmes de Claude, une jeune lesbienne sexuellement frustrée lui expédie un cendrier de verre en pleine figure et elle sombre dans un coma au cours duquel elle a la révélation de la foi à travers des visions.

Je me rappelle m'être défoncé à la mescaline et au gin pendant la réception suivant la remise du prix et avoir essayé d'expliquer à une actrice aux seins nus assise à côté de moi sur un divan que les seuls critères de l'industrie de la télévision étaient d'ordre financier et que le seul objectif de la télévision était de faire de l'argent. Elle a souri pendant tout le temps où j'ai parlé, se caressant parfois les seins du bout des doigts. Et quand j'ai eu fini, elle a dit : « Mais l'argent aussi est un épanouissement. »

Je l'ai fait boire et je l'ai amenée dans un motel.

Je me sens, à écrire un livre, comme un talmudiste ou un égyptologue échoué à Disneyland au vingtième siècle. Sauf, je suppose, que je n'ai même pas à me demander s'il existe quelqu'un d'intéressé par ce que j'ai à dire. Je sais en effet qu'il n'y a personne. Je peux seulement me demander combien il reste au monde de gens qui savent lire. Peut-être quelques milliers. L'un de mes amis qui travaille à mi-temps comme responsable d'une maison d'édition affirme qu'un livre moyen trouve environ quatre-vingt lecteurs. Je lui ai demandé pourquoi, dans ce cas, ils ne cessaient pas leurs activités. Il m'a répondu que, franchement, il ne le savait pas, mais que sa société d'édition était un département si minuscule de la Compagnie de Loisirs, qu'on en avait peut-être oublié jusqu'à son existence. Lui-même ne sait pas lire mais il respecte les livres parce que sa mère qu'il adorait a été une sorte de recluse qui lisait presque constamment. Il est d'ailleurs l'une des rares personnes que je connaisse à avoir été élevée dans une famille. La plupart de mes amis viennent des Dortoirs. Moi, j'ai été élevé dans un kibboutz, au Nebraska. Mais c'est parce que je suis juif, et ça aussi, c'est quelque chose de plutôt rare à notre époque. Être juif et le savoir ! J'ai été l'un des derniers membres du kibboutz ; il a été transformé en Dortoir d'État pour Penseurs quand j'ai atteint l'âge de vingt ans.

Je suis né en 2137…

En lisant cette date, j'éprouvai tout de suite le désir de savoir combien de temps s'était écoulé depuis l'époque où Alfred Fain avait vécu et j'interrogeai Bob.

— Environ deux cents ans, me répondit-il.

Je demandai alors :

— Est-ce qu'il y a une date maintenant ? Est-ce que cette année porte un numéro ?

Il me contempla froidement :

— Non, dit-il. Il n'y a pas de date.

J'aimerais connaître la date. J'aimerais que mon enfant ait une date de naissance.

BENTLEY

Quatre-vingt-quinzième jour

Je ne suis plus aussi fatigué qu'avant. Le travail m'est devenu plus facile et je me sens plus fort. La nuit, je dors mieux maintenant que j'ai décidé de prendre mes *sopors*. La nourriture est presque acceptable et je mange beaucoup. Plus que je n'ai jamais mangé de ma vie.

Ce n'est pas que j'aime particulièrement l'effet des *sopors* mais ils me sont nécessaires pour dormir. Ils annulent certaines des souffrances de mon esprit.

Aujourd'hui, j'ai trébuché et je suis tombé entre les rangées de plantes ; un autre prisonnier qui se trouvait non loin de moi s'est précipité et m'a aidé à me relever. C'était un homme grand aux cheveux gris que j'avais déjà remarqué pour la façon dont il siffle parfois.

Il m'a aidé à me nettoyer, puis il m'a regardé et a dit :

— Ça va, mon pote ?

C'était un comportement d'une intimité presque obscène, mais finalement, ça m'était égal.

— Oui, ai-je répondu. Ça va.

L'un des robots s'est alors mis à hurler :

— Défense de parler. Intrusion dans la Vie Privée !

L'homme m'a fait un grand sourire, et a haussé les épaules. Nous nous sommes tous deux remis au travail, et, tandis qu'il s'éloignait, je l'ai entendu murmurer : « Pauvres cons de robots ! » et j'ai été choqué par la force du sentiment que, sans aucune honte, il exprimait ainsi.

J'ai déjà vu des prisonniers s'entretenir à voix basse entre les rangées. Il s'écoule souvent plusieurs minutes avant qu'un robot ne le remarque pour y mettre fin.

Les robots progressent avec nous dans les sillons, mais ils s'arrêtent avant d'atteindre le bord de la petite falaise qui marque le bout du champ. Peut-être ont-ils été programmés ainsi pour ne pas tomber, ou pour qu'on ne les pousse pas. Toujours est-il que lorsque j'arrive au bout de ma rangée, près de l'océan, ils sont assez loin derrière moi et que pendant un court instant, ils ne peuvent pas me voir en raison d'une légère dépression du terrain.

J'ai appris à accélérer alors la cadence, distribuant deux giclées de pulvérisateur à chaque mesure, ce qui me laisse le temps de rester treize mesures au bord de l'océan ; je me félicite d'avoir pu arriver à ce calcul grâce à *L'arithmétique pour les petits*. Je reste là, et je regarde. L'océan est splendide, immense et calme ; il fait vibrer quelque chose en moi, éveillant un sentiment que je ne parviens pas à nommer. Mais j'apprends à nouveau à accueillir avec plaisir les sentiments inconnus. Il y a parfois des oiseaux au-dessus de l'eau, les ailes déployées, qui décrivent de larges cercles dans les airs et qui survolent, impénétrables, superbes, ce monde d'hommes et de machines qui est le mien. Et de temps à autre, en les observant, je murmure un mot que j'ai appris dans un film : « Féerique ! »

J'ai dit que je recommençais à me réjouir des sentiments étranges qui m'envahissaient, et c'est la vérité. Comme je me sens différent de ce que j'étais, bien moins d'un *jaune* auparavant, quand, pour la première fois, j'éprouvai ces impressions bizarres en regardant les films muets à mon lit-bureau. Je sais que je contreviens à ce qu'on m'avait enseigné lorsque j'étais enfant au sujet des interférences extérieures, mais je m'en moque. Et, en vérité, je suis ravi de faire ce qui m'avait été interdit.

Je n'ai rien à perdre.

Je pense que l'océan prend pour moi toute sa signification les jours de pluie, quand l'eau et le ciel sont gris. Il y a une plage en bas de la falaise et le gris des flots tranche sur l'ocre jaune du sable. Et les oiseaux blancs dans les cieux gris ! Les battements de mon cœur s'accélèrent quand, ici dans ma cellule, j'évoque ce merveilleux spectacle. Mais il est triste aussi, comme le cheval avec le chapeau de paille dans le vieux film, comme King Kong qui tombe, si lentement, si doucement, si inéluctablement, et comme les mots que, maintenant, je dis à voix haute : « Seul l'oiseau moqueur siffle à l'orée du bois. » Et comme le souvenir de Mary Lou, assise par terre, jambes croisées, les yeux baissés sur son livre.

Tristesse. Tristesse. Mais je vais m'emparer de cette tristesse et l'intégrer à cette existence que je suis en train de mémoriser.

Je n'ai rien à perdre.

Quatre-vingt-dix-septième jour

Il est arrivé quelque chose d'ahurissant aujourd'hui.

Je travaillais depuis environ deux heures, et la seconde pause n'allait pas tarder, lorsque j'entendis un bruissement derrière moi et, me retournant, je vis le surveillant robot qui, d'un pas saccadé, s'avançait dans la rangée en titubant. Son pied vint alors écraser une protéine 4. La plante creva avec un bruit écœurant et couvrit la jambe du garde d'une gelée pourpre.

La bouche du robot était figée sur une grimace de colère et son regard était levé vers le ciel. Il vacilla quelques instants encore, écrasa une autre plante, puis il s'immobilisa, comme s'il dormait. Une seconde plus tard, tel un poids mort, il tomba de tout son long sur le sol. Le second robot s'approcha, contempla le corps inerte, et dit : « Debout ». Mais l'autre ne bougea pas. Son compagnon se pencha, le releva et entreprit de le transporter vers les bâtiments de la prison.

Une minute après, quelqu'un dans le champ s'écria : « C'est la panne, les mecs ! » J'entendis alors des bruits de course précipitée et, stupéfait, je vis des groupes de prisonniers en uniforme bleu courir parmi les rangées. Soudain, un bras vint entourer mon épaule, une chose qui ne m'était jamais arrivée de toute ma vie. Un étranger mettant son bras autour de mon épaule ! C'était l'homme aux cheveux gris et il me disait : « Viens vite, camarade ! À la plage. » Et je me pris à le suivre en courant. Et je me sentais effrayé. Effrayé mais heureux.

À l'endroit où la falaise était la plus basse et la moins à pic, des marches usées, creusées dans la pierre, descendaient vers la grève. Et tandis que je les empruntais en compagnie des autres, effaré par toutes ces manifestations d'amitié qu'ils échangeaient entre eux, phénomène auquel je n'avais jamais assisté même au cours de mon enfance, je remarquai quelque chose d'étrange sur l'un des rochers à côté de l'escalier. Écrits à la peinture blanche, délavée, s'étalaient les mots suivants : « John aime Julie. Promotion 94. »

Tout était si bizarre que j'avais presque l'impression d'être hypnotisé. Les hommes se parlaient et riaient comme dans les films de pirates, ou plutôt, dans le cas présent, comme dans les films de prison. Mais il y a un monde entre la réalité et ce qu'on voit dans un film.

Pourtant, maintenant que j'y repense dans le calme de ma cellule, je me rends compte que je n'étais pas aussi bouleversé que j'aurais dû l'être, peut-être parce que j'avais déjà vu de telles scènes d'intimité dans les films.

Des hommes ramassèrent des morceaux de bois amenés par la mer et construisirent un feu sur la plage. C'était la première fois que je voyais un feu en plein air et le spectacle me plut beaucoup. Quelques hommes commencèrent à se déshabiller puis ils se précipitèrent vers l'eau en riant. Certains restèrent au bord à jouer et à s'asperger, tandis que d'autres s'avançaient plus loin et se mettaient à nager, aussi naturellement que s'ils s'étaient trouvés dans une piscine d'un centre de Bonheur et Santé. Je remarquai que tous, ceux qui nageaient comme les autres, restaient par petits groupes et il me semblait que c'était délibéré.

Sur la plage, nous nous assîmes en cercle autour du feu. L'homme aux cheveux gris tira un joint de la poche de sa chemise et l'alluma avec une brindille enflammée. Il paraissait habitué aux feux ; en fait, ils avaient tous l'air d'avoir participé souvent à ce genre de réunion.

Un homme demanda à son voisin avec un sourire :

— Dis donc, Charlie, ça faisait combien de temps depuis la dernière panne ?

Et Charlie répondit :

— Ça faisait un sacré moment. Il était temps !

L'autre éclata de rire et fit :

— Ouais, drôlement.

L'homme aux cheveux gris vint s'asseoir à côté de moi. Il m'offrit le joint mais je refusai d'un signe de tête ; aussi, avec un haussement d'épaules, le passa-t-il au suivant, puis il dit :

— Nous avons une bonne heure devant nous. Les réparations sur les robots sont plutôt lentes ici.

— Où sommes-nous ? demandai-je.

— Je ne sais pas vraiment, répondit-il. On est tous dans les vapes en quittant le tribunal et on ne se réveille qu'une fois arrivé ici. Mais un type m'a dit un jour qu'on était en Caroline du Nord.

Il se tourna vers l'homme qui tenait le joint et s'apprêtait à le passer à son voisin.

— C'est bien ça, Foreman ? La Caroline du Nord ?

Foreman leva la tête.

— J'ai entendu dire le Sud, fit-il. La Caroline du Sud.

— Enfin, quelque part par là, conclut l'homme aux cheveux gris.

Nous restâmes quelques instants silencieux autour du feu à regarder les flammes claires s'élever dans l'air de l'après-midi, à écouter le bruit du ressac et à guetter le cri occasionnel d'une mouette. Puis l'un des hommes les plus âgés s'adressa à moi :

— T'es ici pourquoi ? T'as tué quelqu'un ?

J'étais embarrassé à la fois par la question et par le tutoiement, et je ne savais pas quoi répondre. Il n'aurait certainement pas compris, pour la lecture.

— Je vivais avec quelqu'un, finis-je par dire. Avec une femme…

Le visage de l'homme s'éclaira un instant, puis une expression de tristesse se peignit sur ses traits.

— Moi aussi j'ai vécu avec une femme dans le temps. Pendant plus d'un *bleu.*

— Vraiment ? m'étonnai-je.

— Ouais. Un *bleu* et un *jaune.* Si c'est pas plus. De toute façon, c'est pas pour ça qu'ils m'ont foutu ici. Non, bordel, c'est parce que je suis un voleur. Mais je me rappelle bien…

Il était tout ridé, sec et courbé. Il était presque chauve et ses mains tremblaient tandis qu'il prenait le joint, inspirait une profonde bouffée et le passait à un prisonnier plus jeune assis à côté de lui.

— Les femmes ! soupira l'homme aux cheveux gris, brisant ainsi le silence qui s'était établi.

Ce simple mot sembla raviver les souvenirs du vieillard.

— Je lui préparais le café, reprit-il, et on le buvait au lit. Du vrai café, avec du vrai lait, et des fois, j'arrivais même à trouver un fruit. Une orange, même. Elle buvait son café dans un bol gris et moi, je m'asseyais au pied du lit, en face d'elle, et je faisais semblant de m'intéresser à mon café, mais en fait c'est elle que je regardais. Mon Dieu, je pouvais passer des heures à regarder cette femme.

Il secoua lourdement la tête.

Je devinais toute sa tristesse, et j'avais froid dans le dos à l'entendre parler ainsi. Personne encore n'avait exprimé mes pensées comme il venait de le faire. Il avait dit tout ce que je ressentais, et, dans la profondeur de mon chagrin, j'en conçus quelque soulagement.

Un prisonnier demanda doucement :

— Et qu'est-ce qu'elle est devenue ?

Le vieil homme, après quelques instants de silence, répondit :

— Je sais pas. Un jour je suis rentré de l'usine et elle était plus là. Je l'ai jamais revue.

Personne ne parla, puis l'un des plus jeunes voulant, je suppose, réconforter le vieillard, déclara avec philosophie :

— Enfin, sexe vite fait, sexe bien fait.

Le vieil homme tourna la tête vers lui et le regardant droit dans les yeux, il lui dit avec force, d'une voix égale :

— Des conneries. Ton sexe vite fait, tu peux te le mettre au cul.

L'homme eut l'air troublé et il détourna la tête.

— Je voulais pas…

— De la merde, fit le vieillard. Ton sexe-minute, je l'emmerde. Je sais comment j'ai vécu.

Puis il se tourna vers l'océan, et, dans un souffle, il répéta :

— Je sais comment j'ai vécu.

Quand il prononça ces mots, avec son regard qui se perdait dans l'océan, ses maigres épaules qui saillaient sous sa chemise bleue délavée de prisonnier et le vent qui jouait avec les rares touffes de cheveux couronnant sa vieille tête ridée, je me sentis envahi d'une telle tristesse qu'elle était au-delà des larmes. Et je pensais à Mary Lou et aux gestes qu'elle avait, parfois le matin, quand elle buvait son thé. Ou encore à sa main sur ma nuque et à la façon dont, parfois, elle me dévisageait, me dévisageait encore, puis se mettait à sourire…

J'ai dû rester ainsi longtemps, à me souvenir de Mary Lou et à alimenter mon propre chagrin, les yeux fixés sur les flots gris. Puis j'entendis l'homme aux cheveux gris me demander doucement :

— Tu veux te baigner ?

Et, sursautant, je levai les yeux sur lui et répondis, un peu trop vite peut-être :

— Non.

Mais l'idée de me mettre tout nu au milieu de ces étrangers m'avait brutalement ramené à la réalité.

Et pourtant, j'adore nager.

Dans les Dortoirs de Penseurs, chacun des enfants a droit à la piscine pour lui tout seul pendant dix minutes. Les Dortoirs sont très stricts sur tout ce qui touche à l'Individualisme.

Et tandis que je songeais aux dortoirs, l'homme aux cheveux gris me dit soudain :

— Je m'appelle Belasco.

Je baissais les yeux, contemplant le sable à mes pieds.

— Enchanté, fis-je.

Quelques instants après, l'homme me demanda :

— Et toi, mon vieux, comme tu t'appelles ?

— Oh, fis-je, sans quitter le sable des yeux. Bentley.

Je sentis sa main se poser sur mon épaule et, de saisissement, je redressai la tête. Belasco affichait un large sourire.

— Salut, Bentley, fit-il.

Un peu plus tard je me levai et me dirigeai vers le bord de l'eau, mais à l'écart des baigneurs. Je sais que j'ai beaucoup changé depuis que j'ai quitté l'Ohio, mais toute cette intimité et tous ces sentiments étaient plus que je n'en pouvais supporter d'un seul coup. Et je voulais être seul avec mes pensées. Seul avec Mary Lou.

Près du rivage, je découvris un bernard-l'ermite dans un petit coquillage en spirale. Je savais que c'était un bernard-l'ermite car j'en avais déjà vu en photo dans un livre que Mary Lou avait trouvé, intitulé : *La faune du littoral de l'Amérique du Nord*.

Au bord de l'eau, régnait une odeur saline, forte, pure, et le bruit des vagues qui venaient doucement mourir sur le sable mouillé ne ressemblait à rien de ce que j'avais déjà entendu. Et je restai là, dans le soleil, à regarder, à m'imprégner de cette odeur, à écouter le clapotis de l'eau jusqu'à ce que la voix de Belasco vînt m'arracher à mes rêveries :

— Il est temps de partir, Bentley. Ils vont bientôt avoir fini de réparer.

Nous remontâmes en silence, reprîmes nos positions dans le champ et attendîmes.

Les robots revinrent peu après. Ils ne remarquèrent pas que nous n'avions pas progressé depuis leur départ. Imbéciles de robots !

Je me penchai et me remis au travail, au rythme de la musique.

Lorsque j'arrivai au bout de ma rangée, côté océan, je regardai vers la plage. Notre feu brûlait encore.

Je me rends compte que j'ai écrit « notre » feu. Comme il est étrange que j'en sois venu à penser qu'il puisse nous appartenir à tous, à nous en tant que groupe !

Lorsque nous avions regagné le champ, je marchais à côté du vieil homme. J'aurais voulu lui dire quelque chose de gentil, le remercier d'avoir rendu mon propre chagrin plus facile à supporter, ou même entourer de mon bras ses frêles épaules. Mais je n'ai rien dit, rien fait. Je ne sais ni dire ni faire ce genre de choses. Je voudrais pourtant y parvenir. Je le désire sincèrement. Mais je n'y arrive pas.

Quatre-vingt-dix-neuvième jour

La nuit, seul dans ma cellule, je réfléchis beaucoup. Je pense parfois à ce que j'ai lu dans les livres, ou à mon enfance, ou encore aux trois *bleus* que j'ai passés comme professeur dans l'Ohio. Il m'arrive aussi de me remémorer les jours où j'ai commencé à apprendre à lire, plus de deux *jaunes* auparavant, quand j'ai trouvé la boîte avec le film, les fiches et les petits livres avec des images. Sur la boîte, il était écrit : *Le bagage du lecteur débutant.* C'étaient les premiers mots imprimés que je voyais, et, bien entendu, je n'avais pas pu les déchiffrer. Je me demande ce qui m'a donné la patience de persister jusqu'à être capable de lire un livre entier ?

Si je n'avais pas appris à lire et si je n'étais pas venu à New York dans le but de devenir professeur de lecture, je ne serais pas aujourd'hui en prison. Et je n'aurais pas rencontré Mary Lou ; et je ne serais pas envahi d'une telle tristesse.

Je pense à elle plus souvent qu'à tout autre chose. Je la revois luttant pour ne pas avoir l'air effrayée, alors que Spofforth l'entraînait hors de ma chambre à la bibliothèque. C'est la dernière fois que je l'ai vue. Je ne sais pas où Spofforth l'a conduite. Je ne sais pas ce qu'elle est devenue. Elle est probablement dans une prison pour femmes. Mais je n'en suis pas sûr.

Dans le *psi-bus* nous conduisant à l'audience, j'avais demandé à Spofforth ce qu'il allait faire de Mary Lou, mais il ne m'avait pas répondu.

J'ai essayé de retrouver son visage sur mes feuilles de papier à dessin, avec des crayons de couleur. Mais le résultat est très mauvais. Je n'ai jamais su dessiner.

Des *jaunes* et des *bleus* auparavant, il y avait dans mon Dortoir un garçon qui dessinait merveilleusement bien. Un jour, il a posé quelques-uns de ses dessins sur ma table, dans une salle de classe. Je les ai considérés avec effroi. Il y avait des croquis d'oiseaux, de vaches, de gens, d'arbres ainsi que du robot qui surveillait le couloir. C'étaient des réalisations remarquables, aux traits nets et fins, et d'une stupéfiante ressemblance.

Je n'ai pas su quoi en faire. Prendre ou donner des objets personnels à d'autres était une terrible faute qui pouvait entraîner de très sévères punitions. Je me suis donc contenté de les laisser sur ma table et le lendemain, ils avaient disparu. Quelques jours plus tard, le garçon qui les avait dessinés disparaissait à son tour. Je ne sais pas ce qu'il est devenu. Personne n'a plus jamais parlé de lui.

En sera-t-il de même avec Mary Lou ? Tout est-il fini et va-t-elle être rayée du monde ?

Ce soir, j'ai pris quatre *sopors*. Je ne veux pas trop me souvenir.

Cent quatrième jour

Ce soir, après dîner, Belasco est entré dans ma cellule ! Et il portait sous son bras un petit animal gris et blanc.

J'étais assis sur ma chaise à penser à Mary Lou et à me rappeler ses intonations quand elle lisait à haute voix, lorsque soudain j'ai vu s'ouvrir la porte de ma cellule. Et Belasco se tenait sur le seuil, un grand sourire aux lèvres et cet animal sous le bras.

—Co… Comment ? bégayai-je.

Il mit un doigt sur ses lèvres et murmura :

—Les portes ne sont pas fermées à clé, ce soir, Bentley. On peut appeler ça une nouvelle panne.

Il referma le battant derrière lui et déposa l'animal sur le sol. La bête s'assit et me regarda avec une sorte de curiosité blasée, puis elle se mit à se gratter une oreille avec une patte arrière. Ça ressemblait vaguement à un chien, mais en plus petit.

—Les portes sont condamnées la nuit par un ordinateur, mais des fois il oublie de les fermer, expliqua Belasco.

—Ah bon, fis-je en continuant à observer l'animal. (Puis je demandai :) Qu'est-ce que c'est ?

—Qu'est-ce que c'est quoi ?

—Cet animal ?

Belasco me lança un regard étonné.

—Tu ne sais pas ce que c'est qu'un chat, Bentley ?

—C'est la première fois que j'en vois un.

Il secoua la tête, puis il se baissa pour caresser l'animal.

— C'est un chat. Un animal familier.

— Familier ? fis-je.

Belasco secoua à nouveau la tête avec un grand sourire.

— Mon Dieu ! Tu ne sais donc rien en dehors de ce qu'on t'a appris au Dortoir. Un animal familier, c'est un animal que tu gardes pour toi, auprès de toi. C'est comme un ami.

Mais bien sûr, pensai-je. *Comme Roberto*. Consuela et leur chien Biff dans le livre où j'avais appris à lire. Biff était l'animal familier de Roberto et de Consuela. Et je me souvenais de cette phrase : « Roberto est l'ami de Consuela. » C'était donc ça, un ami. Quelqu'un avec qui on était plus souvent qu'avec quiconque. Apparemment, un animal pouvait aussi être un ami.

J'aurais voulu tendre le bras et toucher le chat, mais je n'osais pas.

— Il a un nom ?

— Non, répondit Belasco qui alla s'asseoir au bord de mon lit et continua, dans un murmure : Non. Je l'appelle simplement Chat.

Il tira un joint de sa poche et le glissa entre ses lèvres. Les manches de sa chemise bleue étaient retroussées et je constatai que sur chacun de ses avant-bras, juste au-dessus des bracelets encerclant ses poignets, il y avait des espèces de dessins peints à l'encre bleue. Sur son bras droit figurait un cœur et sur le gauche la silhouette d'une femme nue. Il alluma son joint.

— Tu peux donner un nom au chat, Bentley, si tu veux.

— Vous… tu veux dire que je peux décider comme ça de lui donner un nom ?

— Tout juste.

Il me tendit le joint et je le pris avec une certaine désinvolture, tout en sachant qu'il était illégal de partager quoi que ce soit : je tirai une bouffée et le repassai à Belasco.

— Très bien, le chat s'appellera Biff.

Belasco sourit.

— C'est parfait. Il lui fallait un nom et maintenant il en a un.

Il baissa les yeux sur le chat qui explorait prudemment la chambre.

— Pas vrai, Biff ?

Bentley, Belasco et leur chat Biff, pensai-je.

Cent cinquième jour

Je crois que les bâtiments du pénitencier sont les plus vieilles constructions que j'aie jamais vues. Il y en a cinq, faits de grands blocs de pierre peints en vert et munis de fenêtres sales aux barreaux couverts de rouille. Je ne suis entré que dans deux d'entre eux : le dortoir avec ses cellules où je dors et l'usine de chaussures où je travaille le matin. Je ne sais pas ce que renferment les trois autres. Il y en a un, construit un peu à l'écart qui semble encore plus vieux que le reste et dont les fenêtres ont été condamnées par des planches comme le pavillon dans le film *Angel on a String* avec Gloria Swanson. Je m'en suis approché pendant la période d'exercice qui suit le déjeuner et je l'ai examiné de plus près. Les pierres sont couvertes de mousse, une mousse lisse et humide, et les grandes portes de métal sont fermées à clef.

Les bâtiments de la prison sont entourés d'un très haut grillage peint en rouge, aujourd'hui écaillé et tirant sur le rose. Un portail, gardé en permanence par quatre robots primaires, donne accès aux champs. Et lorsque nous le franchissons pour aller travailler, les robots contrôlent les bracelets métalliques qui encerclent nos poignets avant de nous laisser passer.

Le directeur de la prison, un Classe 6 bien en chair, m'a fait un petit discours d'orientation de cinq minutes quand on m'a remis mes uniformes à mon arrivée. Il m'a expliqué, entre autres, que si un prisonnier s'éloignait sans que ses bracelets aient été désactivés par les gardes, le métal se transformerait en fer rouge et lui brûlerait les poignets jusqu'à l'os s'il ne réintégrait pas immédiatement les limites du portail.

Les bracelets sont minces et très serrés ; ils sont faits d'un métal mat, argenté, extrêmement dur. Je ne sais pas comment on nous les a mis car ils étaient déjà à mes poignets lorsque je me suis réveillé en prison.

Je crois que nous approchons de l'hiver car l'air, dehors, est de plus en plus froid. Toutefois, le champ, autour des plantes, doit être chauffé par un système quelconque et le soleil continue à briller. Sous mes pieds, je sens la chaleur qui se dégage du sol tandis que je distribue des fertilisants à ces plantes obscènes, mais le vent qui souffle est glacial. Et cette musique imbécile qui ne s'arrête jamais, qui ne tombe jamais en panne, et ces robots, le regard fixe, le regard vide… J'ai l'impression de vivre un cauchemar.

Cent seizième jour

Il y a onze jours que je n'ai rien écrit. J'aurais perdu le compte des jours si je n'avais pensé à faire une marque au crayon, tous les soirs après le dîner, sous le grand écran de Télé qui occupe presque tout le mur du fond de ma cellule et auquel ma chaise, vissée au sol, fait face en permanence. J'aperçois ces repères maintenant que je lève la tête du papier sur lequel j'écris, une planche à dessin posée sur mes genoux ; ils ressemblent à un motif abstrait de bandes verticales, là, sur le mur, juste en dessous de la Télé.

Je commence à me détacher de l'écriture. J'ai parfois l'impression que si je ne récupère pas bientôt mes livres ou si je ne revois plus de films muets, je vais oublier comment on lit et je n'écrirai plus rien.

Belasco n'est pas revenu depuis cette première nuit. Je suppose que c'est parce que l'ordinateur n'a pas oublié de fermer les portes le soir. Après avoir tracé la marque sur le mur, je vérifie chaque fois. Elle est toujours condamnée.

Je ne pense pas tout le temps à Mary Lou comme auparavant. En fait, je ne pense pas à grand chose. Je prends mes *sopors*, je fume mon herbe, je regarde des dramatiques érotiques et des feuilletons macabres à la Télé, en trois dimensions, grandeur nature, et je m'endors de bonne heure.

Les mêmes programmes reviennent tous les huit ou neuf jours, mais je pourrais passer des spectacles d'Éducation et de Réhabilitation à choisir parmi les trente BB enregistrées qui sont remises à chaque prisonnier au cours de son orientation.

Mais je ne le fais pas. Je me contente de regarder ce qu'il y a au programme. Ça ne m'intéresse pas de regarder des spectacles télévisés. Je regarde la télévision, c'est tout.

Et j'ai assez écrit. J'en ai marre.

Cent dix-neuvième jour

Aujourd'hui, pendant que nous travaillions dans les champs, un orage a éclaté. Les gardes robots ont paru longtemps désorientés par le vent et la pluie battante, et ils ne nous ont pas rappelés à l'ordre lorsque nous nous sommes regroupés au bord de la falaise, la pluie fouettant nos visages, pour contempler le ciel et l'océan. Le ciel, zébré par les éclairs, passait sans cesse du gris au noir, puis du noir au gris. Et en dessous de nous, l'océan se déchaînait en rugissant. Des vagues énormes balayaient la plage et s'écrasaient sur les rochers puis se retiraient, pour une fraction de seconde, avant de se précipiter à nouveau, sombres, presque noires, écumantes.

Et nous regardions tous. Et personne ne parlait. Le fracas du tonnerre et celui de la mer démontée étaient assourdissants.

Puis, quand les éléments se sont un peu calmés, nous sommes lentement retournés vers le dortoir. Et, tandis que je traversais le champ de Protéines 4 et que la pluie, moins violente à présent, frappait encore mon visage et mes vêtements trempés, je me suis rendu compte que j'avais froid et que je frissonnais. Ces mots, soudain, me sont venus à l'esprit :

Ô vent d'Ouest, quand souffleras-tu,
Que la grésille pût tomber ?
Dieu ! Que mon amour n'est-il dans mes bras
Et moi de retour dans mon lit !

Et je suis tombé à genoux sur la terre engorgée et j'ai pleuré, en silence, pour Mary Lou et pour la vie que, quelque temps, j'avais vécue, lorsque mon esprit et mon imagination, un instant, avaient été éveillés.

Il n'y avait pas de gardes aux alentours. Belasco est venu me chercher. Sans un mot, il m'a relevé et, son bras passé autour de mes épaules, il m'a aidé à regagner le dortoir. Nous n'avons pas échangé la moindre parole avant d'arriver devant la porte ouverte de ma cellule. Il m'a alors lâché et a scruté mon visage. Ses yeux étaient graves, rassurants.

— Bon sang, Bentley ! a-t-il dit, je crois comprendre ce que tu ressens.

Puis il m'a donné une petite claque dans le dos et a fait demi-tour pour rejoindre sa cellule.

Je me suis accroché aux froids barreaux de ma porte et j'ai regardé les autres prisonniers, cheveux mouillés et vêtements ruisselants, qui regagnaient leurs cellules. Je voulais mettre mon bras autour de leurs épaules à tous. Que je sache ou non leur nom, ils sont tous, sans exception, mes amis.

Cent vingt et unième jour

Aujourd'hui j'ai pénétré dans le baraquement condamné par des planches.

Ce fut très facile. J'étais dans la cour pendant la période d'exercice suivant le déjeuner et j'aperçus deux gardes robots qui montaient les marches du bâtiment, ouvraient la porte et entraient. Ils ressortirent quelques instants plus tard, chacun d'eux portant un carton qui ressemblait à un emballage de papier-toilette. Ils se dirigèrent alors vers les dortoirs. La porte était restée ouverte et j'entrai à mon tour.

Le sol, à l'intérieur, était en Permoplastique et les murs, construits dans un autre matériau, étaient sales et s'effritaient. Les planches obstruant les fenêtres ne laissaient filtrer que très peu de lumière. Je parcourus rapidement les couloirs, ouvrant les portes sur mon passage.

Certaines pièces étaient vides, d'autres contenaient des choses comme du savon, des serviettes en papier, du papier-toilette ou des plateaux empilés sur des étagères. Je pris des serviettes en papier pour mon journal et, poursuivant mon chemin, j'aperçus un panneau aux lettres à moitié effacées qui surmontait une double porte au bout d'un corridor. C'était le premier panneau de cette sorte que je voyais depuis les sous-sols de la bibliothèque de New York.

Je ne parvins pas tout de suite à le déchiffrer, car les lettres étaient recouvertes de poussière et le couloir était très sombre. Je m'approchai et je lus : AILE EST — BIBLIOTHÈQUE.

Le mot « bibliothèque » me fit sursauter. Je restai cloué sur place, les yeux rivés sur la pancarte, le cœur battant.

Puis j'essayai d'ouvrir la double porte, mais elle était fermée à clef. Je tirai, poussai, m'efforçai de faire jouer la poignée. Sans résultat. C'était vraiment trop bête.

La colère me saisit et je cognai du poing contre les battants. Je ne réussis qu'à me faire mal.

Les gardes revinrent, pénétrèrent dans l'une des pièces de rangement et je me faufilai à l'extérieur.

Il faut absolument que je m'introduise dans cette bibliothèque ! Il faut que je trouve à nouveau des livres. Si je n'ai rien à lire, rien à apprendre, si je n'ai aucun sujet qui vaille la peine que j'y réfléchisse, je crois que je préfère m'immoler plutôt que de continuer à vivre ainsi.

On utilise de l'essence synthétique pour les machines agricoles et je sais que je pourrais m'en procurer.

Je vais arrêter d'écrire et regarder la Télé.

Cent trente-deuxième jour

Je suis resté déprimé pendant onze jours. Les après-midi, en arrivant au bout de ma rangée, je n'allais même pas regarder l'océan, et les soirées, je n'essayais pas d'écrire. Mon esprit est vide, aussi vide qu'il l'est lorsque je travaille et que, volontairement, je me concentre uniquement sur l'odeur âcre, lourde, des Protéines 4.

Les gardes ne disent rien, mais je ne les en déteste pas moins. C'est le seul sentiment que j'éprouve. Leurs corps pesants, épais, leurs visages mous ressemblent aux plantes synthétiques et caoutchouteuses que je nourris. Ils représentent, la phrase est dans *Intolérance*, une abomination à mes yeux.

Quand je prends quatre ou cinq *sopors*, ce n'est pas désagréable de regarder la Télé. Mon mur-TV est un bon mur-TV, et il ne tombe jamais en panne.

Mon corps ne me fait plus souffrir. Je suis devenu fort et mes muscles sont à la fois souples et durs. Je suis bronzé et j'ai le regard clair. Les paumes de mes mains et les plantes de mes pieds sont couvertes de cals. Je travaille bien et on ne m'a plus jamais frappé. Mais dans mon cœur, la tristesse est revenue. Elle s'est infiltrée lentement, jour après jour, et je suis à présent plus abattu que je ne l'étais pendant les premiers jours que j'ai passés ici. Je n'ai plus d'espoir.

Des jours passent, parfois, sans même que je pense à Mary Lou. Je n'ai plus d'espoir.

Cent trente-troisième jour

J'ai vu où était stockée l'essence synthétique. C'est dans la cabane de l'ordinateur, en bordure du champ.

Et tous les prisonniers ont des briquets électroniques. Pour allumer les cigarettes de marijuana.

Cent trente-sixième jour

La nuit dernière, Belasco est revenu dans ma cellule. Quand je m'étais aperçu que ma porte n'était pas verrouillée, j'étais devenu nerveux. Je ne voulais voir personne.

Mais Belasco est entré en disant :

— Salut, Bentley.

Je me bornai à garder les yeux baissés. Ma Télé était éteinte et j'étais assis ainsi depuis des heures, au bord de mon lit.

Belasco resta un moment silencieux et je l'entendis s'installer sur ma chaise. Je n'avais toujours pas redressé la tête. Et j'avais l'impression que je ne parviendrais même pas à accomplir ce simple geste.

Belasco finit par me dire, doucement :

— Je t'ai vu dans les champs, ces derniers jours, Bentley. Tu avais l'air d'un robot.

Il s'exprimait d'un ton rassurant, compréhensif.

Je me contraignis à parler :

— C'est bien possible, fis-je.

Nous nous tûmes quelques instants, puis Belasco reprit :

— Je sais comment ça se passe, Bentley. Tu finis par penser à la mort. Comme ils le font dans les villes, avec de l'essence et un briquet. Ici, en plus, il y a l'océan. J'ai vu des types y foncer comme des fous. Et merde, moi aussi j'y ai pensé : nager le plus loin possible, droit devant, sans se retourner…

Je levai les yeux sur lui :

— Tu as vraiment pensé à ça ? (J'étais abasourdi.) Tu as l'air solide.

Il émit un petit rire teinté d'ironie. Je le dévisageai :

— Mais enfin, bordel ! s'exclama-t-il. Je suis comme les autres. Ce genre de vie ou être mort, c'est presque pareil. (Il rit à nouveau en secouant la tête.) Et, finalement, c'est pas beaucoup mieux dehors. Pas de vrai boulot, à part le même genre de conneries qu'on fait ici. Dans les Dortoirs de Travailleurs, on nous serinait sans cesse : « Le travail, c'est l'épanouissement. » Foutaises. (Il sortit un joint de sa poche et l'alluma.) Le premier *bleu* après mon diplôme, je piquais déjà des cartes de crédit. J'ai passé la moitié de ma vie en prison. Les deux ou trois premières fois, quand je me suis retrouvé en taule, j'ai pensé à mourir, mais finalement je ne l'ai pas fait. Maintenant, j'ai mes chats et je me démerde pas trop mal... (Il s'interrompit, puis il s'écria :) Hé, ça te plairait d'avoir Biff?

Je le regardai fixement:

—Pour... pour moi tout seul? Mon animal à moi?

—Ouais, pourquoi pas? Il m'en reste encore quatre. C'est des fois un drôle de cirque pour leur trouver à bouffer, mais je pourrais t'apprendre à te débrouiller.

—Merci, dis-je. Ça me ferait plaisir. Ça me ferait plaisir d'avoir un chat.

—En fait, c'est une chatte. On peut aller la chercher tout de suite, si tu veux.

Et il me fut alors facile de me lever et de sortir de ma cellule. Et quand nous fûmes dans le couloir, je me tournai vers Belasco et lui dis:

—Je me sens mieux.

Il me donna une petite bourrade.

—Les amis, c'est fait pour ça, dit-il.

Je restai un moment cloué sur place, sans savoir quoi faire, puis, presque sans réfléchir, je tendis la main et la posai sur son bras tandis qu'une idée me venait à l'esprit:

—Il y a un bâtiment dans lequel j'aimerais pénétrer. Tu crois qu'il est ouvert, lui aussi?

Il m'adressa un large sourire.

—Il y a de fortes chances, fit-il, puis il ajouta: Allons voir.

Nous sortîmes du dortoir. Il n'y avait pas le moindre garde en vue.

Nous entrâmes sans difficulté dans le bâtiment désert ; l'intérieur était très sombre et nous butâmes sur des cartons qui encombraient les couloirs. Dans le noir, j'entendis Belasco déclarer :

— Il y a parfois des interrupteurs sur les murs de ces vieilles baraques.

Je l'entendis ensuite tâtonner, trébucher et jurer, puis il y eut un déclic et une lumière s'alluma au plafond. Je craignis un instant que les gardes ne l'aperçoivent, mais je me souvins des planches aux fenêtres et mes craintes se dissipèrent.

En arrivant devant la porte de la bibliothèque, je constatai qu'elle était toujours fermée ! J'étais déjà nerveux et j'aurais pu en hurler de rage.

Belasco me dévisagea :

— C'est là que tu veux aller ?

— Oui.

Et sans même me demander pourquoi je souhaitais forcer cette porte, Belasco se mit à examiner la serrure. Je n'en avais encore jamais vu de ce type ; elle ne semblait même pas être électronique.

Belasco siffla entre ses dents.

— Dis donc, ce truc est drôlement vieux.

Il fouilla dans ses poches et en tira le briquet fourni par la prison. Il le laissa tomber par terre et lui assena trois ou quatre coups de talon pour le casser. Il se baissa, ramassa les débris de ferraille, de verre et de plastique, puis, après les avoir étudiés un moment, il choisit un bout de fil de fer à peu près de la longueur de mon pouce. Je le regardai agir en silence, n'ayant pas la moindre idée de ce qu'il avait en tête.

Il se pencha sur la serrure, enfonça l'extrémité du fil de fer dans le trou et tritura l'intérieur. Il y eut quelques petits cliquetis métalliques. Belasco jura à plusieurs reprises, à voix basse, et il continua. Puis, au moment où j'allais lui demander ce qu'il essayait de faire, la serrure rendit un bruit plus feutré et, un large sourire aux lèvres, Belasco tourna la poignée de la porte qui s'ouvrit toute grande !

Il faisait noir à l'intérieur, mais Belasco découvrit un autre interrupteur sur le mur, et deux lampes, assez faibles, s'allumèrent au plafond.

Je regardai autour de moi avec excitation, m'attendant à trouver des étagères bourrées de livres. Mais je fus cruellement déçu. Je restai un long moment immobile, les yeux fixés droit devant moi. Je me sentais presque malade. Il y avait des chaises et des tables de bois fort anciennes ainsi que quelques cartons empilés le long d'un mur, mais pas d'étagères. Et les murs, criblés de petits trous, étaient nus, sans la moindre gravure.

— Qu'est-ce qui ne va pas ? demanda Belasco.

Je me tournai vers lui :

— J'espérais trouver des... des livres.

— Des livres ?

Apparemment, c'était un mot qu'il ne connaissait pas. Mais il demanda :

— Et dans ces cartons, qu'est-ce qu'il y a ?

Je hochai la tête, et, sans grand espoir, je m'avançai pour les examiner. Les deux premiers étaient remplis de cuillères tellement rouillées qu'elles s'étaient soudées entre elles pour former une espèce de masse rougeâtre. Le troisième était plein de livres ! Je les sortis avec fébrilité. Il y en avait douze. Et au fond du carton je découvris une pile de feuilles de papier blanc, à peine jauni.

Je déchiffrai les titres des livres avec avidité. Le plus gros s'intitulait : *Nouvelles lois de la Caroline du Nord: 1992.* Un autre s'appelait : *La menuiserie: un art et un métier*, et un troisième, lui aussi très épais, avait pour titre : *Autant en emporte le vent.* Je me sentais merveilleusement bien quand je les touchais, les caressais, et pensais à tout ce qu'ils renfermaient.

Belasco n'avait cessé de m'observer avec une certaine curiosité. Il finit par me demander :

— C'est ça, des livres ?

— Oui.

Il en prit un dans la boîte et fit courir son doigt sur la couverture poussiéreuse.

— Jamais entendu parler d'un truc pareil, dit-il.

Je tournai la tête vers lui.

— Il faut aller chercher le chat et ramener tout ça dans ma cellule.

— Okay, fit-il. Je vais t'aider.

Nous récupérâmes Biff et transportâmes les livres sans rencontrer la moindre difficulté.

Il est à présent très tard et Belasco a regagné sa cellule. Je vais m'arrêter d'écrire pour regarder mes livres. Je les ai cachés entre le water-bed et le mur, près de l'endroit où Biff s'est endormie.

Cent trente-neuvième jour

Je suis épuisé car j'ai lu toute la nuit dernière et le jour venu, il a fallu que j'aille travailler. Mais quel plaisir j'ai éprouvé ! Mon esprit fatigué est resté occupé toute la journée grâce à cette masse de choses nouvelles auxquelles je peux enfin penser.

Je crois qu'il est préférable que je dresse une liste de tous mes livres :

Nouvelles lois de la Caroline du Nord: 1992
La menuiserie: un art et un métier
Autant en emporte le vent
La Sainte Bible
Le guide d'Audel pour la maintenance des robots
Le dictionnaire de la langue anglaise
Les causes du déclin démographique
L'Europe aux XVIIIe et XIXe siècles
Le guide du randonneur: Les côtes de Caroline
Histoire condensée des États-Unis
Les joies du pique-nique sur la plage
L'art de la danse

J'ai parcouru les livres d'histoire, passant de l'un à l'autre et me référant au dictionnaire pour les mots que je ne connaissais pas. Maintenant que je sais l'alphabet, c'est un véritable plaisir de se servir du dictionnaire.

Il y a beaucoup de choses que je ne comprends pas dans les livres d'histoire et il m'est très difficile d'admettre qu'il ait pu y avoir autant de gens sur la terre. Dans l'ouvrage qui traite de l'Europe, j'ai découvert des photos de Paris, de Berlin et de Londres; la taille des bâtiments et la foule des rues me donnent le vertige.

Biff saute parfois sur mes genoux pendant que je lis et elle s'endort là, paisiblement. J'aime beaucoup ces moments de calme.

Cent quarante-neuvième jour

Depuis maintenant dix jours, je passe tous mes instants de loisir à lire. Personne ne vient me déranger; ou bien les gardes s'en moquent, ou bien, ce qui est plus vraisemblable, leur programmation n'a pas prévu cette situation. J'emporte même un livre pour aller à l'heure sociale et personne ne semble remarquer que je suis plongé dans la lecture pendant la projection des films.

Ma veste bleue de prisonnier, déjà un peu passée, possède de larges poches et j'y glisse toujours soit *L'histoire condensée des États-Unis,* soit *Les causes du déclin démographique,* car ce sont les deux livres les plus petits. Je lis aussi à l'usine de chaussures pendant les pauses de cinq minutes.

Les causes du déclin démographique commence ainsi : « Durant les trente premières années du XXIe siècle, la population de la terre a diminué de moitié, et elle ne cesse depuis de diminuer. » Ce genre de sujet qui traite des hommes pris dans leur ensemble, à une époque éloignée, me fascine sans que je comprenne bien pourquoi.

Je ne sais pas quand se situait le XXIe siècle, encore que je sache qu'il est postérieur aux XVIIIe et XIXe siècles, thème de mon livre d'histoire. On ne nous a jamais parlé de « siècles » au Dortoir et je n'en connais que la définition qu'en donne le dictionnaire : il s'agit d'une période de cent années, deux cents *jaunes*, utilisée comme unité pour diviser l'histoire de l'humanité.

Le XXIe siècle doit remonter à très longtemps. Il n'est fait, par exemple, nulle mention de robots dans le livre.

Le guide d'Audel pour la maintenance des robots porte la date de 2135 et je sais, pour avoir lu les livres d'histoire, que cette date se situe dans le courant du XXIIe siècle.

La Sainte Bible débute ainsi : « Au commencement, Dieu créa les cieux et la terre. » Rien n'indique à quel siècle se rapporte ce « commencement » et il n'est pas très clairement expliqué qui est, ou était, « Dieu ». Et je ne vois d'ailleurs aucune relation avec cette expression « Mon Dieu » qu'on entend souvent. Je n'arrive pas à savoir si la Sainte Bible est un livre d'histoire, de poésie, ou autre. Elle parle de beaucoup de gens étranges qui paraissent à peine réels.

Les robots, dans le livre d'Audel, sont représentés par des croquis et des diagrammes. Ils sont d'un type très élémentaire et conçus pour des tâches tout aussi élémentaires, comme les travaux des champs ou la tenue des registres.

Autant en emporte le vent ressemble à certains des films que j'ai vus. Il s'agit, je crois, d'une histoire inventée de toutes pièces, traitant d'une guerre et de gens un peu simplets vivant dans de grandes maisons. Je ne pense pas arriver à le finir un jour car il est vraiment très long.

La plupart des autres ouvrages n'ont aucun sens pour moi. Pourtant, ils ont l'air d'appartenir à quelque large structure que je perçois à peine.

Ce que j'aime par-dessus tout, ce sont ces petits frissons que je ressens parfois à la lecture de certaines phrases. Et, fait étrange, il s'agit souvent de phrases obscures ou de phrases qui me rendent triste. Je me souviens encore de celle-ci, remontant à l'époque où je vivais à New York :

Ma vie est légère qui attend le vent de la mort,
Comme une plume sur le dos de ma main[1]

1. Vers du poème de T.S. Eliot, *Le chant de Siméon. (N.d.T.).*

Je vais arrêter d'écrire et me remettre à lire. Ma vie est devenue vraiment très bizarre.

Cent soixante-neuvième jour

Je lis presque continuellement. Je ne prends plus de *sopors* et ne fume plus de marijuana. Je lis jusqu'à tomber de sommeil et je m'effondre sur mon lit, l'esprit en ébullition, hanté par la foule des visages, des gens et des idées jaillis du passé qui tourbillonnent dans ma tête ; et enfin, épuisé, je m'endors comme une masse.

Et j'apprends de nouveaux mots. Trente à quarante par jour.

Bien avant les robots, l'Intimité et la Vie Privée, l'histoire de l'humanité n'était faite que de violence. Je ne sais pas ce que je pense, ni ce que je ressens, face à tous ces morts et à tous ces événements. La Révolution russe, la Révolution française, le Grand Déluge de Feu, la Troisième Guerre Mondiale et l'Incident de Denver. On m'avait appris, lorsque j'étais enfant, qu'avant le Second Âge tout n'était que violence et destruction car à cette époque, nous disait-on sans autres précisions, les droits individuels n'étaient pas respectés. Nous n'avons jamais développé le sens de l'histoire ; tout ce que nous savions, et encore à condition de nous livrer à des déductions, c'était qu'il y avait eu d'autres gens avant nous et que nous étions meilleurs qu'ils ne l'avaient été. Mais on ne nous encourageait pas à penser, sauf à nous-mêmes. « Pas de questions, relax. »

Je reste stupéfié par le nombre d'hommes qui ont agonisé et qui sont morts sur les champs de bataille pour satisfaire les ambitions de divers présidents et empereurs. Ou encore par la confiscation au profit d'importants groupes de gens, tels les États-Unis d'Amérique, d'immenses réserves de richesse et de puissance refusées à d'autres.

Et pourtant, il semble malgré tout qu'il y ait eu des hommes et des femmes de bien. Et beaucoup de gens heureux, aussi.

Cent soixante-douzième jour

La dernière partie de la Sainte Bible est consacrée à Jésus-Christ. Certaines phrases clef ont été soulignées par un précédent lecteur.

Jésus-Christ a péri de mort violente alors qu'il était encore jeune, mais avant de mourir, il a dit et fait beaucoup de choses étonnantes. Il a guéri nombre de malades et s'est adressé à certains de façon très étrange. Quelques-uns des préceptes déjà soulignés dans le livre ressemblent à ceux qu'on nous apprenait au cours de Piété : « Le Règne de Dieu est au-dedans de vous », par exemple, s'apparente fort à la recherche de l'épanouissement par l'Introversion, les Drogues et la Solitude. D'autres, par contre, sont tout à fait contraires à nos enseignements. « Aimez-vous les uns les autres », par exemple. Il y en a aussi de très frappants, comme celui-ci : « Je suis le Chemin, la Vérité et la Vie. » Ou encore : « Venez à moi, vous tous qui peinez et ployez sous le fardeau, et je vous soulagerai. »

Si quelqu'un venait à moi et me disait : « Je suis le Chemin, la Vérité et la Vie », je ne demanderais qu'à le croire de toutes mes forces, car c'est bien cela que je veux, que je cherche : un chemin, une vérité et une vie.

Si j'ai bien compris, Jésus prétendait être le fils de Dieu, celui-là même qui est censé avoir créé les cieux et la terre. Ça me laisse perplexe et me donne à penser que Jésus n'était peut-être pas tout à fait digne de confiance. Il semble pourtant avoir su des choses que les autres ignoraient en tout cas, et il n'était pas insignifiant comme ces personnages d'*Autant en emporte le vent*, ni dévoré d'une ambition dévastatrice comme les présidents américains.

Jésus-Christ était sans conteste ce qu'on appelait « un grand homme ». Et je ne suis pas certain d'aimer cette notion. Les « grands hommes » me mettent mal à l'aise. Et les « grands hommes » ont souvent mis l'humanité à feu et à sang.

Je crois que mon écriture s'améliore. Mon vocabulaire s'est étendu et les phrases me viennent plus facilement sous la plume.

Cent soixante-dix-septième jour

J'ai lu tous mes livres à l'exception d'*Autant en emporte le vent* et de *L'art de la danse*. Il m'en faut absolument d'autres. Cinq nuits plus tôt, les portes sont à nouveau restées ouvertes et, accompagné de Belasco, je suis retourné dans le bâtiment abandonné pour l'explorer de fond en comble. Mais nous n'avons pas découvert le moindre livre.

Il est indispensable que je me procure de nouvelles lectures ! Quand je pense à tous ces volumes que contient le sous-sol de la bibliothèque de New York ! Je voudrais pouvoir y retourner.

À New York, j'ai vu des films sur des évasions. Et dans les prisons en question, les gardiens étaient humains, vigilants, tandis que les nôtres ne sont que des robots primaires, à moitié débiles.

Seulement, il y a ces bracelets métalliques qu'on ne peut pas désactiver pendant plus d'une demi-journée. Et même si je parvenais à m'échapper, comment pourrais-je rejoindre New York ?

Dans *Le guide du randonneur*, il y a une carte de ce qu'on appelle la Côte Est. La Caroline du Nord, la Caroline du Sud et New York y sont représentés. En longeant la côte, l'océan sur ma droite, je finirai par arriver à New York. Mais je n'ai pas la moindre idée de la distance à parcourir. Dans *Les joies du pique-nique*, on explique comment trouver des clams et diverses choses à manger sur les plages. Si je m'évadais, je ne mourrais donc pas de faim.

Et je pourrais recopier ce journal, d'une écriture plus serrée, sur le papier que j'ai découvert au fond du carton et le garder sur moi, dans ma poche. Mais je ne pourrais pas emporter tous mes livres.

Et il n'existe aucune possibilité de se débarrasser de ces bracelets métalliques. À moins de trouver un moyen de les sectionner.

Cent soixante-dix-huitième jour

Dans l'usine, il y a une énorme machine qui sert à découper les feuilles de plastique avec lesquelles sont faites les chaussures. Elle est munie d'une lame étincelante en acier rigide qui sectionne d'un seul coup une vingtaine de feuilles de plastique très résistant. Cette espèce de massicot est gardé par un robot et aucun travailleur humain n'est censé s'en approcher. J'ai toutefois remarqué qu'à certains moments, le gardien semblait sommeiller ; c'est sans doute un robot à moitié sénile auquel on a confié la tâche élémentaire de rester planté devant la machine.

Pendant qu'il est ainsi assoupi, je pourrais facilement m'approcher et peut-être qu'en plaçant mes mains au bon endroit, j'arriverais à faire couper les bracelets par la lame.

Mais à la moindre erreur, ce serait ma main qu'elle couperait. Ou encore, si le métal était trop résistant, la lame pourrait se coincer dans le bracelet et me désarticuler le bras.

C'est trop effrayant. Il est préférable que je cesse d'y penser.

Cent quatre-vingtième jour

J'ai lu dans *Les causes du déclin démographique* quelques considérations assez passionnantes sur la population mondiale :

« La diminution du nombre d'habitants de la planète s'explique selon les démographes contemporains par des causes diverses et parfois opposées. Les plus crédibles de ces analyses tiennent en général compte d'un ou de plusieurs des facteurs suivants :

1. Crainte de la surpopulation.
2. Perfection des techniques de stérilisation.
3. Disparition de la famille.
4. Souci de plus en plus répandu d'expériences « intérieures ».
5. Perte d'intérêt pour les enfants.
6. Désir généralisé de fuir les responsabilités. »

Le livre examine ensuite chacun de ces facteurs séparément. Mais il n'est envisagé nulle part qu'il puisse ne plus y avoir d'enfants du tout. Et pourtant, je crois que c'est bien là que notre monde en est arrivé. Je pense qu'il n'y a plus d'enfants, plus le moindre enfant.

Lorsque tous ceux de ma génération seront morts, ce sera peut-être la fin de l'humanité.

Et je ne sais pas si c'est un bien ou un mal.

Je pense néanmoins que, sous de nombreux aspects, ce serait agréable d'être le père d'un enfant dont Mary Lou serait la mère. Et j'aimerais vivre avec elle, former à nous trois une famille, et cela en dépit des risques énormes que courrait mon Individualisme.

Mais après tout, à quoi me sert-il, cet Individualisme ? Est-il vraiment sacré, ou bien m'a-t-on uniquement inculqué ces notions parce que les robots avaient été, un jour, programmés pour le faire ?

Cent quatre-vingt-quatrième jour

Aujourd'hui, les Protéines 4 ont été récoltées. Quand nous sommes arrivés dans le champ pour travailler, deux énormes machines jaunes s'y trouvaient déjà, parcourant les rangées avec fracas comme des *psi-bus* géants, soulevant des nuages de poussière et moissonnant les plantes mûres par vingt ou trente à la fois pour les déverser dans une espèce de benne où, je suppose, elles allaient être réduites en poudre pour devenir ensuite des barres de soja et des flocons de protéines synthétiques.

Nous sommes restés un peu à l'écart à cause de la puanteur, encore pire que d'habitude, et nous avons regardé les machines en silence.

Quelqu'un a fini par prendre la parole. C'était Belasco, et il a déclaré d'un ton amer :

« Et voilà, les gars. Une autre saison de travail qui s'achève. »

Personne n'a fait le moindre commentaire. *Une autre saison de travail.* J'ai regardé tout autour de moi, m'intéressant à mon environnement pour la première fois depuis des semaines. Les arbres sur les collines qui se dressaient derrière les bâtiments de la prison avaient perdu toutes leurs feuilles. L'air était glacial. J'ai senti un picotement sur ma peau en pensant au froid et en levant les yeux sur le bleu pâle du ciel. Une nuée d'oiseaux décrivait un arc de cercle parfait au-dessus des collines. C'est alors que j'ai décidé de m'évader.

SPOFFORTH

Le visage de la femme n'était pas beau, mais comme toujours, il le fascinait. Il avait peur. Elle semblait flotter au-dessus de la boue, au bord de l'étang, aussi grande que lui, l'air étonné, les bras raides, et elle tremblait légèrement sous sa robe longue tandis qu'elle lui tendait l'objet. Il ne savait pas ce que c'était. Il était séparé d'elle par un mètre à peine et son regard était rivé sur l'objet qu'elle lui tendait, mais il ne le voyait pas. Puis, triste, vaincu, il baissa les yeux. Ses chevilles, blanches, étaient enfoncées dans la vase, et il ne parvenait pas à bouger. Elle non plus, croyait-il. Il leva la tête. Elle tenait toujours cette chose que son esprit se refusait à reconnaître et il essaya de lui parler, de lui demander ce qu'elle voulait ainsi lui donner, mais il ne put ouvrir la bouche. La terreur le gagnait. Il se réveilla.

Tout au fond de lui, il avait eu conscience de vivre un rêve. Il en avait toujours conscience. Un peu plus tard, assis sur le bord de son lit étroit, dans l'appartement, il pensa à la femme du rêve, comme à chaque fois, puis il pensa à la fille aux cheveux noirs et au manteau rouge. Jamais au cours de sa longue, de sa très longue vie, il n'avait rêvé d'elle.

Non. C'était toujours la femme à la robe, ce rêve d'occasion, jailli par hasard d'une vie qu'il n'avait pas vécue et dont il ne savait presque rien.

Il avait déjà vu quelques femmes qui lui ressemblaient. Mary Borne, par exemple, avec ses yeux vifs et pénétrants, avec sa façon solide de bouger, encore qu'elle fût plus forte, beaucoup mieux campée sur ses jambes que la femme du songe.

Pendant des années il avait cru que s'il rencontrait une femme qui lui ressemblait et qu'il vécût avec elle, il trouverait peut-être une ouverture sur cette autre vie qu'avait connue la conscience qui était en lui, la vie de celui qui lui avait fait don d'une copie de son cerveau. Et il vivait avec une femme qui lui ressemblait. Mais il n'y avait pas eu la moindre ouverture.

Le rêve, qui revenait tous les huit ou dix jours, le perturbait à chaque fois autant ; il ne s'était jamais vraiment habitué à la peur qu'il éprouvait dans ces moments-là mais il l'acceptait comme faisant partie intégrante de son existence. Il avait parfois des rêves issus de ses propres souvenirs et d'autres dont les thèmes ne lui appartenaient pas, tels la pêche à la ligne ou un vieux piano droit.

Il se leva de son lit et s'approcha de la fenêtre à pas lourds. C'était le petit matin. Au loin, se découpant contre le ciel pâle de l'aurore, se dressait, plus haut que tout autre bâtiment, l'Empire State Building, l'immense mausolée de la ville de New York.

BENTLEY

Je n'eus aucun problème à retrouver la cellule de Belasco car je l'avais repérée quand il avait été y chercher Biff. Je poussai la porte et entrai. Belasco était allongé sur sa couchette, caressant un chat roux. Sa Télé n'était pas allumée. Trois autres chats dormaient, roulés en boule dans un coin. Les murs étaient couverts de photos de femmes nues et de gravures représentant des arbres, des champs et l'océan.

Il y avait un fauteuil habillé d'un tissu vert pâle et un lampadaire, tous deux certainement introduits en fraude. Si Belasco avait su lire, il aurait été mieux installé que moi pour la lecture.

Je ne m'assis pas. J'étais bien trop énervé.

Belasco leva les yeux sur moi. Il parut étonné.

— Qu'est-ce que tu fais en dehors de ta cellule, Bentley ? demanda-t-il.

— Les portes sont à nouveau restées ouvertes, répondis-je. (Je ne tins aucun compte de l'Obligation de Politesse, et je le regardai droit dans les yeux.) Je voulais te voir.

Il se redressa et posa doucement le chat par terre. L'animal s'étira et alla rejoindre les autres dans le coin de la cellule.

— Tu as l'air inquiet, fit Belasco.

Je n'avais pas cessé de le dévisager.

— J'ai surtout peur. J'ai décidé de m'évader.

Belasco sembla sur le point de dire quelque chose, puis il se ravisa. Il finit par demander simplement :

— Et comment ?

— Tu vois cette grande lame dans l'usine de chaussures ? Eh bien, je crois qu'elle pourrait les sectionner, expliquai-je en désignant les bracelets encerclant mes poignets.

Il secoua la tête et siffla doucement entre ses dents.

— Dieu tout-puissant ! Et si tu rates ton coup ?

— Je ne peux plus rester ici. Tu veux venir avec moi ?

Il me fixa longuement, puis il répondit :

— Non. (Il changea de position et vint s'asseoir tout au bord de son lit.) Ça ne m'intéresse pas tellement de sortir d'ici, poursuivit-il. Plus maintenant en tout cas. Et puis, je n'aurais jamais le cran de mettre mes mains sous ce couperet. (Il fouilla dans la poche de sa chemise à la recherche d'une cigarette de marijuana.) Et toi, tu es sûr que tu y arriveras ?

Je poussai un soupir, me laissai tomber dans le fauteuil et contemplai un moment les bracelets qui ornaient mes poignets. Ils étaient un peu moins serrés qu'au début ; le travail des champs m'avait aminci et endurci.

— Je ne sais pas. Je ne le saurai qu'en essayant.

Il alluma son joint et me demanda :

— Et si tu réussis à t'évader, comment feras-tu pour manger ? Nous sommes loin de tout endroit civilisé, ici.

—Je trouverai bien des clams sur la plage. Et peut-être des plantes comestibles dans les champs...

—Allons, Bentley, réfléchis un peu. Tu t'en tireras pas comme ça. Et si tu ne trouves pas de clams ? En plus, c'est l'hiver et tu ferais beaucoup mieux d'attendre le printemps.

Je le regardai. Il y avait du bon sens dans ce qu'il disait. Mais je savais que je ne pourrais jamais attendre jusqu'au printemps.

—Non, déclarai-je. Je pars demain.

Il secoua la tête.

—Très bien.

Il se leva et s'accroupit pour glisser la main sous son lit. Il en tira une grande boîte en carton qu'il ouvrit ; elle contenait des paquets de biscuits et de pain, des barres de soja ; tout était emballé sous plastique transparent.

—Prends tout ce que tu peux emporter, fit-il.

—Je ne voudrais pas...

—Prends, je te dis. Je peux m'en procurer d'autres. (Puis il ajouta :) Tu vas avoir besoin de quelque chose pour mettre tout ça. (Il réfléchit quelques instants, puis il s'avança sur le seuil de sa cellule et cria :) Larsen ! Viens voir ici !

Un moment plus tard, un petit homme que j'avais déjà vu dans les champs de Protéines 4 apparut à la porte.

—Larsen, lui dit Belasco, j'ai besoin d'un sac à dos.

Larsen le considéra une bonne minute.

—Ça fait beaucoup de travail, dit-il. Beaucoup de coutures. Et faut trouver la toile et les tubes pour le cadre...

— Oui, mais t'en as déjà un dans ta cellule, celui que t'as fabriqué avec un pantalon. Je l'ai vu quand on a fait ce poker, le jour où tous les robots sont tombés en panne.

— Ah non ! s'écria Larsen. Celui-là, tu peux pas l'avoir. C'est pour mon évasion.

— Foutaises, répliqua Belasco. Tu ne partiras jamais d'ici. La partie de poker, c'était déjà il y a trois ou quatre *jaunes*. Et comment tu vas te débarrasser de tes bracelets ? Avec tes dents ?

— Je pourrais prendre une lime...

— Ça aussi ce sont des foutaises, l'interrompit Belasco. Ils dirigent peut-être cette prison comme des imbéciles, mais ils ne sont pas idiots à ce point-là. Il n'existe pas d'outils assez durs pour couper ces saloperies de bracelets, et tu le sais très bien.

— Alors, comment tu vas faire, toi ?

— S'agit pas de moi. C'est Bentley qui veut se faire la belle. (Belasco posa sa main sur mon épaule.) Il va essayer avec le grand couperet dans l'usine de chaussures.

Larsen me dévisagea.

— C'est de la folie, fit-il.

— Ça, c'est son problème, Larsen, dit Belasco. Alors, ce sac à dos ?

Larsen réfléchit, puis il demanda :

— Qu'est-ce que tu me proposes en échange ?

— Deux de ces gravures sur le mur. Celles que tu veux.

Larsen l'étudia à travers la fente de ses yeux.

— Plus un chat ?

Belasco fronça les sourcils.

— Merde, fit-il. Puis : D'accord. Le noir.

— Le roux, fit Larsen.

Belasco secoua lourdement la tête et poussa un profond soupir.

— Va chercher le sac à dos, fit-il.

Larsen revint quelques instants plus tard avec le sac à dos et Belasco le remplit de provisions qu'il me destinait ; puis il me montra comment je pourrais, le cas échéant, m'en servir aussi pour porter Biff.

Je n'avais pas pris de *sopors* et je ne dormis pas de la nuit. Je ne tenais pas à ce que leurs effets se fissent encore sentir quand, au matin, je me rendrais dans l'usine de chaussures. J'étais tourmenté par la pensée de ce que j'avais décidé de faire, effrayé non seulement à la perspective d'être grièvement blessé par le couperet mais aussi à l'idée d'affronter des conditions de vie plus que précaires, en plein hiver, sans rien connaître des endroits qu'il me faudrait traverser et sans autre arme qu'un mince ouvrage sur les pique-niques au bord de la mer. Rien dans mon éducation, cette éducation imbécile et prônant la haine de toute vie véritable, ne m'avait préparé à ce que j'allais entreprendre.

Une voix, en moi, me soufflait d'attendre. D'attendre le printemps, d'attendre que ma peine soit levée. La vie en prison n'était pas pire que celle dans un Dortoir de Penseurs, et si j'apprenais à me débrouiller comme Belasco, je pourrais me ménager, ici, une existence confortable. Il n'y avait pratiquement aucune discipline à respecter et pour éviter de se faire taper dessus par les gardes, il suffisait de les avoir à l'œil. Il était évident qu'à partir du moment où l'on avait inventé le système des bracelets métalliques, l'administration, pénitenciaire, comme c'était prévisible, était devenue de plus en plus négligente. L'herbe et les *sopors* ne manquaient pas et j'étais maintenant habitué à la nourriture et au travail. Sans compter la Télé, et Biff. Biff, ma chatte.

Mais il y avait aussi une autre voix. Une voix plus impérieuse qui me criait : « Il faut que tu quittes cet endroit. Immédiatement. » Et je savais, même au plus profond de ma terreur, que c'était à cette voix-là que j'allais obéir.

« Dans le doute, n'y pense plus. » Ce précepte, né de mon conditionnement, me revenait sans cesse à l'esprit, mais je le repoussais, car c'était un mauvais conseil. Pour vivre une vie qui vaille la peine d'être vécue, il fallait que je parte d'ici.

Et à chaque fois que j'imaginais cet énorme couperet ou encore les plages glacées et désertes, je repensais à Mary Lou jetant cette pierre contre la cage du python. Et cette vision me réconforta tout au long de cette nuit froide et solitaire.

Au matin, je passai mon sac à dos et allai prendre mon petit déjeuner composé de protéines synthétiques et de pain bis, sans même qu'un robot semblât remarquer mon accoutrement.

Lorsque j'eus fini, je levai les yeux et aperçus Belasco qui se dirigeait vers la petite table où j'étais installé. Nous n'étions pas supposés parler pendant les repas, ce qui ne l'empêcha pas de me dire :

— Tiens, Bentley, mange ça sur le chemin de l'usine.

Et il me tendit son morceau de pain, un morceau bien plus gros que celui qui m'avait été servi. Un garde cria de l'autre bout de la salle : « Intrusion dans la Vie Privée », mais je n'y prêtai pas attention.

— Merci, fis-je. Puis j'avançai la main comme le font les gens dans les films. Au revoir, Belasco.

Il comprit mon geste et s'empara fermement de ma main en me regardant droit dans les yeux.

— Au revoir, Bentley, dit-il. Je crois que tu as raison de faire ce que tu fais.

J'acquiesçai d'un petit signe de tête, lui serrai la main avec force, puis je fis demi-tour et m'éloignai.

Lorsque je franchis le seuil de l'usine en compagnie des autres membres de l'équipe, le massicot fonctionnait déjà. Je m'arrêtai et laissai mes compagnons me dépasser. J'avais les yeux rivés sur la machine. Elle me parut énorme, terrifiante ; je sentis mon estomac se nouer et mes mains trembler.

La lame était très longue et très large. Elle était faite d'un acier dur, gris argenté et son fil incurvé était si affûté qu'elle ne faisait presque aucun bruit tandis qu'elle tranchait, tel le couperet d'une guillotine, une vingtaine de feuilles de plastique de polymérisation. Ces feuilles étaient amenées au massicot par un tapis roulant et elles étaient maintenues sur la table par un jeu de mains métalliques ; quand la pile était en place, la lame s'abattait d'une hauteur d'environ un mètre cinquante, tranchait les feuilles dans un chuintement, puis remontait aussitôt. L'acier étincelait dans la lumière et je pensais avec effroi au sort qui attendait mes poignets si la lame les effleurait seulement. Comment pourrais-je être sûr de les poser au bon endroit ? Et même si je réussissais avec un bras, il resterait encore l'autre. Non, c'était impossible. La force des images qui m'habitaient me fit vaciller. *Je vais perdre tout mon sang. Le sang jaillira comme une fontaine de mes poignets sectionnés…*

Je m'écriai alors à voix haute :

— Et après ? Je n'ai plus rien à perdre.

J'écartai les hommes qui prenaient place le long de la chaîne de montage et je m'avançai vers la machine. Le robot qui se tenait devant le massicot était le seul de l'atelier. Il avait les bras croisés sur son imposante poitrine et le regard vide. Je passai devant lui. Il tourna la tête dans ma direction, mais il n'eut pas d'autre réaction et il resta silencieux.

Le couperet tomba à une vitesse terrifiante en jetant des éclairs. Je restai cloué sur place, les yeux braqués sur la lame. Cette fois, j'entendis distinctement le bruit qu'elle fit en coupant la pile de feuilles. J'enfonçais mes mains dans mes poches pour les empêcher de trembler.

Je baissai le regard sur le tapis roulant où les mains automatiques s'emparaient des feuilles coupées pour les déposer sur un autre convoyeur en vue d'opérations ultérieures. Et c'est alors que j'aperçus quelque chose qui fit accélérer encore les battements de mon cœur : sur la table du massicot, à l'endroit où le fil du couperet, depuis des *jaunes* et des *bleus*, venait l'effleurer en fin de course, courait une mince entaille rectiligne. Je savais donc exactement à quel endroit la lame tombait.

Je réfléchis rapidement à la façon de procéder, puis, surmontant ma peur, je m'avançai d'un pas décidé.

J'attendis qu'une pile fût coupée, et, avant que les mains de métal n'eussent eu le temps de l'écarter, je m'emparai de quelques feuilles. Les doigts d'acier écartèrent ensuite le reste et un nouveau lot fut mis en place. Il allait s'écouler quelques secondes avant que le couperet ne s'abattît, et, sans lever la tête, sans penser à la lame, je jetai la pile par terre.

Du coin de l'œil, je vis le robot esquisser un geste. Il décroisa les bras. Je l'ignorai et disposai les feuilles de sorte que leur tranche vienne exactement coïncider avec la petite entaille de la table. Ensuite, je pris le crochet que j'avais fabriqué avec du fil de fer, le passai dans le bracelet encerclant mon poignet gauche et serrai le poing. Je levai alors la tête. La lame était suspendue au-dessus de moi, immobile. Le fil était plus mince et plus tranchant que celui d'un rasoir.

Je luttais pour ne pas trembler. Et ne pas penser. Je posai franchement mon poing sur la table, à environ deux centimètres en retrait de l'entaille et je tirai de toutes mes forces sur le crochet à l'aide de ma main droite appuyée sur la pile de feuilles. Je réussis à créer ainsi un espace de quelques millimètres entre le bracelet et la chair de mon poignet. Je rejetai la tête en arrière. Mon corps était figé dans une immobilité de pierre.

C'est alors que le robot me cria dans les oreilles . « Infraction ! Infraction ! » Je ne bougeai pas d'un pouce.

Et le couperet s'abattit à la vitesse de l'éclair, effleurant ma joue, tel l'ange de la destruction. Et je hurlai de douleur.

J'avais gardé les yeux fermés et je me contraignis à les rouvrir. Il n'y avait pas de sang ! Et devant moi, sur le tapis roulant, gisait un morceau du bracelet. Déjà les mains contrôlées par ordinateur s'en emparaient pour le déposer dans le bac à déchets. Le robot continuait à crier. Je tournai la tête vers lui et lui lançai : « Ta gueule, robot. »

Il me regardait fixement, sans bouger, les bras le long du corps.

J'examinai mon poignet gauche. Le bracelet, dont il manquait à présent un morceau, était bien enfoncé dans ma chair. Je réussis à le desserrer un tout petit peu avec ma main droite, sans prendre garde au robot qui m'observait toujours, et je fis jouer mon articulation. Ça me faisait mal, mais je n'avais rien de cassé. Je coinçai l'une des extrémités du bracelet contre le bord de la table du massicot et me servis du crochet pour tirer dessus ; et, petit à petit, le bracelet s'écarta. Je pus enfin libérer ma main. Le couperet s'abattit, me ratant d'un cheveu.

J'inspirai profondément, puis je fis passer le crochet sur le bracelet de mon poignet droit.

J'attendis l'arrivée d'un nouveau lot de feuilles, puis je procédai comme auparavant. Seulement, au moment où j'allais placer mon poing sur la table, une main se referma brutalement sur mon bras. C'était le robot.

Aussitôt, sans prendre le temps de réfléchir, je me baissai et lui assenai un coup de tête en pleine poitrine. Il lâcha prise, buta contre le tapis roulant en se pliant en deux. Je me reculai et lui expédiai mon pied dans le ventre. Je portais mes lourdes bottes de prison et j'avais mis dans ce coup toute la force que m'avait donnée une saison de travail dans les champs de Protéines 4. Le robot, sans émettre le moindre son, s'effondra lourdement sur le sol. Une fraction de seconde plus tard, il essayait déjà de se relever.

Je pivotai et levai les yeux. La lame venait de remonter dans l'attente d'une nouvelle pile. Des voix s'élevèrent derrière moi, puis le robot se remit à crier : « Infraction ! Infraction ! »

Sans me retourner, je posai ma main gauche sous le couperet, le corps tendu en arrière, m'efforçant de ne pas penser à ce qui arriverait si le robot venait saisir mon bras au moment où la lame s'abattrait.

L'attente sembla durer une éternité.

Puis tout arriva en même temps. L'éclair de l'acier, le souffle contre ma joue, le choc et la douleur. Et juste avant de hurler, j'entendis un claquement sec, comme le bruit d'une branche morte qui se brise.

J'ouvris les yeux et baissai la tête. Le bracelet était sectionné mais ma main formait un angle bizarre. Je compris instantanément ce qui s'était passé. J'avais le poignet cassé.

Et pourtant, je ne souffrais déjà plus. Mes oreilles tintaient au souvenir de la douleur que j'avais ressentie sur le coup, mais à présent, elle avait disparu.

Je pensai soudain au robot et je dirigeai mon regard vers l'endroit où il s'était écroulé.

Il était toujours allongé par terre. Larsen et le vieil homme aux cheveux blancs étaient assis sur lui tandis que Belasco était debout à côté, une grosse clé à molette dans une main et Biff, mon chat, dans l'autre.

J'en restai bouche bée.

—Eh, fit Belasco avec un grand sourire. Tu allais oublier ton chat.

Je me débarrassai du bracelet de mon poignet droit et le glissai dans ma poche. Puis je me dirigeai vers Belasco et pris Biff de mon bras valide.

— Attends, tu sais ce que c'est, une écharpe ? demanda Belasco.

Il ôta sa chemise, transférant la clef à molette d'une main à l'autre tout en continuant à surveiller le robot toujours immobile.

— Une écharpe ?

— Tu vas voir.

Il déchira sa chemise en deux, en noua le pan avec une manche et me mit cette espèce de collier autour du cou, juste au-dessus des courroies du sac à dos ; puis il me montra comment installer mon bras droit pour qu'il soit bien soutenu par l'étoffe. « Quand tu seras assez loin d'ici, dit-il, il faudra que tu trempes ton poignet dans la mer. Et que tu continues à le faire de temps en temps. (Il posa sa main sur mon épaule et pressa doucement.) Sacré fumier de veinard !

— Merci, fis-je. Merci beaucoup.

— Allez, tire-toi maintenant, Bentley. Et en vitesse, me dit Belasco.

Je suivis son conseil.

Après avoir couru et marché pendant plusieurs kilomètres vers le nord, l'océan sur ma droite, la douleur dans mon poignet devint très vive. Je m'arrêtai et déposai par terre Biff qui m'avait griffé, s'était accroché à moi et avait poussé des cris déchirants avant de finir par se calmer. Je m'allongeai au bord de l'eau, sur le dos, le souffle court, la poitrine comme prise dans un étau d'avoir tant couru et d'avoir vécu tant de choses, et je laissai pendre mon poignet blessé dans l'eau froide de l'hiver. Quelques vaguelettes vinrent me lécher le flanc et Biff se mit à miauler plaintivement. Je ne bougeai pas. La mer montait et le flot glacé menaça bientôt de me recouvrir. Je me levai enfin et m'éloignai. La douleur n'avait pas disparu, mais l'eau froide l'avait un peu engourdie. Ma peur non plus n'avait pas disparu, ma peur devant le voyage qui m'attendait. Et pourtant, en dépit de cette douleur, en dépit de cette peur, j'éprouvai un sentiment de jubilation. J'étais un homme libre.

Pour la première fois de ma vie, j'étais un homme libre.

Je m'approchai du bord, je pris un peu d'eau dans la paume de ma main gauche puis je la portai à ma bouche pour boire. Je recrachai aussitôt avec un haut-le-cœur. Je ne savais pas que l'eau de mer était imbuvable. Personne ne me l'avait jamais dit.

Quelque chose en moi céda brusquement et je me laissai tomber sur le sable, les lèvres sèches, donnant libre cours à ma souffrance. Je pleurai toutes les larmes de mon corps. C'en était trop. Plus que je n'en pouvais supporter.

Je restai allongé sur le sable froid et humide, cinglé par le vent glacial, le bras droit traversé d'une douleur lancinante et la gorge brûlée par le sel de la mer, sans savoir où j'allais pouvoir trouver de l'eau potable. Je ne savais même pas par où commencer à chercher, pas plus, à la vérité, que je ne savais comment je pourrais me procurer des clams ou toute autre nourriture lorsque j'aurais épuisé les provisions contenues dans mon sac à dos.

Je me relevai d'un bond. Mais j'avais quelque chose à boire ! Belasco m'avait donné trois cartons de protéines liquides.

Je pris le sac à dos et défis avec fébrilité les boutons que Larsen y avaient cousus, je saisis un carton puis je l'ouvris avec le plus grand soin. Je ne bus que quelques gorgées, en donnai un peu à Biff, puis rebouchai le trou avec mon mouchoir. Je retrouvai un peu d'optimisme. J'avais à boire pour quelques jours et je découvrirais bien de l'eau quelque part. Je me levai et repris ma marche vers le nord en compagnie de Biff qui ne s'éloignait jamais beaucoup de moi. Le sable, au bord de l'eau, était plat et dur et je pus avancer d'un bon pas, mon bras valide se balançant à mon côté.

Un peu plus tard, le soleil parvenait enfin à percer le rideau de nuages. Des bécasseaux apparurent sur la plage et des mouettes s'envolèrent, décrivant de larges cercles, tandis que l'odeur pénétrante et pure de l'air marin emplissait l'atmosphère. Mon bras était bien soutenu par l'écharpe et, encore qu'il me fît beaucoup souffrir quand je me laissais aller à y penser, je savais que c'était une douleur tout à fait supportable. Je m'étais senti nettement plus mal pendant mes premiers jours de prison ; j'y avais bien survécu, et, en vérité, j'en étais même devenu plus fort. Je survivrais à cette nouvelle épreuve.

Cette nuit-là, je dormis près d'une vieille souche à moitié enfouie dans le sable, là où un peu d'herbe pousse sur la plage. Je préparai un feu avec quelques morceaux de bois abandonnés par la mer et je l'allumai à l'aide de mon briquet de prison comme j'avais vu Belasco le faire en ce jour qui me paraissait maintenant si lointain. Je m'assis près du feu, adossé à la souche, Biff sur mes genoux, et je regardai le ciel s'assombrir et, une à une, s'allumer les étoiles. Ensuite, je m'allongeai sur le sable vêtu de mon pull bleu de prison, me couvris avec ma veste et m'endormis aussitôt.

Je me réveillai à l'aube. Le feu était éteint. J'avais froid et mes membres étaient raides ; mon poignet cassé m'élançait et l'autre me faisait également mal à l'endroit où le bracelet s'était enfoncé dans les chairs. Mais j'étais bien reposé après cette bonne nuit de sommeil, et je n'attachais pas trop d'importance à mes souffrances physiques. Et je n'étais pas inquiet.

Biff était lovée contre moi. Elle s'était réveillée en même temps que moi.

Et cette fois, je trouvai des clams pour le petit déjeuner ! Je n'avais pas de râteau comme ceux que j'avais vus dans le livre, et je me servis d'un long bâton pour fouiller le sable mouillé là où les bulles indiquaient la présence des petites bêtes. J'en ratai sept ou huit jusqu'à ce que je devienne assez rapide pour les attraper avant qu'elles n'aient eu le temps de s'enfouir plus profondément. Je réussis à en prendre quatre. Et des grosses !

Je crus un moment que je n'allais jamais pouvoir les ouvrir. Je sortis *Les joies du pique-nique sur la plage* de ma poche et étudiai les indications qu'on y donnait, mais elles ne m'étaient pas d'un grand secours. On parlait d'un couteau spécial utilisé « pour débusquer la petite bête de sa coquille ». Mais je n'avais pas de couteau. Il n'y avait en effet aucun instrument pointu ou tranchant à la prison. C'est alors qu'une idée me vint à l'esprit. Après m'être débarrassé du second bracelet, j'avais glissé les deux morceaux sectionnés dans ma poche. Ils y étaient toujours. Je pris le plus grand des deux et tandis que Biff observait la scène avec un intérêt mitigé, je me servis de l'extrémité coupante pour ouvrir mon premier clam. Il me fallut certes un bon bout de temps et je faillis plusieurs fois me couper, mais je réussis enfin !

Je mangeai le coquillage cru. Je n'avais encore jamais rien goûté de comparable. C'était délicieux. Et il y avait à boire, aussi ; chaque clam contenait une bonne dose de liquide potable.

Ce jour-là, je franchis de nombreux kilomètres, craignant encore un peu d'être poursuivi. Mais je ne vis rien qui pût laisser croire qu'on me recherchait. Il n'y avait par ailleurs aucune trace d'habitation humaine. Il faisait froid, et dans l'après-midi un peu de neige se mit à tomber. Mes vêtements de prison étaient suffisamment chauds et je ne m'inquiétais pas trop. Je déjeunai de clams et d'une moitié de barre de soja, puis je bus quelques gorgées de protéines liquides. Biff se mit aux clams sans problème, les extirpant de leur coquille à coups de langue et de dents avec beaucoup d'enthousiasme. Je devins, moi, très habile dans l'art de les dénicher et de les ouvrir.

De temps en temps, je faisais une incursion à l'intérieur des terres dans l'espoir de trouver de l'eau fraîche, un lac, une rivière ou un canal d'irrigation. Mais sans résultat. Je savais qu'il me faudrait bientôt autre chose que des clams et des protéines liquides.

Et les jours se succédèrent ainsi, des jours et des jours, de sorte que j'en perdis le compte. Mon poignet guérissait petit à petit, et un soir, je décidai de tenter une expérience. Sous une avancée rocheuse, à quelques pas de la plage, je venais d'apercevoir une masse de glace et de neige gelée. J'avais emporté dans mon sac à dos un bol métallique dans lequel je pensais faire cuire mes repas.

Utilisant un morceau de mon bracelet, je fis tomber un peu de glace dans le bol, puis j'allumai un petit feu que je laissai flamber avant de poser le récipient sur les braises rougeoyantes. La glace commença à fondre. J'avais trouvé de l'eau ! Je bus, sans oublier de donner quelques gouttes à Biff. J'ajoutai du bois dans le feu, puis je remis de la glace dans le bol et pendant qu'elle fondait, j'allai chercher une poignée de clams dans le sable mouillé. Je plongeai alors les coquillages dans l'eau bouillante et, quelques minutes plus tard, je dégustais de délicieux clams bien cuits et tout chauds. J'en tirai un regain de confiance en l'avenir.

Je vécus ainsi pendant un mois, essayant de m'abriter du mieux possible pour dormir et grignotant avec parcimonie les provisions que Belasco m'avait données ; mais elles finirent par s'épuiser et durant des jours et des jours, je ne sais combien car je ne tenais pas régulièrement ce journal, je me nourris exclusivement de clams jusqu'à ce que je découvre sur la plage un poisson gelé que je fis cuire. Il ne me dura malheureusement que deux jours.

Biff attrapait souvent des petits oiseaux et je réussis une fois à lui en arracher un, mais depuis, elle a pris l'habitude d'aller chasser très loin de moi. J'aurais bien aimé en faire un chat de chasse, mais je n'avais pas la moindre idée de la façon de procéder.

Je n'ignorais pas que l'océan regorgeait de poissons, de crustacés et autres animaux comestibles, mais je ne savais pas comment les capturer. Dans *Les joies du pique-nique* on parlait aussi de baies, de racines et de pommes de terre, mais je ne trouvai rien de la sorte. Je continuai à faire des incursions régulières à l'intérieur des terres à la recherche d'eau ou de champs comme ceux de la prison, mais je ne vis que des herbes brûlées et des étendues désertiques. Rien n'indiquait que le sol eût été un jour cultivé et il n'y avait nulle trace de vie. Je me demandais si l'Incident de Denver avait, à l'époque, « stérilisé » la terre, comme l'affirmaient mes livres d'histoire, ou bien s'il s'agissait des conséquences d'une guerre intervenue plus tard, après la mort de la chose écrite, et dont il n'était fait nulle part mention. L'histoire était morte avec l'écriture.

Vers la fin, j'ai bien dû passer une vingtaine de jours, ou plus, à me nourrir uniquement de clams, que parfois j'avais même beaucoup de mal à trouver. Je me réveillais le matin avec un goût métallique dans la bouche et des crampes à l'estomac, et je m'apercevais que je ne pouvais pas marcher longtemps sans m'allonger dans le sable pour me reposer. Ma peau était toute desséchée et elle me grattait. Je savais que j'avais besoin d'autres aliments, mais je n'avais que ces coquillages. J'essayais bien d'approcher en rampant de mouettes qui dormaient ou se reposaient, mais je ne réussis jamais à m'avancer suffisamment près. Un jour, dans un champ d'herbes jaunies, j'aperçus un serpent et je tentai de l'attraper, mais il s'enfuit en ondulant à une allure trop rapide pour mes jambes flageolantes. Épuisé, je m'effondrai dans l'herbe ; le serpent aurait fait un bon ragoût de viande. Il m'arrivait de voir des lapins, mais ils étaient bien trop vifs pour moi.

Je commençais à être malade. Mon poignet, lui, était guéri, encore qu'il fût resté raide et légèrement tordu et me fît un peu mal quand je soulevais Biff de ma main droite, mais j'avais maintenant de violents maux de tête et j'avais toujours terriblement soif. Je devais m'arrêter souvent pour faire fondre de la glace et la boire, mais il m'arrivait parfois de la vomir aussitôt. Un soir, je rendis tout mon dîner et je me sentis trop faible pour préparer quoi que ce soit d'autre. Je m'endormis, le visage enfoui dans le sable à côté des restes du feu, sans même penser à me protéger des intempéries.

Lorsque je me réveillai, je grelottais et j'avais la figure en nage. J'étais recouvert d'un léger manteau de neige. Le ciel était noir et le sable, autour de moi, était gelé. Toutes mes articulations me faisaient mal.

J'essayai de me lever, mais je tenais à peine debout. Finalement, je réussis à m'asseoir et je tâchai de repérer du bois pour faire un feu. Mais je n'en vis pas. J'avais tout ramassé le soir précédent. J'avais désespérément besoin de chaleur.

Biff se frotta à ma hanche, gémissant doucement.

Dans un Dortoir, ou en prison, un robot m'aurait donné une pilule et tout serait rentré dans l'ordre. De toute façon, je n'avais pas de pilules sur moi.

Je suis bien resté ainsi plus d'une heure à attendre que le ciel s'éclaircisse et qu'il fasse un peu moins froid. Mais en vain. Le ciel était toujours aussi sombre et un vent glacial se leva, me projetant la neige au visage, me cinglant les joues et m'aveuglant.

Je savais que si je ne bougeais pas ou que si je m'allongeais, la situation ne pourrait qu'empirer. Je pensais sans cesse à ces vers d'un poème de T.S. Eliot :

Ma vie est légère qui attend le vent de la mort
Comme une plume sur le dos de ma main.

Je les dis à voix haute, dans le vent, aussi fort que je le pouvais. Et je sus que si je ne réussissais pas à me lever, je mourrais sans doute et que les mouettes viendraient arracher les lambeaux de ma chair amaigrie et que, enfin, mes os rouleraient dans les vents et les eaux de cette plage. Je ne voulais pas finir ainsi.

Je me remis sur pied, péniblement, puis je retombai, un genou à terre. « Debout ! » m'exhortai-je tout haut, et je me relevai. Je chancelai quelques instants. Ma tête ballottait, trop faible pour tenir droite. La douleur et le vertige étaient insupportables. Je réussis à redresser la tête et je fis quelques pas en avant. Les vagues, parfois, me frappaient jusqu'aux genoux, mais je parvenais à leur échapper en titubant.

Je finis par trouver un peu de bois, et, pris de tremblements convulsifs, je parvins néanmoins à allumer un feu. Je conservai juste un long bâton pour me servir de canne.

Mon sac à dos ne contenait plus que le bol métallique. Je parvins à faire glisser la toile de son armature puis j'enlevai ma veste et mon pull, et, transi de froid, je boutonnai le tissu autour de ma poitrine, presque comme un gilet. Ensuite, je repassai le pull et la veste, et, après m'être réchauffé près du feu, je me sentis un peu mieux protégé qu'auparavant. Une écharpe et un bonnet m'auraient été très utiles, mais j'avais maintenant une barbe qui me tenait relativement chaud à la figure et au cou. J'aurais pu tuer Biff, la manger et faire une toque avec sa fourrure, mais je ne voulais pas tuer mon chat. J'étais un homme différent de celui que ma formation m'avait destiné à être. Je ne demandais plus à être seul, prisonnier de mon intimité, ni même indépendant. J'avais besoin de Biff. L'indépendance n'était pas seulement liée aux drogues et au silence.

J'attachai le bol à l'armature avec un fil de fer, puis je la passai à nouveau sur mes épaules, pris ma canne de fortune et, la tête me tournant, encore fiévreux, mais plus fort à présent, je repris ma marche vers le nord le long de la plage déserte.

Il continuait à neiger et tandis que le jour avançait, j'avais de plus en plus froid. Je m'arrêtai deux fois pour tenter d'allumer un feu mais le bois était trop humide pour prendre, et le vent soufflait presque toujours la flamme de mon petit briquet. Quand j'avais soif, je n'avais d'autre solution que d'avaler des poignées de neige. La plage était si profondément gelée que je ne pouvais y creuser pour chercher des clams. Je continuai à progresser, lentement, et j'essayais de lutter contre mon inquiétude grandissante.

Vers le soir, au détour d'une large baie, j'aperçus devant moi, dressé sur un promontoire, imposant, un vieux bâtiment avec des lumières aux fenêtres. La neige tombait plus drue encore. L'espoir de trouver un abri, et de la chaleur, me redonna quelque énergie et je me précipitai en titubant vers le bas de la falaise. Mais l'espoir, aussitôt, fit place à un profond découragement. Il n'y avait pas de marches pour accéder au bâtiment ; seuls quelques rochers étaient empilés tout autour pour servir de rempart contre les vagues.

Je restai un moment à m'interroger, désespéré, jusqu'à ce que je comprenne qu'il fallait absolument que je grimpe là-haut. Je ne pouvais pas courir le risque de dormir sur la plage et de me réveiller trop faible et trop fiévreux pour pouvoir même me redresser.

Je commençai à monter, escaladant un rocher, me reposant, me traînant jusqu'au suivant. Biff, qui prenait ça pour un jeu, passait avec facilité d'un rocher à l'autre, descendant et remontant, tandis que mon poignet droit me faisait de plus en plus mal, que ma gorge sèche réclamait de l'eau et que je m'écorchais les mains et les genoux aux aspérités de la pierre. Ça devait être terriblement douloureux, mais je ne pensais pas à la douleur. Je continuai à m'agripper aveuglément, me hissant sur ces rochers car je savais que la neige qui recouvrait la plage pourrait bien être mon linceul.

Et je réussis à atteindre le sommet. Je restai là, allongé, le souffle rauque, tandis que Biff venait se blottir contre moi. Je lui caressai la tête. La paume de ma main saignait un peu et il y avait une longue déchirure sur la manche de ma veste, mais rien de grave.

Je ne m'étais pas encombré de mon bâton pour effectuer cette escalade, aussi je dus ramper jusqu'à la porte du bâtiment qui, Dieu merci, n'était pas verrouillée. Je poussai le battant et je m'écroulai dans la lumière et la chaleur.

Je restai un long moment assis sur le sol, le dos appuyé à la porte, me tenant la tête entre les mains. J'étais pris de vertiges. J'étais malade. Mais il faisait bon.

Quand mes vertiges se furent calmés, je levai les yeux et regardai autour de moi.

J'étais dans une grande salle, violemment éclairée, très haute de plafond, dans laquelle il y avait de lourdes machines grises, un long tapis roulant et des robots, qui me tournaient le dos et surveillaient les machines. Il y avait très peu de bruit.

Revigoré par la chaleur, je me mis à explorer la salle à la recherche d'eau. J'en trouvai presque aussitôt. L'une des machines était une sorte de perceuse dont la mèche était refroidie par une projection d'embruns et l'eau s'écoulait ensuite par une petite gouttière installée devant le tapis roulant qui rejoignait une canalisation creusée dans le sol.

Le robot attaché à la machine m'ignora et je fis de même. Je m'agenouillai près du convoyeur, tendis les mains sous la gouttière et recueillis l'eau dans mes paumes. Je la bus. Elle était tiède et légèrement grasse, mais tout à fait potable.

Après avoir bu à satiété et pendant que Biff léchait les petites flaques autour de la canalisation, je me lavai les mains et la figure de mon mieux. L'huile contenue dans l'eau sembla calmer un peu mes écorchures.

Ensuite, je me relevai et, me sentant presque d'aplomb, je regardai plus attentivement autour de moi.

Je me rendis compte qu'il y avait en fait trois tapis roulants qui longeaient chacun les trois murs de la salle. Je reconnus aussitôt les petits appareils qui avançaient sur les convoyeurs. C'était des grille-pain. J'en avais déjà utilisé lorsque, petit garçon, j'étais de corvée de cuisine dans le dortoir, mais depuis cette époque, je n'en avais jamais revu. Ils étaient façonnés et montés par des machines automatiques au fur et à mesure qu'ils progressaient sur la chaîne ; certaines de ces machines se contentaient d'ajouter une pièce et de la souder au passage ; et chacune d'elles était surveillée par un robot Classe 2, sorte d'androïde placide qui restait planté à côté et la regardait fonctionner. Au début de la chaîne, des feuilles d'acier jaillissaient entre deux énormes rouleaux tandis qu'à la fin on trouvait les grille-pain achevés, prêts à être expédiés. Ils étaient produits à une cadence très rapide dans cette immense salle violemment éclairée. Le métal était mis en forme et embouti par une énorme presse, presque sans le moindre bruit, alors que d'autres fabriquaient des pièces détachées et les greffaient à la structure de base. Et pendant que j'observais ce processus, enfin réchauffé, mais à moitié mort de faim, je me demandais ce que devenaient ensuite ces grille-pain et pour quelle raison je n'en avais pas vu le moindre depuis trente ans. Quand je voulais des toasts, je piquais toujours une fourchette dans une tranche de pain pour la tenir au-dessus d'une flamme. Et je crois que tout le monde faisait de même.

C'est en me dirigeant vers le bout de la chaîne que j'eus l'explication de ce qui se passait. Un robot Classe 3 vêtu d'un uniforme gris pâle se tenait là qui, au contraire des autres, était plutôt adroit dans ses mouvements. Il prenait chaque grille-pain qui passait devant lui, abaissait l'interrupteur situé sur le côté, juste au-dessous de la petite pile nucléaire, et comme rien ne se produisait, comme aucun des éléments chauffants ne rougissait, il écartait l'appareil et le jetait dans un large bac monté sur roues.

Et comme les autres robots, il ignora totalement ma présence. Je restai là, encore un peu étourdi par la chaleur qui régnait dans la salle, à le regarder pendant un temps qui me parut assez long. Il saisissait chaque grille-pain qui sortait de la chaîne de fabrication, faisait fonctionner l'interrupteur, regardait à l'intérieur, constatait qu'il ne marchait pas puis le laissait tomber dans le casier à côté de lui.

Ce robot avait un visage tout rond et des yeux légèrement proéminents ; il ressemblait un peu à Peter Lorre, mais avec l'intelligence en moins. Le casier, bientôt, fut rempli de grille-pain flambant neufs et le Classe 3, d'une voix grave et mécanique, cria : « Recyclage ! » puis il avança la main sous le convoyeur et abaissa une manette.

La chaîne s'arrêta et tous les robots, dans leurs uniformes gris, se mirent au garde-à-vous. Ils semblaient tous avoir des visages à la Peter Lorre.

Le bac plein de grille-pain mis au rebut s'ébranla et je dus m'écarter précipitamment pour ne pas me trouver sur son chemin. Il roula assez vite jusqu'au fond de la salle, vers le début de la chaîne et s'arrêta devant une petite porte. Celle-ci s'ouvrit, un robot sortit et commença à retirer les grille-pain du casier, les emportant entre ses bras avec maladresse. Il les transporta dans une pièce située juste derrière et je le vis les disposer dans une benne qui alimentait une machine que je connaissais pour avoir vu la même à la prison. C'était une machine qui transformait l'acier de récupération en acier neuf. Les grille-pain redevenaient feuilles d'acier.

L'usine fonctionnait en circuit fermé. Rien n'y entrait et rien n'en sortait. Elle aurait pu ainsi faire et défaire des grille-pain pendant des siècles. Et s'il existait dans les environs une station de réparation de robots, les Classe 2 ou 3 qui présidaient à la fabrication auraient pu durer presque éternellement. Et, apparemment, ils n'avaient pas besoin d'autre matière première.

Je passai le reste de la nuit blotti contre le mur et je dormis du mieux possible. Lorsque je me réveillai, la lumière du jour filtrait par les fenêtres, et les lampes avaient d'elles-mêmes diminué d'intensité. Les grille-pain, dans les teintes grises du matin, continuaient à avancer le long de la chaîne et les robots se tenaient aux mêmes places que le soir précédent. J'étais tout ankylosé et affamé.

C'était agréable d'être au chaud et je décidai de passer ici le reste de l'hiver, à condition toutefois que je trouve de la nourriture. Et j'en trouvai. Les robots étaient d'un type très primitif, un peu comme ceux représentés dans le *Guide d'Audel.* Ils avaient été fabriqués par clonage sélectif à partir de tissus vivants et ils avaient par conséquent besoin de manger. Peu après mon réveil, la chaîne s'arrêta automatiquement et tous les robots s'amassèrent comme des moutons devant une porte à côté de la salle de recyclage et le robot inspecteur, celui du bout de la chaîne, ouvrit la porte. À l'intérieur, il y avait un grand placard muni de trois étagères, sur deux d'entre elles étaient empilés des cartons à peine plus grands que des paquets de cigarettes, et sur la troisième, il y avait des boîtes de liquide.

Tenaillé par la faim, j'entrai avec les robots et je me vis remettre un carton de nourriture et une boîte de boisson.

La nourriture était une sorte de soja insipide, quant à la boisson, elle était terriblement sucrée, ce qui ne m'empêcha pas de l'avaler d'un trait. Ensuite, avec un peu d'appréhension, j'allai ouvrir le placard et m'emparai d'une dizaine de cartons et de quatre boîtes. Aucun des robots n'y prêta la moindre attention. Je poussai un énorme soupir de soulagement. Je ne mourrais donc pas de faim.

Je découvris plus tard, sous le convoyeur du mur du fond, une grosse pile de cartons d'expédition inutilisés. J'en pris quatre, les étalai sur le sol à l'endroit où j'avais dormi la nuit passée, et ils me firent un lit plutôt confortable, bien plus confortable, en tout cas, que les plages gelées.

J'avais donc tout ce qu'il me fallait et je ne cessais de me répéter : « C'est ma maison pour l'hiver. » Mais je n'y croyais pas, car, même malade comme je l'étais, cette usine n'avait rien d'une maison pour moi. C'était l'endroit le plus horrible dans lequel j'avais jamais dormi, avec cette stupide parodie de productivité et cette dérisoire perte de temps et d'énergie que constituait la fabrication et la destruction de grille-pain à pile. Et ces robots plus abrutis encore que les primaires dans leurs uniformes gris, qui se traînaient comme des loques, sans véritable occupation, caricatures d'humanité. Pendant les cinq jours que je passai ici, je ne vis aucun robot faire quoi que ce soit, à l'exception de l'inspecteur qui, lui, se bornait à jeter les grille-pain dans un casier et à crier environ toutes les heures : « Recyclage ! » sans oublier, il est vrai, qu'il remettait aux autres leurs deux rations quotidiennes.

La neige cessa de tomber au bout de deux jours, et le lendemain, le temps se réchauffa. Je mis dans mon sac à dos que j'avais reconstitué autant de provisions que je pouvais en emporter. C'était un endroit où il faisait bon, où j'étais en sécurité et où il y avait nourriture et boisson à profusion, mais ce n'était pas une maison, pas un foyer, pour moi.

Après avoir chargé mon sac à dos de cinquante barres de soja et de trente-cinq boîtes de liquide, et avant de partir, j'inspectai avec soin les différentes machines tout au long de la chaîne de production et étudiai leurs fonctions respectives. Elles étaient toutes faites de métal gris et chacune accomplissait une tâche bien définie. Il y en avait une qui emboutissait les feuilles de métal pour former la coque du grille-pain, une autre qui installait un élément de chauffage à l'intérieur, une troisième qui posait la pile, et ainsi de suite. Les robots qui se tenaient devant ces machines et qui étaient censés les surveiller, ne firent nullement attention à moi.

Je découvris enfin ce que je cherchais. C'était une machine un peu plus petite que les autres, alimentée par un bac contenant de minuscules bagues métalliques par paquets d'une centaine. Normalement les éléments auraient dû tomber d'un étroit entonnoir pour être saisis par des doigts de métal et être adaptés aux appareils qui passaient, mais une bague s'était coincée en travers, empêchant les autres de descendre. Je restai un moment à contempler les mains qui se refermaient sur le vide et à penser à tout ce gaspillage entraîné par cette petite pièce. Je me rappelais que lorsque le grille-pain de mon Dortoir était tombé en panne, nous n'avions plus jamais eu de vrai pain grillé.

Je tendis le bras et secouai le bac jusqu'à ce que la pièce tombât.

La main métallique s'en saisit et la plaça dans le grille-pain suivant, juste en dessous de l'interrupteur, puis un mince rayon laser jaillit une fraction de seconde pour effectuer la soudure.

Quelques instants plus tard, au bout de la chaîne, le robot inspecteur abaissa l'interrupteur du grille-pain et ses éléments, aussitôt, rougeoyèrent. Il ne marqua pas la moindre surprise et se contenta de relever l'interrupteur, de placer le grille-pain dans un carton vide et de répéter les mêmes gestes avec le suivant.

Je le regardai remplir un carton de vingt grille-pain prêts à fonctionner. Je n'avais aucune idée du mode d'expédition utilisé, ni de la destination des appareils mais j'étais content de ce que je venais de faire.

J'enfilai mon sac à dos, pris Biff et partis.

MARY LOU

La nuit dernière, je n'ai pas dormi. Je suis restée allongée pendant plus d'une heure à penser à la solitude qui règne dans les rues où plus personne ne semble se parler. Paul m'avait un jour montré un film, *The Lost Chord*, dans lequel il y avait une longue scène, appelée « pique-nique », où une dizaine de personnes assises, dehors, autour d'une grande table, mangeaient des épis de maïs et des pastèques et se parlaient entre eux, avec naturel. Et ils parlaient tous. Sur le moment, installée à côté de Paul sur son lit-bureau dans cette chambre au luxe tapageur du sous-sol de la bibliothèque, je n'y avais pas prêté beaucoup d'attention, mais depuis, cette image s'est en quelque sorte incrustée dans mon esprit pour resurgir de temps à autre. Je n'avais rien vu de comparable dans la réalité, des gens qui mangent et se parlent, le visage animé par la conversation, installés dehors où le vent agite doucement les chemises et les robes, et fait onduler les chevelures des femmes, tandis qu'ils ont devant eux une nourriture saine et abondante, et qu'ils mangent et se parlent comme s'il n'y avait rien de plus important dans l'existence.

C'était un film muet en noir et blanc, et à cette époque, comme je ne pouvais pas dire les mots qui s'inscrivaient sur l'écran, je n'avais pas la moindre idée de ce qui se disait, mais peu importait. Étendue sur mon lit, je brûlais à présent du désir de participer à cette conversation, d'être assise à cette table de bois et de manger des épis de maïs en discutant avec tous ces gens.

Je finis par me lever et j'allai dans le living où Bob était installé dans le fauteuil, les yeux fixés au plafond. Il m'adressa un petit signe de tête tandis que je me laissai retomber sur la chaise près de la fenêtre, mais il ne dit rien.

Je m'étirai et bâillai, puis je demandai :

— Que sont devenues les conversations ? Pourquoi les gens ne se parlent-ils plus, Bob ?

Il tourna son regard vers moi :

— Oui, c'est vrai, fit-il comme s'il avait lui-même été plongé dans les mêmes pensées. Peu de temps après ma fabrication, à Cleveland, les gens parlaient beaucoup plus que maintenant. Dans les usines d'automobiles, il y avait encore quelques humains qui travaillaient avec les robots et ils se réunissaient, par groupe de cinq ou six, et ils discutaient. Je les revois encore.

— Mais alors, que s'est-il passé ? Je n'ai jamais vu de groupes de gens se parler. Parfois des conversations à deux, et encore, tellement rarement.

— Je ne sais pas, fit Bob. Le perfectionnement des drogues y est sans doute pour beaucoup. De même que l'Introversion. Et je suppose que les règles d'Intimité et de Respect de la Vie Privée n'ont fait qu'accélérer le processus. (Il me contempla d'un air pensif. Bob, parfois, était plus humain que tous les humains que j'avais connus, à l'exception peut-être de Simon.) L'Intimité, la Vie Privé et l'Obligation de Politesse ont été inventées par l'un de mes compagnons Classe 9. Il pensait que c'était tout ce que les hommes désiraient du moment qu'ils avaient les drogues. Et le taux de criminalité est pratiquement tombé à zéro. Avant, les gens commettaient beaucoup de crimes. Ils volaient et se mutilaient les uns les autres.

— Je sais, fis-je, osant à peine y penser. J'ai vu à la télévision…

— Quand on m'a insufflé la vie, si on peut appeler ça une vie, un Classe 7 du nom de Thomas m'a enseigné les mathématiques. J'aimais beaucoup parler avec lui. Et j'aime beaucoup parler avec toi.

Il prononça cette dernière phrase les yeux tournés vers la fenêtre, le regard fixé sur les ténèbres d'une nuit sans lune.

— Je comprends, dis-je. Moi aussi, j'aime bien parler avec toi. Mais que s'est-il donc passé ? Pourquoi n'y a-t-il plus de conversations, ni de lecture, ni d'écriture ?

Il resta un long moment silencieux, puis il se passa la main dans les cheveux et commença à parler, d'une voix très basse :

— Quand j'apprenais la Gestion Industrielle, on me montrait des films traitant de tous les aspects du Monopole de l'Automobile. J'étais formé pour devenir un dirigeant, comme les autres Classe 9, et j'avais accès à tous les films, toutes les bandes et tous les enregistrements provenant des dossiers de General Motors, de Ford, de Chrysler et de Sikorsky. L'un de ces films montrait des images d'une immense voiture argentée qui lentement, doucement, comme une apparition ou comme un rêve, roulait sur une autoroute déserte. C'était une vieille voiture à essence, datant d'avant la Mort du Pétrole, bien avant l'Âge de la Pile Nucléaire.

— La Mort du Pétrole ?

— Oui. L'époque où l'essence étant devenue plus chère que le whisky, la plupart des gens ne sortaient plus de chez eux. C'est ce qu'on a appelé la Mort du Pétrole. Ça s'est passé au cours de ce qu'on nommait le XXIe siècle. Ensuite, il y a eu les Guerres de l'Énergie. Puis est venu le temps de Solange. Solange était le premier des Classe 9 et il avait été exclusivement programmé, au contraire de moi, pour donner à l'humanité ce qu'elle désirait. Solange a inventé la Pile Nucléaire. La Fusion Contrôlée : sûre, propre et illimitée. Il apprit à la maîtriser pour faire fonctionner son propre corps et ensuite, nous avons tous été construits pour marcher à l'énergie nucléaire. Une seule pile me dure neuf *bleus*.

— Est-ce que Solange était Noir ? demandai-je.

— Non. Il était Blanc. Un vrai Blanc aux yeux bleus.

Je me levai pour me faire du café.

— Et toi, pourquoi es-tu Noir ?

Il ne répondit pas avant que j'eusse commencé à verser l'eau bouillante sur le café en poudre.

— Je n'ai jamais su pourquoi, fit-il. Je crois que je suis le seul robot noir qu'on ait jamais fabriqué.

Je pris mon café et retournai m'asseoir.

— Et ce film ? demandai-je. Celui avec la voiture ?

— Il n'y avait qu'une seule personne à l'intérieur. Un homme en chemise de sport bleu pastel et en pantalon de polyester gris. Il roulait toutes vitres fermées, contrôleurs de vitesse et de destination enclenchés, air conditionné branché et stéréo à fond. Il avait des mains douces et blanches et il tenait négligemment le volant. Quant à son visage — oh, son visage ! —, il était aussi inexpressif, aussi vide que celui d'un mannequin.

Je n'étais pas très sûre de ce qu'il cherchait à exprimer.

— Quand j'étais petite, fis-je, et que je venais tout juste de m'enfuir du Dortoir, j'étais très impatiente, très nerveuse, et je ne savais pas quoi faire de moi. Simon me disait alors : « Essaye de rester calme et laisse les choses se faire. » Et je m'efforçais de suivre son conseil. Comme le type dans la voiture, je suppose ?

— Oh, non, fit Spofforth. (Il se leva et s'étira comme n'importe quel homme le ferait.) Au contraire. Rien ne se faisait. Rien n'arrivait. Il était censé être devenu « libre », mais il ne se passait rien. Jamais. Personne ne connaissait son identité, mais on le surnommait Daniel Boone, le dernier aventurier. Le film avait une bande son, et une voix masculine, grave, autoritaire, déclarait : « Soyez libres, soyez vivants, et laissez votre esprit s'élancer sur la Route de la Liberté. » Et il roulait le long de cette route déserte, à soixante-dix miles à l'heure, isolé de l'atmosphère extérieure, isolé autant que possible des bruits de son propre véhicule qui avançait, doucement, régulièrement sur cette chaussée vide. L'Individualiste Américain. La Liberté. Le Pionnier. Avec un visage humain indifférenciable de celui d'un robot primaire. Et chez lui, ou dans son motel, il avait la télévision pour tenir le monde extérieur à l'écart. Et des pilules dans sa poche. Et la stéréo. Et les photos dans les magazines avec sexe et nourriture plus attrayants qu'ils ne l'étaient en réalité.

Bob arpentait le plancher, pieds nus.

— Assieds-toi, Bob, fis-je. (Puis je repris :) Comment tout ça a-t-il commencé ? Les voitures... le contrôle de l'environnement ?

Bob s'installa dans le fauteuil, sortit un joint de sa poche et l'alluma.

— Les voitures rapportaient beaucoup d'argent à ceux qui les fabriquaient comme à ceux qui les vendaient. Et quand la télévision arriva sur le marché, ce devint la plus énorme source de profits jamais conçue. Et surtout, il existait quelque chose de très profond chez l'homme qui l'attirait vers les voitures, les postes de télé et les drogues. Et quand les drogues et la télévision furent améliorées par les ordinateurs qui les construisaient et les distribuaient, les voitures ne furent plus nécessaires. Et comme personne n'avait trouvé le moyen de concevoir une voiture individuelle parfaitement sûre, on décida purement et simplement de les supprimer.

— Et qui a pris cette décision ? demandai-je.

— C'est moi. Solange et moi, en fait. Ce fut d'ailleurs la dernière fois que je le vis. Il s'est jeté du haut d'un immeuble.

— Mon Dieu ! fis-je, puis je continuai : Quand j'étais petite, il n'y avait pas de voitures, mais Simon, lui, s'en souvenait encore. C'est donc à ce moment-là qu'on a inventé les *psi-bus* ?

— Non. Les *psi-bus* étaient en circulation depuis le XXIIe siècle. En réalité au XXe siècle, il y avait déjà des bus mais qui étaient conduits par des hommes. Ainsi d'ailleurs que des trams et des trains. Dès le début du XXe siècle, la plupart des grandes villes d'Amérique du Nord étaient sillonnées par des tramways.

— Que sont-ils devenus ?

— Les trusts automobiles et les trusts pétroliers s'en sont débarrassés. Ils ont distribué des pots-de-vin aux élus municipaux pour qu'ils arrachent les rails des tramways, et ils ont acheté de l'espace publicitaire dans les journaux pour convaincre les citoyens que c'était une évolution inévitable. Ils ont donc vendu plus de voitures et une plus grande quantité de pétrole a été transformé en essence pour être brûlée dans ces voitures. Et tout ça afin que les trusts puissent renforcer leur monopole et qu'un nombre très limité de gens puissent devenir incroyablement riches, posséder des armées de domestiques et habiter de superbes hôtels particuliers. Ces événements ont plus contribué à changer la face de l'humanité que l'invention de l'imprimerie. Ainsi se sont créées les banlieues et nombre d'autres dépendances, sexuelles, économiques et psychotiques, à l'égard de l'automobile. Et l'automobile ne faisait qu'ouvrir la voie à des dépendances plus profondes, plus intériorisées, à l'égard de la télévision, puis des robots et enfin, la plus logique et la plus intime des dépendances : la perfection de la chimie de l'esprit. Les drogues que tes semblables ingurgitent portent le nom de produits du XXe siècle, mais en réalité elles sont beaucoup plus puissantes, beaucoup plus efficaces, et elles sont fabriquées et distribuées par des équipements automatiques partout où se trouvent des êtres humains. (Il me dévisagea un instant.) Je suppose que tout a commencé quand l'homme a appris à faire un feu pour chauffer les cavernes et pour en éloigner les prédateurs. Et que tout s'est terminé avec le Valium Efface-Temps.

Je le regardai un long moment, puis je dis :

— Je ne prends pas de Valium.

— Je sais, fit-il. C'est pour ça que je t'ai enlevée à Paul. Pour ça et pour le bébé que tu vas avoir.

— Pour le bébé, je peux encore comprendre. Tu veux jouer au papa et à la maman. Mais je ne savais pas que les drogues, ou plutôt le fait que je n'en prenne pas, avaient eu quelque chose à voir.

Il secoua la tête comme pour me réprimander.

— Allons, c'est évident, fit-il. Je voulais une femme avec laquelle je puisse parler. Une femme dont je pourrais tomber amoureux.

J'écarquillai les yeux.

— Tomber amoureux ?

— Bien sûr. Et pourquoi pas ?

J'allais ouvrir la bouche pour répondre, mais je me ravisai. Après tout, qu'est-ce qui l'empêchait de tomber amoureux si tel était son plaisir ?

— Et tu es tombé amoureux ? demandai-je.

Il me dévisagea quelques instants, puis il écrasa son joint dans le cendrier.

— Oui, répondit-il. Malheureusement.

Tomber amoureux. Le caractère étrange de cette expression désuète me donna longtemps à penser, ici, au milieu de la nuit, dans ce living, assise à côté d'un robot. Il y avait quelque chose de frappant dans ces mots. Et je réalisai soudain que c'était la première fois que je les entendais prononcer ; c'étaient des mots de films muets, des mots de livres, mais pas des mots venus de la vie telle que je la connaissais. J'avais entendu Simon déclarer un jour : « L'amour est une fumisterie » et je ne me rappelle pas l'avoir entendu utiliser ce terme dans un autre contexte. Et le mot « amour » n'appartenait même pas au vocabulaire des Dortoirs où on nous enseignait : « Sexe vite fait, sexe bien fait », et rien d'autre. Et voilà que ce robot avec son visage jeune et triste, avec sa longue, très longue histoire, me disait de sa voix grave et douce, qu'il était *tombé amoureux* de moi.

Mon café était en train de refroidir. J'en bus quelques gorgées, puis je demandai à Bob :

— Qu'est-ce que tu entends par *tomber amoureux* ? Qu'est-ce que c'est l'amour ?

Il mit très longtemps avant de répondre.

— Des contractions dans l'estomac. Des serrements de cœur. Vouloir que tu sois heureuse. Être obsédé par toi, par la façon dont tu redresses le menton, par la façon dont tes yeux se posent parfois sur moi avec intensité, par la façon dont tes mains tiennent cette tasse de café. Et c'est aussi t'écouter ronfler la nuit pendant que je reste assis dans ce fauteuil.

J'étais profondément choquée. C'étaient des mots qui ressemblaient à certains que j'avais pu lire, parfois, et que j'avais laissé passer. Je savais, intuitivement, qu'ils avaient quelque chose à voir avec le sexe et ces *familles* de l'ancien temps, mais ils n'entraient pas dans ma vie. Et comment pourraient-ils entrer dans la « vie » de cet être artificiel, cet humanoïde élégant à la peau brune et aux cheveux crépus et kératinisés ? Cette imposture d'homme, sans mère pour l'avoir engendré, sans pénis ; incapable de manger et de boire, un mannequin fonctionnant sur piles avec des yeux marron, si expressifs. Qu'était donc cet *amour* dont il parlait ? Était-ce une manifestation de cette folie, de cette absurdité qui avait présidé à sa fabrication et à celle de cette dernière race prométhéenne d'intelligences synthétiques, cette surhumanité insensée de la série maudite des Classe 9 ?

Et pourtant, à le regarder, j'aurais pu l'embrasser. J'aurais pu me presser contre sa large poitrine et poser mes lèvres sur ses lèvres.

Puis je m'aperçus, oh mon Dieu ! que je pleurais. Mes joues étaient sillonnées de larmes. J'enfouis mon visage entre mes mains et je sanglotai comme j'avais sangloté quand, toute petite, j'avais découvert que j'étais seule au monde. J'avais l'impression d'être traversée par une violente bourrasque de vent brûlant.

Après avoir pleuré, je me sentis calmée, un peu vidée. Je regardai Bob. Son visage était serein, comme le mien, pensai-je.

— Ça t'était déjà arrivé ? demandai-je. De tomber amoureux ?

— Oui. Quand j'étais... quand j'étais jeune. Il y avait dans ce temps-là des femmes qui n'étaient pas droguées. J'en ai aimé une. Son visage avait une expression, parfois... mais je n'avais jamais essayé de vivre avec une femme, comme maintenant.

— Pourquoi moi ? demandai-je. J'étais plutôt heureuse avec Paul. On aurait pu fonder une famille. Pourquoi a-t-il fallu que tu tombes amoureux de moi ?

Il tourna la tête dans ma direction.

— Tu es la dernière, dit-il. La dernière avant ma mort. Je voulais retrouver ma vie enfouie, cette partie effacée de ma mémoire. Avant de mourir, j'aimerais savoir à quoi ressemblait l'existence de l'être humain que j'ai toujours essayé d'être. (Il détourna les yeux et regarda par la fenêtre.) En outre, la prison fera du bien à Paul. S'il mûrit suffisamment, il s'évadera. Rien ne fonctionne plus très bien dans le monde ; la plupart des machines et des robots ne font que tomber en panne. S'il veut vraiment s'enfuir de prison, il le fera.

— Et tu as retrouvé des souvenirs ? demandai-je. Depuis que nous vivons ensemble ? Tu as pu combler certains des espaces blancs de ton cerveau ?

Il secoua la tête.

— Non. Rien. Rien du tout.

— Bob, fis-je. Tu devrais mémoriser ta vie, comme je suis en train de le faire. Tu devrais raconter ton histoire dans un enregistreur, et moi je la mettrais par écrit et je t'apprendrais à la lire.

Il reporta son regard sur moi. Son visage, à présent, semblait très vieux et très triste.

— Ce n'est pas nécessaire, Mary. Je ne peux pas oublier ma vie. Je n'ai aucun moyen de le faire. Personne n'a pensé à me doter de la faculté d'oublier.

— Mon Dieu, fis-je. Ça doit être terrible.

— Oui, acquiesça-t-il. C'est terrible.

Un jour, Bob me demanda :

— Est-ce que Paul te manque ?

Je gardai les yeux baissés sur mon verre de bière.

— Seul l'oiseau moqueur chante à l'orée du bois.

— Qu'est-ce que c'est que ça ? s'étonna Bob.

— Une phrase que Paul avait l'habitude de dire. Parfois, quand je pense à lui, ces mots me reviennent à l'esprit.

— Tu pourrais répéter ? fit Bob avec une note impérieuse dans la voix.

— Seul l'oiseau moqueur chante à l'orée du bois.

— *Les bois !* s'écria Bob. « Je crois que mon cœur reconnaît ces bois ». C'est ça le vers !

Il se leva et s'avança vers moi :

— Je crois que mon cœur reconnaît ces bois. Sa maison…

Ainsi Bob a-t-il fini par retrouver le mot qui manquait à son poème après plus de cent ans d'interrogations. Je suis heureuse d'avoir pu lui apporter quelque chose.

BENTLEY

L'hiver avait dû s'achever car je n'eus plus jamais aussi froid après avoir quitté l'usine de grille-pain. Et je ne fus plus jamais aussi malade, alors que j'étais encore assez faible en abandonnant l'étrange sécurité de cet endroit.

Je progressais rapidement vers le nord et la nourriture que j'avais emportée, quoique d'un goût infect, me procurait des forces. Je continuais à pêcher des clams et, plus tard, des moules. Je réussis aussi à éloigner une mouette d'un poisson qu'elle venait de prendre et je le fis cuire ; il me dura trois jours. Finalement, je me retrouvai en parfaite santé, en bien meilleure santé que je ne l'avais jamais été. J'étais devenu musclé, noueux et je pouvais marcher toute la journée d'un bon pas sans fatigue. Je me permis à nouveau de penser à Mary Lou et d'envisager la possibilité de la rejoindre. Mais j'en avais la conviction, il me restait encore un long chemin à parcourir.

Puis, un après-midi, j'aperçus devant moi une route qui serpentait à travers champs.

Je me précipitai dans cette direction. C'était une route d'asphalte tout craquelé, recouverte d'herbe par endroits et dont le revêtement vieux et usé permettait néanmoins de marcher. Je la suivis.

Dans les hautes herbes qui bordaient cette voie d'un autre âge, j'aperçus quelque chose que je n'avais encore jamais vu : un panneau indicateur. J'en avais remarqué dans les films et on en parlait dans certains des livres que j'avais lus, mais c'était la première fois que j'en voyais un dans la réalité. Il était en Permoplastique blanc et vert passé et les lettres, recouvertes de poussière, étaient à moitié dissimulées par de la vigne vierge. J'écartai les feuilles et je lus :

MAUGRE
LIMITES DE LA VILLE

Je restai un long moment à le contempler. Quelque chose dans la présence de ce panneau surgi du passé et qu'inondait la pâle lumière d'un soleil printanier, me fit soudain frissonner.

Je pris Biff dans mes bras et m'avançai à grands pas sur la route.

À la sortie d'un virage, je vis devant moi, enfoui sous les arbres et les broussailles, un groupe de maisons de Permoplastique, peut-être cinq cents, qui se dressaient au fond d'une étroite vallée. Les maisons étaient assez éloignées les unes des autres, séparées par ce qui avait sans doute dû être jadis des parcs et des rues de béton. Il n'y avait aucun signe de vie. Deux grands bâtiments et un immense obélisque blanc marquaient l'emplacement de l'ancien centre de la ville. Je m'approchai en me frayant un chemin à travers les buissons de roses et de chèvrefeuille, dénudés par l'hiver, et je constatai que les maisons qui avaient dû être autrefois peintes de couleurs vives étaient maintenant toutes de la même teinte grisâtre.

J'entrai dans Maugre le cœur battant. Biff elle-même semblait nerveuse ; elle se débattit entre mes bras puis s'accrocha aux sangles de mon sac à dos. Il y avait une espèce de trouée dans les broussailles qui avaient envahi les espaces entre les maisons et je m'y engageai. Je ne savais pas si ces habitations comportaient des vérandas car les façades étaient recouvertes par la végétation, et je distinguais à peine les portes à travers les buissons, les herbes et le chèvrefeuille.

Je me dirigeai vers l'obélisque.

Je passai devant une maison qui me parut plus accessible que les autres ; je posai Biff par terre, puis je m'ouvris un passage à travers le rideau de végétation et arrivai à la porte après m'être plusieurs fois égratigné aux rosiers. Mais je n'y fis presque pas attention tant était forte la sensation de vivre dans un rêve ou une transe hypnotique.

J'arrachai encore quelques plantes et parvins à forcer la porte d'entrée, puis, avec un sentiment où se mêlaient la peur et la curiosité, j'entrai. Je me trouvais dans un grand living en Permoplastique où il n'y avait rien. Absolument rien. Les fenêtres de plastique recouvertes de poussière et de moisissures laissaient filtrer une lumière blafarde.

Le Permoplastique opaque est le matériau le plus résistant et le plus inerte que l'homme ait conçu ; toute la pièce n'était qu'un gros cube rose évidé, aux angles arrondis. Il n'y avait aucun signe indiquant que quelqu'un ait vécu ici, mais je savais que la nature de ce matériau était telle que la maison avait pu être habitée pendant cent *bleus* sans qu'il en restât la moindre trace ; pas d'éraflures sur le sol, pas de marques de doigts sur les murs, pas de traînées de fumée au plafond, aucun vestige de jeux d'enfants ou de bagarres, ou encore de l'endroit où l'on avait installé la table autour de laquelle une famille, sa vie durant, s'était réunie.

Sans bien savoir pourquoi, je criai :

« Il y a quelqu'un, ici ? »

C'était une phrase que j'avais apprise dans les films.

Il n'y eut pas même un écho. Je pensais avec tristesse à ces hommes, dans ces films, qui buvaient dans de grands verres et qui riaient. *Seul l'oiseau moqueur chante à l'orée du bois.* Je sortis. Biff m'attendait et je la repris dans mes bras.

Nous repartîmes en direction de l'obélisque. Et comme nous approchions, le sentier s'élargit, et nous progressâmes plus facilement pour déboucher enfin, beaucoup plus vite que je ne l'avais escompté, sur une espèce de clairière au milieu de laquelle se dressaient les deux bâtiments et l'obélisque.

L'obélisque était d'un blanc moins terne que celui des maisons. Il avait environ vingt mètres de large à la base et soixante mètres de hauteur ; il ressemblait à ce monument que j'ai vu dans tant de livres, tant de films et qui est tout ce qui reste de la ville de Washington.

Il y avait à la base une double porte de verre à moitié enfouie sous les belles-de-jour ; je fis le tour de l'obélisque pour me rendre compte qu'il y avait en fait une entrée sur chaque côté, et, sur le quatrième, je vis, écrits en grosses lettres, au-dessus de la porte, les mots suivants :

ABRI ET PARVIS
ZONES DE SÉCURITÉ ABSOLUE
SÉCURITÉ ABSOLUE
AU-DELÀ DE CE BOUCLIER
DÉPARTEMENT DE LA DÉFENSE : MAUGRE.

Je relus deux fois l'inscription. Ce « bouclier » était-il l'obélisque lui-même ? Ou bien se trouvait-il au-delà ?

Je posai Biff à terre et essayai d'ouvrir les portes. Les panneaux de verre de la troisième coulissèrent sans effort.

À l'intérieur, il y avait un hall éclairé par la lumière que laissaient passer les battants en verre. De chaque côté, je vis deux larges escaliers qui descendaient, et un troisième, plus étroit, qui montait. Je n'hésitai qu'un instant, puis j'empruntai l'escalier sur ma gauche. Après avoir descendu six ou sept marches, alors qu'il commençait juste à faire sombre, les deux murs jaunes qui encadraient l'escalier se mirent à diffuser une lueur douce, et, sur l'une des parois, je lus les mots suivants :

NIVEAU DE PROTECTION CONTRE
LES RADIATIONS

Et lorsque j'arrivai en bas de l'escalier, je débouchai sur un immense hall ; des lustres de verre rose pâle scintillèrent à mon approche et sur des panneaux, de chaque côté de moi, luisaient les mots suivants :

ZONE DE SÉCURITÉ. PARVIS

Et soudain, s'éleva une musique douce, légère, aérienne, interprétée par des flûtes et des hautbois ; puis, à une cinquantaine de mètres devant moi, au milieu d'un large bassin, jaillit un jet d'eau autour duquel jouaient des lumières multicolores, bleues, vertes ou jaunes, illuminant une fontaine en cascades.

Je m'approchai, émerveillé. Biff s'échappa d'un bond d'entre mes bras et elle se précipita en avant, puis, sans marquer la moindre hésitation, elle sauta sur la margelle du bassin et se mit à boire.

Je m'avançai lentement vers ma chatte, me penchai, recueillis de l'eau fraîche entre mes mains en coupe que je levai à la hauteur de mon visage à la peau sèche et brûlante. Je humai l'eau. Elle était claire et pure. J'en bus jusqu'à ce que ma soif fût étanchée, puis je m'y plongeai la figure.

Les parois du bassin étaient faites de milliers de petits carreaux d'argent, tandis qu'au fond, sous l'eau, il y avait une mosaïque géante de carreaux noirs, gris et blancs, représentant une baleine, le dos arqué et les nageoires tendues.

L'eau de la fontaine retombait au milieu d'un groupe de trois dauphins dressés à la verticale, sculptés dans une pierre lisse et noire. J'avais vu quelque chose de comparable dans un livre de photos intitulé *Les fontaines de Rome.* Je me reculai pour admirer cette scène, la margelle d'argent du bassin, la grande mosaïque, les dauphins, le jet d'eau, tandis que les embruns caressaient mon visage, que la musique des flûtes s'élevait doucement et qu'un lent frisson, presque douloureux dans son intensité, parcourait mon corps tout entier.

J'éprouvais les mêmes sentiments que devant des oiseaux qui s'envolent au bord de la mer, ou une tempête sur l'océan couleur de plomb, ou encore devant King Kong, le grand singe, au cours de sa chute si lente et si gracieuse.

Derrière la fontaine, le vaste hall se terminait sur deux énormes doubles portes.

Au-dessus de celle de gauche, on pouvait lire :

QUARTIERS D'URGENCE
CAPACITÉ : 60 000

Et au-dessus de l'autre, simplement :

PARVIS

Cette dernière porte s'ouvrit automatiquement tandis que j'approchais et je me retrouvai dans un nouveau hall dallé. Il était bordé de magasins ; jamais je n'en avais vu autant. J'avais certes déjà vu des marchandises exposées dans des devantures à New York et à l'université où je vivais et enseignais, mais jamais sur une telle échelle et en telles quantités.

Le magasin le plus proche s'appelait Sears, et derrière l'immense vitrine incurvée, il y avait un incroyable étalage de produits. Plus de la moitié de ceux-ci m'étaient inconnus ; certains m'étaient toutefois familiers, mais il y avait aussi des boules de couleur, des appareils électroniques et de mystérieux objets brillants qui, pour autant que je le sache, pouvaient aussi bien être des jouets que des armes.

Je fis coulisser la porte et j'entrai, tout étourdi. Je me trouvais dans une partie de ce gigantesque magasin où il n'y avait que des vêtements. Ils avaient tous l'air neufs, impeccables, et étaient emballés sous une espèce de plastique transparent qui avait dû les préserver durant des centaines d'années.

Mes habits étaient élimés, fripés et je décidai d'en changer.

Alors que je me demandais comment j'allais enlever le plastique protégeant une veste bleue qui semblait à ma taille, je baissai par hasard les yeux sur le sol dallé.

Il y avait des empreintes boueuses par terre, des empreintes de pas et qui semblaient toutes récentes.

Je m'agenouillai et posai la main sur la boue. Elle était encore humide.

Je me relevai et regardai autour de moi. Je ne vis rien d'autre qu'une succession de rayons de vêtements et, au delà, des étagères contenant des produits vivement colorés, des produits de toutes formes et de toutes dimensions qui s'empilaient à perte de vue sur une mer d'étagères. Mais rien ne bougeait. Je me penchai et examinai à nouveau le sol. Je m'aperçus qu'il y avait des traces de pas partout, certaines récentes, d'autres plus anciennes, et qu'elles avaient été faites par des chaussures de tailles différentes.

Biff s'était éloignée ; je l'appelai, mais elle ne vint pas. Je me mis à sa recherche, longeant les étalages avec appréhension. Et si les auteurs de ces empreintes étaient encore dans les parages ? Mais, après tout, que pourrais-je bien avoir à craindre d'êtres humains ? Ou même d'un robot, puisqu'aucun d'eux ne m'avait suivi depuis la prison et que je n'avais rien remarqué qui pût indiquer qu'un

Détecteur ou toute autre autorité fût à ma poursuite. Et pourtant j'avais peur, ou la « trouille » comme je l'avais appris dans le *Dictionnaire d'argot*.

Je finis par retrouver Biff qui dévorait une boîte de haricots secs laissée ouverte sur un comptoir à côté de centaines de boîtes semblables, mais fermées. Biff ronronnait très fort et j'entendais le claquement de ses petites dents qui écrasaient les graines. Je pris une boîte qui se trouvait à quelques centimètres de Biff ; la chatte ne daigna même pas me regarder. La boîte, au contraire de celles de nourriture que j'avais vues jusqu'alors, portait une inscription :

HARICOTS IRRADIÉS ET STABILISÉS
DURÉE DE CONSERVATION : SIX SIÈCLES
SANS ADDITIFS

Il y avait, sur le côté, une étiquette représentant un plat de haricots fumants avec une tranche de bacon. Mais ceux auxquels Biff continuait à consacrer toute son attention avaient l'air desséchés, ratatinés, bref, peu appétissants. Je plongeai la main dans la boîte et en retirai une petite poignée de haricots. Biff leva la tête, cracha un instant dans ma direction, puis elle retourna à son festin. Je glissai un haricot dans ma bouche et commençai à le mâcher. Ce n'était pas vraiment mauvais et j'avais faim. J'avalai le reste tout en examinant une boîte fermée pour tenter de comprendre le système d'ouverture. Il y avait des indications sur le couvercle. Il fallait appuyer sur un point blanc, puis tirer sur une languette rouge en tournant. J'essayai toutes les combinaisons possibles, mais sans résultat. J'avais déjà fini tous mes haricots et Biff les siens. Ça m'avait mis en appétit et je me sentis devenir furieux contre cette boîte apparemment impossible à ouvrir. Je me retrouvais devant elle comme un idiot ; moi, le seul homme sur la terre capable de lire les instructions données, et je n'étais pas fichu de parvenir à l'ouvrir !

Je me souvins alors d'être passé par un rayon contenant divers outils et j'y retournai. La colère et la faim m'avaient fait oublier mes appréhensions et je m'avançai franchement sans prendre garde au bruit que je faisais. Je trouvai une hachette qui ressemblait beaucoup à celle de *Wife Killer Loose*, sauf qu'elle était enveloppée dans du plastique et que j'étais également incapable de l'ouvrir !

J'étais de plus en plus furieux et ma fureur ne faisait qu'exacerber mon envie de manger ces haricots. J'essayai de déchirer le plastique avec mes dents, mais il était trop résistant. Dans un autre rayon, j'aperçus une vitrine renfermant quelques petits objets. Je m'avançai, levai la hache et l'abattis sur la vitrine pour la briser. Des éclats de verre restèrent plantés dans le bois de l'encadrement ; j'enfonçai l'une de ces pointes aiguisées dans le plastique et tirai. La feuille enfin se fendit et je pus extraire la hache de son emballage.

Je retournai ensuite vers le rayon alimentaire et, du tranchant de la hachette, je défonçai le couvercle d'une boîte ; et des haricots se déversèrent par la fente. Je posai la hachette sur le comptoir et commençai à manger.

Et, tandis que j'avalais ma troisième bouchée, une voix grave s'éleva derrière moi :

— Que diable faites-vous là ?

Je pivotai et je me trouvai face à deux imposantes créatures, un vieil homme à la barbe noire et une forte femme, qui m'observaient. Ils tenaient chacun un gros chien en laisse et leur main libre était refermée sur le manche d'un couteau de boucher. Les bêtes me regardaient avec autant d'intensité que les deux humains. C'étaient des chiens blancs, des albinos je pense, et leurs yeux étaient rouge pâle.

Biff, à mes côtés, avait le dos arqué et elle crachait en direction des chiens ; je compris alors que ce n'était probablement pas moi mais Biff qu'ils fixaient ainsi.

Les gens étaient plus vieux que moi, également plus grands et plus forts. Leurs regards, bien au-delà du Respect de la Vie Privée, semblaient plus curieux qu'hostiles. Leurs couteaux, par contre, étaient longs et effrayants.

J'avais la bouche encore à moitié pleine de haricots. Je mâchai un instant, puis je dis :

— Je suis en train de manger. J'avais faim.

— Ce que vous mangez m'appartient, répliqua l'homme.

La femme prit à son tour la parole :

— Nous appartient, corrigea-t-elle. À la famille.

Famille. En dehors des films, je n'avais jamais entendu prononcer ce mot.

L'homme ignora l'intervention de la femme et demanda :

— De quelle ville venez-vous ?

— Je ne sais pas, répondis-je. Je suis de l'Ohio.

— Il pourrait venir d'Eubank, fit la femme. C'est peut-être un Dempsey. Ils sont plutôt maigres.

Je réussis à avaler mes dernières bouchées de haricots.

— Ou un Swisher, dit l'homme. Un Swisher d'Ocean City.

Biff, soudain, se détourna des chiens, sauta du comptoir sur lequel elle était installée et fila à toute allure pour s'éloigner de nous, courant plus vite que je ne l'avais jamais vue courir. Les chiens tournèrent la tête pour la suivre des yeux, tirant sur leurs laisses. L'homme et la femme semblèrent n'y prêter aucune attention.

— De laquelle des sept villes venez-vous ? demanda l'homme. Et pourquoi enfreignez-vous la loi en mangeant notre nourriture ?

— Et, ajouta la femme, pourquoi avez-vous violé notre sanctuaire ?

— Je n'ai jamais entendu parler des sept villes, répondis-je. Je suis un étranger, simplement de passage. J'avais faim et quand j'ai découvert cet endroit, je suis entré, c'est tout. Je ne savais pas ce que c'était un… sanctuaire.

La femme me dévisagea.

— Vous ne reconnaissez donc pas une église du Dieu vivant quand vous en voyez une ?

Je regardai autour de moi, examinant les rayons pleins de marchandises scellées sous plastique, les étalages de vêtements colorés, d'équipements électroniques, de fusils, de clubs de golf et de vestes.

— Mais ce n'est pas une église, fis-je. C'est un magasin.

Ils restèrent un long moment silencieux. L'un des chiens, sans doute fatigué de tirer sur sa laisse dans la direction où Biff avait disparu, se coucha par terre en bâillant et l'autre se mit à renifler les pieds de l'homme.

Ce dernier finit par briser le silence :

—C'est un blasphème. Et vous avez déjà commis un sacrilège en mangeant la sainte nourriture sans autorisation.

—Je suis désolé, fis-je, je ne pouvais pas savoir…

Brusquement, il s'avança, m'empoigna le bras d'une étreinte de fer et posa la pointe de son couteau sur mon ventre. Pendant ce temps, la femme, se déplaçant avec une agilité surprenante pour son poids, s'était approchée du comptoir et s'était emparée de la hachette. Je suppose qu'elle croyait que j'allais essayer de m'en servir pour me défendre.

J'étais muet de terreur. L'homme glissa son couteau dans sa ceinture, me ramena les bras derrière le dos et demanda à la femme de lui apporter de la corde. Elle se dirigea vers un rayon distant de quelques travées où se trouvait une grosse bobine de corde de Synlon. Elle en coupa un bout avec son couteau et laissa la hachette à côté du rouleau. Elle revint vers nous et l'homme m'attacha les mains avec la corde. Les chiens observaient la scène avec langueur. La peur qui m'étreignait faisait place petit à petit à un sentiment de calme. J'avais déjà vu des situations comparables à la télévision et je commençais à avoir l'impression de ne plus être qu'un simple spectateur que le danger ne concernait absolument pas. Mon cœur, pourtant, battait à tout rompre et je me sentais trembler. Mon esprit, lui, s'était élevé au-dessus de ces réalités et restait résolument impassible. Je me demandais où était passée Biff et ce qu'elle allait devenir.

—Que comptez-vous faire de moi ?

—Je vais me conformer aux écritures, répondit l'homme. « Que celui qui dans ma sainte église blasphème soit précipité dans le Lac de Feu qui brûle pour l'éternité. »

— Par le Christ ! m'écriai-je.

Je ne sais pas vraiment pourquoi j'ai dit ça. Peut-être à cause du langage biblique que l'homme avait utilisé.

— Qu'avez-vous dit ? s'enquit la femme.

— J'ai dit : « Par le Christ. »

— Qui vous a appris ce nom ?

— Je l'ai appris dans la Bible, répondis-je.

Je ne parlai pas de Mary Lou, ni de la femme qui, s'immolant par le feu, avait crié le nom de Jésus-Christ.

— Quelle Bible ? demanda-t-elle.

— Il ment, intervint l'homme, puis il se tourna vers moi : Montrez-moi cette Bible.

— Je ne l'ai plus, fis-je. Il a fallu que je la laisse…

L'homme se contenta de me dévisager sans rien dire.

Puis tous deux me conduisirent dans le grand hall du Parvis où coulait la fontaine ; nous passâmes devant des boutiques, des restaurants, des salons de méditation et un endroit avec une enseigne indiquant :

CHEZ JANE
PROSTITUTION

Tandis que nous arrivions devant un grand magasin marqué : PHARMACIE, l'homme ralentit et me dit :

— À en croire la façon dont vous tremblez, je pense qu'on pourrait vous donner quelque chose pour vous aider.

Il ouvrit la porte de la boutique et nous entrâmes dans une pièce bourrée de grands bocaux scellés pleins de pilules de toutes tailles et de toutes formes. L'homme s'approcha de l'un d'eux étiqueté : « *Sopors* : pas d'accoutumance. Anticonceptionnels », fouilla dans sa poche d'où il tira une poignée de vieilles cartes de crédit défraîchies, puis il en choisit une bleue qu'il glissa dans la fente située en bas du bocal posé sur le comptoir.

Ces grands flacons étaient une forme primitive de distributeurs, plus bruyants et plus lents que ceux auxquels j'étais habitué, comme celui dans le magasin de la Cinquième Avenue où j'avais acheté à Mary Lou cette robe jaune. Les cliquetis métalliques durèrent bien une minute avant que la carte fût restituée, et il fallut encore attendre presque aussi longtemps pour voir coulisser la petite plaque métallique à la base afin de laisser passer une poignée de *sopors*.

L'homme les recueillit dans la paume de sa main et me demanda :

— Vous en voulez combien ?

— Je n'en prends jamais, répondis-je en secouant la tête.

— Vous n'en prenez pas ? Alors que diable prenez-vous ?

— Rien. Du moins ça fait longtemps que je ne prends plus rien.

— Monsieur, intervint la femme, dans une dizaine de minutes vous allez être précipité dans le Lac de Feu qui brûle pour l'éternité. Si j'étais vous, je n'hésiterais pas à avaler ces maudites pilules jusqu'à la dernière.

Je ne répondis pas.

L'homme haussa les épaules. Il prit lui-même une pilule, en donna une à la femme, et mit le reste dans sa poche.

Nous sortîmes de la boutique, laissant derrière nous les centaines de bocaux et de flacons de pilules, et, comme nous franchissions le seuil, les lumières automatiques du magasin s'éteignirent.

Nous tournâmes un coin et débouchâmes devant une nouvelle fontaine qui s'anima aussitôt, avec des jeux de lumière et de la musique douce. Il me sembla qu'elle était encore plus grande que la première.

Nous étions à présent entourés de murs en inox comportant quelques portes. Au-dessus de chacune d'elles, un panneau indiquait :

CHAMBRE B
CAPACITÉ : 1 600

CHAMBRE D
CAPACITÉ : 2 200

— Qui est-ce qui dort là-dedans ? demandai-je.

— Personne, répondit la femme. C'était pour les anciens. Ceux du temps passé.

— Les anciens ? Le temps passé ? Mais à quelle époque remonte toute cette installation ?

La femme secoua la tête.

— Les anciens des temps anciens. À cette époque, la terre était peuplée de géants et ils craignaient la colère du Seigneur.

— Ils craignaient le déluge de feu qui s'abattrait des Cieux, dit l'homme. Et ils ne croyaient pas en Jésus. Le déluge de feu ne vint jamais et les anciens périrent.

Nous passâmes devant d'autres chambres, de plus en plus nombreuses, puis par près d'un kilomètre de murs en inox marqués simplement : STOCKAGE, pour arriver enfin au bout du couloir qui se terminait par une porte massive surmontée de cette inscription en lettres rouges : CENTRALE ÉNERGÉTIQUE : RÉSERVÉ AU PERSONNEL AUTORISÉ.

L'homme avait sorti une petite plaque métallique de sa poche. Il la posa contre un rectangle identique au centre du battant et dit :

— La clé qui donne sur le Royaume.

La porte s'ouvrit et une lumière douce s'alluma. À l'intérieur, il y avait un petit corridor et l'air y était incontestablement chaud. Les chiens furent laissés dehors et nous longeâmes le corridor vers une autre porte. Il faisait de plus en plus chaud tandis que nous avancions. Je commençais à transpirer et j'aurais bien voulu pouvoir m'éponger le front, mais mes mains étaient toujours attachées derrière mon dos.

Nous arrivâmes devant la porte au-dessus de laquelle était écrit en grandes lettres orange :

ATTENTION, VOUS APPROCHEZ
D'UN SOLEIL ARTIFICIEL
PROJET DE FUSION N° 3 : MAUGRE

L'homme présenta une autre plaque et lorsque la porte s'ouvrit, une bouffée d'air brûlant me frappa le visage. Il y avait une autre porte juste derrière la première, et l'homme glissa une troisième carte dans une fente du mur et la paroi coulissa pour laisser une ouverture d'environ cinquante centimètres. Une lueur brillante, orangée, illuminait une espèce d'énorme salle. Une salle sans plancher. Ou plutôt avec un plancher de lumière orangée. La chaleur était accablante.

L'homme alors, s'écria :

— Voici le Feu Éternel !

Et je me sentis poussé par-derrière ; je crus que mon cœur allait s'arrêter de battre et je fus incapable de prononcer le moindre mot. Je baissai les yeux une fraction de seconde, mais ce fut suffisant pour me permettre d'apercevoir, juste devant moi, presque sous mes pieds, un grand puits circulaire, au fond duquel, très loin, incroyablement loin, brûlait un feu aussi aveuglant que celui du soleil.

Je restai sans réaction ; je me sentis tiré en arrière par les mains puissantes de l'homme qui me firent pivoter. Il me regarda et, d'une voix calme, il me demanda :

— Avez-vous des dernières volontés à exprimer ?

J'étudiai son visage. Il était impassible, serein, recouvert d'une fine pellicule de transpiration.

— Je suis la Résurrection et la Vie, dis-je. Celui qui croit en moi, fût-il mort, vivra.

La femme s'écria :

— Mon Dieu, Edgar ! Mon Dieu.

L'homme me dévisagea et me demanda d'une voix ferme :

— Où avez-vous appris ces paroles ?

Je cherchai désespérément une réponse, mais je ne trouvai que la vérité, une vérité, je le pressentais, qu'il ne comprendrait pas. Je lui répondis néanmoins :

— J'ai lu la Bible.

— Vous avez lu la Bible ! s'exclama la femme. Vous pouvez lire les Écritures ?

J'avais l'impression que j'allais mourir de chaleur si je restais encore une minute dans cette position. Le visage de l'homme exprimait aussi la douleur, à moins qu'il n'exprimât simplement le doute.

— Oui, affirmai-je. Oui, je peux lire les Écritures.

Je regardai l'homme droit dans les yeux et j'ajoutai :

— Je peux lire n'importe quoi.

L'homme me scruta pendant un instant qui me parut durer l'éternité, puis, soudain, il me tira brutalement à lui, m'éloignant du feu et me poussa pour me faire franchir la première porte qu'il referma derrière lui. Nous passâmes ensuite la seconde porte qui se rabattit toute seule et l'air, enfin, devint respirable.

— Très bien, fit alors l'homme. Nous allons prendre le livre et voir si vous pouvez effectivement le lire.

Il tira son couteau et coupa les cordes qui me liaient les poignets.

— Il faut d'abord que j'aille chercher Biff, dis-je.

Je la trouvai, à mi-chemin de Sears. Je la pris dans mes bras.

Sur le chemin qui m'avait conduit tremblant de peur au Lac de Feu, nous étions passés devant une fontaine, et, tandis que nous refaisions le trajet en sens inverse, je repensai à une scène d'un vieux film ; dans *Le roi des rois*, l'acteur H.B. Warner demande à un homme appelé Jean de le « baptiser » en le trempant dans une rivière. Il est évident que cet épisode est empreint d'un sens mystique profond. Mes pas, le long de ce large couloir désert qui menait au Parvis, me paraissaient légers. L'homme et la femme m'encadraient toujours, mais je marchais sans entrave. Les deux chiens étaient silencieux et soumis ; on n'entendait que le bruit régulier de nos pas et la musique aérienne diffusée par des haut-parleurs invisibles. Le murmure du jet d'eau retombant en arc de cercle dans le bassin se fit plus net.

Je pensai alors à Jésus, barbu et serein, au bord du Jourdain. Je m'arrêtai brusquement et déclarai :

— Je veux être baptisé. Dans cette fontaine.

Ma voix était claire et forte. Je regardai l'eau dans le grand bassin circulaire, et mon visage était aspergé d'embruns.

Du coin de l'œil, j'aperçus, comme dans un rêve, la femme qui s'agenouillait, sa longue jupe de jean retombant lentement en corolle autour d'elle. Et j'entendis sa voix, presque faible à présent, qui disait :

— Mon Dieu. C'est le Saint-Esprit qui lui a soufflé ça.

Et la voix de l'homme :

— Relève-toi, Berenice. Quelqu'un a très bien pu le mettre au courant. Tout le monde ne garde pas le secret sur les choses de l'Église.

Je me retournai pour voir la femme se redresser et lisser son pull bleu sur ses larges hanches.

— Mais il a reconnu la source quand il l'a vue, dit-elle. Il a reconnu l'endroit d'où jaillit l'eau bénite.

— Je viens de te dire, répliqua l'homme, mais avec une trace d'incertitude dans la voix, qu'il aurait très bien pu en entendre parler par n'importe qui dans les six autres villes. Ce n'est pas parce que les Baleen ne tombent pas dans le péché qu'il en est de même avec les Grayling. Plusieurs Grayling auraient pu le lui avoir dit. Et, diable, il se pourrait même qu'il soit lui-même un Grayling, l'un de ceux qu'ils dissimulent à l'Église.

Elle secoua la tête :

— Baptise-le, Edgar Baleen, dit-elle. Tu ne peux pas refuser le Sacrement.

— Je sais, acquiesça-t-il avec calme. (Il ôta sa veste de jean et me regarda, le visage grave.) Assieds-toi sur le bord.

Je m'exécutai et la femme mit un genou à terre pour m'enlever mes chaussures et mes chaussettes, puis elle remonta les jambes de mon pantalon. L'homme et la femme s'assirent ensuite de chaque côté de moi, puis tous deux se débarrassèrent à leur tour de leurs chaussures et de leurs chaussettes. Ils avaient laissé les chiens en liberté et les deux animaux blancs se contentaient d'attendre patiemment, nous observant, et observant Biff qui était couchée en boule sur le sol.

— Très bien, fit l'homme. Descends dans la source.

Je me levai et enjambai la margelle. L'eau était froide. Baissant les yeux, je m'aperçus que les carreaux, au fond du bassin, représentaient un poisson géant qui ressemblait beaucoup à celui que j'avais trouvé et mangé sur la plage, un énorme poisson argenté avec des nageoires et des ouïes. J'étais trempé par les éclaboussures, et l'eau qui m'arrivait aux genoux était glacée, mais je n'en ressentais aucun inconfort.

Je n'avais pas quitté le poisson géant des yeux pendant que l'homme et la femme s'installaient à côté de moi. L'homme se pencha, plongea ses mains en coupe dans l'eau, puis en déversa le contenu au-dessus de ma tête. Je sentis ses paumes effleurer un instant mes cheveux, puis l'eau me dégoulina sur le visage.

— Je te baptise, au nom du Père, du Fils et du Saint-Esprit, déclara-t-il.

La femme, ensuite, posa sa large main, douce, sur ma tête.

— Amen, et loué soit le Seigneur, fit-elle dans un souffle.

Nous sortîmes de la fontaine et j'attendis, en compagnie de l'homme, des chiens et de Biff, tandis que la femme allait chercher des serviettes chez Sears. Nous nous essuyâmes les pieds et les jambes, remîmes nos chaussures et reprîmes notre marche en silence.

Je me sentais encore plus léger qu'auparavant, plus détaché et pourtant plus présent, plus réceptif tant à ce qui m'était extérieur qu'à ce qui m'était intérieur. J'avais l'impression d'avoir franchi un seuil invisible, un seuil qui m'attendait depuis mon départ de l'Ohio et que je venais de pénétrer dans un royaume symbolique où ma vie était légère, « comme une plume sur le dos de ma main », et où seule comptait ma propre expérience de cette vie, mon expérience libre de toute drogue. Et si cette expérience signifiait la mort dans le Lac de Feu, il me faudrait alors l'accepter.

Et je me demande, maintenant que je suis en train d'écrire ce passage, si c'est cela que ressentent ceux qui décident de s'immoler par le feu. Mais ils sont drogués, presque inconscients. Et ils ne savent pas lire.

Le baptême pourrait-il vraiment signifier quelque chose ? Existerait-il un Saint-Esprit ? Je ne le crois pas.

Nous franchîmes en silence le grand hall et remontâmes le large escalier ; les lumières derrière nous diminuèrent d'intensité tandis que la musique cessait et que les fontaines s'arrêtaient.

Parvenu en haut de l'escalier, je me retournai un moment pour contempler le Parvis désert avec ses lustres qui s'éteignaient, ses fontaines qui mouraient et ses vitrines qui brillaient encore, comme dans l'attente de clients qui ne viendraient jamais. Je sentais toute la triste dignité de cet endroit, de ce vide large, palpable et si bien délimité.

Ils me firent ressortir. C'était le soir à présent et ils me conduisirent, sans échanger la moindre parole, vers l'un des grands bâtiments qui jouxtait l'obélisque, une grande bâtisse à l'air officiel, entourée d'une pelouse bien entretenue. Nous nous dirigeâmes vers l'arrière du bâtiment ; j'aperçus un jardin, et, greffé au bâtiment lui-même, tout à fait incongrue, une véranda en bois qui aurait pu être l'une de celles que j'avais vues dans *Naissance d'une Nation*.

Nous entrâmes par une porte qui donnait sur cette véranda et nous débouchâmes dans une immense salle, très haute de plafond, dans laquelle se tenaient environ trente personnes, toutes sobrement vêtues, toutes silencieuses, assises autour d'une grande table de bois comme si elles m'attendaient. Le silence régnait toujours dans la pièce tandis que le vieil homme et la femme me faisaient avancer et contourner la table, un silence qui ressemblait à celui d'une salle à manger de dortoir ou de prison.

Nous longeâmes un étroit couloir qui donnait sur une autre pièce, aussi vaste que la précédente, avec des rangées de chaises de bois qui faisaient face à une estrade. Derrière celle-ci, il y avait un écran de télévision, de la largeur du mur ; il était éteint.

Baleen me fit monter sur l'estrade. Un grand livre noir était posé sur un lutrin et, bien que les lettres qui avaient un jour figuré sur la couverture fussent totalement effacées, j'étais certain qu'il s'agissait de la Bible.

La légèreté et la force que j'avais ressenties sur le Parvis me désertèrent tout à coup. Je restai figé sur place, légèrement embarrassé, examinant cette salle ancienne, si paisible avec ses chaises de bois patinées par l'âge, ses reproductions du visage de Jésus sur les murs et son grand écran de télévision ; peu après, les gens qui étaient dans la cuisine commencèrent à arriver et à s'asseoir, hommes et femmes s'avançant tranquillement par groupes de deux ou trois, s'installant sans dire un mot puis levant les yeux vers moi avec une sorte de curiosité mêlée de timidité. Ils portaient des jeans et des chemises toutes simples ; quelques hommes étaient barbus, mais ils étaient en minorité. Je les examinai avec l'espoir d'apercevoir des jeunes parmi eux, mais cet espoir fut vite déçu ; il n'y avait personne de plus jeune que moi. Il y avait bien un couple qui se tenait par la main et qui avait l'air d'amoureux, mais ils avaient indéniablement dépassé la quarantaine.

Puis, quand toutes les chaises furent occupées, Edgar Baleen se leva, écarta les bras, paumes levées vers le plafond, et il s'écria d'une voix forte :

— Mes frères !

Ils avaient tous les yeux braqués sur lui ; les amoureux se lâchèrent la main. La plupart des gens étaient par couples, mais au second rang, j'aperçus une femme, à peu près de mon âge, qui était seule. Elle était grande et, comme les autres, très simplement vêtue ; elle portait une chemise de jean recouverte d'un tablier bleu ; elle était saisissante. En dépit de ma nervosité, je me pris à l'observer du mieux que je le pouvais sans me faire trop remarquer. C'était vraiment une très belle femme, et j'avais plaisir à la regarder et à oublier en partie ce que je venais de vivre au Lac de Feu et ce qui, peut-être, m'attendait encore. Quoi qu'il arrivât, j'avais le sentiment que le pire était passé et je me consacrai délibérément à cette femme.

Elle avait des cheveux blonds qui se relevaient en boucles de chaque côté de son visage ; sa peau, blanche et lisse, contrastait avec l'étoffe rugueuse de ses vêtements. Elle avait de grands yeux clairs et un front haut, dégagé, un front intelligent.

— Mes frères, disait Baleen, cette année, comme nous le savons tous, a été une bonne année pour la famille. Nous avons été en paix avec nos voisins et les provisions du Seigneur nous ont été dispensées sur le Grand Parvis avec munificence. (Il inclina la tête, tendit les bras, puis les leva au ciel.) Prions, à présent.

Ils courbèrent tous la tête, hormis la femme que j'avais regardée avec tant d'attention. Elle se contenta d'une légère flexion du buste. Quant à moi, ne voulant prendre aucun risque, je fis comme les autres. J'avais déjà vu des réunions de ce genre dans des films et je savais que le principe qui les régissait était de s'incliner et de garder le silence.

Baleen commença à réciter ce qui me parut être une prière rituelle qu'il avait mémorisée :

« Dieu, préserve-nous des retombées passées et futures. Préserve-nous des Détecteurs. Accorde-nous ton amour et garde-nous du péché d'Intimité. Loué soit le nom de Jésus. Amen. »

Je ne pus m'empêcher de sursauter aux mots « péché d'Intimité ». C'était tout à fait contraire à ma formation, et pourtant, quelque chose en moi réagit favorablement à cette idée.

Il y eut des toussements, quelques personnes s'agitèrent sur leur chaise à la fin du discours de Baleen, puis tous relevèrent la tête.

— Le Seigneur a pourvu aux besoins des Baleen, continua le vieux Baleen d'un ton plus normal, et à ceux des Sept Familles dans les Cités de la Plaine. (Il se pencha, prit appui sur les montants du lutrin avec ses mains qui, je le remarquai soudain, étaient petites et blanches, des mains de femme aux ongles manucurés, puis il se mit à parler d'une voix très basse, presque dans un murmure.) Et peut-être le Seigneur nous a-t-il envoyé à présent un interprète de Sa Parole ou bien un prophète. Un étranger est venu parmi nous qui a passé l'épreuve du feu sous mes propres yeux et qui a montré sa connaissance du Seigneur.

Je vis que tous me regardaient. En dépit d'une sérénité nouvelle que j'avais cru avoir trouvée en moi, j'étais très gêné. Je n'avais encore jamais été ainsi l'objet de l'attention générale. Je me sentis rougir et j'aurais souhaité le retour des vieilles règles d'Intimité qui interdisaient aux gens de regarder les autres. Ils devaient être au moins une trentaine qui tous me dévisageaient, soit avec une franche curiosité soit avec suspicion. Je mis mes mains dans mes poches pour les empêcher de trembler. Biff était à mes pieds et elle se frottait contre mes jambes. Un instant, je désirai même qu'elle s'en aille. Que même Biff cesse de s'intéresser à moi.

— L'étranger m'a affirmé, disait Baleen, qu'il était le détenteur du vieux savoir. Il affirme être un Lecteur.

Plusieurs membres de l'assemblée manifestèrent leur surprise. Leurs regards se firent encore plus intenses. La femme du second rang se pencha légèrement en avant comme pour m'observer de plus près.

Alors, avec un geste théâtral de la main dans ma direction, Baleen s'écria :

— Approche-toi du Livre de la vie et lis, si tu le peux.

Je tournai la tête vers lui, essayant de paraître calme, mais mon cœur battait la chamade et mes genoux s'entrechoquaient. Tous ces gens réunis au même endroit ! Je m'étais bien attendu à quelque chose de ce genre, mais, placé devant le fait accompli, j'avais l'impression d'être redevenu celui que j'étais avant, avant Roberto et Consuela, avant Mary Lou, avant la prison et mon évasion et avant ma rébellion et ma toute nouvelle indépendance. Déjà, lorsque j'étais un timide professeur donnant des cours sur le contrôle de l'esprit, répétant des mots que j'avais mémorisés et si souvent prononcés, j'avais tendance à être nerveux en face de mes classes les plus nombreuses, soit dix à douze étudiants. Et ces étudiants étaient tous convenablement éduqués à éviter mon regard tout en m'écoutant.

Je réussis néanmoins, comme dans un rêve, à franchir les quelques pas qui me séparaient du lutrin où reposait le livre. Je faillis trébucher sur Biff. Baleen s'écarta pour me céder la place et dit :

— Lis depuis le commencement.

J'ouvris le livre d'une main tremblante, et je fus soulagé de pouvoir enfin baisser les yeux pour échapper aux regards de l'assistance. Je contemplai un long moment la première page. Il régnait un silence total. Il y avait des caractères imprimés, mais les lettres semblaient n'avoir aucun sens ; il y en avait de très grandes et de très petites. Je savais que c'était la page de titre, mais mon esprit était bloqué. Je continuai à la fixer. Ce n'était pas une langue étrangère, je le sentais, mais mon cerveau était incapable d'assembler les lettres pour leur donner un sens ; ce n'étaient que des traces d'encre sur une page jaunie. J'avais cessé de trembler et j'étais maintenant figé dans une immobilité de pierre. Cette situation insupportable me parut durer une éternité. Des images terrifiantes étaient venues se superposer à cette page ouverte devant moi sur le lutrin de chêne : le feu orange au fond du puits, ce cœur en fusion qui pouvait m'anéantir. *Lis*, m'exhortai-je. En vain.

Je devinai Baleen qui s'approchait. Je crus que tout mon sang allait se retirer de mon visage.

Et c'est alors qu'une voix de femme s'éleva, forte et claire, juste devant moi :

— Lis le livre. Lis-le pour nous, frère.

Et je levai les yeux de saisissement. C'était la grande et belle femme assise au second rang. Elle me regardait d'un air suppliant et elle reprit :

— Je sais que tu le peux. Lis pour nous, frère.

Je reportai mon attention sur le livre, et soudain, tout devint extrêmement simple. Les grandes lettres noires qui remplissaient presque tout l'espace formaient LA SAINTE BIBLE écrit en majuscules.

Je lus donc :

LA SAINTE BIBLE

Puis, en dessous, je déchiffrai les petites lettres : *Version abrégée et remise à jour pour lecteurs modernes.*

Et en bas de la page :

Éditions condensées du Reader's Digest. Omaha, 2123.

Il n'y avait rien d'autre sur la page. Je passai à la suivante qui était très dense, et je commençai, calmement à présent, à lire :

« *La Genèse*, par Moïse. Dieu fit d'abord la terre et le ciel, mais la terre était informe et il n'y avait personne dessus. Et il faisait également très noir, alors Dieu dit : " Qu'on allume la lumière ! " et la lumière s'alluma... »

Et je continuai, avec de plus en plus d'aisance et de sérénité. Ce n'était en rien comparable à ce que j'avais lu dans la Bible de la prison, mais cette dernière était, il est vrai, beaucoup plus ancienne.

Lorsque j'eus fini cette page, je levai la tête. La belle femme du second rang me dévisageait, les yeux ronds et la bouche ouverte. Son visage affichait une expression d'émerveillement, ou d'adoration.

Et j'avais retrouvé tout mon calme intérieur. Puis, brusquement, je me sentis si fatigué, si usé, si épuisé, vaincu, que là, sur ce podium, face à tous ces étrangers, je laissai retomber ma tête et fermai les yeux, faisant le vide dans mon esprit, jusqu'à ce que ce vide ne fût plus rempli que par ces mots :

Ma vie est légère qui attend le vent de la mort
Comme une plume sur le dos de ma main

J'entendis les chaises racler le sol, puis le bruit des pas tandis que les hommes et les femmes quittaient la grande salle en silence ; je gardai la tête baissée.

Je sentis une main, douce et ferme, se poser sur mon épaule et j'ouvris les yeux. C'était le vieil homme, Edgar Baleen.

— Lecteur, fit-il. Viens avec moi.

Je le dévisageai.

— Lecteur, tu as passé l'épreuve, tu es baptisé. Tu n'as plus rien à craindre du feu. Tu as besoin de te reposer.

Je soupirai, puis je dis :

— Oui, oui. J'ai besoin de me reposer.

C'était donc pour cela que j'avais quitté la prison, pour devenir le « Lecteur » d'un groupe de Chrétiens, un genre de prêtre. Et maintenant, depuis des mois, je leur lis la Bible matin et soir tandis qu'ils m'écoutent en silence. Je lis, ils m'écoutent. Et ça s'arrête là.

À présent que je suis en train d'écrire, ici dans ma maison de Maugre, seul, en sécurité, bien nourri, j'ai du mal à me rappeler tout ce qu'il y a d'étrange à vivre avec les Baleen. En fait, les souvenirs que je garde de Mary Lou et des vieux films muets sont beaucoup plus nets et beaucoup plus présents en moi, alors que je suis attendu d'un instant à l'autre pour ma lecture du soir. J'ai passé toute la journée à écrire. Il est temps que je m'arrête, pour donner à manger à Biff et me servir un verre de whisky. Demain, je tâcherai de finir le récit de cette nouvelle étape de ma vie. Et de raconter la triste histoire d'Annabel.

Ce premier soir, après l'épreuve de la Bible, Edgar me conduisit dans une chambre du premier étage et m'y laissa. Il y avait deux lits dans la pièce, deux lits à balustres de cuivre qui ressemblaient à celui dans lequel le vieil homme était mort dans ce film où l'horloge s'arrêtait et le chien gémissait. J'enlevai mes chaussures et m'allongeai tout habillé sur l'un des lits ; Biff sauta sur la courtepointe, se pelotonna à mes pieds et s'endormit aussitôt. Je l'enviais profondément. J'étais épuisé ; ce lit était l'endroit le plus confortable sur lequel j'eusse jamais reposé, avec son matelas incroyablement épais et ce gros édredon décoré de fleurs dont l'étiquette, cousue le long d'une couture rose, mentionnait : SEARS — PREMIÈRE QUALITÉ — DUVET D'OIE, mais je ne parvenais pas à trouver le sommeil. Mon esprit menaçait d'éclater. Dans cette chambre sombre, les sens aiguisés par la fatigue, j'étais assailli par une multitude de souvenirs d'une netteté surnaturelle surgis de mon passé. Cette expérience ressemblait à une certaine forme de contrôle de l'esprit que j'avais étudiée et enseignée dans l'Ohio, et qui permettait de provoquer des images hallucinatoires parfaitement claires ; mais dans le cas présent, je n'y étais aidé par aucune des drogues habituelles et je n'avais plus aucun contrôle sur ces visions.

Devant mes yeux défilèrent des images de Mary Lou lisant sur le sol de la bibliothèque, puis les visages inexpressifs des étudiants d'âge mûr assistant à mon petit séminaire de l'Ohio, assis les yeux baissés, vêtus de leur aube de jean, éclatés et sereins, et des images du doyen Spofforth, grand, intelligent, effrayant, noir et insondable. Je me revis, enfant, debout au milieu d'une petite place devant les Quartiers de Sommeil du Dortoir des Enfants. J'avais été mis en pénitence pendant une journée, châtiment qui m'avait été infligé pour Intrusion dans la Vie Privée lorsque j'avais partagé ma nourriture avec un autre enfant. Les Règles de Pénitence m'imposaient de rester immobile et de me laisser toucher, sur le visage, les bras ou la poitrine, par chacun des enfants qui traversait la place ; j'avais intérieurement frémi de dégoût à chaque contact et mon visage était rouge de honte.

Je revis ensuite la petite alcôve d'Intimité, le premier endroit où je me souvienne d'avoir dormi, avec son lit étroit, dur, monastique, la muzak que diffusaient les murs de Permoplastique insonorisés et le petit tapis d'Intimité sur lequel je disais mes prières : « Faites que les Directeurs me permettent de m'épanouir intérieurement. Faites qu'il me soit donné d'aller de Délices en Sérénité vers le Nirvana. Faites que dehors personne ne me touche… » Et mon mur-TV particulier auquel j'apprenais à me consacrer entièrement, abandonnant pendant des heures mon corps d'enfant pour m'immerger dans les images de plaisir, de joie et de paix qui se succédaient sur cet écran holographique lisse et brillant ; et ce corps d'enfant servait uniquement à alimenter mon cerveau en produits chimiques indispensables pour parvenir à la passivité totale, grâce aux drogues dispensées par les pilules que je prenais au signal de la TV, quand la lumière lavande, lavande pour *sopor*, s'allumait.

Je regardais la télé après le dîner jusqu'à l'heure du coucher et quand je m'endormais, je rêvais de Télé : violente, hypnotique, de quoi occuper en permanence nos esprits désincarnés.

Et c'est ainsi qu'allongé ici, dans cette insolite chambre à coucher d'un autre âge, après une journée où j'avais été baptisé, où j'avais failli être immolé par le feu nucléaire et où j'avais lu le livre de la Genèse à une famille d'étrangers, il m'était impossible de trouver le sommeil à cause de mon imagination que je ne parvenais plus à contrôler. Je fus envahi du désir de retrouver la simplicité de ma vie passée, celle d'un véritable enfant du monde contemporain. Je voulais, je réclamais, j'exigeais mes *sopors*, ma marijuana et mes autres drogues, épanouissement de l'esprit, et aussi ma Sérénité Pharmaceutique, mon mur-TV, mes prières au « Directeur », qui ou quoi qu'il fût, et ce sommeil léger, drogué, bercé par les rêves dans ma petite chambre de Permoplastique, climatisée, silencieuse, protégée des troubles, des désirs, des impatiences, des incertitudes et du désespoir que je connaissais actuellement. Je ne désirais plus vivre avec le réel ; c'était un fardeau trop lourd à porter. Si lourd. Si décourageant.

Je repensais au vieux cheval dans le film, avec ses oreilles qui dépassaient du chapeau de paille troué. Et à ces mots : « Seul l'oiseau moqueur chante à l'orée du bois. » Je repensais à moi et à Mary Lou, qui appartenons probablement à la dernière génération humaine sur la terre, une terre sans enfants et sans avenir. Je revoyais, au Burger Chef, les visages noircis par les flammes des hommes qui annonçaient dans l'embrasement de leur fin la disparition de l'espèce tout entière.

J'étais accablé de tristesse, et pourtant je ne pleurais pas.

Je revoyais les visages des robots qui s'occupaient de nous quand nous étions enfants, expressions vides et sévères. Et le visage du juge pendant mon procès. Et Belasco. Belasco avec son regard averti, sage, cynique. Belasco qui me souriait.

Finalement, lorsque je compris que ces images ne cesseraient pas de troubler mon cerveau épuisé, j'allumai une petite lampe à pile à côté de mon lit, pris mon petit *Guide d'Audel pour la maintenance des robots* et l'ouvris à la fin, aux pages blanches sur lesquelles j'avais recopié quelques poèmes avant de m'enfuir de prison. Je trouvai *Les hommes creux*, le poème que Mary Lou et moi étions en train de lire quand Spofforth m'avait arrêté :

C'est ainsi que finit le monde
C'est ainsi que finit le monde
C'est ainsi que finit le monde
Pas sur une explosion, mais sur un gémissement.

Ces vers, en dépit de leur force, ne me furent pas d'un grand réconfort mais ils contribuèrent à chasser toutes ces visions de mon esprit.

Et au moment où je commençais à me détendre en lisant un poème de Robert Browning, je fus dérangé de bien étrange façon.

La porte de ma chambre s'ouvrit et le fils du vieux Baleen, Roderick, entra. Il ne m'adressa pas la parole et se contenta de me faire un petit signe de tête, puis il entreprit de se déshabiller au milieu de la pièce, sans souci de Vie Privée, de Pudeur ou de mes Droits Individuels, exhibant sa peau nue et poilue tout en chantonnant. Il s'agenouilla à côté de l'autre lit et se mit à prier tout haut : « Ô Dieu tout-puissant, Dieu cruel, pardonne mes misérables afflictions et mes péchés, et fais que je devienne humble et digne. Au nom du Christ. Amen. » Puis il se coucha, se blottit entre les draps et commença presque aussitôt à ronfler.

Plus tôt dans la journée, j'avais presque approuvé intérieurement Baleen quand il avait parlé de « péché d'Intimité », mais cette brutale intrusion d'un étranger dans ma chambre à coucher était inconcevable. Et j'étais resté seul si longtemps sur les plages désertes avec Biff pour toute compagnie.

J'essayai de continuer à lire *Caliban à Sétébos* mais les mots, déjà difficiles, ne prenaient plus aucun sens pour moi. Je ne parvenais pas à me relaxer.

Et pourtant, à mon grand étonnement, je ne tardai pas à m'endormir et je me réveillai frais et dispos au milieu de la matinée. Roderick était parti et Biff jouait dans un coin de la chambre avec une petite boule de tissu. Le soleil filtrait à travers les rideaux de dentelle. Une odeur de nourriture me parvenait du rez-de-chaussée.

La veille, le vieux Baleen, avant de m'accompagner dans ma chambre, m'avait montré une grande salle de bains commune qui se trouvait au fond du couloir. Sur la porte, il y avait une vieille plaque de métal verdâtre portant en lettres capitales le mot HOMMES. À l'intérieur, je trouvai six lavabos d'un blanc immaculé et six cabinets de toilette. Je me lavai de mon mieux et me peignai les cheveux et la barbe. J'aurais eu besoin d'un bain, mais je ne savais ni où ni comment en prendre un et mes vêtements étaient sales et élimés. Les affaires neuves que j'avais choisies étaient restées sur place, chez Sears. Je descendis le grand escalier et entrai dans la cuisine.

Il y avait des lettres gravées sur l'arche de pierre au-dessus de l'entrée du bâtiment : PALAIS DE JUSTICE : MAUGRE. Cette inscription ne m'avait pas frappé la veille, mais maintenant que j'étais dans la cuisiné, je me rendais compte que cette pièce, de même que celle où j'avais lu la Bible, était une ancienne salle de tribunal. C'était une pièce très vaste et très haute de plafond, munie de fenêtres cintrées, longues et étroites. L'immense table qui trônait au centre de la cuisine semblait avoir été fabriquée longtemps auparavant avec une scie de chez Sears ; des bancs de bois étaient disposés tout autour.

Le long d'un mur, sous la fenêtre, se dressait un grand fourneau noir encadré de deux piles de bûches et de deux tables de travail dont la surface était lisse et usée à force d'être frottée. Au-dessus de la cuisinière, il y avait deux portes de four émaillées, et de part et d'autre étaient accrochées des batteries de casseroles et de marmites qui occupaient presque toute la longueur de la pièce. Sur le mur opposé s'alignaient huit réfrigérateurs à pile, blancs, avec la marque KENMORE. À côté d'eux, il y avait un évier large et profond devant lequel se tenaient deux femmes vêtues de longues robes bleues qui faisaient la vaisselle ; elles me tournaient le dos.

Je retirai de cette pièce une impression tout à fait différente de celle que j'avais ressentie la veille. Sur la table, il y avait des vases pleins de tulipes jaunes fraîchement coupées ; la salle baignait dans la lumière du jour et dégageait une bonne odeur de café et de bacon. Les femmes ne se retournèrent pas, bien que je fusse certain qu'elles avaient entendu le bruit de mes pas sur le sol nu.

Je m'approchai de l'évier, hésitai, puis je dis:

— Excusez-moi.

L'une d'elles, une petite femme boulotte aux cheveux blancs, pivota, me regarda, mais ne dit rien.

— Je me demandais s'il m'était possible de manger quelque chose.

Elle me dévisagea un moment, puis elle me tourna le dos, prit une boîte jaune sur une étagère et me la tendit. Sur la boîte, il était écrit : CAFÉ DE SURVIE. TYPE INSTANTANÉ. DÉPARTEMENT DE LA DÉFENSE : MAUGRE. IRRADIÉ POUR PRÉVENIR TOUTE DÉTÉRIORATION.

Pendant que je lisais, la femme m'avait sorti un grand bol de céramique et une cuillère de l'égouttoir.

— Utilisez l'eau du samovar, fit-elle avec un petit signe de tête en direction de la cuisinière.

Je traversai la pièce et me servis un plein bol de café noir, très fort, puis je m'assis à la table et commençai à le boire à petites gorgées.

L'autre femme alla prendre un bol dans l'un des réfrigérateurs, puis elle se dirigea vers le fourneau. C'était la femme qui m'avait fait si forte impression, celle qui, la veille, m'avait exhorté à lire. Elle ne posa pas les yeux sur moi. Elle semblait timide.

Elle ouvrit le four de la cuisinière, saisit quelque chose à l'intérieur, le mit sur une assiette et s'approcha de la table. Évitant mon regard, elle la plaça devant moi avec une motte de beurre et un couteau. L'assiette était lourde, d'une teinte brune.

Je levai les yeux sur la femme.

— Qu'est-ce que c'est ? demandai-je.

Elle me considéra d'un air surpris, étonnée par mon ignorance, je suppose.

— C'est un cake, fit-elle.

Je n'avais jamais rien vu de pareil et je ne savais pas comment m'y attaquer. Elle me coupa une tranche du cake avec le couteau puis elle étala du beurre dessus et me la tendit.

Je goûtai. C'était légèrement sucré, chaud, et il y avait des noix à l'intérieur. C'était absolument délicieux. Quand j'eus fini, elle me prépara une seconde tranche avec un sourire hésitant. Elle paraissait troublée, et c'était plutôt inattendu compte tenu de l'audace dont elle avait fait preuve la veille.

Le cake et le café étaient si bons et sa timidité ressemblait tant à ce qu'on m'avait appris à attendre des gens que je m'enhardis et m'adressai à elle sur un ton amical :

— C'est vous qui avez fait ce cake ? lui demandai-je.

Elle acquiesça d'un signe de tête et fit :

— Voulez-vous une omelette ?

— Une omelette ? m'étonnai-je.

Je connaissais bien le mot, mais je n'avais jamais vu le plat en question. Je crois que ça se fait avec des œufs.

Comme je ne répondais pas, elle se dirigea vers les réfrigérateurs et revint aussitôt avec trois gros œufs. De vrais œufs. Je n'avais mangé de vrais œufs qu'en de très rares occasions, comme par exemple pour fêter mon diplôme de sortie du Dortoir. Elle alla vers la cuisinière, cassa les œufs dans un bol de céramique brun, puis elle posa un petit poêlon noir sur le fourneau, ajouta du beurre et le laissa chauffer. Elle battit ensuite vigoureusement les œufs, les versa dans la poêle, puis, avec beaucoup d'adresse, elle l'agita d'avant en arrière tout en fouettant les œufs avec une fourchette. Ses gestes étaient très sûrs ; elle était très belle. Elle souleva enfin la poêle, l'amena vers la table et, d'un petit mouvement du poignet, elle fit glisser dans mon assiette un magnifique croissant jaune.

— Mangez avec une fourchette, me recommanda-t-elle.

J'en pris une bouchée. C'était fantastique. Je finis mon omelette en silence. Je pense aujourd'hui encore que cette omelette et ce cake constituèrent le meilleur repas de ma vie.

Lorsque j'eus terminé, je me sentis encore plus audacieux. Elle était restée debout, toute proche de moi ; je la regardai et lui demandai :

— Vous voulez bien me montrer comment on fait une omelette ?

Elle eut l'air choquée et ne répondit pas.

La voix de la femme qui se tenait près de l'évier s'éleva pour déclarer :

— Ce n'est pas aux hommes de faire la cuisine.

La femme à mes côtés hésita un moment, puis elle dit d'une voix douce :

— Cet homme est différent, Mary. C'est un Lecteur.

Mary ne se retourna pas.

— Les hommes sont dans les champs, dit-elle. Ils font le travail du Seigneur.

La femme qui m'avait servi avait beau être timide, elle savait ce qu'elle voulait. Elle ignora la remarque de Mary et me dit :

— Vous avez lu ce qui était écrit sur la boîte de café que Mary vous a donnée, n'est-ce pas ?

— Oui, acquiesçai-je.

Elle alla à la cuisinière et prit la boîte où je l'avais laissée.

— Relisez-le, s'il vous plaît, demanda-t-elle.

Je m'exécutai. Elle suivit les mots avec beaucoup d'attention, puis, quand j'eus fini, elle demanda :

— Qu'est-ce que ça veut dire, Maugre ?

— C'est le nom de cette ville. Du moins, je le pense.

Elle me considéra, bouche bée.

— La ville aurait un nom ? fit-elle.

— Il me semble.

— La maison, en tout cas, a un nom. Elle s'appelle Baleena.

J'ai choisi de l'orthographier ainsi, car ce mot n'était écrit nulle part avant que je ne le fasse, beaucoup plus tard, pour le vieil Edgar.

— Eh bien, Baleena se trouve dans la ville de Maugre, dis-je.

Elle hocha pensivement la tête, puis elle se dirigea à nouveau vers le réfrigérateur et cassa quelques œufs dans un bol. Elle me montra alors comment préparer une omelette.

Et c'est ainsi que je fis véritablement la connaissance d'Annabel Baleen.

Ce matin-là, Annabel m'apprit à faire les omelettes et les soufflés. Elle prépara aussi un cake avec moi, me montrant comment transformer la farine en pâte et utiliser la levure. La farine était dans une grande boîte glissée sous la table où nous préparions le cake ; Annabel me dit que c'était un « produit des champs », ces champs où se trouvaient tous les autres membres de la famille.

Annabel avait la responsabilité de la cuisine et cette besogne lui avait été attribuée, m'expliqua-t-elle, parce qu'elle était une « solitaire ». L'autre femme avait pour tâche de l'aider à nettoyer après les repas, et le reste du temps, elle s'occupait du jardin devant la maison. Annabel avait travaillé quelques années dans les champs, mais elle détestait ça et détestait également le fait que les gens ne parlent pas pendant le travail. Lorsque la vieille femme qui tenait la cuisine mourut, Annabel demanda à la remplacer, ce qui lui fut accordé. Elle préparait ainsi les repas depuis treize ans, me précisa-t-elle ; d'abord en tant que femme mariée et maintenant en tant que veuve. Compter le temps en années, et être « marié » n'étaient plus de nouveaux concepts pour moi, et bien qu'il fût étrange de les entendre énoncés par Annabel, je comprenais très bien ce qu'elle voulait dire.

Hormis la farine et les œufs, tous les autres ingrédients pour la cuisine provenaient des abris du Parvis. Annabel me fit lire les étiquettes qui figuraient sur les paquets de levure, sur une boîte de poivre et sur un sachet de noix irradiées. Tous les emballages portaient la mention : DÉPARTEMENT DE LA DÉFENSE : MAUGRE.

Annabel se montra calme et charmante tandis qu'elle m'apprenait à faire la cuisine ; elle ne me posait pas de questions, sauf pour me demander de lui lire les étiquettes. Je faillis plusieurs fois l'interroger sur elle, sur sa famille et sur la façon dont les Baleen semblaient éviter tout ce qui touchait au mode de vie moderne, mais à chaque fois que j'étais sur le point de formuler ma question, je me disais : « *Pas de questions, relax* » et, pour une fois, cela me parut être de bon conseil. Annabel était très belle et elle se mouvait dans la cuisine avec grâce et souplesse ; c'était un véritable plaisir de la regarder travailler.

Mais, tandis que midi approchait, elle sembla devenir plus nerveuse et peut-être un peu triste. Elle ouvrit un placard, en sortit une grande boîte bleue et me la tendit pour que je lui dise ce qu'il y avait sur l'étiquette.

Le mot VALIUM était écrit en grosses lettres, et au-dessous, en caractères plus petits : *Anticonceptionnel*, et encore en dessous : *Contrôle Démographique U.S. À ne prendre que sous la surveillance d'un médecin.*

Quand j'eus fini de lire, Annabel me demanda :

— Qu'est-ce que c'est, un médecin ?

— Une espèce d'ancien guérisseur, répondis-je sans en être bien sûr.

Et je me pris à penser : *Ce serait donc pour ça qu'il n'y a plus d'enfants ? Se pourrait-il que tous les tranquillisants et les sopors soient aussi des contraceptifs ?*

Annabel prit deux pilules qu'elle avala avec une gorgée de café, puis elle me tendit la boîte. Je refusai d'un signe de tête et elle me considéra d'un air perplexe, sans rien dire. Elle se contenta de glisser quelques comprimés de Valium dans la poche de son tablier et de ranger la boîte dans le placard. Puis elle déclara simplement :

— Il faut que je prépare le déjeuner.

Durant l'heure qui suivit, elle travailla à un rythme échevelé : elle fit chauffer deux marmites de soupe et prépara des sandwiches au fromage avec de larges tranches de pain noir qu'elle coupait à l'aide d'un couteau. Je lui proposai de l'aider, mais elle ne sembla même pas m'avoir entendu.

Elle disposa sur la table les grandes assiettes ocre et les bols de soupe. Cherchant à me rendre utile, je pris une pile d'assiettes dans un placard et les apportai à table.

— Ces assiettes ne sont pas banales, fis-je.

— Merci, dit-elle. C'est moi qui les ai faites.

C'était plutôt étonnant. Je n'avais jamais entendu parler de quelqu'un qui ait fabriqué des choses comme des assiettes. Sans compter qu'il y avait chez Sears tout un rayon vaisselle. J'ignorais totalement qu'un être humain pût fabriquer lui-même de tels objets.

Devant mon air surpris, Annabel prit une assiette et la retourna. Sur le fond, il y avait une marque qui me parut familière.

— Qu'est-ce que c'est ? demandai-je.

— C'est ma signature de potière. Une patte de chat. (Elle me sourit timidement.) Vous avez un chat ?

Elle avait raison. C'était la même trace mais un peu plus petite que celle laissée par Biff quand elle marchait sur le sable.

Annabel ajouta alors :

— Mon mari et moi, nous avions un chat. C'était le seul chat de la maison. Mais il est mort avant mon mari, tué par l'un des chiens.

— Oh ! fis-je, et je commençai à placer les assiettes sur la table.

Quelques instants plus tard, j'entendis du bruit dehors, et, levant la tête pour regarder par la fenêtre, je vis arriver deux *psi-bus* verts ; les hommes et les deux chiens en descendirent dans le plus profond silence.

Je sortis dans le soleil et je constatai que les hommes se lavaient à deux robinets situés à l'arrière du bâtiment. J'étais assez surpris ; je m'étais attendu à des rires et à des éclaboussures comme chez les prisonniers que j'avais connus, mais les chiens eux-mêmes restaient parfaitement calmes, blottis l'un contre l'autre, deux corps blancs, qui me regardaient de leurs yeux roses.

Les femmes qui travaillaient dans le jardin et dans les petites remises vinrent rejoindre les hommes, puis ils pénétrèrent ensemble dans la cuisine et s'installèrent autour de la table. Baleen me fit signe de m'asseoir et je réussis à trouver une place sur l'un des bancs.

Lorsqu'ils furent tous assis, à l'exception d'Annabel, ils baissèrent la tête sur leurs assiettes et le vieux Baleen se mit à prier, commençant de la même façon que Rod la nuit dernière :

« Ô Dieu tout-puissant, Dieu cruel, pardonne nos misérables afflictions et nos péchés… »

Mais il continua différemment :

« … Protège-nous du déluge nucléaire jailli des Cieux et des péchés des Hommes de l'Ancien Temps. Fais-nous connaître et sentir ton emprise sur la vie en ce crépuscule de l'Humanité. »

Ils mangèrent en silence. Je voulus parler à mon voisin pour lui dire combien la soupe était bonne, mais il ne fit pas attention à moi.

Personne ne remercia Annabel pour le repas.

Je passai l'après-midi à lire, seul dans ma chambre.

Au dîner, je fus content de revoir Annabel, encore qu'elle fût bien trop occupée à servir pour pouvoir me parler. J'observai son visage chaque fois que c'était possible et il me parut triste, mélancolique, tandis qu'elle ne cessait d'apporter des plats sur la table et de débarrasser les assiettes vides. Elle travaillait très dur. Elle aurait dû avoir quelqu'un pour la seconder.

Après dîner, j'espérais voir Annabel et peut-être lui parler mais Baleen m'entraîna dans la Salle de la Bible et Annabel resta seule dans la cuisine pour laver la vaisselle.

La télévision était déjà allumée et les chaises furent bientôt toutes occupées par les hommes et les femmes Baleen qui regardaient en silence. Le programme était l'une de ces vieilles Vidéo-Littérales, une sorte d'ancienne télévision devenue très rare qui racontait des histoires logiques, rationnelles, avec de vrais acteurs. Il était toutefois impossible de savoir si les acteurs étaient des humains ou des robots. En l'occurrence, il s'agissait de l'histoire d'une jeune fille qu'une bande de marginaux anti-Intimité échappés d'une Réserve avait kidnappée et qu'ils violaient à maintes reprises. Ils abusaient d'elle de toutes les façons possibles et imaginables. Et bien que de tels programmes aient fait partie de ma formation d'enfant et que je les aie étudiés à l'université, je ressentis devant ce film une impression de dégoût qui ne m'aurait même pas effleuré quelques années plus tôt.

Je finis par fermer les yeux pour ne plus voir ce spectacle. J'entendais de temps en temps autour de moi les grognements approbateurs des Baleen.

Depuis le début, ils étaient tous passionnément absorbés par ce qui se déroulait sur l'écran. C'était effrayant.

À la fin de la dramatique, le Détecteur, à en croire la bande-son, ayant sauvé la jeune fille, on éteignit la télévision et on me conduisit au lutrin pour que je lise un peu de la Bible.

J'arrivai bientôt au passage sur Noé ; je me souvenais de l'avoir lu en prison. Noé était un homme que Dieu avait décidé de sauver de la noyade au cours d'un déluge qui avait englouti toutes les autres vies sur la terre, je lus le paragraphe suivant :

« Dieu dit à Noé : " Pour moi, la fin de toute chair est arrivée car à cause des hommes la terre est remplie de violence et je vais donc les détruire. " »

Et quand je prononçai : « Et je vais donc les détruire », j'entendis le vieux Baleen à côté de moi s'écrier d'une voix forte : « Amen ! » et les autres de reprendre en chœur : « Amen ! ». Cela m'étonna, mais je continuai néanmoins.

J'avais espéré, la lecture terminée, pouvoir m'entretenir avec Annabel, mais le vieux Baleen me conduisit au Parvis et resta à côté de moi pendant que je me choisissais des vêtements neufs chez Sears. J'aurais bien voulu y flâner un peu pour examiner toutes ces anciennes choses exposées dans les rayons, mais Baleen m'en dissuada en déclarant simplement : « C'est un endroit sacré. » Il ne me le dit pas, mais j'eus le sentiment que je n'avais pas intérêt à me faire prendre une nouvelle fois tout seul chez Sears.

Mais j'avais bien l'intention d'y retourner. Je n'avais plus aussi peur des Règles que dans le passé. Et je n'avais pas peur d'Edgar Baleen.

Nous quittâmes le Parvis. Avec mon jean tout neuf et mon col roulé noir à même la peau, je me sentais rempli d'une étrange allégresse, et tandis que nous franchissions l'espace découvert, baigné par le clair de lune, qui nous séparait de Baleena, une idée me frappa et je demandai :

— Est-ce que je pourrais aider Annabel à la cuisine pendant quelques jours ? Je ne suis pas très doué pour les travaux des champs.

Ce n'était pas tout à fait vrai ; en réalité, je détestais les travaux des champs.

Baleen s'immobilisa et resta quelques instants silencieux. Puis il dit :

— Tu parles beaucoup.

Sa réflexion me mit légèrement en colère.

— Et pourquoi pas ? fis-je.

— Parler ne vaut rien, répondit-il.

Et je me demandai : *Je ne vois pas où est le rapport.*

Il se tut encore un long moment avant d'affirmer :

— La vie est sérieuse, Lecteur.

Je hochai la tête, ne sachant que répondre, ce qui sembla l'apaiser, car il conclut :

— Tu peux aider Annabel.

Annabel, elle, ne pensait pas que parler ne valait rien, et elle était bien la seule à penser ainsi. Mais, en un sens, elle ne faisait pas partie de la famille. Elle était à l'origine une Swisher, l'une des Sept Familles, et elle avait changé son nom en Baleen quand elle avait épousé l'un des fils du vieux Baleen. Les Swisher étaient un groupe plus bavard, mais moins prolifique que les Baleen. Il ne restait en effet plus que trois Swisher, deux vieillards et une vieille femme à moitié folle, la mère d'Annabel. Ils vivaient dans ce qu'on appelait la Maison Swisher, à plusieurs kilomètres au nord, et ils troquaient de l'essence avec les Baleen en échange de la nourriture et des vêtements du Parvis. Les autres familles des Cités de la Plaine étaient toutes plus petites et plus faibles que les Baleen. Ils cultivaient tous un peu la terre. Les Baleen, me dit Annabel, étaient plus religieux que les autres familles, mais c'étaient tous des « Chrétiens ».

Je l'interrogeai sur la réaction de mes auditeurs au passage concernant Noé. Je me souviens très bien d'elle lorsqu'elle me répondit, avec ses cheveux blonds ramenés en arrière, une tasse de café à la main, ses yeux gris-bleu, timides et tristes évitant les miens.

— C'est mon beau-père, dit-elle. Il se prend pour un prophète et croit que s'il n'y a plus d'enfants sur la terre c'est parce que le Seigneur a puni l'humanité pour ses péchés, comme avec Noé. Tout le monde connaît l'histoire de Noé. Ma mère aussi me l'a racontée, mais d'une manière différente de celle que vous avez lue. Elle ne m'a pas parlé de son ivrognerie, ni de ses fils.

— Et bien sûr Edgar Baleen s'attend à être sauvé, comme Noé ?

Annabel sourit.

— Je ne sais plus. Et je ne vois pas comment il pourrait l'être. Il est bien trop vieux pour avoir des enfants.

Je lui posai alors une question plus personnelle. J'avais du mal à m'habituer aux Intrusions dans la Vie Privée, même si les Baleen ne croyaient pas à cette règle.

— Qu'est devenu votre mari ? lui demandai-je.

Elle but une gorgée de café.

— Il s'est suicidé. Il y a deux ans.

— Oh ! fis-je.

— Lui et deux de ses frères ont pris trente *sopors*, se sont aspergés d'essence et se sont fait brûler vifs.

J'étais profondément bouleversé. C'était le même phénomène que celui auquel j'avais assisté au Burger Chef de New York.

— Il y a des gens qui s'immolent de la même façon à New York, dis-je.

Elle baissa les yeux.

— Ça arrive ici aussi, dans toutes les familles. Mon mari voulait que je sois la troisième du groupe. Dans un sens, ça me tentait, mais j'ai fini par renoncer. Je tenais à vivre un peu plus longtemps.

Elle se leva de la table où nous nous étions installés et empila les assiettes pour les transporter vers l'évier.

— C'est du moins ce que je croyais, ajouta-t-elle.

La résignation qui perçait dans sa voix m'incita à garder le silence.

Après avoir débarrassé la table, elle se resservit une tasse de café et revint s'asseoir.

Quelques instants plus tard, je lui demandai :

— Vous pensez vous remarier un jour ?

Elle me considéra avec tristesse :

— C'est interdit. Pour épouser un Baleen il faut... il faut être vierge.

Elle rougit légèrement et baissa les yeux.

Ce genre de conversation était plutôt étrange pour moi car je n'avais encore jamais rencontré de gens qui pratiquaient le mariage. J'étais toutefois familiarisé avec cette coutume grâce aux livres et aux films, et je savais qu'il avait été jadis considéré comme une Faute pour un homme d'épouser une « femme déchue », comme l'était bien souvent

Gloria Swanson, mais je ne pensais pas qu'une veuve eût pu être qualifiée de « femme déchue ». Tous ces sujets étaient malgré tout totalement étrangers à mon éducation. À moi, on m'avait appris « Sexe vite fait, sexe bien fait », et je commençais tout juste à réaliser que le monde était sans doute rempli de gens qui n'avaient pas reçu la même éducation que la mienne.

Nous eûmes cette conversation dans le milieu de la matinée. Je m'en souviens à présent : ce fut à cette occasion que je ressentis pour la première fois une attirance sexuelle pour Annabel. Elle était assise, très calme, une expression mélancolique sur son visage, un grand bol de céramique plein de café fumant à la main, l'un de ces bols qu'elle avait faits devant moi dans l'atelier de poterie installé de l'autre côté de la roseraie. Je l'avais regardée se servir du tour presque avec effroi, stupéfié par la précision de ses mouvements tandis qu'elle façonnait une motte d'argile en un cylindre parfait, les mains et les poignets couverts de terre et luisants d'eau boueuse, toute son attention concentrée avec intelligence, avec savoir, sur son travail. Le respect et l'admiration que j'avais éprouvés pour elle en cet instant étaient immenses, mais il ne s'y mêlait alors aucun désir physique.

Mais à présent, assis à côté d'elle à cette grande table, je sentis le désir monter en moi. J'avais changé. Mary Lou m'avait changé, de même que les films, les livres, la prison et les événements qui avaient suivi. Pour rien au monde, je n'aurais voulu de « sexe-minute » avec Annabel. Je voulais faire l'amour avec elle, mais surtout, je voulais la toucher, la prendre dans mes bras pour dissiper ce voile de tristesse qui semblait être descendu sur son esprit.

Elle avait reposé son bol de café et son regard était fixé sur la fenêtre. J'avançai la main et la posai doucement sur son bras.

Elle le retira aussitôt d'un mouvement brusque, renversant son bol.

— Non ! s'exclama-t-elle sans me regarder. Il ne faut pas.

Elle alla chercher un torchon près de l'évier et essuya le café répandu sur la table.

Pendant les semaines qui suivirent, Annabel se montra aimable, mais distante. Elle m'apprit à faire des puddings de maïs avec les épis congelés stockés dans les réfrigérateurs, et aussi des gâteaux au fromage, des cornichons en saumure, des glaces, des soupes et du chili. Je mettais la table pour le déjeuner et le dîner, préparais la soupe et aidais à débarrasser. Certains des Baleen me regardaient bizarrement, mais aucun d'eux ne fit de réflexions et, en vérité, je me moquais de ce qu'ils pensaient. Ce travail me plaisait plutôt, mais je constatais avec tristesse que ces tâches répétitives rendaient Annabel malheureuse. Je lui faisais parfois des éloges de sa cuisine, ce qui semblait la réconforter un peu.

Un jour que nous étions seuls, je l'interrogeai sur les raisons de sa mélancolie. Même s'il n'y avait rien de physique entre nous, je me sentais très proche d'elle par le travail que nous partagions et aussi à cause de cette impression que nous ne serions jamais comme les autres Baleen.

— Vous avez toujours été aussi triste ? lui demandai-je tandis que nous mettions des cakes dans des sachets protecteurs.

Je glissais les cakes dans les sacs et Annabel s'occupait de la machine Sears qui les scellait et projetait la lumière jaune irradiante.

Je crus d'abord qu'elle n'allait pas me répondre, mais après quelques instants de silence, elle dit :

— J'étais une jeune fille très heureuse. Je chantais beaucoup et j'adorais écouter ma mère me raconter des histoires, ce qu'on faisait beaucoup plus dans la Maison Swisher qu'ici. (Elle eut un geste du bras, englobant la grande cuisine déserte.)

— Vous aimeriez y retourner ?

— Ça ne changerait rien, répondit-elle. Ils sont trop vieux maintenant.

— Vous devriez me laisser vous apprendre à lire, dis-je.

Ce n'était pas la première fois que nous abordions ce sujet.

— Non, répondit-elle. Je suis trop occupée et je ne crois pas que je pourrais faire l'effort nécessaire. (Elle sourit timidement.) Mais j'aime beaucoup vous écouter lire. On dirait... on dirait un autre monde.

J'emballai le dernier cake, le lui tendis et me versai une tasse de café. Je regardai dehors, vers le jardin et le poulailler.

— C'est la mort de votre mari qui vous a rendue si triste ?

— Non, répondit-elle. Mon mari n'a jamais... compté pour moi. Du moins à partir du moment où j'ai su que je ne pourrais jamais avoir d'enfant. J'avais toujours tant désiré avoir des enfants. J'aurais été une bonne mère.

Je réfléchis un instant avant de lancer :

— Mais si vous arrêtiez de prendre ces pilules... Je lui avais expliqué ce qu'il y avait sur les étiquettes des boîtes de Valium.

— Non, fit-elle. C'est trop tard. Je suis vraiment à bout. J'en ai assez de tout ça. Et je ne crois pas que je pourrais continuer à vivre ici sans pilules.

— Annabel, fis-je. Vous et moi pourrions partir ensemble. Et si vous ne prenez plus de pilules pendant un *jaune*, vous pourrez peut-être avoir un bébé. Notre bébé.

Elle me lança un regard étrange. Je ne savais pas ce qu'elle pensait. Elle ne dit rien.

Je fis un pas vers elle, tendis les bras et la pris doucement aux épaules. Je sentais ses omoplates sous le mince tissu de sa chemise. Cette fois, elle ne se recula pas.

— Nous sommes différents de ces gens, fis-je. Nous pourrions vivre ensemble et peut-être avoir des enfants.

Elle me regarda alors droit dans les yeux et je vis qu'elle pleurait.

— Paul, dit-elle dans un sanglot. Je ne peux pas partir avec toi avant qu'Edgar Baleen ne me donne à toi et ne nous marie dans son église.

Je la dévisageai sans savoir quoi dire, profondément bouleversé par ses pleurs. « L'église » était, je le savais, le magasin Sears. On s'en servait pour les mariages et pour les enterrements. Dans le temps, des enfants y avaient été baptisés, dans la même fontaine que moi.

Je finis par trouver un argument :

— Je ne suis pas un Baleen, et toi non plus.

— C'est vrai, fit-elle. Mais je ne pourrais jamais vivre avec un homme dans le péché. Ce serait... immoral.

La force contenue dans cette phrase et le ton définitif qu'Annabel avait employé me paralysèrent. Je savais ce que signifiait « vivre dans le péché » ; je l'avais appris dans les films muets. Mais je n'aurais jamais pensé qu'Annabel pût posséder et accepter une telle notion.

—Nous ne serions pas obligés de vivre dans le « péché », dis-je. Nous pourrions avoir notre propre cérémonie, la nuit sur le Parvis, si tu le désires.

—Non, Paul, répondit-elle en s'essuyant les yeux avec le bord de son tablier.

Mon cœur bondit vers elle. En cet instant, j'étais amoureux d'elle. Profondément.

—Qu'est-ce qu'il y a, Annabel ?

—Paul, fit-elle. J'ai entendu parler de femmes qui aiment... qui aiment faire l'amour. (Elle baissa les yeux.) C'est peut-être bien pour elles de... de forniquer. De commettre des adultères. Mais nous, les femmes de la Plaine, nous sommes des Chrétiennes.

Je ne savais pas quoi en penser. Je connaissais le mot « Chrétien » ; il servait à désigner les gens qui croyaient que Jésus était un Dieu. Mais Jésus, pour autant que j'eusse bien compris ce que j'avais lu dans la Bible à son sujet, m'avait paru très tolérant sur le chapitre du sexe. Je me souvenais de ces gens appelés « Scribes » et « Pharisiens » qui avaient voulu punir des femmes adultères, mais avec lesquels Jésus n'était pas du tout d'accord.

Néanmoins, je ne poursuivis pas la discussion sur ce thème. Peut-être en raison de la façon irrévocable dont elle avait prononcé le mot « Chrétienne ». Je me contentai de dire :

—Je ne crois pas avoir très bien saisi.

Elle me regarda d'un air mi-furieux, mi-suppliant.

Puis elle déclara :

— Je n'aime pas faire l'amour, Paul. Je déteste ça.

Qu'aurais-je pu ajouter ?

Nous en restâmes à ce stade, Annabel et moi, pendant tout le printemps. Nous n'en avons plus jamais reparlé. Nous avons cependant continué à travailler ensemble et nous avons appris à nous connaître au point que je me suis senti plus proche d'elle que je ne l'avais jamais été de personne, même de Mary Lou, avec qui j'avais fait l'amour si souvent, des rapports dont nous tirions tous deux un plaisir profond et intense. Annabel était un être foncièrement bon. Je pleure encore au souvenir de sa bonté, et de sa mélancolie. Et comme elle était compétente pour tout ce qu'elle entreprenait ! Je la revois devant son tour de potier, ou devant la cuisinière, ou en train de nourrir les poulets avec son tablier gonflé par le vent, ou encore, tout simplement, repoussant une mèche de cheveux clairs qui lui tombait sur le front. Et je la revois ce jour-là qui me disait, les larmes ruisselant sur son visage, qu'elle ne pouvait pas vivre avec moi.

Et c'est elle qui a débarrassé Biff de ses puces ; c'est elle qui me préparait toujours mon petit déjeuner quand je descendais le matin de bonne heure. Et c'est elle aussi qui m'a dit que je devrais arranger cette vieille maison pour l'habiter. Elle a été la première à m'y conduire, à environ un kilomètre de l'obélisque de Maugre, sur une falaise surplombant l'océan.

C'était une maison qu'elle avait connue quand elle était petite, une maison qui avait été occupée par un reclus mort depuis longtemps. Les enfants des Cités la considéraient comme « hantée ». Annabel m'avait raconté qu'elle y était entrée un jour par défi mais qu'elle avait eu bien trop peur pour y rester plus d'une minute.

Et maintenant, assis dans le living, quand je regarde autour de moi, je pense à Annabel petite fille et j'ai l'impression de voir devant moi une enfant terrifiée. Si cet endroit est hanté, il l'est par cette fillette. Une belle enfant timide qui adore chanter.

J'aimais Annabel. Ce que je ressentais pour elle était différent de ce que je ressentais, et jusqu'à un certain point, de ce que je ressens toujours pour Mary Lou. Annabel avait besoin de trouver à utiliser son talent et son énergie. Elle abattait beaucoup de travail, mais personne ne l'en remerciait et presque tout ce qu'elle faisait aurait pu être fait par un Classe 3 sans même que les Baleen ne le remarquent ; tous ces plats qu'elle cuisinait avec tant d'amour et de compétence, tout ce nettoyage, toute cette vaisselle à laver, toutes ces poteries, toute cette besogne, pendant des années et des années. Et pas un mot de remerciement.

Il faut que je me dépêche de terminer avant que l'émotion ne me paralyse en ce matin du début de l'été alors que j'approche de la fin de cette partie de mon journal.

Mes rapports avec Annabel restèrent donc les mêmes. Nous travaillions ensemble dans la cuisine et nous conversions après ma lecture du matin. J'appris beaucoup d'autres choses en plus de l'art culinaire et du puritanisme sexuel qui n'était d'ailleurs pas seulement le fait d'Annabel mais un élément de base dans la culture des Sept Cités de la Plaine. Annabel ne savait pas d'où venaient les Baleen, sinon qu'à une époque, des générations, auparavant, ils avaient été des prêcheurs itinérants, jusqu'à ce que la Bible et le message écrit qu'elle véhiculait se fussent graduellement perdus. Annabel était née dans la Maison Swisher, mais sa mère, dans sa jeunesse, avait été une vagabonde. Jadis, les Swisher étaient des interprètes de chants religieux, mais la « Malédiction des Ventres Stériles » avait poussé le vieux Baleen à leur interdire de chanter. Cela se passait à l'époque où Annabel était une jeune fille. Elle avait été le dernier enfant à naître dans les Cités.

Je n'ai plus jamais essayé de coucher avec elle. Je me suis dit, depuis, que j'aurais dû malgré tout faire une nouvelle tentative : mais à partir du moment où elle m'avait expliqué ce qu'elle pensait des rapports sexuels, je m'étais senti trop embarrassé et trop peu sûr de moi. Je pensais à Annabel et à Mary Lou que j'aimais toutes les deux et qui, toutes les deux, restaient inaccessibles. Et dans un certain sens, c'était presque mieux ainsi. Il n'y avait aucun risque.

Ou du moins c'est ce que je croyais jusqu'au jour où, un matin, je trouvai la cuisine en désordre, avec des miettes de pain et des coquilles d'œufs sur la table et dans l'évier, là où les membres de la famille s'étaient préparé eux-mêmes le petit déjeuner. Annabel n'était pas là. Je sortis à sa recherche.

Elle n'était pas au poulailler. Je contournai Baleena pour regarder en direction de la ville déserte de Maugre enfouie sous la végétation. Il n'y avait aucun signe de vie. J'allais me diriger vers l'obélisque quand, saisi d'une intuition, j'ouvris la porte de l'atelier de poterie.

Il y régnait une odeur atroce. Un corps mince et rigide, la peau noircie, surmonté d'une masse calcinée, ce qui jadis avait été des cheveux, se tenait devant le tour de potier. Les bras étaient tendus en avant et les mains agrippaient encore l'outil.

À l'odeur de chair brûlée s'ajoutait celle de l'essence.

Je m'enfuis et courus comme un fou jusqu'à l'océan. Je m'assis sur la plage, les yeux rivés sur la mer. C'est là que Rod Baleen me trouva, ce soir-là.

Nous l'enterrâmes le lendemain. On nous envoya, Rod, un homme âgé et moi, chercher un cercueil.

Les cercueils se trouvaient à un niveau souterrain du Parvis que je ne connaissais pas. C'était en bas d'un escalier où un panneau indiquait : ABRI SOUTERRAIN.

Il y avait un entrepôt plein de cercueils en métal peints en vert. Sur chacun d'eux était inscrit : DÉPARTEMENT DE LA DÉFENSE : MAUGRE. Ils étaient empilés jusqu'au plafond, en rangées bien nettes, dans une pièce appelée : CHAMBRE DES MORTS.

Plutôt que de remonter l'escalier avec le cercueil, nous prîmes un couloir du côté opposé. Nous passâmes sous un porche surmonté d'un panneau indiquant ZONE DE RÉCRÉATION, puis devant une immense piscine vide et ensuite devant une porte marquée : BIBLIOTHÈQUE ET SALLE DE LECTURE. Malgré tout mon chagrin, et tandis que je portais ce sinistre coffre de métal, mon cœur bondit à la vue de ces mots et je dus me retenir pour ne pas abandonner le cercueil d'Annabel en plein milieu du couloir pour me précipiter dans la salle.

Le corridor se terminait par une double porte au-dessus de laquelle figurait cette inscription : GARAGE ET ENTREPOT. Rod poussa la porte et nous entrâmes dans un local bourré de *psi-bus*. Ils étaient alignés les uns à côté des autres en rangées. Sur tous ceux dont l'avant était tourné, vers moi, je lus : MAUGRE ET BANLIEUE UNIQUEMENT.

Au fond du garage, il y avait deux portes coulissantes suffisamment larges pour laisser passer un bus. Rod pressa un bouton sur le mur et les battants s'ouvrirent. Nous franchîmes le seuil, portant toujours le cercueil, et empruntâmes un grand ascenseur qui nous déposa à l'arrière de l'obélisque. Nous sortîmes dans le soleil et nous dirigeâmes vers l'atelier où les femmes avaient fait de leur mieux pour rendre le corps d'Annabel présentable. Elles lui avaient passé une robe noire toute neuve et un tablier bleu, mais je ne reconnus rien d'Annabel dans ces os calcinés que nous déposâmes dans le cercueil.

Sur une étagère de l'atelier, il y avait un magnifique vase, de forme très élancée. Annabel m'avait dit qu'elle l'avait fait des années auparavant mais que le vieux Baleen n'avait pas voulu qu'on le mette dans la cuisine car il était « trop fragile ». Je le pris et le glissai dans le cercueil, entre ce qui restait des bras d'Annabel. Puis je refermai le couvercle.

Les funérailles se déroulèrent chez Sears. Le cercueil fut descendu dans un *psi-bus* par l'ascenseur. Je suis reconnaissant au vieux Baleen de m'avoir laissé porter le cercueil ; il n'avait jamais fait la moindre réflexion mais je crois qu'il savait plus ou moins ce que j'éprouvais pour Annabel.

Nous prîmes place sur des chaises dans le rayon chaussures, les lumières diffusant un éclairage tamisé, et Baleen fit un discours avant de me tendre la Bible qu'il avait emportée avec lui et de me demander d'en lire un passage.

J'ouvris la Bible du *Reader's Digest*, mais je ne lus pas le texte qui s'y trouvait. Je regardai devant moi le cercueil d'Annabel, et je dis :

« Je suis la Résurrection et la Vie, dit le Seigneur, celui qui croit en moi, fût-il mort, vivra. »

Ces mots ne me furent d'aucun réconfort. Je voulais Annabel vivante, avec moi. J'observai les Baleen, la tête inclinée, respectueusement, et je ne me sentis rien de commun avec eux et leur foi. Sans Annabel je me retrouvais à nouveau seul.

Le cimetière était situé à plusieurs kilomètres au nord de Maugre, près d'une ancienne route à quatre voies. Nous y amenâmes Annabel dans un *psi-bus*. Il y avait des milliers de petites pierres tombales en Permoplastique, soigneusement alignées, sans la moindre inscription.

Cette nuit-là, quand tout le monde fut endormi, je quittai sans bruit la maison, me dirigeai vers le Parvis et me rendis à la bibliothèque. C'était une pièce encore plus grande que la cuisine de Baleena, et tous les murs étaient couverts de rayonnages de livres. Et, ici, au cœur de la nuit, entouré de milliers et de milliers de livres, je me sentis frissonner des pieds à la tête.

Je glissai deux ouvrages de petit format dans les poches de ma veste : *Jeunesse* de Joseph Conrad et *Religion et essor du capitalisme* de R.H. Tawney, puis je me rendis au garage et passai plus d'une heure à examiner les plaques à l'avant des bus.

Elles indiquaient toutes : MAUGRE ET BANLIEUE UNIQUEMENT.

Je remontai et chez Sears je trouvai une planche, de la peinture noire et un pinceau. Je peignis le nom d'ANNABEL SWISHER sur la planche, puis, à l'aide de clous et d'un marteau que je pris au rayon quincaillerie, je clouai maladroitement la planche à un piquet. Je grimpai ensuite dans l'un des bus de Baleen pour me rendre au cimetière où, à l'aide d'un marteau, j'enfonçai le piquet dans le sol devant la tombe d'Annabel. Après cela, je demandai au bus de me conduire à New York. Il se dirigea vers la bretelle qui conduisait à la route à quatre voies et s'arrêta juste à l'entrée. Il n'alla pas plus loin.

Je restai éveillé toute la nuit à lire le livre de Joseph Conrad que je ne compris qu'en partie. Le matin, Mary et une autre femme du nom d'Hélène préparèrent le petit déjeuner. Je mangeai avec le reste de la famille.

Après le petit déjeuner, je dis au vieil Edgar que, finalement, je souhaiterais habiter cette maison, et il ne fit aucune objection. En fait, je crois qu'il s'attendait à ce genre de chose de ma part.

La maison, toute de séquoia et de verre, était la demeure des souris et des oiseaux. Je nettoyai les nids et Biff se mit au travail avec les souris d'une manière pour le moins professionnelle. En une semaine, elle nous avait débarrassés de toutes les souris.

Les vieux meubles étaient tous pourris ; j'en fis un feu de joie sur la plage et je les regardai brûler en pensant à Belasco et à ces moments fantastiques que j'avais vécus en Caroline.

Je n'étais pas censé prendre des marchandises chez Sears, mais je m'y rendis chaque nuit pendant une semaine, et personne ne me dit rien. Je crois que les Baleen n'y attachaient pas vraiment d'importance tant que je ne le faisais pas ouvertement. Leur morale sexuelle fonctionnait peut-être selon les mêmes principes et il est possible que si Annabel et moi avions été amants, mais discrètement, nous n'aurions offensé personne. De toute façon, ils avaient dû croire que nous couchions ensemble.

Chez Sears je me procurai des meubles, des ustensiles de cuisine et des rayonnages, puis je commençai à me constituer une collection de livres en provenance de la bibliothèque.

Après l'enterrement d'Annabel, sous le coup du chagrin, j'avais essayé de partir, mais pour l'instant, ce désir m'avait quitté. Je crois que c'est surtout à cause des livres. Je choisis d'abord de terminer mon éducation et de mettre mon journal à jour, ici, dans cette maison au bord de l'océan. Ensuite, je déciderai si je reste ou bien si je repars à la recherche de Mary Lou. À moins que j'aille ailleurs, vers des régions que je ne connaissais pas, vers l'ouest peut-être, vers l'Ohio et au-delà.

Dans l'un des livres que j'ai trouvés au sous-sol du Parvis, j'ai appris que la saison qui suit l'été était appelée, dans l'ancien monde, automne, ou parfois arrière-saison. Il me semble que ces mots, tous deux évoquent le déclin des jours et les chutes des feuilles.

Les arbres, en effet, devant ma maison du bord de mer, ne sont plus aussi verts ; leurs feuillages, au fil des jours, prennent des teintes jaunes, rouges, orange et brunes. Le bleu du ciel est plus pâle et les cris des mouettes se font plus lointains. Il y a une pointe de fraîcheur dans l'air, le matin surtout, quand je pars pour ma longue promenade sur la plage déserte. J'aperçois parfois de petites bulles marquant l'endroit où sont enfouis les clams, mais je ne creuse jamais à leur recherche. Je marche et je cours en petites foulées dans l'air automnal et j'envisage chaque jour, de plus en plus, de quitter Maugre et de reprendre ma route vers le nord, vers New York. Et pourtant, je vis ici dans un endroit agréable et je trouve au Parvis toute la nourriture dont j'ai besoin ; je suis devenu un excellent cuisinier et lorsque je désire de la compagnie, je peux rendre visite aux Baleen, leur faire la lecture. Ils sont plutôt contents de me voir, même s'ils paraissent soulagés quand je m'en vais.

C'est étrange. Je pense à présent qu'ils s'attendaient à quelque miracle en entendant dire tout haut les mots de la Bible, à la révélation de ce profond mystère : le message d'un livre impénétrable qu'ils avaient appris à révérer. Mais il n'y eut pas de miracle et ils perdirent bientôt tout intérêt véritable envers ce sujet. Je crois que pour comprendre les mots de la Bible, il fallait une attention et une dévotion qu'aucun d'eux, à l'exception peut-être du vieil Edgar, ne possédait. Ils s'étaient disposés à accepter sans se poser de questions la plus rigoureuse des piétés, le silence, les contraintes sexuelles, de même que quelques platitudes sur Jésus, Moïse et Noé, mais ils étaient incapables de faire l'effort nécessaire pour appréhender la réalité littéraire qui était la véritable source de leur religion.

J'avais demandé un jour au vieil Edgar pourquoi il n'y avait pas de robots à Maugre et il m'avait répondu : « Il nous a fallu dix ans pour débarrasser ce lieu des suppôts de Satan. » Mais lorsque je lui avais demandé comment ils avaient fait, il ne m'avait pas répondu. Ils pouvaient donc consacrer beaucoup de temps à une telle tâche pour essayer de comprendre le sens du mot « Satan », un mot qui, je le sais maintenant, signifie « ennemi ».

Avant la mort d'Annabel, je crois que j'étais plutôt heureux d'être avec eux. Sans compter que la nourriture était excellente. Les purées de pommes de terre, les tartes, les biscuits et le bacon, du bacon de porc (ils n'avaient jamais entendu parler de bacon de singe), les omelettes. Et les soupes. Il y avait des soupes de poulet, des soupes de légumes, des soupes de pois, des soupes aux choux et des soupes aux lentilles qui toutes étaient servies brûlantes avec des croûtons de pain grillé.

Et il y avait eu des moments, au cours de ces longs mois, où j'avais éprouvé avec force un sentiment qui m'était né en prison, le sens de la communauté. Il m'était arrivé d'être assis à la table de la cuisine, entouré de toute la famille silencieuse, mangeant ma soupe, et d'éprouver une sorte de chaleur spirituelle qui me chauffait le ventre, puis le corps entier, une chaleur qui émanait de ces gens travailleurs, robustes et placides. Ils se touchaient beaucoup entre eux, de simples effleurements, une main qui se pose un instant sur un bras, des coudes qui entrent en contact. Et ils me touchaient aussi, d'abord avec une timidité empruntée, puis de façon plus naturelle, plus désinvolte. Ce que j'avais ressenti pour les hommes de la prison m'avait préparé à ce genre de rapports et j'avais fini par les aimer, et même par en avoir besoin. C'est pour cela que je retourne de temps en temps à Baleena. Simplement pour être avec eux, pour les toucher et pour sentir leur présence.

Mais contrairement aux familles dans les films que j'avais vus, les Baleen ne se parlaient presque jamais. Après chacune de mes lectures du soir, on allumait l'immense écran de télévision. On entendait d'abord le ronronnement sourd du générateur à essence situé derrière l'écran, puis ce dernier s'illuminait d'holographes aux teintes éclatantes représentant des shows cérébraux, formes abstraites, couleurs hypnotiques et musique assourdissante, ou bien des dramatiques sadomasochistes, ou encore des histoires d'épreuves du feu, et tous les Baleen regardaient en silence jusqu'à l'heure du coucher, exactement comme dans les Dortoirs ou dans une classe d'université. Certains se levaient parfois pour aller chercher un morceau de poulet, une boîte de bière ou quelques cacahuètes dans la cuisine (la bière, les cacahuètes, les biscuits salés et autres étaient amenés du Parvis par brouettes entières environ tous les dix jours) mais il n'y avait jamais la moindre conversation dans la cuisine ; personne ne voulait briser l'ambiance des spectacles TV.

J'avais souvent, dans le passé, regardé la télévision de cette manière, mais je m'étais aperçu que maintenant je ne pouvais plus le faire sans penser. « Abandonnez-vous à l'Écran », nous avait-on enseigné. C'était une règle aussi fondamentale que « Pas de questions, relax ». Mais je ne pouvais plus m'y abandonner. Je ne voulais plus imposer le silence à mon esprit, ni l'utiliser comme un simple catalyseur de plaisir. Je voulais dire, je voulais penser et je voulais parler.

Après la mort d'Annabel, j'ai été plusieurs fois tenté de prendre des *sopors* que l'on conservait dans les bonbonnières en céramique qu'Annabel avait faites, mais je me rappelais alors Mary Lou et la décision que j'avais prise quand le vieux Baleen m'en avait proposé avant de me conduire au « Lac de Feu qui brûle pour l'éternité », et je résistais à mon envie.

C'était agréable de se sentir membre d'une famille, d'en vivre la chaleur, de se réveiller au milieu de la nuit dans la chambre que nous partagions, Rod et moi, et de l'entendre ronfler légèrement, et aussi de percevoir la présence de tous ces gens dans la maison. J'avais parfois l'impression que quelque chose de très bénéfique, de très important, était en train de naître en moi. Mais ces précieux instants étaient toujours gâchés, anéantis, par le grand écran de la télévision qui s'allumait, ou par les spectateurs qui, tels des fantômes, quittaient la salle pour retrouver leurs propres écrans dans leurs chambres, et je sentais alors que j'allais devenir fou si je restais encore sans parler, sans converser. Les prisonniers avec lesquels j'avais vécu parlaient chaque fois qu'ils le pouvaient et ils guettaient toutes les occasions de le faire, comme ce fameux jour sur la plage. Les Baleen, eux, étaient différents; ils se plaisaient en compagnie les uns des autres, mais ils n'avaient rien à se dire, hormis un occasionnel « Loué soit le Seigneur ».

Je les vois donc juste assez pour garder quelques contacts humains et ça me semble amplement suffisant. Depuis que j'ai emménagé ici au milieu de l'été, j'ai écouté des enregistrements de chez Sears, j'ai écrit mon journal sur de grands registres provenant également de chez Sears, et j'ai lu des livres, plus d'une centaine de livres, soit pendant la journée, assis à mon balcon surplombant l'océan, Biff à côté de moi qui a beaucoup grossi, ou bien la nuit, dans le grand living éclairé par des lampes à pétrole. J'ai passé et repassé des enregistrements des symphonies de Mozart, de Brahms, de Prokofiev et de Beethoven, de la musique de chambre, des opéras et des œuvres de Bach, de Sibelius, de Dolly Parton, de Palestrina et de Lennon. La musique, plus que les livres parfois, élargit encore mon sens du passé. Et l'épanouissement de ce sens, cette attirance vers autre chose que ce qui avait été mon ego mesquin et conditionné en Dortoir, ce désir de remonter le temps à la rencontre des générations de mes semblables qui avaient vécu sur cette même terre, a constitué l'unique préoccupation de mon esprit au cours de ces longs mois que j'ai passés en solitaire.

Je suis assis à la table de chêne de ma cuisine et je rédige ce journal dans un registre neuf avec un stylo-bille de chez Sears. Biff est pelotonnée dans un fauteuil. Devant moi, il y a une demi-bouteille de bourbon, du J.T.S. Brown, une cruche d'eau et un verre. Il est tard dans l'après-midi et les rayons du soleil d'automne filtrent encore par la fenêtre au-dessus de l'évier. Deux lampes à pétrole sont suspendues au plafond, juste au-dessus de la table, et je les allumerai quand le soir tombera. Et après avoir écrit encore un peu, je préparerai à manger pour Biff et moi, puis si je juge avoir assez d'essence, je mettrai probablement en route le générateur du sous-sol pour écouter un disque ou deux.

Quand j'ai entrepris ce journal, j'avais l'intention de résumer tout ce que j'avais appris sur l'histoire de l'humanité et de raconter sa fin toute proche. Mais placé devant la perspective de le faire, après y avoir si longtemps réfléchi, je me sens flancher. Il m'arrive souvent d'être torturé du désir d'avoir Mary Lou à mes côtés, et, face à la difficulté de la tâche qui m'attend, c'est à elle que je pense. Mary Lou est sans aucun doute plus intelligente que moi. Elle n'a peut-être pas la patience dont j'ai fait preuve pour apprendre, mais combien j'aimerais posséder la vivacité et la vigueur de son esprit, de même que sa rapidité à comprendre. En outre, elle a en elle un enthousiasme que je n'ai pas.

Je ne sais pas si je l'aime toujours. Tout cela est déjà très loin et tant d'événements se sont passés depuis. Et je pleure encore Annabel.

Pendant que j'écris ces mots, je me surprends à regarder la cicatrice de mon poignet, là où les bracelets de la prison m'ont déchiré les chairs sous le choc du couperet.

J'étais prêt à mourir alors, à cette heure de ma vie, prêt à perdre tout mon sang ou à me faire brûler avec de l'essence, pour rejoindre la lugubre cohorte des suicidés. J'aurais pu mourir de solitude d'avoir perdu Mary Lou.

Toujours est-il que je ne suis pas mort et qu'une partie de moi continue à aimer Mary Lou, bien qu'il y ait des mois et des mois que je n'aie pas fait le moindre pas vers le nord pour la retrouver. J'envisage parfois de me mettre à la recherche d'une route sur laquelle circulent des bus interurbains et d'en prendre un pour New York, comme je l'avais fait, il y avait si longtemps, pour quitter l'Ohio. Mais ce serait de la folie. Le scanner qui équipe ces bus pourrait très bien me détecter comme fugitif. Et puis, je n'ai plus de carte de crédit ; on me l'a prise en arrivant à la prison.

Combien je suis différent de ce que j'étais alors ! Et comment je suis fort, physiquement. Et je n'ai plus peur. Plus peur du tout.

Je vais bientôt quitter Maugre. Avant la fin de l'automne. Avant le déclin des jours.

MARY LOU

Le bébé est attendu d'un jour à l'autre. C'est l'époque idéale de l'année pour avoir un bébé, le début du printemps. Je suis assise à côté de la fenêtre du living qui donne sur la Troisième Avenue. Au centre ville, vers l'ouest, j'aperçois l'Empire State Building qui surplombe les terrains vagues et les toits des maisons basses. Bob s'installe souvent dans ce fauteuil vert pour regarder dans cette direction ; moi, j'aime bien regarder l'arbre devant la fenêtre. C'est un grand arbre qui, il y a déjà longtemps, a fait éclater le trottoir tout autour de son énorme tronc ; il s'élève très au-dessus de notre immeuble de deux étages. Je vois d'ici les petites feuilles qui ont commencé à poindre sur les branches inférieures, et je suis contente de les voir, contente de voir ce vert plein de fraîcheur.

Il y a deux semaines, comme Bob ne sait pas lire, j'ai dû aller avec lui chercher des livres sur l'obstétrique et les nourrissons ; j'en ai trouvé quatre, dont deux avec des illustrations. On ne m'a jamais rien appris sur les accouchements et, bien entendu, je n'ai jamais entendu parler d'une femme ayant eu un bébé, ni même vu de femmes enceintes. Mais en lisant ces ouvrages et en examinant les images, je me suis rendu compte qu'il me restait des bribes de souvenirs, des bouts de phrases prononcées par les filles plus âgées alors que j'étais déjà une petite inadaptée au Dortoir, quelques mots : douleurs, sang, allongée sur le dos, hurler et se mordre le bras, et aussi un obscur processus appelé « couper le cordon ombilical ». Maintenant, je sais tout sur ce sujet et je me sens bien mieux. Et je voudrais que ce soit terminé.

Un après-midi, il y a environ trois semaines, Bob est rentré à la maison de bonne heure. Toute la journée je n'avais cessé de penser combien j'étais ignorante de tout ce qui concernait les bébés, et Bob est arrivé avec un énorme coffre, affreux, plein d'outils, de boîtes et de pinceaux. Puis, sans même me dire un mot, il s'est dirigé vers la cuisine et s'est mis au travail sur le siphon de l'évier. J'étais sidérée. Quelques minutes plus tard j'entendis l'eau couler dans l'évier puis gargouiller dans la canalisation. Je me levai et m'avançai sur le seuil de la cuisine.

— Ça alors ! m'exclamai-je. Mais qu'est-ce qui te prend ?

Il s'essuya les mains avec un torchon puis se tourna vers moi :

— J'en avais assez de ces trucs qui ne marchent pas, dit-il.

— Je suis ravie de te l'entendre dire. Est-ce que tu pourrais en profiter pour arranger le mur et boucher le trou d'où les livres tombent tout le temps ?

— Oui, répondit-il. Quand j'aurai peint le living.

J'allais lui demander où il s'était procuré de la peinture mais je me ravisai. Bob semble savoir exactement où tout se trouve à New York. Je suppose qu'il est le plus vieil habitant de New York ; le plus vieux New-Yorkais.

Dans le coffre, il y avait des pots de peinture tout poussiéreux. Bob entra dans le living, força le couvercle de l'un d'eux avec un tournevis et commença à mélanger la peinture ; elle paraissait encore bonne et lorsqu'il l'eut remuée quelques instants, je vis qu'elle était blanche. Bob sortit et revint quelques instants plus tard avec une échelle. Il l'installa, enleva sa chemise, grimpa sur les barreaux et se mit à peindre le mur au-dessus de mes étagères à livres.

Je le regardai faire en silence, puis, je finis par demander :

— Est-ce que tu as des notions d'obstétrique ?

Absorbé dans sa tâche, il me répondit sans me regarder :

— Non. Je sais seulement que c'est douloureux et que n'importe quel Classe 7 peut pratiquer un avortement.

— N'importe quel Classe 7 ?

Il s'arrêta de peindre et baissa les yeux sur moi. Il avait une tache blanche sur la joue ; sa tête touchait presque le plafond.

— Les Classe 7 ont été conçus à une époque où il y avait trop de grossesses et quelqu'un a eu l'idée de les programmer pour pratiquer des avortements, des avortements jusqu'au neuvième mois. Il suffit de demander un Classe 7 et l'affaire est réglée.

Ce « jusqu'au neuvième mois » me fit frissonner. Bob avait beau avoir dit cela d'un ton neutre, je n'en aimais pas du tout les implications. Puis, imaginant un Classe 7 en avorteur, j'éclatai de rire. Les

Classe 7 sont en général des directeurs d'entreprises, des responsables de Dortoirs ou de magasins. Je me voyais très bien m'approcher du bureau de l'un d'eux et dire : « Je veux me faire avorter », pour qu'aussitôt il m'ouvre le ventre avec un scalpel jailli d'un tiroir du bureau… mais ce n'était pas drôle.

Mon rire s'étrangla dans ma gorge.

— Est-ce que tu pourrais me trouver un livre sur les accouchements ? (Je posai mes mains sur mon ventre dans un geste protecteur.) Comme ça je saurais au moins à quoi m'attendre.

Chose étrange, il ne me répondit pas. Il me regarda fixement, puis il se mit à siffler, doucement. Il semblait profondément plongé dans ses pensées. Dans ces moments-là, je suis toujours très étonnée par le caractère humain de Bob. Quand il est ainsi, seul avec moi, son visage parvient à exprimer plus d'émotions que celui de Paul ou même que celui de Simon, et sa voix est parfois si grave, si triste, qu'elle me donne envie de pleurer. Comme il est singulier qu'un robot puisse être le dépositaire de tant d'amour et de mélancolie, ces sentiments si forts dont l'humanité s'est débarrassée.

Il finit par déclarer, ce qui me choqua terriblement :

— Je ne veux pas que tu aies cet enfant, Mary.

Instinctivement, je pressai mes mains plus fort sur mon ventre.

— Qu'est-ce qui te prend, Bob ?

— Je veux que tu te fasses avorter. Il y a un Classe 7 dans mon bâtiment qui peut s'en charger.

Je lui ai sans doute lancé un regard incrédule et furieux. Je me souviens de m'être levée et d'avoir fait quelques pas vers lui. Dans ma tête, il n'y avait plus que des mots que j'avais appris de Simon des années auparavant et je les crachai à la figure de Bob :

— Va te faire enculer. Bob. Va te faire enculer.

Il me regarda sans ciller.

— Mary, fit-il calmement. Si cet enfant voit le jour, il finira par être le dernier humain sur cette terre, et moi, il faudra que je continue à vivre aussi longtemps que lui.

— Au diable, tout ça ! m'écriai-je. De toute façon, c'est trop tard. Et puis je pourrais amener d'autres femmes à ne plus prendre de pilules et à retrouver leur fertilité. Et je pourrais avoir moi-même d'autres bébés (je me sentis lasse, tout à coup, et je me rassis). Et en ce qui te concerne, pourquoi ne continuerais-tu pas à vivre ? Tu pourrais être un père pour mes enfants. Ce n'est pas ça que tu voulais quand tu m'as arrachée à Paul ?

— Non, répondit-il. Ce n'est pas ça. (Il détourna les yeux, et, son pinceau à la main, il se mit à regarder par la fenêtre en direction de l'arbre et de l'avenue déserte.) Je voulais seulement vivre avec toi comme l'homme dont je possède les rêves aurait pu le faire il y a des centaines d'années. Je pensais que ça pourrait m'aider à retrouver le passé qui erre aux confins de mon esprit et de mes souvenirs. Je pensais que ça pourrait me soulager.

— Et le résultat ?

Il posa à nouveau son regard sur moi, pensivement.

— Rien. Rien n'a changé en moi. Sauf que je t'aime.

Je sentis vibrer son désespoir en moi. J'avais l'impression qu'il était vivant dans la pièce, un sanglot inaudible, un désir inaccessible.

— Et le bébé ? fis-je. Si tu pouvais être le père d'un enfant…

Il secoua lourdement la tête.

— Non. Toute cette histoire n'a été qu'une pure folie. Comme de m'être fait lire ces films par Bentley pour pouvoir mieux appréhender le passé à travers lui, et de l'avoir laissé te mettre enceinte avant de l'éloigner. Tout ça, ce ne sont que des idioties, le genre de choses que les émotions provoquent quand on s'y abandonne. (Il descendit de l'échelle, s'avança vers moi et posa doucement ses larges mains sur mes épaules.) Tout ce que je désire, Mary, c'est mourir.

Je levai les yeux sur son visage brun, si triste, avec ce grand front creusé de rides et ces yeux doux.

— Si mon enfant naît…

— Je suis programmé pour vivre aussi longtemps qu'il y aura des êtres humains à servir. Je ne pourrai mourir que lorsque le dernier d'entre vous aura disparu. Vous… (Et soudain sa voix sembla exploser.) Vous l'*Homo Sapiens*, avec votre télévision et vos drogues !

Sa fureur me terrorisa au point que je restai quelques minutes sans rien dire. Puis, d'une voix calme, je répliquai :

— Je suis un *Homo Sapiens*, Bob. Et je ne suis pas comme ça. Et toi-même, tu es presque humain. Ou plutôt, tu es plus qu'humain.

Il se détourna, ôtant ses mains de mon épaule.

— Je suis humain, dit-il. Sauf pour ce qui touche la naissance et la mort. (Il se dirigea vers l'échelle.)

Et je suis fatigué de la vie. Je n'avais rien demandé, moi.

Je le dévisageai :

— C'est la règle du jeu. Moi non plus je n'ai pas demandé à vivre.

— Mais toi, tu peux mourir, fit-il en posant le pied sur le premier barreau.

Une horrible pensée me traversa soudain :

— Quand nous serons tous morts... quand cette génération aura disparu, tu pourras te suicider, c'est bien ça ?

— Oui, répondit-il. Je crois.

— Et tu n'en es même pas sûr ? m'écriai-je.

— Non. Mais s'il ne reste plus d'humains à servir...

— Mon Dieu ! m'exclamai-je. *C'est donc à cause de toi qu'il n'y a plus d'enfants ?*

— Oui, fit-il en me regardant droit dans les yeux. J'ai déjà dirigé le Contrôle Démographique et je sais comment fonctionne tout l'équipement.

— Incroyable ! Tu as donc inondé la terre de contraceptifs parce que tu te sentais d'humeur suicidaire ! Tu effaces l'humanité...

— Pour pouvoir mourir, oui. Mais vois combien l'humanité elle-même est suicidaire.

— Uniquement parce que tu as détruit son avenir. Tu l'as droguée, tu l'as nourrie de mensonges, tu lui as atrophié les ovaires et maintenant tu veux l'enterrer définitivement. Et moi qui te prenais pour une espèce de Dieu !

— Je ne suis que ce que j'ai été programmé à être. Je ne suis qu'une machine, Mary.

Je ne parvenais pas à détacher mon regard de lui en dépit de tous mes efforts, je restais sensible à son physique. Il était vraiment très beau et sa tristesse elle-même agissait sur moi comme une drogue. Il était debout devant moi, torse nu, couvert de taches de peinture et au plus profond de moi, je me sentais attirée vers lui. C'était l'être le plus beau que j'eusse jamais vu et ce mélange d'émerveillement et de colère que j'éprouvais semblait entourer d'un halo de perfection son corps musclé et détendu, son corps asexué, son corps incroyablement vieux et incroyablement jeune.

Je secouai la tête, essayant de chasser ces sentiments de mon esprit.

—Tu as été construit pour nous aider, mais pas pour nous aider à mourir.

—Mais c'est peut-être ça que vous désirez vraiment, dit-il. Beaucoup d'entre vous choisissent la mort. Et bien d'autres le feraient s'ils en avaient le courage.

Je le regardai fixement :

—Je n'en ai rien à foutre, m'écriai-je. Moi, je ne choisis pas la mort. Je veux vivre et je veux élever mon enfant. La vie me convient très bien.

—Tu ne peux pas élever cet enfant, Mary, répliqua-t-il. Je ne pourrais pas supporter de vivre encore soixante-dix ans en restant éveillé vingt-quatre heures sur vingt-quatre.

—Tu ne pourrais pas te déconnecter ? demandai-je. Ou bien nager droit devant toi dans l'Atlantique ?

—Non, répondit-il. Mon corps n'obéirait pas à mon esprit. (Il se remit à peindre.) Laisse-moi te raconter. Depuis plus d'un siècle, à chaque printemps, je remonte la Cinquième Avenue jusqu'à l'Empire State Building, je grimpe au sommet et j'essaye de sauter. C'est devenu, je suppose, une espèce de rite sur lequel toute ma vie est centrée.

Mais je ne peux pas sauter. Mes jambes refusent de me porter jusqu'au bord. Et je reste là, à environ un mètre du vide, toute la nuit, et rien ne se passe.

Je l'imaginais très bien là-haut, comme ce singe dans le film ; et moi, j'étais la fille. Puis, brusquement, je pensai à quelque chose. Mais avant de lui en parler, je lui demandai :

— Comment as-tu fait pour arrêter toutes les naissances ?

— L'équipement est entièrement automatisé, répondit-il. L'ordinateur reçoit des données du Recensement lui indiquant s'il faut augmenter ou diminuer le taux de natalité, et il contrôle en conséquence les appareils à distribuer les *sopors*. S'il y a trop de femmes enceintes, il accroît la quantité de *sopors* anti-conceptionnels, et s'il n'y en a pas assez, les *sopors* restent de simples *sopors*.

Je m'étais assise pour écouter cet exposé, tranquillement, comme s'il s'agissait d'un simple cours sur la Vie Privée. J'étais en train d'apprendre comment avait été déclenché le processus menant à la disparition de mon espèce et j'avais l'impression de ne rien ressentir. Bob était debout devant moi, un pinceau à la main, m'expliquant pourquoi il n'y avait pas eu la moindre naissance depuis trente ans, et je n'éprouvais rien. Il n'y avait jamais eu d'enfants dans mon monde. Seulement ces petits robots obscènes du zoo avec leurs chemises blanches. Je n'avais jamais vu personne de plus jeune que moi. Si mon enfant devait ne pas voir le jour, l'humanité s'éteindrait avec ma génération ; avec Paul et avec moi.

Je regardai Bob. Il se tourna, trempa son pinceau dans le pot puis il se remit à peindre au-dessus de mes étagères.

— À peu près à l'époque où tu es née, dit-il, une résistance a grillé au niveau de l'input et l'ordinateur a commencé à recevoir des signaux lui indiquant que le taux démographique était trop élevé. Et depuis il reçoit toujours les mêmes données et il s'efforce de réduire encore le taux des naissances en distribuant des *sopors* destinés à stopper l'ovulation alors que presque toute ta génération a déjà été stérilisée dans les Dortoirs. Si tu y étais resté un *jaune* de plus, tes ovaires étaient définitivement perdus.

Il finit de peindre le coin du haut. Le mur avait l'air propre, brillant.

— Tu aurais pu réparer cette résistance ? demandai-je.

Il descendit de l'échelle en silence.

— Je ne sais pas, fit-il en posant le pied par terre. Je n'ai jamais essayé.

Et je commençai à comprendre, à imaginer cet incroyable phénomène qui avait débuté dans des temps immémoriaux à l'ombre des arbres, dans les grottes et dans les plaines de l'Afrique, l'homme, bipède et simiesque, s'étendant partout et fabriquant d'abord ses idoles, puis ses cités. Et l'homme aujourd'hui, drogué, s'avançant en titubant sur le chemin qui le menait au néant à cause d'une machine déréglée. Une minuscule pièce de machine. Et un robot plus qu'humain qui se refusait à essayer de la réparer.

— Mon Dieu, Bob, m'écriai-je. Mon Dieu. (Et je me pris à le détester, à haïr son calme, sa force, sa tristesse.) Maudit monstre ! Démon. Monstre infâme. Tu vas nous laisser mourir. Et c'est toi, toi seulement, qui as envie de te suicider.

Il s'arrêta de peindre et se tourna pour me regarder.

— C'est vrai, fit-il.

Je repris mon souffle.

— Si tu le voulais, est-ce que tu pourrais faire stopper la fabrication de ces *sopors* anticonceptionnels dans tout le pays ?

— Oui. Et dans le monde entier.

— Tu pourrais faire cesser la distribution des *sopors* ? De tous les *sopors* ?

— Oui.

Alors l'inspirai profondément, puis je dis doucement :

— Pour l'Empire State Building... (Je regardai en direction du centre de la ville, vers le haut édifice)... je pourrais te pousser.

Je reportai mon attention sur Bob. Il m'étudiait avec soin.

— Après la naissance de mon bébé, repris-je. Quand j'aurai retrouvé mes forces et quand je saurai m'en occuper, je pourrais te pousser du haut de l'Empire State Building.

BENTLEY

1er octobre

Je suis en route pour New York et je dicte mon journal dans un vieux magnétophone à cassettes de chez Sears.

J'ai un calendrier, provenant également de chez Sears, et j'ai décidé d'appeler ce jour « premier octobre » et de numéroter les jours comme dans les livres. Octobre fut jadis le mois le plus important de l'automne. Je lui ai rendu sa place.

La nuit où j'ai terminé le récit de mon séjour à Maugre, je n'ai pas pu dormir. Dès que j'ai eu décidé que je ne raconterais pas comment j'ai réparé et meublé la vieille maison de séquoia au bord de la mer et que j'avais écrit tout ce que j'avais à écrire, l'excitation me gagna. J'étais libre de partir.

Cette nuit-là, j'errai dans les rues désertes de Maugre envahies par la végétation, puis je me dirigeai vers l'obélisque et descendis au niveau de la bibliothèque, du garage de *psi-bus* et de l'entrepôt rempli de cercueils. Je me rappelais n'avoir vu dans le garage que des bus locaux, et l'un des

Baleen m'avait dit que, de toute façon, aucun d'eux ne marchait, ni même n'ouvrait ses portes. Je parcourus néanmoins les rangées de sombres véhicules garés les uns à côté des autres.

Et je fis une découverte. Alignés le long d'un mur, il y avait cinq bus exactement semblables aux autres, mais devant, leur plaque indiquait : INTERURBAINS. Je restai à les contempler, incapable de bouger. Si j'avais été un Baleen, j'aurais pensé que c'était le Seigneur qui m'avait envoyé ces bus pour le soir de mon départ. Comment avais-je pu ne pas les remarquer plus tôt ?

Mais lorsque je demandai tour à tour à chacun d'eux ouvrir ses portes, aussi bien mentalement qu'à voix haute, rien ne se passa. J'essayai de les forcer avec mes mains, mais en vain. De désespoir, je donnai de violents coups de pied dans le bus le plus proche.

Puis, au travers de ma fureur et de ma frustration, une idée émergea. Je songeai au *Guide d'Audel pour la maintenance des robots*.

Le *Guide d'Audel* est un tout petit livre, guère plus grand qu'une plaque de soja. À la fin, il y a une trentaine de pages blanches marquées « Notes » dont je m'étais servi, à la prison, pour recopier quelques-uns de mes poèmes préférés. La plupart provenaient d'un recueil de T.S. Eliot qui n'était pas très volumineux, mais néanmoins trop encombrant pour que je m'en sois chargé.

Je n'avais jamais lu le *Guide d'Audel* pour la simple raison qu'il s'agissait d'un ouvrage technique et rébarbatif, et qu'en outre je n'avais nullement l'intention d'entretenir ou de réparer des robots ; cependant, dans cet immense garage bourré de *psi-bus*, je me souvins d'avoir vu un chapitre vers la fin du livre, intitulé : « Les Nouveaux Robots : les *Psi-Bus* », et comportant beaucoup de textes et de schémas.

Je m'empressai de retourner à la maison. Le livre était sur la table près de mon lit, à l'endroit où je l'avais laissé après avoir lu *Le Mercredi des Cendres*, un poème religieux triste et mélancolique qui parvenait à atténuer certains des sentiments de répulsion que m'inspirait la religion des Baleen.

Je trouvai tout de suite la partie consacrée aux *psi-bus* et le paragraphe que je cherchais : « Désactivation des *Psi-Bus*. » Mais dès que je commençai à l'étudier, je ressentis un profond découragement.

Il débutait ainsi :

Les psi-bus *sont activés et désactivés par un code ordinateur qu'un Édit des Directeurs nous interdit de reproduire ici. La désactivation se révèle parfois nécessaire pour contrôler les mouvements au sein des villes. Les circuits de désactivation sont logés entre les phares, dans « l'avant-cerveau » de l'Unité d'Intelligence, sélecteur de route. Voir schéma.*

J'examinai le schéma en question, mais sans grand espoir. La partie marquée « Circuits de Désactivation » ressemblait à une petite excroissance au-dessus de la sphère crénelée qui constituait le cerveau proprement dit. En réalité, il y a deux cerveaux dans un *psi-bus*, le « sélecteur de route » qui le pilote et lui indique où aller, et l'« Unité de Communication », l'élément télépathique, également surmonté d'une excroissance appelée « Inhibiteur d'Émission », sans autre explication.

Une idée m'effleura tandis que, penché sur ce schéma, je lisais le texte l'accompagnant avec un découragement grandissant. Et si j'essayais tout simplement de supprimer le Circuit de Désactivation ?

C'était une pensée bizarre, et contre laquelle se révoltait tout mon conditionnement passé. Modifier volontairement et peut-être même endommager une Propriété Intelligente du Gouvernement ! Même Mary Lou, avec son mépris de l'autorité, n'avait jamais trafiqué la machine à sandwiches du zoo. D'un autre côté, elle avait bien jeté cette pierre contre la cage, puis elle s'était emparée du python robot, et il n'était rien arrivé. Elle avait dit au gardien-robot de foutre le camp et c'est ce qu'il avait fait. Et il n'y avait dans les environs de Maugre aucun robot dont je pusse avoir peur.

Avoir peur ? En fait, je n'avais pas peur. Ce n'était que mon vieux sens des convenances, presque oublié, qui me faisait trembler à l'idée d'approcher un ciseau et un marteau du cerveau d'un *psi-bus*. C'était une conséquence de mon éducation aliénante, une éducation qui était censée libérer les esprits pour les conduire vers « l'Épanouissement », la « Conscience de Soi » et l'« Indépendance », mais qui n'était en réalité qu'une vaste escroquerie et un mensonge. Mon éducation, comme celle de tous les membres de la Classe des Penseurs, avait fait de moi un drogué, un imbécile égocentrique et sans imagination. Et avant d'apprendre à lire, j'avais vécu dans un monde dépeuplé, un monde de gens abrutis par les *sopors*, un monde dans lequel nous vivons tous, portés par les Règles de Vie Privée, dans un rêve démentiel de Recherche absolue du Soi.

J'étais assis avec le *Guide d'Audel* sur mes genoux, prêt à attaquer le cerveau d'un *psi-bus* avec un marteau, et j'analysais cette époque la plus absurde de tous les temps, prenant conscience que toutes mes notions des convenances avaient été programmées dans mon esprit et dans mon comportement par des ordinateurs et des robots qui avaient été eux-mêmes programmés par des sociaux-ingénieurs, des tyrans ou des fous, tous depuis longtemps disparus. Et je pouvais les imaginer, ces hommes qui avaient décidé dans un lointain passé des objectifs de l'humanité et qui avaient instauré les Dortoirs, le Contrôle Démographique, les Règles de Vie Privée et les dizaines d'Édits inflexibles, les Fautes et les Règles qui devaient régir la vie des humains jusqu'à ce que l'espèce tout entière eût disparu pour laisser le monde aux chiens, aux chats et aux oiseaux. Ils se prenaient pour des personnages sérieux, graves, concernés, et ils avaient sans cesse à la bouche des mots comme « humanitaire » ou « compréhensif ». Tempes grisonnantes, manches retroussées, ils fumaient peut-être la pipe et s'envoyaient des petites notes sur leurs bureaux couverts de livres et de documents, des notes qui préparaient le monde idéal de l'*Homo Sapiens* à coups de technologie, un monde sans pauvreté, sans maladie, sans dissension, sans névrose, sans douleur, un monde à l'opposé de celui des films de D.W. Griffith, de Buster Keaton et de Gloria Swanson où régnaient le mélodrame, la passion et la tension.

Pour endiguer le flot de ces pensées je descendis de mon lit, pris le *Guide d'Audel* et quittai la maison. J'avais le cœur qui battait très fort et j'étais disposé, s'il le fallait, à détruire tous les délicats cerveaux des *psi-bus*.

La lune s'était levée ; elle était pleine, un disque argenté, brillant. J'aperçus sur la véranda une toile d'araignée, immense, impressionnante, qui avait dû être tissée pendant le temps que j'avais passé à l'intérieur, l'esprit en ébullition ; l'araignée était en train d'achever son ouvrage et la lune illuminait l'entrelacs de fils qui semblaient être de purs traits de lumière. C'était une forme étonnante, mystérieuse, une forme cependant géométrique. Je la contemplai longuement, en pensant à la puissance et la complexité de cet être vivant capable de créer un tel chef-d'œuvre, et je retrouvai ma sérénité.

L'araignée termina son travail, puis elle alla, de son allure gauche et raide, se poster au centre de la toile. Je l'observai encore quelques instants puis je me dirigeai vers l'obélisque qui, lui aussi, baignait dans le clair de lune.

Le *Guide d'Audel* m'avait permis de me faire une idée des outils dont j'allais avoir besoin. Je me rendis chez Sears et je remplis une caisse de pinces, de tournevis, de ciseaux et d'un marteau à panne bombée. Je m'étais habitué aux outils en installant ma maison, mais j'étais encore un peu maladroit dans leur maniement. Normalement, personne n'agit ainsi ; seuls les robots primaires utilisent des outils.

Je rendis inutilisable le premier bus interurbain en essayant très maladroitement d'ouvrir le capot avant ! Rendu furieux par la difficulté, je me mis à cogner dessus à coups de marteau et je ne réussis qu'à écraser des fils et d'autres pièces situées sous le panneau. Je ne pus rien en tirer et je finis par me consacrer au second bus. Cette fois, je parvins à ouvrir le capot sans faire de dégâts, mais lorsque j'attaquai l'excroissance avec le ciseau et le marteau, le cerveau tout entier se fendit.

Je passai au bus suivant et je m'y pris beaucoup plus doucement, avec beaucoup plus de précautions. Je commençais à être dans l'état d'esprit voulu, et en dépit de mes deux échecs précédents, toutes mes habitudes de prudence m'avaient abandonné. Je tirais du plaisir de cette profanation : forcer un *psi-bus* et l'endommager.

Ma colère s'était calmée ; j'étais déterminé, sûr de moi, et je me sentais bien.

Je vis soudain que je m'étais trompé et que j'étais en train de tailler dans la protubérance de l'Unité de Communication. Au moment même où je m'en apercevais et où je pensais avoir cassé un troisième *psi-bus*, j'entendis de la musique ! Un air gai, allègre, que j'écoutai un moment avant de comprendre qu'il se jouait dans ma tête. C'était de la musique télépathique. J'avais déjà vécu une expérience similaire au cours de mes études de Développement de l'Esprit à l'université, mais cela se passait dans une salle de classe. Et ici, dans cet immense parking, c'était un phénomène tellement extraordinaire que je ne lui trouvai d'abord aucune explication. Puis je me rendis compte que cette musique ne pouvait provenir que de la partie télépathique de l'Unité de Communication. J'avais sans doute coupé l'Inhibiteur d'Émission, permettant ainsi au *psi-bus* de diffuser ses ondes.

Je tins à vérifier. Je pensai avec force : *Un peu moins fort, la musique.* Et ça réussit ! La musique se fit très douce.

Je repris confiance. Puisque j'étais parvenu à supprimer cette partie de l'Unité de Communication pour la faire fonctionner comme prévu à l'origine, je devrais pouvoir y arriver avec la seconde moitié du cerveau.

J'utilisai le ciseau avec un luxe de précautions, mais avec une confiance absolue, et après cinq ou six coups, la petite bosse se détacha. Je replaçai le panneau à l'avant du bus puis rangeai en hâte les outils dans la boîte et, tremblant de nervosité et d'espoir, je m'adressai tout haut à la porte :

« Ouvre-toi », dis-je.

Et elle s'ouvrit !

Je grimpai à l'intérieur, m'installai sur le siège avant, et posai la boîte à outils à côté de moi. Puis je me concentrai et pensai : *Sortons du Parvis et conduis-moi devant l'obélisque.* Pour plus de sécurité, je formai dans mon esprit l'image de l'obélisque.

Aussitôt le bus referma ses portes et démarra. Il manœuvra en marche arrière pour se dégager, puis il passa en marche avant et traversa rapidement l'immense garage. Le faisceau des phares qu'il avait allumés balayait le sol devant nous.

Il klaxonna. Les grandes portes coulissèrent. Le bus se dirigea vers le large ascenseur et y pénétra ; la porte se referma derrière lui. Je sentis qu'on montait.

Nous sortîmes par l'arrière de l'obélisque, en fîmes le tour et nous arrêtâmes devant la façade. La musique se tut. Dehors, tout était calme sous le clair de lune.

Je me fis conduire à la maison et je commençai à préparer mes bagages. J'entassai dans le bus une cinquantaine de livres, mon phonographe et mes disques, puis avec quelques difficultés, j'y transportai le petit générateur et deux bidons d'essence. J'avais besoin du générateur car le phonographe, seul moyen dont je disposais pour écouter mes disques, ne fonctionnait pas sur le courant des piles nucléaires.

J'ajoutai deux casiers de whisky, mes lampes à pétrole et quelques boîtes de nourriture irradiée pour Biff. J'emportai aussi quelques vêtements, mais au moment de les mettre dans le bus, je décidai de me choisir une nouvelle garde-robe dans un magasin que j'avais remarqué au Parvis. Ce serait bien de partir habillé de neuf.

Le ciel s'éclaircissait déjà lorsque je fus prêt et la lune pâlissait. Je m'arrêtai une fois encore devant la toile d'araignée tissée sur cette véranda que Biff et moi contemplions pour la dernière fois ; la toile n'était plus aussi extraordinaire ; elle paraissait plus réelle, plus sinistre dans la lumière blafarde du petit matin. Je souhaitai néanmoins bonne chance à l'araignée car elle allait être, je suppose, l'unique occupante de la demeure dans laquelle j'avais vécu.

Au Rayon alimentation de Sears je pris des boîtes de haricots, des flocons d'avoine, du bacon séché, du maïs, des sacs en plastique de puddings et de sodas en poudre. J'entrai ensuite dans cette boutique où je n'avais jamais été et je constatai immédiatement que les vêtements étaient bien mieux coupés que ceux de chez Sears. Je sélectionnai une veste bleu marine en Synlon, un col roulé noir et quelques chemises faites d'un tissu appelé « coton » qui m'était inconnu.

Puis, saisi d'une impulsion, je choisis aussi des affaires pour Mary Lou, bien que je ne fusse absolument pas certain de la retrouver un jour. Et encore, la retrouverais-je, comment pourrais-je éviter de me faire à nouveau arrêter par Spofforth ? Mais quand j'y repense maintenant, je me rends compte que je n'ai plus peur de Spofforth. Pas plus que je n'ai peur de la prison, peur de me sentir gêné ou peur de faire intrusion dans la Vie Privée de quiconque.

Et tandis que je roule à présent sous le chaud soleil de l'été le long d'anciennes routes au revêtement vert mal entretenu, l'océan sur ma droite et les terres incultes sur ma gauche, je me sens libre et fort. Je sais que je ne me sentirais pas ainsi si je n'avais pas lu de livres. Quoi qu'il puisse m'arriver, je remercie Dieu de m'avoir permis d'apprendre à lire et d'avoir pu entrer en contact avec l'esprit d'autres hommes.

Je voudrais être assis à écrire ces mots plutôt que de les dicter dans un magnétophone, car c'est sans doute l'écriture autant que la lecture qui m'a aidé à prendre conscience de ce que je suis.

J'ai emporté deux robes neuves pour Mary Lou et j'espère avoir pris la bonne taille. Elles sont pliées à l'arrière du bus à côté d'un manteau, d'une veste, d'un jean et d'une boîte de chocolats. Biff se prélasse la moitié du temps sur un siège, la tête rejetée en arrière et les pattes étendues au soleil qui filtre par la vitre qu'elle a choisie. La fatigue me gagne, à dicter ces phrases avec tant de concentration. Je vais installer mon matelas et dormir un peu.

2 octobre

À l'intérieur du bus, il y a deux rangées de quatre fauteuils doubles. Hier soir, après avoir fini de dicter, j'ai pris mes outils et j'ai démonté deux sièges du côté opposé à l'océan pour dégager de la place pour mon matelas. J'ai fait arrêter le bus un instant pour abandonner les sièges au bord de la route.

Mon lit était confortable mais je n'ai pas très bien dormi. Je me suis réveillé à plusieurs reprises et je suis resté allongé à écouter le bruit régulier des roues sur la chaussée, dans l'attente du sommeil. Lorsque je me réveillai pour la quatrième ou cinquième fois, je pris conscience que mon estomac était anormalement contracté et que mon esprit, loin d'être clair, était envahi d'une sorte de désespoir qui m'était familier mais sur lequel je ne parvenais pas à mettre un nom. Puis, dans ces ténèbres troublées par le chuintement des pneus sur l'asphalte, je commençai progressivement à comprendre : j'étais seul. Douloureusement seul. Et je ne m'en étais pas vraiment aperçu jusqu'à présent.

Je me redressai sur mon matelas. Mon Dieu ! C'était tellement évident. Je sentis la colère me gagner. À quoi cela me servait-il d'avoir ma Vie Privée, mon Indépendance et ma Liberté pour me retrouver dans ces dispositions d'esprit ? J'étais en état de désir, et ce depuis des années. Je n'étais pas heureux et je ne l'avais pratiquement jamais été. *Mais c'est terrible*, pensai-je. *Tous ces mensonges !* Et j'étais physiquement malade maintenant que je comprenais, malade de revoir l'enfant que j'étais, bouche bée, stupide, devant l'écran de la télévision, malade de repenser aux robots professeurs qui nous enseignaient en classe que « le développement intérieur » était le but ultime de la vie, que « Sexe vite fait égale sexe bien fait », que la seule réalité était celle de notre conscience et qu'elle pouvait être modifiée par des produits chimiques. Ce que je voulais, ce que je désirais, ce que j'avais toujours désiré, c'était être aimé. Et c'était d'aimer. Et ce mot, on ne m'avait même pas appris qu'il existait.

Je voulais aimer ce vieil homme qui agonisait dans son lit, le chien couché à ses pieds. Je voulais aimer et donner à manger à ce cheval épuisé dont les oreilles pointaient à travers un chapeau de paille. Je voulais être avec ces hommes, le soir, devant les chopes de bière, assis en tricot de corps dans une vieille taverne, et je voulais sentir l'odeur de la bière et des corps dans cette salle paisible construite à la dimension de l'homme. Je voulais entendre le murmure de leurs voix et je voulais entendre ma voix se mêler aux leurs dans le crépuscule. Je voulais être présent physiquement dans l'espace de cette pièce avec mon grain de beauté au poignet gauche, avec les muscles plats de mon ventre et mes dents saines et solides plantées dans mes mâchoires.

Et je voulais faire l'amour. Je voulais être dans un lit avec Mary Lou. Mais pas avec Annabel qui n'était que la mère que je n'avais pas eue. Non, avec Mary Lou. Mary Lou, inquiétante. Mary Lou, mon amour.

Et dans les ténèbres du bus, tout déferla brutalement sur moi, mon amour pour Mary Lou, le désir que j'avais d'elle et la révélation qu'elle était ce que je voulais, ce que j'avais toujours voulu. J'avais envie de hurler. Et je hurlai :

— Mary Lou ! c'est toi que je veux !

Et dans ma tête, une voix calme, androgyne, me dit :

— Je sais. J'espère que vous la retrouverez.

Je restai un moment paralysé par la surprise. Ce n'était pas la voix de mes propres pensées. Je l'avais entendue dans ma tête et pourtant elle semblait venir d'ailleurs. Finalement, je demandai tout haut :

— Qui a parlé ?

— J'espère que vous la retrouverez, répéta la voix. Je savais depuis le début combien c'était important pour vous.

Mon Dieu ! pensai-je. *Je crois savoir d'où vient cette voix.*

— Mais qui êtes-vous ? demandai-je.

— Je suis le bus. Je suis une Intelligence Métallique avec de Bons Sentiments.

— Et vous lisez dans mes pensées ?

— Oui. Mais seulement en surface. Sinon, ça risquerait de vous gêner.

— Bien sûr, fis-je tout haut.

Le son de ma propre voix me parut étrange.

— Mais ce n'est pas terrible. Pas aussi terrible que d'être seul !

Il lisait vraiment mes pensées ! J'essayai de me concentrer pour lui demander intérieurement : *Vous ne vous sentez jamais seul ?*

— Ça ne me dérange pas que vous vous exprimiez à voix haute. Non, je ne me sens jamais seul au sens où vous, humains, l'entendez. Je reste toujours en contact avec d'autres et nous formons un réseau constant. Nous ne sommes pas comme vous. Il n'y a que les Classe 9 pour être comme vous, — seuls. Moi, j'ai l'esprit d'un 4 et je suis télépathe.

Cette voix qui s'élevait dans ma tête m'avait réconforté.

— Vous pourriez allumer la lumière ? demandai-je. Mais pas trop fort.

Une lampe du plafond se mit à luire doucement. Je baissai les yeux sur mes mains aux ongles sales. Puis je retroussai mes manches. Je ne sais pourquoi, mais je pris plaisir à regarder mes bras et le mince duvet qui les recouvrait.

—Est-ce que vous êtes aussi intelligent que Biff ? demandai-je.

—Certainement ! s'exclama la voix. Biff, dans l'ensemble, est vraiment stupide. Le problème, c'est qu'elle est réelle, tout à fait réelle, un vrai chat, en fait, et c'est ce qui la rend intelligente à vos yeux. Je peux lire tout ce qu'il y a dans son esprit en une fraction de seconde, et c'est plutôt le vide. Mais elle se sent bien. Elle ne souhaiterait jamais être autre chose qu'un chat.

—Et moi, je ne me sens pas bien ?

—Vous êtes très souvent triste et solitaire. Ou bien habité de violents désirs.

—Oui, reconnus-je avec mélancolie. Je suis triste. Et je désire beaucoup de choses. Trop, peut-être.

—Et vous le savez, fit la voix.

C'était exact. Et je commençai à me réjouir de pouvoir l'exprimer. Je regardai par la fenêtre. L'aurore ne se manifestait pas encore. Cette conversation étrange, et la facilité avec laquelle elle se déroulait, me fit brusquement penser à quelque chose.

—Est-ce qu'il y a un Dieu ? demandai-je. Je veux dire, est-ce que vous êtes en contact télépathique avec un Dieu quelconque ?

—Non, je ne suis en contact avec rien de tel. Autant que je le sache, il n'y a pas de Dieu.

—Oh, fis-je.

— Mais ça ne doit pas vous gêner, reprit la voix. Vous le croyez peut-être, mais il n'en est rien. C'est à vous de prendre votre vie en main. Et vous l'avez appris.

— Mais mon conditionnement…

— Vous avez déjà surmonté ça. Il ne vous reste plus que quelques réminiscences, mais les règles qu'on vous a inculquées ne font déjà plus partie de votre nouvelle personnalité.

— Mais alors qui suis-je ? m'écriai-je.

La voix resta quelques instants silencieuse avant de répondre d'un ton aimable :

— Vous êtes simplement vous-même. Vous êtes un être humain, adulte et de sexe masculin. Vous êtes amoureux. Vous voulez être heureux. Et, en ce moment, vous essayez de retrouver la femme que vous aimez.

— Oui, acquiesçais-je. Je suppose que c'est ça.

— C'est ça, et vous le savez parfaitement. Je vous souhaite bonne chance.

— Merci, fis-je. (Puis je demandai :) Est-ce que vous pourriez m'aider à me rendormir ?

— Non. Mais vous n'avez pas vraiment besoin d'aide. Vous vous endormirez quand vous serez fatigué, et sinon, le soleil ne va pas tarder à se lever.

— Quoi ! Vous pouvez voir ça ! Vous pouvez réellement voir le soleil se lever ?

— Pas vraiment, répondit le bus. Je ne peux que regarder droit devant moi, regarder la route. Merci quand même d'avoir espéré que je puisse admirer le ciel d'aurore.

— Ça ne vous pose pas de problèmes ? De ne pas pouvoir regarder autour de vous ?

— Je vois ce que je dois voir, fit le bus. Et j'aime le travail que je fais. J'ai été fabriqué comme ça. Ce n'est pas à moi de décider ce qui est bon pour moi.

— Et pourquoi êtes-vous si... si aimable? demandai-je.

— Nous le sommes tous, répondit le bus. Tous les *psi-bus* sont aimables. Nous sommes tous programmés avec de Bons Sentiments et nous aimons notre métier.

C'est un bien meilleur programme que celui auquel les gens ont droit, pensai-je avec quelque colère.

— Oui, approuva le bus. C'est bien vrai.

3 octobre

Après avoir parlé avec le bus, je me sentis détendu, fatigué, et je m'endormis facilement sur mon lit de fortune. Il faisait encore nuit lorsque je me réveillai.

— C'est bientôt le matin ? demandai-je tout haut.

— Oui, répondit le bus. Bientôt.

Une lampe s'alluma, diffusant une lumière douce.

Biff avait dormi avec moi sur le matelas et elle s'était réveillée en même temps que moi. Je lui donnai une poignée d'aliments déshydratés et j'ouvris une boîte de soupe de protéines au fromage pour mon petit déjeuner. Mais je pensai soudain aux Protéines 4 et un frisson me parcourut. Je ne pourrais plus jamais manger ce genre de nourriture. Je demandai au bus de baisser une vitre et je jetai la boîte. Je me préparai ensuite une omelette, une tasse de café, puis, assis sur le bord de mon lit, je mangeai doucement, guettant les premières lueurs de l'aurore.

Durant tout ce temps, le bus roula sans le moindre cahot sur un revêtement de Permoplastique en bon état. Ce qui est plutôt rare, car souvent, la route disparaît presque complètement sur des portions de plusieurs kilomètres ; le Permoplastique vert pâle fait brusquement place à une chaussée noire pleine d'ornières, qui peut même aller jusqu'à se perdre en pleins champs. Le bus dans ce cas-là ralentit, évite soigneusement les obstacles et cherche le meilleur chemin possible, encore qu'il lui arrive de tanguer dangereusement. C'est fort désagréable, mais je ne m'inquiète pas pour le bus car, en dépit de la fragilité apparente du cerveau logé sous l'épais capot métallique, il s'agit d'une machine robuste et bien construite.

Avant de quitter Maugre, j'ai arrêté le bus devant la tombe d'Annabel, puis je suis descendu et j'ai déposé quelques roses du jardin au pied de la petite croix de bois sur laquelle j'ai inscrit son nom ; c'est probablement la première tombe à porter un nom depuis des siècles. Je suis resté plusieurs minutes à penser à Annabel et à tout ce qu'elle avait représenté pour moi. Mais je n'ai pas pleuré. Je ne le voulais pas.

Ensuite, je suis remonté dans le bus et je lui ai dit de me conduire à New York. Le bus a semblé savoir exactement ce qu'il avait à faire. Il a emprunté doucement l'allée centrale de l'immense cimetière bordée de milliers de petites dalles de Permoplastique anonymes, puis, dans le silence et la lumière du petit matin, il est arrivé à la grande route verte que j'avais déjà remarquée au cours de mes promenades. Lorsqu'il s'est engagé sur le revêtement lisse, entretenu par des équipes de robots, le bus a accéléré pour se lancer sur cette large route déserte.

J'éprouvais à partir une joie sans mélange. Je n'avais pas de regrets. Je me sentais bien, et je me sens toujours bien, à présent, au cœur de la nuit, dans mon bus patient et serviable, avec mes provisions, mes livres, mes disques et mon chat.

Le ciel a commencé à s'éclaircir et lorsque la route longe l'océan, je me tourne vers la plage et la mer, en direction du gris pâle et solitaire du ciel, là où bientôt le soleil va apparaître ; et la beauté de cette nature me coupe le souffle. Je ne ressens pas les mêmes sentiments que ceux que j'éprouvais quand je m'arrêtais au bout de ma rangée de Protéines 4 dans les champs de la prison ; la beauté, aujourd'hui, me paraît plus profonde, plus mystique, un peu comme les yeux de Mary Lou quand elle me dévisageait de ce regard étrange et énigmatique.

L'océan est sans doute immensément vaste ; pour moi, il signifie liberté et espoir. Il ouvre un compartiment mystérieux dans mon esprit, comme le font parfois certains passages des livres que je lis et je me sens alors plus vivant que je ne l'aurais cru possible, et surtout plus humain.

L'un de mes livres raconte qu'à une certaine époque les hommes ont adoré l'océan comme un dieu. Je comprends très bien cela. Très bien.

Les Baleen, par contre, n'auraient jamais pu le comprendre ; ils auraient qualifié cet acte de « blasphème ». Le Dieu qu'ils vénèrent est une chose abstraite, d'une moralité stricte comme un ordinateur. Et de Jésus, ce rabbin charismatique, ils ont fait une espèce de Détecteur moral. Je ne veux rien de tel, pas plus que je ne veux du Jéhovah du Livre de Job.

Je crois que je suis déjà un adorateur de l'océan. En lisant tout haut le Nouveau Testament pour les Baleen, je me suis pris d'une forte admiration pour Jésus, Jésus le prophète triste, terriblement lucide, un homme qui avait compris les choses capitales de l'existence et qui avait tenté, mais sans grand succès, de les transmettre aux autres. Je sens monter en moi une sorte d'amour pour cet homme qui a prononcé des phrases comme : « Le Règne de Dieu est au-dedans de vous », car, regardant par la fenêtre en direction de l'étendue calme et grise des flots au-dessus desquels le soleil s'apprête à se lever, il me semble entrevoir le sens de son message.

Et, bien que je sois incapable d'en saisir la signification profonde, j'ai beaucoup plus confiance en lui qu'en toutes ces absurdités que l'on m'a enseignées dans les Dortoirs.

Le ciel, au bout du gris de l'océan, s'est encore éclairci. Le soleil va bientôt se montrer. Je vais cesser d'enregistrer et faire stopper le bus pour descendre et regarder le disque pourpre apparaître au-dessus de l'horizon crénelé.

Mon Dieu, que le monde est beau !

4 octobre

Le soleil était haut dans le ciel. Je me suis avancé au bord de l'eau, puis je me suis déshabillé et j'ai plongé dans les vagues. L'eau était froide ; cependant peu m'importait. Et dans l'air, il y avait déjà les premiers souffles de l'hiver.

Après mon bain, nous sommes repartis et je me suis fait jouer un peu de musique télépathique par le *psi-bus*, mais je l'ai fait arrêter presque aussitôt. C'était de la musique dynamique, stupide et creuse. J'ai réussi à brancher mon électrophone au générateur, mais quand j'ai voulu passer un disque, l'aiguille, comme je le craignais, s'est mise à sauter du sillon. J'ai rangé le bus sur le bas-côté le temps d'écouter la symphonie *Jupiter* de Mozart et une partie de *Sergeant Pepper's Lonely Hearts Club Band*. Ça marchait très bien et je me suis senti mieux. Je me suis servi un petit whisky, j'ai éteint le générateur, puis j'ai repris la route.

Depuis Maugre je n'ai pas vu le moindre véhicule ni aperçu le moindre signe d'agglomération urbaine.

Mon Dieu, quand je pense à tout ce que j'ai lu et appris depuis mon départ de l'Ohio ! Et je sais que ces nouvelles connaissances m'ont transformé au point que j'ai du mal à me reconnaître moi-même. Le simple fait de savoir que l'homme a un passé, un passé sur lequel je ne possède pourtant que de très vagues notions, a radicalement modifié mon esprit et mon comportement.

À l'université, j'avais bien regardé des films parlants en compagnie de la poignée d'étudiants qui s'intéressaient à de tels sujets, mais ces films, *Le secret magnifique, Dracula frappe encore, La mélodie du bonheur*, m'avaient simplement paru « hallucinatoires ». Ils n'étaient qu'un outil supplémentaire, certes plus ésotérique, mais toujours destiné à manipuler les esprits pour les conduire vers la recherche du plaisir et de l'introversion. Il ne me serait alors jamais venu à l'idée, illettré et conditionné comme je l'étais, de considérer ces films comme un moyen d'appréhender le passé.

Mais il me semble maintenant que rien n'aurait été possible si je n'avais pas eu le courage d'accepter et d'analyser les sentiments qui sont nés lentement en moi, d'abord dans l'ancienne bibliothèque à la projection de ces images émotionnellement si riches, puis à la lecture des poèmes, des romans, des livres d'histoire, des biographies et des ouvrages de bricolage que j'ai trouvés plus tard. Ce sont tous ces livres, même les plus hermétiques, qui m'ont aidé à comprendre ce que cela signifiait d'être un homme. Et j'ai aussi appris, à travers les sentiments d'effroi que j'éprouve parfois quand j'ai l'impression d'entrer en contact avec l'esprit d'une personne morte depuis longtemps, que je n'étais pas seul sur cette terre. D'autres ont ressenti ce que je ressens, ceux qui, à certaines époques ont réussi à dire l'indicible. « Seul l'oiseau moqueur chante à l'orée du bois. » « Je suis le Chemin, la Vérité et la Vie. » « Celui qui croit en moi, fût-il mort, vivra. » « Ma vie est légère qui attend le vent de la mort. Comme une plume sur le dos de ma main. »

Et si je n'avais pas su lire, je n'aurais jamais réussi à mettre ce *psi-bus* en marche et à me faire conduire jusqu'à New York, jusqu'à Mary Lou que je dois essayer de revoir avant de mourir.

5 *octobre*

La matinée était chaude et ensoleillée, et je décidai de pique-niquer sur le bord de la route, un peu comme dans *The Lost Chord* avec Zasu Pitts. J'arrêtai le bus vers midi près d'un bosquet, me préparai une assiette de bacon et de haricots, un verre de whisky à l'eau, puis je me trouvai un endroit confortable sous les feuillages et je déjeunai lentement, pensivement, pendant que Biff chassait les papillons dans l'herbe.

Pendant des heures, nous avions roulé sans voir l'océan et ça faisait très longtemps que je n'avais pas aperçu la mer. Après manger, je fis une petite sieste, puis je me levai pour escalader une colline avec le vague espoir de me repérer. Quand j'arrivai au sommet, je vis tout de suite la mer, et plus loin, sur ma gauche, New York ! Je restai d'abord figé, puis je fus pris d'un léger tremblement et je serrai de toutes mes forces le verre à moitié vide que je tenais à la main.

Je distinguais la Statue d'Intimité dans Central Park, cette haute silhouette solennelle, massive et pesante, avec son visage serein, les yeux fermés, un petit sourire intérieur, l'une des Merveilles du Monde Contemporain. J'essayai en vain de localiser les bâtiments de l'université de New York où j'avais demandé au bus de me conduire car j'espérais plus ou moins y retrouver Mary Lou.

Et la vue de New York qui s'étendait devant moi, l'Empire State Building d'un côté, et la Statue d'Intimité, si sombre, si imposante, de l'autre, m'emplit d'un immense découragement.

Je voulais Mary Lou, mais je ne voulais pas retourner à New York, cette ville morte.

Je me sentis étouffer à la pensée des rues de New York qui ne tarderaient pas à être recouvertes par la végétation comme celles de Maugre. Et à la pensée de ces hommes qui erraient dans ces artères agonisantes, visages de pierre de l'Intériorité, esprits vides, hommes qui vivaient une existence que j'avais connue : une vie qui ne valait pas la peine d'être vécue. Une société hantée par la mort mais qui n'était pas assez vivante pour le savoir. Et ces immolations de groupe ! Des immolations au Burger Chef et un zoo peuplé de robots !

La ville gisait comme une tombe dans le soleil de l'automne. Je ne voulais pas y retourner.

C'est alors qu'une voix calme me dit intérieurement :

— Il n'y a rien à New York qui puisse vous faire du mal.

C'était mon bus.

Je réfléchis à ce qu'il venait d'énoncer, puis je déclarai tout haut :

— Je n'ai pas peur d'avoir mal.

Je baissai les yeux sur mon poignet qui était resté légèrement tordu.

— Je sais, fit le bus. Vous n'avez pas peur. C'est seulement que vous n'aimez pas New York et ce que cette ville représente maintenant pour vous.

— J'y ai connu des moments de bonheur, dis-je. Avec Mary Lou. Et avec mes films, parfois...

— Seul l'oiseau moqueur chante à l'orée du bois, fit le bus.

Je sursautai.

— Vous avez lu ces mots dans mon esprit ? demandai-je.

— Oui. Et ils y sont souvent.

— Que signifient-ils ?

— Je ne sais pas, répondit le bus. Mais ils évoquent quelque chose de très fort.

— Quelque chose de triste ?

— Oui. De triste. Mais une tristesse à caractère positif.

— Oui, acquiesçais-je. Je sais.

— Et vous devez aller à New York si vous voulez la retrouver.

— Oui.

— Alors, revenez, fit le bus.

Je descendis de la petite butte, appelai Biff et rejoignis le bus.

— Allons-y. Et pleins gaz ! fis-je tout haut.

— Avec plaisir, fit le bus.

Il referma sèchement sa porte et démarra.

6 octobre

Il faisait presque nuit quand nous franchîmes l'immense pont désert, tout rouillé, qui mène dans l'île de Manhattan. Les lumières étaient déjà allumées dans certaines des petites maisons de Permoplastique qui bordent Riverside Drive. Il n'y avait plus personne sur les trottoirs à l'exception de quelques robots qui poussaient des chariots de matières premières en direction des boutiques de la Cinquième Avenue, ou de rares équipes sanitaires qui ramassaient les ordures. J'aperçus néanmoins une vieille femme sur Park Avenue ; elle était grosse, vêtue d'une robe grise informe et elle portait un bouquet de fleurs à la main.

Nous croisâmes quelques *psi-bus*, vides pour la plupart. Une voiture de Détection sillonnait les parages. New York était très calme et je commençais à m'inquiéter. Je n'avais rien mangé depuis mon léger pique-nique car j'avais été trop nerveux tout l'après-midi. Je n'avais pas peur, comme j'aurais jadis eu peur ; j'étais simplement tendu. Je n'aimais pas ça, mais je ne pouvais faire autrement que de l'accepter. J'envisageai bien à plusieurs reprises de boire un peu de whisky ou encore d'arrêter le bus devant une machine à pilules que j'aurais essayé de forcer puisque je n'avais pas de carte de crédit, mais il y avait déjà longtemps que j'avais pris la résolution de ne plus prendre de *sopors*. Je chassai donc ces pensées de mon esprit et j'essayai simplement de surmonter ce sentiment de malaise et d'énervement. Comme ça, je savais au moins ce qui se passait autour de moi.

La bâtisse en inox de l'université de New York étincelait dans le soleil couchant. En traversant Washington Square, nous rencontrâmes quatre ou cinq étudiants dans leurs aubes de jean. L'herbe avait envahi la grande place et aucune des fontaines ne marchait.

Je fis garer le bus devant la bibliothèque.

Il n'avait guère changé, ce vieux bâtiment décrépi où j'avais travaillé et vécu avec Mary Lou. Les battements de mon cœur s'accélérèrent à la vue des mauvaises herbes qui avaient poussé. La bibliothèque paraissait depuis longtemps abandonnée.

N'importe qui, me dis-je, pouvait emprunter mon bus pour se rendre à l'autre bout de New York ; je pris donc ma boîte à outils, enlevai le panneau avant et déconnectai ce que le *Guide d'Audel* appelle « Le Servo-Bloc de Fonctionnement de Porte ». Je m'assurai que la porte refusait bien de s'ouvrir, puis je dissimulai la boîte à outils derrière le panneau. J'étais tranquille à présent.

Je pénétrai dans le bâtiment. Je tremblais un peu moins, mais j'étais encore très énervé. Il n'y avait personne. Les couloirs étaient déserts, de même que les pièces que j'examinai rapidement. Pas d'autre bruit que l'écho de mes pas.

Je ne sentais ni peur ni angoisse d'aucune sorte à déambuler ainsi dans ce lieu désaffecté. Je portais mes vêtements neufs de Maugre : jeans serrés, col roulé noir et chaussures noires souples. J'avais remonté les manches de mon pull dans la journée car il faisait chaud et mes avant-bras étaient bronzés, secs et musclés. J'aimais les regarder comme j'aimais les réactions de mon corps et de mon esprit : des réactions vives, alertes et fortes. Cet édifice à l'agonie ne m'impressionnait plus comme par le passé. Je cherchais simplement quelqu'un.

Mon ancienne chambre était vide ; elle était restée telle que je l'avais laissée, mais la collection de films muets avait disparu. J'étais un peu déçu, car j'avais plus ou moins prévu de les emmener avec moi, avec nous, à l'endroit où je déciderais de me rendre dans mon *psi-bus*.

Sur le lit-bureau, le fruit artificiel que Mary Lou avait cueilli pour moi au zoo était toujours là.

Je le pris et le fourrai dans la poche de mon jean. Je jetai un coup d'œil autour de moi. Il n'y avait rien d'autre que je souhaitais emporter. Je sortis en claquant la porte derrière moi. Je savais où aller ensuite.

J'étais en train de rebrancher les fils du *psi-bus* à la lueur d'un lampadaire quand je levai soudain les yeux pour apercevoir un homme gros et chauve qui me regardait fixement. Il avait dû s'approcher pendant que j'étais absorbé par ma tâche. Il avait un visage bouffi et sans expression, et son regard vide de drogué introverti était effrayant à voir. Cet homme n'était pas différent des centaines de gens que j'avais autrefois côtoyés, mais c'était moi qui le regardais maintenant d'une façon différente. Qu'importait la notion de Vie Privée !

Je le dévisageai un long moment ; l'homme baissa les yeux. Je me remis au travail et j'entendis s'élever derrière moi la voix rauque du passant.

— C'est illégal, disait-il. Il est interdit de toucher aux Propriétés du Gouvernement.

Je ne me donnai même pas la peine de me retourner.

— Quel gouvernement ? lançai-je.

Il garda le silence quelques instants, puis il dit :

— Vous êtes en train de toucher à une Propriété du Gouvernement. C'est une Faute. Vous pourriez aller en prison.

Cette fois, je me retournai. J'avais une clé à la main et je transpirais légèrement. Je le fixai droit dans les yeux.

— Partez immédiatement ou je vous tue, lui dis-je.

Il me contempla, bouche bée. Son visage au teint terreux avait une expression toujours aussi vide.

— Fous le camp, imbécile, lui criai-je. Et tout de suite.

Il fit demi-tour et s'éloigna. Je le vis mettre la main dans sa poche, en tirer quelques pilules et rejeter la tête en arrière pour les avaler.

Une fois les fils rebranchés, je remontai dans le bus et lui demandai de me conduire au Burger Chef de la Cinquième Avenue.

Elle n'était pas au Burger Chef, mais je ne m'étais pas vraiment attendu à l'y trouver. L'endroit me parut légèrement changé. C'étaient les boxes. Deux d'entre eux avaient été carrément enlevés et presque tous les autres étaient à moitié calcinés. Il avait dû y avoir de nombreuses immolations depuis la dernière fois que j'étais venu ici.

Je m'approchai du comptoir et demandai à un robot femelle Classe 2 de me donner deux alguebugers et un verre de thé. Elle alla chercher ma commande, assez lentement me sembla-t-il, puis elle posa le plateau et resta plantée devant moi.

— Je n'ai pas de carte de crédit, lui dis-je.

Elle me regarda avec une expression stupide de robot, puis elle reprit le plateau et se dirigea vers une immense poubelle.

— Arrête ! lui criai-je. Rapporte ça ici !

Elle s'immobilisa, esquissa un mouvement dans ma direction, puis repartit vers la poubelle, mais d'un pas un peu plus incertain.

— Arrêtez, espèce d'imbécile ! hurlai-je.

Alors, sans réfléchir, je sautai par-dessus le comptoir, m'avançai vers elle à grandes enjambées et posai ma main sur son épaule. Je la forçai à se retourner et je lui arrachai le plateau des mains. Elle se contenta de me considérer un instant d'un air idiot, puis, quelque part dans le plafond de la salle, une sonnette d'alarme se déclencha.

Je repassai le comptoir et m'apprêtais à partir lorsque je vis un imposant robot primaire vêtu d'un uniforme vert qui se dirigeait vers moi. Il ressemblait à celui du zoo et il se mit à débiter :

— Vous êtes en état d'arrestation. Vous avez le droit de ne pas répondre aux questions...

— Casse-toi, robot, le coupai-je. Casse-toi et retourne dans ta cuisine. Et laisse les clients tranquilles.

— Vous êtes en état d'arrestation, répéta-t-il, mais cette fois avec moins de conviction.

Il s'était immobilisé. Je m'approchai de lui et le regardai dans les yeux. Ses yeux étaient vides, non humains. Jamais je n'avais observé un robot de si près car on m'avait appris à les craindre et à les respecter. Et je pris enfin conscience, en examinant ce visage stupide, ce visage artificiel, que cette grotesque parodie d'humanité ne signifiait rien, absolument rien ; elle n'avait pas le moindre sens.

Un jour, on avait inventé les robots, voilà tout, par amour de la technologie, tout simplement. Les robots avaient été fabriqués *pour* et *par* les hommes, de même que les hommes s'étaient pourvus d'armes capables d'anéantir la terre. Une nécessité...

Et, dans ce visage sans expression, identique à tous les visages des robots qui appartenaient à la même classe, il y avait tout le mépris des techniciens qui l'avait conçu, mépris à l'égard de la vie, à l'égard des hommes et des femmes.

Ils avaient donné les robots à l'humanité sous le prétexte fallacieux de nous débarrasser du travail, de nous soulager de nos corvées afin que nous puissions nous développer et nous épanouir intérieurement.

Cette fois je m'adressai à lui, à cette chose, avec fureur :

— Fous le camp, robot, m'écriai-je. Fous le camp. Immédiatement !

Et le robot fit demi-tour.

Je jetai un coup d'œil en direction des quatre ou cinq personnes qui, chacune isolée dans son box, se trouvaient au Burger Chef. Yeux fermés, épaules rentrées, elles représentaient l'image parfaite de la Retraite en Soi.

Je sortis aussitôt et retrouvai mon *psi-bus* avec soulagement. Je lui demandai de me conduire au zoo du Bronx, au Pavillon des Reptiles.

— Avec joie, fit-il.

Au zoo, toutes les lumières étaient éteintes. La lune venait de se lever. J'avais allumé une lampe à pétrole quand le bus s'était arrêté devant la porte du Pavillon des Reptiles. L'air était frais mais je ne mis pas de veste.

La porte n'était pas fermée à clef. J'entrai. Je reconnus à peine la grande salle. Il faut dire que ma lampe y projetait des lueurs fantomatiques. Mais il y avait autre chose. Les cages, contre le mur du fond, étaient toutes recouvertes d'espèces de serviettes blanches.

Je regardai en direction du banc sur lequel Mary Lou avait parfois dormi. Elle n'était pas là. Une drôle d'odeur régnait dans la pièce, et l'atmosphère était étouffante, comme si on avait monté la température. Je restai quelques instants immobile pour essayer de m'accoutumer à ces changements.

Pour l'instant, je n'avais vu aucun reptile. La cage du python me parut bizarre ; il y avait comme un paquet au milieu.

Je trouvai un interrupteur et allumai. La lumière me fit mal aux yeux.

Une voix s'éleva soudain devant moi :

— Qu'est-ce que c'est que ce cirque ?...

Mary Lou. La forme dans la cage du python se déplia et je reconnus Mary Lou. Ses cheveux étaient emmêlés et ses yeux étaient lourds de sommeil.

Elle avait la même allure que cette nuit, il y avait si longtemps, où, tout énervé, j'étais venu au zoo pour la réveiller et lui parler.

J'ouvris la bouche pour dire quelque chose, mais rien ne vint. Mary Lou s'était assise, jambes pendantes. Il n'y avait plus de verre autour de la cage, et certes pas de python à l'intérieur ; Mary Lou y avait installé un matelas.

Je pus enfin parler.

— Mary Lou, fis-je.

Elle ôta la main qu'elle avait placée devant ses yeux pour se protéger et regarda enfin dans ma direction.

— C'est toi, Paul, dit-elle doucement. C'est bien toi ?

— Oui, répondis-je.

Elle sauta en bas de la cage et s'avança lentement vers moi. Elle portait une longue chemise de nuit blanche, toute chiffonnée. Elle était pieds nus et marchait sans bruit. Et lorsqu'elle fut tout près de moi, qu'elle s'arrêta et qu'elle leva ses yeux ensommeillés, pour me regarder avec la même intensité qu'autrefois, repoussant une mèche de cheveux ébouriffés, ma gorge se serra et je fus à nouveau incapable de parler.

Elle m'examina de près, de haut en bas, puis elle dit :

— Mon Dieu, Paul. Comme tu as changé.

Je me contentai de hocher la tête.

Elle m'étudia pensivement :

— Tu as l'air… tu as l'air prêt à tout.

— C'est vrai, dis-je simplement.

Je fis un pas en avant, la pris dans mes bras et l'attirai vers moi. Je sentis bientôt ses bras m'entourer et me serrer, me serrer encore plus fort. Je crus alors que mon cœur allait éclater au contact de son corps ferme pressé contre moi, de ses seins ; je respirai le parfum de sa chevelure et l'odeur de savon qui se dégageait de sa nuque blanche ; je m'abandonnai aux caresses de ses doigts dans mes cheveux.

J'éprouvai pour elle un désir que je n'avais encore jamais éprouvé, un désir qui habitait chaque fibre de mon corps. Je fis glisser mes mains le long de son dos et agrippai ses hanches. Je l'embrassai dans le cou.

— Paul, fit-elle d'une voix douce, un peu nerveuse. Je viens juste de me réveiller. Il faut que je me lave la figure, que je me coiffe…

— Non, ce n'est pas la peine, fis-je en la serrant encore plus fort.

Elle posa sa paume contre ma joue.

— Mon Dieu, Paul ! souffla-t-elle.

Je la pris par la main et la conduisis vers le lit qu'elle s'était aménagé dans la cage du python. Nous nous déshabillâmes sans nous quitter des yeux. Je me sentais plus fort, plus sûr de moi que je ne l'avais jamais été.

Je l'allongeai doucement sur le matelas et j'embrassai son corps nu, ses bras, ses seins, son ventre, l'intérieur de ses cuisses jusqu'à ce qu'elle gémît de plaisir ; mon cœur battait follement mais mes mains ne tremblaient pas.

Alors, je la pénétrai lentement, m'arrêtant un instant avant de m'engloutir en elle. J'étais transporté de joie et d'amour.

Yeux dans les yeux, nous nous laissâmes aller au rythme de nos deux corps. Plus je la regardais et plus Mary Lou devenait belle. Le plaisir que nous tirions de notre accord parfait était indicible, infini. Ce n'était en rien comparable aux rapports sexuels que j'avais connus, tels qu'ils nous avaient été enseignés. Je n'avais jamais soupçonné qu'on pût faire l'amour ainsi…

—Mon Dieu, murmura Mary Lou. Mon Dieu, Paul.

Je me redressai sur un coude et je la contemplai un long moment. Tout paraissait différent. Mieux. Limpide.

Je dis enfin :

—Je t'aime, Mary Lou.

Elle me dévisagea et hocha la tête. Puis elle sourit.

Nous restâmes allongés côte à côte, silencieux. Plus tard, Mary Lou passa une robe et dit d'une voix douce :

—Je vais à la fontaine me laver un peu la figure.

Et elle s'éloigna.

Je restai plusieurs minutes sans bouger. Je me sentais détendu, heureux et calme. Puis je me levai à mon tour, m'habillai et sortis à sa rencontre.

Il faisait nuit dehors encore, mais les lumières brillaient autour de la fontaine. Mary Lou était penchée au-dessus du bassin et elle se frottait vigoureusement la figure avec ses mains. J'arrivai à quelques pas d'elle sans qu'elle eût perçu ma présence. Elle s'assit sur la margelle et s'essuya le visage du coin de sa robe.

Je l'observai un moment, puis je dis :

—Tu veux mon peigne ?

Elle sursauta, leva les yeux et rabattit sa robe sur ses genoux. Puis elle sourit timidement.

—Oui, Paul, je veux bien, répondit-elle.

Je lui tendis mon peigne et m'assis à côté d'elle au bord de la fontaine pour la regarder se coiffer : superbe spectacle tout illuminé des éclats des projecteurs qui scintillaient dans l'eau. Cheveux lisses, visage propre, radieux, elle était d'une beauté saisissante. Sa peau resplendissait. Il était inutile de parler. Je me contentais de la dévorer des yeux.

Elle inclina la tête et me sourit à nouveau, me demandant d'une voix hésitante :

— Ils t'ont laissé sortir de prison ?

— Je me suis évadé.

— Oh, fit-elle. (Puis elle me dévisagea comme si elle me voyait pour la première fois.) Ça a été dur ? La prison, je veux dire.

— J'ai appris beaucoup de choses là-bas. Ça aurait pu être pire.

— Mais tu t'es évadé.

— Je voulais revenir vers toi, affirmai-je avec une force tranquille qui m'étonna moi-même.

Elle baissa un instant les yeux, puis me regarda à nouveau.

— Oui, fit-elle. Oh, mon Dieu, Paul, je suis heureuse que tu sois revenu.

Je hochai la tête et dis :

— J'ai faim. Je vais aller nous préparer quelque chose à manger.

Je me levai et m'engageai sur l'allée.

— Ne réveille pas le bébé… dit Mary Lou.

Je me figeai sur place et me retournai. Mary Lou avait l'air un peu perdue, un peu embarrassée.

— Quel bébé ? m'étonnai-je.

Elle secoua la tête et éclata de rire.

— Mon Dieu, Paul. J'avais complètement oublié ! Il y a un bébé maintenant.

Je la regardai fixement.

— Alors je suis un père ?

Elle se leva brusquement, courut vers moi, jeta ses bras autour de mon cou, et m'embrassa sur la joue comme une petite fille.

— Oui, Paul, dit-elle. Tu es un père, à présent.

Elle me prit par la main et me conduisit vers le Pavillon des Reptiles. Et je compris soudain ce qu'étaient ces étoffes blanches sur les cages : c'étaient des couches.

Elle m'amena devant la plus petite des cages, l'ancienne demeure des iguanes, et à l'intérieur, allongé sur son gros ventre, dormait un bébé emmailloté dans une grande couche blanche. Il était pâle et potelé. Il y avait un peu de salive aux coins de sa bouche et il dormait paisiblement. Je restai longtemps à le regarder.

Puis je demandai à Mary Lou dans un souffle :

— C'est une fille ?

Elle fit un signe de tête affirmatif.

— Je l'ai appelée Jane. Comme la femme de Simon.

Je n'avais aucune objection à formuler. J'aimais bien ce nom. Et j'aimais bien l'idée d'être un père. Il me semblait que c'était une bonne chose que d'être responsable de quelqu'un, de son propre enfant.

J'essayai ensuite de nous imaginer tous les trois formant une famille comme celles de ces vieux films en noir et blanc, mais je n'avais jamais rien vu de tel dans les films, une famille dans le Pavillon des Reptiles d'un zoo avec des couches accrochées à des cages vides, avec l'odeur du lait chaud et le bruit de légers ronflements. J'essayai aussi de retrouver l'image du père que je m'étais forgée en prison quand je pensais à Mary Lou à coups d'impulsions maladives et suicidaires ; je me rendis compte que j'avais toujours imaginé mes enfants éventuels comme des adolescents — tels Roberto et Consuela.

Cependant Roberto et Consuela appartenaient à un autre monde : celui des gentils employés des Postes, des ouvriers de Chevrolet ou de Coca-Cola.

Qu'à cela ne tienne, le monde d'aujourd'hui, aussi imparfait fût-il, me convenait. Cette petite chose, toute chaude et vibrante, dont le minuscule visage était enfoui dans un oreiller, c'était ma fille. Jane. Et j'étais heureux.

Mary Lou interrompit le cours de mes pensées.

— Je peux aller chercher un sandwich, dit-elle. Au fromage.

Je refusai d'un signe de tête et sortis. Mary Lou me suivit en silence. Dehors, elle me prit le bras et me demanda :

— Paul, je voudrais que tu me racontes comment tu t'es évadé.

— Plus tard, répondis-je. Je vais d'abord nous préparer des œufs.

Elle me regarda avec surprise.

— Tu as des œufs ?

— Viens, suis-moi, me contentai-je de répondre.

Je la conduisis le long du bâtiment, à l'endroit où était garé le *psi-bus*. Je grimpai dedans le premier avec ma lampe et l'accrochai au plafond, puis j'allumai l'autre lampe avec mon briquet de prison et montai la flamme le plus haut possible.

Mary Lou me rejoignit à l'intérieur. Elle s'avança dans la travée centrale et regarda autour d'elle. Je ne dis rien.

J'avais rangé mes livres à l'arrière sur un siège retourné et Biff, roulée en boule, dormait dessus.

Mes nouveaux vêtements, de même que ceux que j'avais pris pour Mary Lou, étaient accrochés à côté. Vers le milieu du bus, en face de mon lit, j'avais installé le coin cuisine avec un réchaud de camping vert, les casseroles, les poêles et toute la vaisselle, ainsi que les boîtes de nourriture irradiée et les cakes que j'avais faits avec Annabel. J'étudiai la réaction de Mary Lou. Elle parut impressionnée, mais elle ne prononça pas un mot.

Je mis mon poêlon à omelettes sur le feu et le laissai chauffer tandis que je cassais les œufs et les battais avec un peu de sel et de Tabasco. Je râpai ensuite un peu de fromage, celui que Rod Baleen faisait avec du lait de chèvre, et j'ajoutai un doigt de sauce persillée. Lorsque la poêle fut bien chaude, je versai la moitié des œufs puis je remuai vivement. Ensuite, avant que les œufs ne roussissent et pendant que le centre était encore baveux, je mis le fromage avec la sauce, laissai le fromage fondre un petit peu, repliai l'omelette et la fis glisser sur une assiette que je tendis à Mary Lou.

— Assieds-toi, fis-je. Je vais t'apporter une fourchette.

Elle s'exécuta.

Je lui tendis la fourchette et lui demandai :

— Ça a été difficile, le bébé ? Tu as souffert ?

— Oh oui ! fit-elle.

Elle goûta l'omelette.

— Hé ! s'écria-t-elle. Mais c'est délicieux ! Comment tu appelles ça ?

— Une omelette, répondis-je.

Je mis de l'eau à chauffer pour le café sur l'autre brûleur et commençai à préparer une omelette pour moi aussi.

— Dans les jours anciens, repris-je, les femmes mouraient parfois en accouchant.

— Eh bien pas moi, répliqua-t-elle. Et j'avais Bob pour m'aider.

— Bob ? Qui est-ce ?

— Bob Spofforth, expliqua-t-elle. Le robot. Le doyen. Ton ancien patron.

Quand mon omelette fut prête, je versai du café dans deux tasses qu'Annabel avait faites, puis je m'assis sur mon lit, en face de Mary Lou.

— Spofforth t'a aidée à avoir le bébé ? demandai-je.

J'imaginai cet immense robot tenant le rôle de William S. Hart dans *Sagebrush Doctor*, debout à côté du lit d'une femme sur le point d'accoucher. Mais je ne pouvais pas imaginer Spofforth avec un chapeau de cowboy.

— Oui, répondit Mary Lou.

Son expression, tandis qu'elle parlait de Spofforth, reflétait quelque chose d'étrange, une ombre de souffrance. J'avais l'impression qu'elle voulait me dire quelque chose mais que le moment n'était pas encore venu.

— Il a coupé le cordon ombilical, reprit-elle. C'est du moins ce qu'il m'a dit après ; je flippais trop pour m'en rendre compte. (Elle secoua la tête.) C'est drôle. C'est bien la première fois de ma vie où j'aurais vraiment voulu un *sopor*, mais une semaine auparavant j'avais réussi à convaincre Bob d'en arrêter la distribution.

— Arrêter la distribution ? m'étonnai-je. Des pilules ?

— Eh oui. Il va y avoir du changement, Paul. (Elle sourit.) Il y a de sacrés maux de crâne qui se préparent.

Ça m'était complètement égal.

— Tu flippais ? dis-je. Je n'arrive pas à t'imaginer comme ça.

— Mais ce n'était pas comme avec les drogues. Ça faisait très mal, mais c'était supportable.

— Et Spofforth t'a aidée ?

— Après t'avoir éloigné, il... il a veillé sur ma grossesse. Et quand le bébé est né, il m'a apporté du lait chaud du Burger Chef et il a déniché un vieux biberon quelque part dans un entrepôt. Je crois qu'il sait exactement où chaque chose se trouve dans New York. Des couches. Et de la lessive pour les laver. (Elle regarda quelques instants par la vitre.) Un jour, il m'a apporté un manteau rouge. (Elle secoua la tête comme pour chasser ce souvenir.) Je lave les couches dans la fontaine. Jane mange maintenant des sandwiches écrasés et il me reste encore beaucoup de lait en poudre pour elle.

Je terminai mon omelette et je dis :

— J'ai vécu seul dans une maison de bois que j'ai réparée avec l'aide de quelques amis.

Des « amis » ? Bizarre que j'aie utilisé ce terme ! Je n'avais jamais fait ainsi référence aux Baleen ; mais c'était bien le mot qui convenait.

— Je t'ai apporté quelque chose, ajoutai-je.

Je me dirigeai vers l'arrière du bus et sortis les robes, les jeans et les tee-shirts que j'avais choisis pour elle dans le magasin de Maugre, puis je les posai sur un siège.

— Voilà, fis-je. Et des bonbons.

Je tirai une boîte en forme de cœur du compartiment fermé où je conservais les aliments et la lui tendis. Mary Lou avait l'air éberluée, la boîte à la main, ne sachant manifestement pas quoi en faire. Je la lui repris et l'ouvris. Il y avait un papier argent au-dessus des bonbons sur lequel étaient inscrits ces mots : « À mon amour pour la Saint-Valentin. » Je les lus d'une voix forte, assurée. C'étaient des mots agréables à dire.

Mary Lou leva les yeux sur moi.

— Qu'est-ce que c'est, la Saint-Valentin ? demanda-t-elle.

— Je crois que c'est une fête qui se rapporte à l'amour, répondis-je en soulevant la feuille argentée.

En dessous, il y avait des bonbons, chacun d'eux conservé dans du plastique transparent. J'en choisis un gros, au chocolat, et le donnai à Mary Lou.

— Pour enlever le plastique, tu le coupes avec ton ongle, lui expliquai-je.

Elle examina le bonbon, puis essaya en vain de l'extraire de son emballage.

— Comment on appelle ça ?

— Un bonbon, répondis-je. Ça se mange.

Je le lui pris des mains et déchirai le plastique. J'étais devenu très adroit à ce jeu pour avoir appris à manger les différents produits de chez Sears tout au long de ces derniers mois. Je déposai le chocolat dans la main de Mary Lou qui l'examina à nouveau, le tournant et le retournant entre ses doigts. C'était probablement la première fois qu'elle voyait un chocolat ; moi, je n'en avais jamais vu avant Maugre.

— Goûte, lui dis-je.

Elle mordit dedans, puis elle leva sur moi des yeux écarquillés, la bouche à moitié pleine, avec une expression de surprise totale.

— Mon Dieu ! s'exclama-t-elle entre deux bouchées. C'est fantastique !

Je lui apportai alors les habits ; elle les regarda et les toucha, tout excitée.

— C'est pour moi ? C'est fantastique, Paul. Vraiment fantastique.

Nous restâmes quelques minutes assis sans parler, moi avec la boîte de bonbons sur les genoux, et elle les bras chargés de vêtements neufs. J'observais son visage.

La porte du bus était ouverte, et soudain, un hurlement plaintif s'éleva à l'extérieur, avec la force d'une sirène, mais c'était sans conteste un cri humain. Et un cri de colère.

— Oh, mon Dieu ! fit Mary Lou en se levant brusquement. Le bébé !

Elle se précipita hors du bus avec ses vêtements et me cria :

— Donne-moi dix minutes. Je veux les essayer.

Je descendis moi aussi du bus et retournai à la fontaine pour m'asseoir sur la margelle. Je me laissai bercer par la musique, douce, aérienne, et le murmure de l'eau. Je levai les yeux. La lune brillait toujours et il n'y avait aucun signe annonciateur de l'aube. Je me sentais parfaitement bien.

Mary Lou sortit du Pavillon des Reptiles les bras chargés, refermant la porte derrière elle avec son coude. Elle était vêtue d'un jean, d'un tee-shirt blanc et avait des sandales aux pieds. Elle portait adroitement le bébé au creux d'un bras, tandis que sur l'autre elle avait jeté ses nouvelles affaires et une pile de couches. Le jean et le tee-shirt lui allaient à la perfection. Ses cheveux étaient bien peignés et son visage rayonnait tandis qu'elle s'approchait de moi, baignée par les lumières de la fontaine. Le bébé avait cessé de pleurer et, apaisé, il restait niché contre Mary Lou. Et je les regardai tous les deux, retenant mon souffle.

Je poussai enfin un profond soupir et je dis doucement :

— Je vais faire un berceau avec l'un des sièges du bus. Et ensuite nous pourrons partir ensemble.

Elle me dévisagea d'un air étonné.

— Tu veux quitter New York ?

— Je veux aller en Californie, dis-je. M'éloigner le plus possible de New York. Je veux être loin des robots, des drogues et de ces gens. J'ai mes livres, ma musique, toi et Jane. Ça me suffit. J'en ai assez de New York.

Elle m'étudia un long moment avant de parler.

— Très bien, finit-elle par dire. (Puis elle marqua une pause.) Mais j'ai d'abord quelque chose à faire…

— Pour Spofforth ? demandai-je.

Ses yeux s'agrandirent de surprise.

— Oui, acquiesça-t-elle. C'est pour Spofforth. Il désire mourir. Et j'ai conclu un… marché avec lui. Je dois l'aider.

— L'aider à mourir ?

— Oui. Et ça m'effraye.

— Je t'aiderai, dis-je.

Elle me regarda, soulagée.

— Je vais aller chercher les affaires de Jane. Je crois qu'il est temps de partir. Ce bus pourra nous conduire jusqu'en Californie ?

— Oui. Et je trouverai de la nourriture. Nous y arriverons.

Mary Lou se tourna vers la silhouette massive et solide du bus, puis elle reporta son attention sur moi. Elle me dévisagea un long moment, m'examinant soigneusement, avec une lueur incrédule, puis elle déclara :

— Je t'aime, Paul. Je t'aime vraiment.

— Je sais, fis-je. Maintenant, allons-y.

SPOFFORTH

Il ressemble à ce qu'il était déjà en 1932 : un édifice fondamentalement absurde, inhumain, fruit d'une conception architecturale qui ne se souciait que de hauteur et de clinquant. Et en ce troisième jour du mois de juin de l'année 2467, ses cent deux étages sont toujours et encore là, immuables, mais aujourd'hui ces étages sont tous vides, entièrement déserts.

Il mesure 380 mètres de haut. Et il ne sert plus à rien. Un simple repère, au mieux le témoin muet d'une époque où les hommes fabriquaient des choses trop grandes.

Tout autour, l'environnement n'est plus ce qu'il était au XXe siècle ; il se détache comme jamais sur le ciel de New York. Les autres grands buildings ont disparu. Lui domine Manhattan. Forme unique en son genre, affirmation d'une intention. Ceux qui l'avaient construit avaient sans doute voulu montrer leur confiance en l'avenir. Si New York n'est plus qu'une tombe, l'Empire State Building en est, sans nul doute, le mausolée.

Spofforth est sur la plate-forme, le plus près possible du bord. Il est seul. Il attend que Bentley et Mary Lou aient fini de monter. Il a porté le bébé de Mary Lou et le protège du vent. Le bébé est endormi dans ses bras.

Le ciel va bientôt s'éclaircir sur la droite de Spofforth, au-dessus de l'East River et de Brooklyn, mais il fait encore nuit noire. On aperçoit les phares des *psi-bus* qui sillonnent lentement la Cinquième Avenue, la Troisième Avenue, Lexington, Madison et Broadway, et plus loin, Central Park. Il y a de la lumière dans un bâtiment de la 51e Rue, mais Times Square n'est pas éclairé. Spofforth regarde les lumières, le bébé serré contre sa poitrine ; et il attend.

La lourde porte s'ouvre derrière lui ; bruits de pas. Et presque aussitôt la voix de Mary Lou, essoufflée, qui s'élève :

— Le bébé, Bob. Je vais le reprendre maintenant.

L'escalade leur a pris plus de trois heures.

Spofforth se retourne et distingue leurs ombres. Il leur tend le bébé. La silhouette sombre de Mary Lou s'en empare et déclare :

— Tu me diras quand tu seras prêt, Bob. Je poserai le bébé à terre.

— Nous allons attendre le lever du jour, répond-il. Je veux tout voir.

Les deux humains s'assoient et Spofforth, qui maintenant est tourné vers eux, voit la flamme jaune d'un briquet vaciller dans le vent tandis que Bentley allume une cigarette.

Clair-obscur qui lui permet d'apercevoir un instant la silhouette de Mary Lou penchée sur son enfant. Et au-delà, l'archétype millénaire de la famille, là, au sommet de cet absurde building qui domine une ville glacée et vaine, une ville droguée, ensommeillée, peuplée d'habitants et de robots qui ne sont que simulacre de vie, et où le seul petit éclair de bonheur se trouve incarné par les cerveaux joyeux des *psi-bus* qui parcourent les avenues désertes. L'esprit de Spofforth, Spofforth le robot, est capable de percevoir leur bourdonnement télépathique, mais cela n'affecte en rien sa lucidité. Il est enfin calme, apaisé. Il s'ouvre à la caresse de cet instant privilégié.

Spofforth s'est tourné vers le nord. Venu de nulle part, du fond des ténèbres, un souffle de vent, un battement d'ailes s'est posé sur son bras droit. Comme un oiseau… Un moineau, un moineau des villes, petit être fragile et palpitant, perdu au milieu de l'immensité d'un espace qui ne lui appartient pas. Lui aussi attend l'aurore.

Et le soleil se lève enfin, d'abord très bas sur Brooklyn, s'étendant ensuite vers le haut de Manhattan, sur Harlem, White Plains et sur ce qui était jadis l'université de Columbia… Là, sur ces terres vierges, les Indiens avaient un jour dormi sur des peaux de bêtes et plus tard, les hommes blancs avaient semé leur volonté de puissance, leur argent et leurs désirs. Orgueil et outrecuidance d'immeubles démesurés, désordre de rues, de taxis et d'êtres anxieux qui avaient fini par sombrer dans la toxicomanie et l'égocentrisme le plus forcené.

L'aube arrive, enfin. Le disque rouge du soleil jette des reflets pourpres sur les eaux de l'East River. Le moineau a bougé légèrement, comme s'il tournait la tête pour regarder une dernière fois le visage figé de Spofforth, puis il s'est envolé, librement, affirmant ainsi l'importance de sa minuscule et dérisoire existence.

Spofforth peut alors se laisser envahir par ce sentiment qui avait commencé à le gagner. Joie ! Cette même joie qui, cent soixante-dix ans plus tôt s'était emparée de lui à Cleveland, dans une usine désaffectée, alors qu'il naissait à la vie, sans savoir qu'il serait seul au monde et qu'il le resterait à jamais.

Ah, le plaisir de la sensation : le sol est là, dur, tangible, sous ses pieds, et le vent souffle sur son visage tandis que son cœur bat fortement dans sa poitrine. Spofforth prend la mesure de sa jeunesse, de sa pérennité, de la puissance qui l'emplit tout entier. Il dit tout haut :

— Je suis prêt.

Et ne regarde pas derrière lui.

Le bébé de Mary Lou pleure. Il l'entend. Des mains sont venues se poser sur le creux de ses reins. Celles de Mary Lou. Il le devine. Et, une seconde plus tard, des mains plus puissantes ont touché son dos. Derrière lui, il perçoit la respiration de deux êtres, mais lui regarde droit devant, vers l'extrémité nord de Manhattan.

Sur ses épaules nues, il sent la caresse des cheveux de Mary Lou. Et à l'instant où il bascule lentement dans le vide, le baiser d'une bouche pressée contre sa peau l'accompagne. Le souffle d'une femme, tendre et chaud… Spofforth écarte les bras. Il tombe.

Il tombe, tombe… visage serein fouetté par le vent glacial, torse nu, jambes tendues, pieds arqués, pantalon kaki claquant sur les mollets et les cuisses… Et le cerveau de métal s'épanouit enfin dans cette chute qu'il appelait de ses vœux depuis si longtemps. Robert Spofforth, le plus beau jouet que l'homme ait jamais créé à son image, hurle son bonheur parmi les lueurs de l'aurore qui embrasent le ciel de Manhattan. Frissonnant de vie jusqu'en ses entrailles, il étreint la Cinquième Avenue dans ses bras.

DU MÊME AUTEUR

Aux Éditions Gallimard

L'OISEAU D'AMÉRIQUE (Folio Science-Fiction nº 216)

L'ARNAQUEUR (Folio nº 2189)

Aux Éditions Denoël

L'HOMME TOMBÉ DU CIEL (Folio Science-Fiction nº 154)

LE SOLEIL PAS À PAS

LOIN DU PAYS NATAL

Aux Éditions 10/18

LE JEU DE LA DAME

Aux Éditions Mazarine

LA COULEUR DE L'ARGENT

Dans la même collection

1.	Isaac Asimov	*Fondation*
2.	Isaac Asimov	*Fondation et Empire*
3.	Ray Bradbury	*Fahrenheit 451*
4.	H.P. Lovecraft	*La couleur tombée du ciel*
5.	Mary Shelley	*Frankenstein ou Le Prométhée moderne*
6.	Fredric Brown	*Martiens, go home !*
7.	Norman Spinrad	*Le Printemps russe,* 1
8.	Norman Spinrad	*Le Printemps russe,* 2
9.	Dan Simmons	*L'Échiquier du mal,* 1
10.	Dan Simmons	*L'Échiquier du mal,* 2
11.	Stefan Wul	*Oms en série*
12.	Serge Brussolo	*Le syndrome du scaphandrier*
13.	Jean-Pierre Andrevon	*Gandahar*
14.	Orson Scott Card	*Le septième fils*
15.	Orson Scott Card	*Le prophète rouge*
16.	Orson Scott Card	*L'apprenti*
17.	John Varley	*Persistance de la vision*
18.	Robert Silverberg	*Gilgamesh, roi d'Ourouk*
19.	Roger Zelazny	*Les neuf princes d'Ambre*
20.	Roger Zelazny	*Les fusils d'Avalon*
21.	Douglas Adams	*Le Guide galactique*
22.	Richard Matheson	*L'homme qui rétrécit*
23.	Iain Banks	*ENtreFER*
24.	Mike Resnick	*Kirinyaga*
25.	Philip K. Dick	*Substance Mort*
26.	Olivier Sillig	*Bzjeurd*
27.	Jack Finney	*L'invasion des profanateurs*
28.	Michael Moorcock	*Gloriana ou La reine inassouvie*
29.	Michel Grimaud	*Malakansâr*
30.	Francis Valéry	*Passeport pour les étoiles*

31. Isaac Asimov — *Seconde Fondation*
32. Philippe Curval — *Congo Pantin*
33. Mary Gentle — *Les Fils de la Sorcière*
34. Richard Matheson — *Le jeune homme, la mort et le temps*
35. Douglas Adams — *Le Dernier Restaurant avant la Fin du Monde*
36. Joël Houssin — *Le Temps du Twist*
37. H.P. Lovecraft — *Dans l'abîme du temps*
38. Roger Zelazny — *Le signe de la licorne*
39. Philip K. Dick et Roger Zelazny — *Deus irae*
40. Pierre Stolze — *La Maison Usher ne chutera pas*
41. Isaac Asimov — *Fondation foudroyée*
42. Fredric Brown — *Une étoile m'a dit*
43. Francis Berthelot — *Rivage des intouchables*
44. Gregory Benford — *Un paysage du temps*
45. Ray Bradbury — *Chroniques martiennes*
46. Roger Zelazny — *La main d'Oberon*
47. Maurice G. Dantec — *Babylon Babies*
48. René Barjavel — *Le Diable l'emporte*
49. Bruce Sterling — *Mozart en verres miroirs*
50. Thomas M. Disch — *Sur les ailes du chant*
51. Isaac Asimov — *Terre et Fondation*
52. Douglas Adams — *La Vie, l'Univers et le Reste*
53. Richard Matheson — *Je suis une légende*
54. Lucius Shepard — *L'aube écarlate*
55. Robert Merle — *Un animal doué de raison*
56. Roger Zelazny — *Les Cours du Chaos*
57. André-François Ruaud — *Cartographie du merveilleux*
58. Bruce Sterling — *Gros Temps*
59. Laurent Kloetzer — *La voie du cygne*
60. Douglas Adams — *Salut, et encore merci pour le poisson*

61.	Roger Zelazny	*Les Atouts de la Vengeance*
62.	Douglas Adams	*Globalement inoffensive*
63.	Robert Silverberg	*Les éléphants d'Hannibal*
64.	Stefan Wul	*Niourk*
65.	Roger Zelazny	*Le sang d'Ambre*
66.	Orson Scott Card	*Les Maîtres Chanteurs*
67.	John Varley	*Titan (La trilogie de Gaïa I)*
68.	André Ruellan	*Mémo*
69.	Christopher Priest	*La Machine à explorer l'Espace*
70.	Robert Silverberg	*Le nez de Cléopâtre*
71.	John Varley	*Sorcière (La trilogie de Gaïa II)*
72.	Howard Waldrop	*Histoire d'os*
73.	Herbert George Wells	*La Machine à explorer le Temps*
74.	Roger Zelazny	*Le signe du Chaos*
75.	Isaac Asimov	*Les vents du changement*
76.	Norman Spinrad	*Les Solariens*
77.	John Varley	*Démon (La trilogie de Gaïa III)*
78.	Roger Zelazny	*Chevalier des ombres*
79.	Fredric Brown	*Fantômes et farfafouilles*
80.	Robert Charles Wilson	*Bios*
81.	Walter Jon Williams	*Sept jours pour expier*
82.	Roger Zelazny	*Prince du Chaos*
83.	Isaac Asimov	*Chrono-minets*
84.	H. P. Lovecraft	*Je suis d'ailleurs*
85.	Walter M. Miller Jr.	*Un cantique pour Leibowitz*
86.	Michael Bishop	*Requiem pour Philip K. Dick*
87.	Philip K. Dick	*La fille aux cheveux noirs*
88.	Lawrence Sutin	*Invasions divines*
89.	Isaac Asimov	*La fin de l'Éternité*

90.	Mircea Cărtărescu	*Orbitor*
91.	Christopher Priest	*Le monde inverti*
92.	Stanislas Lem	*Solaris*
93.	William Burroughs	*Le festin nu*
94.	William Hjortsberg	*Angel Heart* (Le sabbat dans Central Park)
95.	Chuck Palahniuk	*Fight Club*
96.	Steven Brust	*Agyar*
97.	Patrick Marcel	*Atlas des brumes et des ombres*
98.	Edgar Allan Poe	*Le masque de la Mort Rouge*
99.	Dan Simmons	*Le Styx coule à l'envers*
100.	Joe Haldeman	*Le vieil homme et son double*
101.	Bruce Sterling	*Schismatrice +*
102.	Roger Zelazny et Fred Saberhagen	*Engrenages*
103.	Serge Brussolo	*Boulevard des banquises*
104.	Arthur C. Clarke	*La cité et les astres*
105.	Stefan Wul	*Noô*
106.	Andrew Weiner	*En approchant de la fin*
107.	H. P. Lovecraft	*Par-delà le mur du sommeil*
108.	Fredric Brown	*L'Univers en folie*
109.	Philip K. Dick	*Minority Report*
110.	Bruce Sterling	*Les mailles du réseau*
111.	Norman Spinrad	*Les années fléaux*
112.	David Gemmell	*L'enfant maudit* (Le Lion de Macédoine, I)
113.	David Gemmell	*La mort des Nations* (Le Lion de Macédoine, II)
114.	Michael Moorcock	*Le Chaland d'or*
115.	Thomas Day	*La Voie du Sabre*
116.	Ellen Kushner	*Thomas le rimeur*

117.	Peter S. Beagle	*Le rhinocéros qui citait Nietzsche*
118.	David Gemmell	*Le Prince Noir* (Le Lion de Macédoine, III)
119.	David Gemmell	*L'Esprit du Chaos* (Le Lion de Macédoine, IV)
120.	Isaac Asimov	*Les dieux eux-mêmes*
121.	Alan Brennert	*L'échange*
122.	Isaac Asimov	*Histoires mystérieuses*
123.	Philip K. Dick	*L'œil de la Sibylle*
124.	Douglas Adams	*Un cheval dans la salle de bain*
125.	Douglas Adams	*Beau comme un aéroport*
126.	Sylvie Denis	*Jardins virtuels*
127.	Roger Zelazny	*Le Maître des Ombres*
128.	Christopher Priest	*La fontaine pétrifiante*
129.	Donald Kingsbury	*Parade nuptiale*
130.	Philip Pullman	*Les royaumes du Nord* (À la croisée des mondes, I)
131.	Terry Bisson	*Échecs et maths*
132.	Andrew Weiner	*Envahisseurs !*
133.	M. John Harrison	*La mécanique du Centaure*
134.	Charles Harness	*L'anneau de Ritornel*
135.	Edmond Hamilton	*Les Loups des étoiles*
136.	Jack Vance	*Space Opera*
137.	Mike Resnick	*Santiago*
138.	Serge Brussolo	*La Planète des Ouragans*
139.	Philip Pullman	*La Tour des Anges* (À la croisée des mondes, II)
140.	Jack Vance	*Le jardin de Suldrun* (Le cycle de Lyonesse, I)
141.	Orson Scott Card	*Le compagnon*
142.	Tommaso Pincio	*Le Silence de l'Espace*
143.	Philip K. Dick	*Souvenir*
144.	Serge Brussolo	*Ce qui mordait le ciel*
145.	Jack Vance	*La perle verte*

146.	Philip Pullman	*Le Miroir d'Ambre*
147.	M. John Harrison	*La Cité Pastel* (Le cycle de Viriconium, I)
148.	Jack Vance	*Madouc*
149.	Johan Héliot	*La lune seul le sait*
150.	Midori Snyder	*Les Innamorati*
151.	R. C. Wilson	*Darwinia*
152.	C. Q. Yarbro	*Ariosto Furioso*
153.	M. John Harrison	*Le Signe des Locustes*
154.	Walter Tewis	*L'homme tombé du ciel*
155.	Roger Zelazny et Jane Lindskold	*Lord Démon*
156.	M. John Harrison	*Les Dieux incertains*
157.	Kim Stanley Robinson	*Les menhirs de glace*
158.	Harlan Ellison	*Dérapages*
159.	Isaac Asimov	*Moi, Asimov*
160.	Philip K. Dick	*Le voyage gelé*
161.	Federico Andahazi	*La Villa des mystères*
162.	Jean-Pierre Andrevon	*Le travail du Furet*
163.	Isaac Asimov	*Flûte, flûte et flûtes !*
164.	Philip K. Dick	*Paycheck*
165.	Cordwainer Smith	*Les Sondeurs vivent en vain* (Les Seigneurs de l'Instrumentalité, I)
166.	Cordwainer Smith	*La Planète Shayol* (Les Seigneurs de l'Instrumentalité, II)
167.	Cordwainer Smith	*Nostrilia* (Les Seigneurs de l'Instrumentalité, III)
168.	Cordwainer Smith	*Légendes et glossaire du futur* (Les Seigneurs de l'Instrumentalité, IV)
169.	Douglas Adams	*Fonds de tiroir*
170.	Poul Anderson	*Les croisés du Cosmos*

171. Neil Gaiman — *Pas de panique !*
172. S. P. Somtow — *Mallworld*
173. Matt Ruff — *Un requin sous la lune*
174. Michael Moorcock — *Une chaleur venue d'ailleurs* (Les Danseurs de la Fin des Temps, I)
175. Thierry di Rollo — *La lumière des morts*
176. John Gregory Betancourt — *Les Neuf Princes du Chaos*
177. Donald Kingsbury — *Psychohistoire en péril*, I
178. Donald Kingsbury — *Psychohistoire en péril*, II
179. Michael Moorcock — *Les Terres creuses* (Les Danseurs de la Fin des Temps, II)
180. Joe Haldeman — *Pontesprit*
181. Michael Moorcock — *La fin de tous les chants* (Les Danseurs de la Fin des Temps, III)
182. John Varley — *Le Canal Ophite*
183. Serge Brussolo — *Mange-Monde*
184. Michael Moorcock — *Légendes de la Fin des Temps* (Les Danseurs de la Fin des Temps, IV)
185. Robert Holdstock — *La forêt des Mythagos*
186. Robert Holdstock — *Lavondyss* (La forêt des Mythagos, II)
187. Christopher Priest — *Les Extrêmes*
188. Thomas Day — *L'Instinct de l'équarrisseur*
189. Maurice G. Dantec — *Villa Vortex*
190. Franck M. Robinson — *Le Pouvoir*
191. Robert Holdstock — *Le Passe-broussaille* (La forêt des Mythagos, III)
192. Robert Holdstock — *La Porte d'ivoire* (La forêt des Mythagos, IV)
193. Stanislas Lem — *La Cybériade*

194. Paul J. Mc Auley	*Les conjurés de Florence*
195. Roger Zelazny	*Toi l'immortel*
196. Isaac Asimov	*Au prix du papyrus*
197. Philip K. Dick	*Immunité*
198. Stephen R. Donaldson	*Le miroir de ses rêves* (L'appel de Mordant, I)
199. Robert Charles Wilson	*Les fils du vent*
200. Greg Bear	*La musique du sang*
201. Dan Simmons	*Le chant de Kali*
202. Thierry Di Rollo	*La profondeur des tombes*
203. Stephen R. Donaldson	*Un cavalier passe* (L'appel de Mordant, II)
204. Thomas Burnett Swann	*La trilogie du Minotaure*
205. Jack Vance	*Croisades*
206. Thomas Day	*L'homme qui voulait tuer l'Empereur*
207. Robert Heinlein	*L'homme qui vendit la lune* (Histoire du futur, I)
208. Robert Heinlein	*Les vertes collines de la Terre* (Histoire du futur, II)
209. Robert Heinlein	*Révolte en 2100* (Histoire du futur, III)
210. Robert Heinlein	*Les enfants de Mathusalem* (Histoire du futur, IV)
211. Stephen R. Donaldson	*Le feu de ses passions* (L'appel de Mordant, III)
212. Roger Zelazny	*L'enfant de nulle part*
213. Philip K. Dick	*Un vaisseau fabuleux*
214. John Gregory Betancourt	*Ambre et Chaos*
215. Ugo Bellagamba	*La Cité du Soleil*

À paraître :

216.	Walter Tevis	*L'oiseau d'Amérique*
217.	Isaac Asimov	*Dangereuse Callisto*
218.	Ray Bradbury	*L'homme illustré*

Composition Interligne.
Impression Société Nouvelle Firmin-Didot
à Mesnil-sur-l'Estrée, le 2 juin 2005.
Dépôt légal : juin 2005.
Numéro d'imprimeur : 73914.

ISBN 2-07-030625-9/Imprimé en France.

33552